L'HISTOIRE

LA CHRONIQUE D'UNE FAMILLE
LES AMOURS, LES ADVENTURES ET LES
ÉPREUVES RACONTENT L'HISTOIRE D'UN
MONDE NOUVEAU

« ÉPIQUE. . . CAPTIVANT. . .
Le roman est soigneusement élaboré, l'action
rapide et serrée. »

*Calgary Herald*

« UNE SÉRIE À GRAND SUCCÈS. . .
dont les plus grands mérites sont la remarquable exactitude historique, la vivacité et l'intérêt des personnages. »

*West Coast Review of Books*

« UN RÉCIT ÉLECTRISANT »
*Ottawa Citizen*

« LES AMATEURS DE FICTION HIS-
TORIQUE ET ROMANESQUE SERONT
EMBALLÉS PAR CE RÉCIT IRRÉSIS-
TIBLE. . .
Adair et Rosenstock savent raconter une histoire. . . [Les lecteurs] y trouveront violence et
drames humains. . . un rythme fulgurant. . .
batailles, passions et intrigues. . . une histoire
absorbante et pleine d'action. »

*Toronto Quill and Quire*

« UNE HISTOIRE PASSIONNANTE »
*Books in Canada*

*Autres Livres Avon par les mêmes auteurs:*

KANATA:
LIVRE I: L'HISTOIRE DU CANADA

TRISTES MURAILLES:
LIVRE II: L'HISTOIRE DU CANADA

LES PORTES DU TONNERRE:
LIVRE III: L'HISTOIRE DU CANADA

*À paraître prochainement chez le même éditeur*

VICTORIA:
LIVRE V: L'HISTOIRE DU CANADA

Les Livres Avon du Canada offre des réductions pour l'achat en gros de livres destinés à la promotion des ventes, aux primes, à la procuration de fonds ou aux programmes éducatifs. Des livres spéciaux ou des extraits de livres peuvent être adaptés pour certains besoins spécifiques.

Pour plus de détails, s'addresser par écrit ou par téléphone au bureau du Gérant des ventes, Les Livres Avon du Canada, 2061 McCowan Road, Suite 210, Scarborough, Ontario M1S 3Y6 Canada, 416-293-9404

# LES FEUX SAUVAGES

### LIVRE 4: L'HISTOIRE DU CANADA

DENNIS ADAIR ET JANET ROSENSTOCK

**TRADUIT PAR MARIE-CLAIRE COURNAND**

**UN LIVRE AVON**
ÉDITEUR DES LIVRES BARD, CAMELOT, DISCUS ET FLARE

L'édition originale en langue anglaise de cet ouvrage a été publiée par AVON BOOKS sous le titre WILDFIRES.

LES LIVRES AVON DU CANADA
Une division de
Hearst Canada Inc.
2061 McCowan Road, Suite 210
Scarborough, Ontario M1S 3Y6

Produit par Larry et Helene Hoffman, Author's Marketing Services, Ltd.
Copyright © 1984 by Author's Marketing Services, Ltd. and Free-lance Writing Associates, Inc, A GOLDEN MUSE PRODUCTION

Édition en langue française - Translation Copyright © 1984 par Marie-Claire Cournand
Edition in the French language - Translation Copyright ©1984 by Marie-Claire Cournand
National Library Catalogue Card Number: C84-98630-0
ISBN: 87783-X

**Données de catalogage avant publication (Canada)**
Adair, Dennis 1945-
  [Wildfires.    Français]
  Les feux sauvages

(L'Histoire du Canada; 4)
Traduction de: Wildfires.
ISBN 0-380-87783-X

I. Rosenstock, Janet, 1933-     II. Titre.
III. Titre: Wildfires.    Français.    IV. Collection:
Adair, Dennis, 1945-     L'Histoire du Canada;
livre 4.

PS8551.D24W5414 1984    C813'.54    C84-098630-0
PR9199.3.A31W5414 1984

Pour tous reseignements s'addresser aux LIVRES AVON DU CANADA
Première édition en langue anglaise: Avon, avril 1983
Première édition en langue française: Avon, juillet 1984

MARQUE DE FABRIQUE AVON DEPOSEE AU BUREAU DES
BREVETS DES ETAT-UNIS ET AUTRES PAYS
AVON TRADEMARK REG. US. PAT. OFF. AND IN OTHER COUNTRIES

Imprimé au Canada

UNV 10 9 8 7 6 5 4 3 2 1

# REMERCIEMENTS

Nous souhaitons encore une fois exprimer toute notre reconnaissance à l'historien Jay Myers dont l'excellent travail de recherche a rendu possible *Les Feux Sauvages*. Parmi les ouvrages de référence qui ont servi de base historique au roman, nous tenons à signaler : *The Highland Clearances*, par John Prebble; *The Romantic Settlement of Lord Selkirk's Colonists*, par Dr. George Bryce; *The Incredible War of 1812 : A Military History*, par J. Mackay Hitman; *A History of the War Between Great Britain and the United States During the Years 1812, 1813 and 1814*, par Gilbert Auchinleck; *The Invasion of Canada 1812–1813*, par Pierre Berton; *The Opening of the Canadian West*, par Douglas Arthur Hill; *The Astors : The Story of a Transatlantic Family*, par Virginia Spencer Cowles; *Women of Red River*, par William J. Healy; *The War of 1812*, par Harry L. Coles; *Highlights of the First 200 Years of Hudson's Bay Company*, par Glyndur Williams; *The North West Company* et *Northwest to the Sea : A Biography of William McGillivray*, par Marjorie Wilkins Campbell.

# AVANT-PROPOS

Au cours de l'année 1812, les Etats-Unis déclarèrent la guerre contre la Grande-Bretagne et attaquèrent l'Amérique du Nord britannique qui comprenait alors le Haut-Canada (aujourd'hui la province de l'Ontario), le Bas-Canada (aujourd'hui une partie de la province du Québec, complétée par d'autres terres à l'époque de la Confédération) et les provinces maritimes.

La même année, les premiers colons de Lord Selkirk s'installèrent près de la Rivière-Rouge, dans la région qui est actuellement le Manitoba du sud. Ils passèrent leur premier hiver à Pembina, qui se trouve de nos jours dans le Dakota du Nord. En 1812, cette région s'appelait la Terre de Rupert.

La Terre de Rupert était un immense territoire gouverné par la Compagnie de la Baie d'Hudson. Il s'étendait du cercle polaire arctique à la région qui comprend aujourd'hui les états de Washington, de l'Idaho, du Montana ainsi que les Dakotas. De l'est à l'ouest, la Terre de Rupert s'étendait sur le nord de l'Ontario actuel et sur les futures provinces du Manitoba, de la Saskatchewan, de l'Alberta, de la Colombie britannique, du Yukon et des Territoires du Nord-Ouest.

# CHAPITRE I

## le 1ᵉʳ septembre 1811

Sur la rive ouest du Niagara se trouvait le petit village de Queenston. Derrière ce village pittoresque, la côte très escarpée, s'élevant à plus de cent mètres au-dessus de la rivière, était recouverte d'une épaisse forêt et menait vers un grand plateau où s'étendaient de belles et fertiles terres de culture tout autour du côté est du lac Ontario.

Will MacLean, comme son père Robert MacLean avant lui, était un commerçant. Il avait établi un comptoir commercial dans le village de Queenston, où il vivait avec sa femme de trente ans, Jenna Macleod MacLean. Lochiel, la grande ferme familiale des Macleod, se trouvait tout près du village, sur le haut plateau, ce qui permettait à Will et à Jenna de rendre visite à leur famille aussi souvent qu'ils le voulaient.

— J'irai à Lochiel demain, dit Jenna en jetant un coup d'œil sur sa table bien garnie, où étaient déjà posés du pain noir et du beurre, une soupe au poisson et un plat de légumes verts pour le repas de midi. « Il y a trop à manger », se lamenta-t-elle en secouant la tête.

Ce n'était pas la première fois qu'elle faisait cette remarque, se dit Will en la regardant poser les plats sur la table. « Nous finirons bien par tout manger », dit-il.

— Je n'arrive pas à m'habituer à préparer des repas pour deux personnes. Quand les filles se sont mariées, cela n'a pas changé grand-chose parce que les garçons avaient un si

1

bel appétit; mais maintenant que Joshua et Ian sont si souvent loin de la maison, il y a toujours trop à manger.

— Ce n'est pas la première fois qu'ils s'en vont, observa Will.

— Je sais, répondit Jenna en poussant un grand soupir. « Mais autrefois ils partaient un à la fois. Maintenant ils sont toujours ensemble. »

— Tu fais beaucoup trop de chichis, dit Will avec bonne humeur. Tu ferais mieux, de toute façon, de t'habituer à faire la cuisine pour nous tout seuls. L'un ou l'autre des garçons se mariera un de ces jours, et j'ai l'impression que celui qui restera partira à l'Ouest, au pays des fourrures.

Jenna eut l'air troublé. « J'aime beaucoup Colleen », dit-elle lentement, « mais cela m'inquiète beaucoup que les garçons lui fassent tous les deux la cour. »

— Ils ne lui font pas une cour officielle, répondit Will, en la corrigeant.

— Enfin, ils sont tout le temps avec elle. Si ce n'est pas la cour qu'ils lui font, j'aimerais bien savoir ce que c'est !

Will sourit. « Que veux-tu ? Il y a deux fois plus d'hommes que de femmes dans la région. Les filles se marient très jeunes et les hommes qui restent épousent des Indiennes ou demeurent célibataires. Colleen est une fille charmante. Ce n'est pas étonnant qu'ils soient tous les deux amoureux d'elle. »

— Tu as peut-être raison, mais je voudrais bien qu'ils se décident une bonne fois et que l'un des garçons devienne son amoureux officiel.

— L'un d'eux finira par demander la permission de lui faire la cour. Tu sauras alors lequel des deux l'épousera, dit Will. Ne t'en fais pas, Jenna : Josh et Ian régleront la question entre eux.

— Et s'ils n'y arrivent pas ? Que se passera-t-il si c'est elle qui doit décider ? L'un ou l'autre sera forcément rejeté ! Oh, Will ! Je ne veux pas que mes fils souffrent, ni l'un ni l'autre !

Will glissa le bras sur la table et lui tapota la main. « Ne t'en fais pas, lui assura-t-il. Alors, tu me donnes à manger ? J'ai faim !»

2

Jenna hocha la tête et lui passa le bol de soupe au poisson. « Je me fais du souci à cause de toi et de James », avoua Jenna. James MacLean était le frère jumeau de Will : c'était lui qui avait volé l'héritage de Will, lui qu'elle avait failli épouser dans sa jeunesse. Depuis trente et un ans, Will et Jenna n'avaient eu aucun contact avec lui.

Will, qui se préparait à avaler une cuillerée de soupe, interrompit son geste et baissa sa cuiller. « Ian et Josh ne sont pas comme James et moi. Ils ont été élevés à faire les mêmes choses. Ils ont appris ensemble à connaître et à survivre dans la nature. Ils se sont trouvés dans des situations — parfois très dangereuses — où ils devaient dépendre l'un de l'autre. Ils sont allés ensemble à l'Ouest dans la région des fourrures, et aussi à l'Est. Jenna, Josh et Ian ont les mêmes goûts, les mêmes principes moraux, ils aiment les mêmes choses et ont les mêmes croyances. Ils ne sont pas du tout comme James et moi — il y a toujours eu une distance entre nous, nous n'avions rien en commun. Josh et Ian s'aiment. Ils ont quatre ans de différence, mais ils sont aussi proches que des jumeaux. »

Jenna ne répondit pas. Ce que Will n'avait pas mentionné — car il en était incapable — était le fait capital que Josh n'était pas son fils à lui, mais celui de James. Pourtant, se dit Jenna, Will a sans doute raison. Will et son frère étaient totalement différents l'un de l'autre; ils n'avaient jamais rien eu en commun — à part le fait qu'ils l'avaient tous les deux désirée. Mais Josh avait sauvé la vie de Ian : il l'avait tiré de l'eau glaciale de la rivière du Niagara quand la glace s'était effondrée sous ses pieds. Quant à Ian, il avait donné à Josh son précieux couteau de chasse indien pour ses vingt et un ans. Et pourtant, malgré leur grande amitié, Jenna s'inquiétait pour ses fils : son cœur était plein de pitié pour Ian, dont le regard caressait si tendrement la charmante Colleen Adams qui semblait plutôt s'intéresser à Josh qu'à lui. Si c'était le contraire, si c'était Ian qu'elle semblait préférer, se dit Jenna, c'est Josh qui me ferait pitié.

Will mangea avec bon appétit et trempa son pain dans la sauce laiteuse.

— Il y en a encore beaucoup, dit Jenna en passant la soupière.

— Tant mieux. J'ai beaucoup travaillé ce matin et cela m'a donné de l'appétit. J'étais en train de décharger une cargaison d'étoffes qui viennent d'arriver de Montréal.

— Je suppose que tu auras besoin de moi au comptoir la semaine prochaine, dit Jenna. En réalité, rien ne pouvait lui faire plus plaisir. Elle aimait travailler au magasin, surtout quand les garçons n'étaient pas là. Sans eux, elle n'avait pas vraiment de quoi s'occuper à la maison.

— Avec les nouvelles étoffes, nous aurons des clients de toute la région. L'hiver approche et c'est le moment de faire des provisions. Mais si tu n'as pas le temps, je peux toujours trouver de l'aide autre part.

Jenna secoua la tête énergiquement : « Mais je *veux* travailler au magasin ! J'adore ça ! »

— Alors je ne te priverai pas de ce plaisir, répondit Will en riant. Mais je te préviens, les journées seront longues. Les garçons seront sans doute à Lochiel pour aider à la récolte. Il y a beaucoup de viande à saler, de légumes à mettre en conserve.

— Cela m'est égal. Je veux travailler au comptoir avec toi. J'aime voir ce que les gens achètent. Jenna partit d'un éclat de rire. « Tu sais, le mois dernier, Mme Pringle a acheté de l'étoffe pour une robe. Oh, Will, tu aurais dû la voir ! Avec une robe pareille, elle aura l'air d'un éléphant ! L'étoffe avait des fleurs grosses comme ça ! » s'exclama Jenna avec un grand geste.

— Toi, tu peux t'offrir le luxe de te moquer de la silhouette de Hester Pringle. On ne te donnerait pas plus de trente ans, et tu es aussi svelte après quatre enfants que tu l'étais à dix-sept !

Jenna rougit : « C'est vrai ? »

Will se leva en s'étirant : « Tu cherches des compliments, ma chère. » Il lui fit un clin d'œil, puis alla de l'autre côté de la table et se pencha au-dessus de sa femme, qui était restée assise. Il souleva ses longs cheveux, qui étaient tirés en arrière et attachés avec un ruban et l'embrassa sur la nuque en la mordillant légèrement.

Jenna sursauta : « Oh, Will ! »

Il l'embrassa de nouveau, puis pressa ses épaules d'un geste affectueux et se redressa. « Allons, pas de « oh, Will ! », ma coquine. Tu sais très bien que tu adores cela ! Tu n'es qu'une petite effrontée, va ! Malheureusement, il faut que je retourne à l'embarcadère, sinon je resterais ici pour faire l'amour avec toi. »

Jenna se leva et se tourna vers lui, le visage tout enflammé. C'était pour elle une source d'étonnement sans fin qu'après trente ans de mariage Will pût encore tant la troubler avec ses plaisanteries provocantes et ses impertinences.

— Quelquefois je me demande comment tu te conduis avec les autres femmes, dit Jenna d'un air taquin.

— Pas comme avec toi, répondit Will simplement. Mais si tu avais une jumelle, je pourrais faire l'amour avec toutes les. . . Will se tut brusquement.

Will ne faisait qu'une petite plaisanterie sans signification, pensa Jenna. Mais James était le jumeau de Will et elle avait fait l'amour avec tous les deux. Will avait cessé de parler parce qu'il s'était soudain rendu compte du sens que l'on pouvait donner à ses paroles. Jenna savait que chaque fois que Will faisait, sans y penser, une allusion à son frère, il se taisait brusquement et cherchait à changer de sujet. On aurait dit qu'il voulait oublier que James avait jamais existé.

Jenna baissa les yeux puis regarda Will. « Tu es bien sûr qu'il n'y a pas lieu de s'inquiéter pour Ian et Josh ? » demanda-t-elle, pour distraire Will de ses pensées douloureuses.

— J'en suis sûr, répondit Will.

— Mon Dieu, que c'est beau ! s'écria Colleen. Elle était au milieu d'une vaste étendue d'herbe très verte et regardait le merveilleux spectacle de la cataracte du Niagara. C'était une très belle journée, tiède et lumineuse. Mais en face d'eux, un épais brouillard s'élevait du fond de la gorge profonde et escarpée de la rivière du Niagara, à l'endroit même où l'eau s'y précipitait.

— On a beau voir et revoir ces chutes, elles ne sont jamais les mêmes, observa Ian.

— Les as-tu déjà vues en hiver ? Josh se tenait tout près de Colleen et elle sentit sa main se poser sur son épaule. « Elles sont merveilleuses en hiver, c'est comme un pays de glace féerique. Les gouttes d'eau qui couvrent les branches d'arbres près de la chute deviennent de la glace, et on dirait que tout est de cristal. Les chutes elles-mêmes paraissent complètement gelées, comme suspendues dans l'air. »

— Non, je ne suis jamais venue ici en hiver, répondit Colleen. Je les ai seulement vues une fois avant aujourd'hui, le jour où nous sommes allés à Lewiston. Josh remua légèrement les doigts sur le bras de Colleen et elle fut parcourue d'un frisson. . . pendant un instant elle eut envie de se tourner vers Josh et de se jeter dans ses bras.

— Il faudra que je t'emmène ici en hiver, proposa-t-il. Colleen respira très lentement. Il avait dit « je », et non pas « nous » comme il le faisait d'habitude. La vie de Colleen avait été complètement transformée depuis l'été précédent, quand elle avait rencontré Josh et Ian. C'était arrivé quand elle avait traversé la rivière avec son père, Richard Adams, pour acheter des objets dont ils avaient besoin au comptoir de Queenston.

Depuis qu'elle avait rencontré Josh et Ian MacLean, tout avait changé. Ian et Josh faisaient partie du clan Macleod-MacLean et leur famille possédait la plus grande ferme de la région. Cette ferme, qui s'appelait Lochiel, était pour Colleen un lieu presque magique.

Josh et Ian allaient souvent à Lochiel pour rendre visite à leur grand-mère, Janet Cameron Macleod. A sa grande joie, Colleen avait souvent été invitée à les accompagner. Elle connaissait aussi la maison des deux frères à Queenston, à quelques kilomètres de Lochiel, au bord de la rivière. Souvent il y avait des bals, des fêtes et des jeux auxquels ils pouvaient tous participer. Colleen, toujours accompagnée d'un des cousins des deux frères, s'était peu à peu habituée à passer presque autant de temps avec Josh et Ian qu'avec son propre père.

— Tu t'es trouvé une famille, lui avait dit Richard Adams. Un de ces jeunes gens t'épousera. Il t'emmènera vivre de l'autre côté de la rivière.

— Tu penses vraiment ? s'était écriée Colleen en rougissant. « Mais ni l'un ni l'autre n'a demandé la permission de me faire la cour ! Nous sommes tous de bons amis, c'est tout. » Mais Colleen savait que son père avait raison. Ils faisaient du cheval ensemble, des promenades en canot ensemble, et ils dansaient ensemble. Ian lui lançait des regards aussi tendres que Josh.

— Et même s'ils voulaient me faire la cour, avait dit Colleen à son père, comment veux-tu que je choisisse ? Ian avait vingt-sept ans, il avait les cheveux très bruns et de beaux yeux vert foncé. Il souriait facilement et avait un excellent sens de l'humour. Josh avait trente et un ans : ses cheveux étaient couleur de sable, ses yeux bruns et gais. Les deux hommes étaient grands et forts : c'était de vrais pionniers, tous deux commerçants, tous deux excellents tireurs. Mais ils n'avaient pas reçu la même éducation que la plupart des hommes de la frontière : on les avait envoyés à un collège de Montréal et ils avaient voyagé dans l'Ouest ainsi que dans l'Est. En les voyant pour la première fois, on avait l'impression qu'ils seraient autant à l'aise dans un village indien que dans un palais. C'étaient des hommes de qualité, pleins d'humour et de joie de vivre.

— Tu finiras bien par choisir — si tu ne l'as pas déjà fait, lui avait dit son père.

Et maintenant, en regardant le spectacle magnifique de la chute du Niagara, Colleen pensait à cette conversation qui avait eu lieu quelques mois auparavant. Ian et Josh étaient à côté d'elle et elle sentait que les jours heureux et insouciants qu'ils avaient passés ensemble tous les trois seraient bientôt du passé : un lien plus étroit, plus adulte, l'unirait à l'un ou à l'autre.

— Quand grand-mère était jeune, toute la famille venait ici chaque printemps, lui dit Ian. Nous ne sommes que quelques-uns à venir maintenant, mais c'est un endroit très spécial.

Colleen soupira : « Je me demande comment c'était autrefois, avant l'arrivée des colons. »

— On raconte que tous les ans, les Indiens jetaient une

jeune vierge dans la cataracte pour apaiser les eaux du tonnerre, dit Ian en riant.

— Une vierge ! quel dommage ! Josh éclata de rire et Colleen se sentit rougir — mais elle fut très tentée de rire, elle aussi. Les deux hommes avaient parfois le sens de l'humour un peu gaulois; Colleen savait que leur père, Will MacLean, faisait souvent des plaisanteries un peu suggestives, mais seulement à sa femme.

— On devrait bientôt manger, proposa Colleen en se tournant vers la charrette. Le petit Ronald Macleod, qui jouait ce jour-là le rôle de chaperon, sortait un grand panier plein de bonnes choses de l'arrière de la charrette.

— Elle cherche à se dérober, dit Ian en souriant. Pour une fois que nous avons envie d'être sérieux, elle se dérobe !

— Sérieux ? demanda Colleen en se retournant. Ils n'avaient certainement pas l'air très sérieux !

— Nous étions sur le point de l'être, reprit Josh, lisant sa pensée. « Colleen, il est temps que nous ayons tous les trois une petite conversation très sérieuse. »

Colleen regarda Josh, puis Ian. Le moment qu'elle attendait et craignait depuis si longtemps était enfin venu.

— Cela fait assez longtemps que nous nous voyons, dit Ian. Il est évident que nous t'admirons tous les deux. Sa voix semblait venir de l'autre côté de la rivière. Colleen tourna son regard vers Josh, puis de nouveau vers Ian.

— L'un de nous voudrait te faire la cour sérieusement, annonça Josh, continuant le fil de la pensée de son frère.

— Mais nous souhaitons tous les deux t'épouser, ajouta Ian.

— Nous te demandons de décider lequel de nous deux te fera la cour et aura l'honneur de parler à ton père.

Colleen, d'un geste inconscient, leva la main et repoussa une longue mèche noire qui lui tombait sur les yeux. Le vent soufflait sur son visage et elle entendait le grondement sonore des chutes qui se jetaient dans la gorge — il lui sembla que son cœur battait au même rythme.

Elle fut tentée de se jeter dans les bras de Josh, mais se sentit paralysée par le regard de Ian, qui la fixait intensément de ses yeux verts : ils semblaient si suppliants que Colleen hésita, se rendant brusquement compte à quel point sa décision allait lui faire de la peine. « Je. . . je ne peux pas, bégaya Colleen. Il me faut du temps pour réfléchir. . . » C'était une réponse sincère. Colleen ne pouvait pas répondre. . . elle avait besoin de réfléchir avant de faire de la peine à Ian.

— Bien sûr, dit Ian en lui prenant le bras. Ça ne va pas être facile de choisir entre nous. Maintenant, je voudrais te dire tout de suite que je dors très tranquillement. Tu n'auras jamais à t'inquiéter de t'éveiller au milieu de la nuit sans une seule couverture sur le dos. Josh, par contre, est très agité, il prend toutes les couvertures. Crois-moi, avec lui, tu n'auras jamais une nuit tranquille.

— Il dort même si bien que tu auras du mal à le réveiller si par hasard tu as envie de faire l'amour ! riposta Josh. Mais je peux te dire une chose : il fait de très beaux meubles, et tu auras un lit beaucoup plus confortable si tu épouses mon petit frère.

— C'est vrai, dit Ian en riant. Mais Josh construit de plus belles maisons. Ian regarda son frère et lui fit un sourire affectueux. « Si j'étais toi, c'est lui que je choisirais : il a bien meilleur caractère. »

Josh mit son bras autour des épaules de Ian. « Ne fais pas attention à ce qu'il dit. Pour te dire la vérité, c'est lui le meilleur parti : il est plus jeune et plus malléable. »

— Assez ! s'écria Colleen. Elle essaya de sourire, mais en fut incapable.

— Tu sais, Ian, il y a peut-être une centaine d'autres messieurs qui désirent lui faire la cour, observa Josh. C'est vraiment très gentil à nous de la laisser choisir entre nous deux seulement.

— Mais il n'y a personne d'autre ! s'exclama Colleen. Comment pouvaient-ils plaisanter à ce point, alors qu'ils la mettaient dans la position terrible de blesser l'un ou l'autre ?

— Au moins, cela reste dans la famille, plaisanta Josh.

— Je pensais qu'on allait manger, dit Ian. Il prit la main de Colleen et s'avança vers le petit Ronald Macleod qui était assis sous un grand érable.

Josh prit son autre main. « Nous avons apporté un vrai festin », dit-il.

Colleen sourit sans grand enthousiasme. Elle avait perdu tout son appétit à l'idée du choix qu'elle allait devoir faire. Elle s'assit en étalant sa longue jupe autour d'elle.

— Nous possédons chacun un quart d'intérêt dans le comptoir de notre père, dit Ian. Nous avons économisé de l'argent en vendant des fourrures pendant nos expéditions à l'Ouest — évidemment Josh en a plus que moi, il est plus vieux.

— Oh, je n'en ai pas tellement plus, répondit Josh. Ian économise tout son argent; moi, je suis un peu dépensier.

— Et nous avons aussi des terres près de Lochiel, ajouta Ian. Nous avons tous les deux travaillé pour la Compagnie de la Baie d'Hudson, et nous pouvons y retourner à plein temps quand nous voulons.

— En somme, nous sommes tous les deux d'excellents partis. Nous pouvons nous occuper de notre femme, lui offrir une maison, des meubles, des terres et un avenir stable et confortable, dit Josh d'une voix moqueuse : il s'amusait à faire semblant d'être un jeune homme très comme il faut, plaidant sa cause auprès du père de sa bien-aimée.

— Moi, j'ai faim ! annonça Ronald Macleod, un petit garçon de cinq ans. Il se mit à fouiller dans le panier.

Colleen regarda Ian et Josh. « Après vous avoir connus une année, je suis parfaitement au courant de vos expériences et de votre brillant avenir. Je vous en prie, laissez-moi réfléchir ! »

— Tu as vraiment de quoi réfléchir ! dit Ian en lui pressant la main.

— En effet, ajouta Josh, effleurant ses doigts de son autre main.

Au toucher de Josh, Colleen se sentit frémir. « Oui, dit-elle. Vous avez raison. »

Mason James MacLean était un jeune homme de vingt-sept ans. Il était grand, comme son père James MacLean, et avait des cheveux très épais, presque noirs. Ses yeux, cependant, étaient ce qu'il avait de plus remarquable : ils paraissaient bruns, mais quand on les regardait de près, on y voyait une lueur verte, comme si Mason James était né avec des yeux verts et que quelqu'un s'était amusé à les repeindre en marron. Le résultat était une teinte vert-olive fort étrange qui donnait à Mason James un charme tout à fait particulier.

Au dire de tous — lui-même compris — Mason James MacLean était un caméléon. Certains le trouvaient arrogant, d'autres égoïste ou gâté. On l'admirait aussi pour son esprit mordant, et il avait beaucoup de charme. Mason James avait reçu une superbe éducation et il était infiniment plus cultivé et plus savant que la plupart de ses collègues du Sud. Il se considérait comme un homme raffiné perdu dans un monde de brutes et de barbares.

Il était grand et donnait l'impression d'être fort : ses épaules étaient larges, ses hanches minces. Quand on le voyait pour la première fois, on avait d'abord l'impression que Mason James était un beau gaillard de la frontière. Mais ses mains le trahissaient : elles étaient toutes blanches, sans aucune callosité — il était évident qu'il n'avait jamais travaillé de ses mains de sa vie.

La première fois qu'il avait vu la capitale de Washington, Mason James l'avait proclamée « une misérable collection de bicoques ». On avait d'ailleurs entendu pire : l'un de ses compatriotes du Sud avait appelé cette ville « un bourbier comparable au Grand Marais serbonien ».

On racontait que la famille dont provenait George Washington s'appelait *Heartburn,* et que quelques années avant de s'établir en Amérique du Nord, elle avait changé de nom. C'est dommage, se disait Mason James. Le nom de *Heartburn* — ou « brûlure d'estomac » — aurait été parfait pour la nouvelle capitale qui s'appelait Washington.

A l'origine, le plan de la ville avait été assez grandiose. Le général Washington, devenu le Président Washington, avait engagé un jeune ingénieur militaire, Pierre-Charles L'Enfant, à dresser les plans de la nouvelle ville. L'Enfant avait créé sur papier une cité superbe, car il s'intéressait beaucoup plus à l'avenir qu'aux restrictions budgétaires du Congrès continental.

Ce n'était pas une capitale de treize États et de trois millions d'habitants qu'il avait imaginée. « Cette nation va se transformer, avait-il affirmé. Un jour elle sera composée de cinquante États et de cinq cents millions d'habitants. Il ne faut pas construire une ville pour aujourd'hui, mais créer la ville de demain. » La conception de L'Enfant était tout à fait raisonnable, mais le Congrès continental avait des idées très arrêtées. Ses nombreux critiques disaient qu'il était allé chercher ses idées extravagantes à Paris et qu'il ne pensait qu'à rivaliser avec Versailles. Sa conception de la ville tournait autour d'un Capitole, d'une Grande Allée et d'une demeure présidentielle. Les bâtiments devaient être placés aux deux bouts d'une longue avenue très large, de manière à offrir une belle perspective. D'autres avenues devaient converger sur la première pour créer de grands carrefours circulaires. Ceci, proclamait L'Enfant, offrirait « une réciprocité de perspective ». Il voulait aussi créer des centres et des sous-centres, des parcs et des squares. « Washington devrait être un jardin pour la liberté de l'esprit, un centre de l'imagination humaine », avait déclaré L'Enfant.

C'est une belle pensée, se disait Mason James; trop égalitaire, sans doute, mais elle a tout de même du mérite. Evidemment, L'Enfant avait été congédié par les puritains avares qui dominaient alors le Congrès — et qui venaient tous des États du Nord-Est.

Il semblait à Mason James que le jardin d'esprits libres dont avait rêvé L'Enfant n'était plus qu'un fossé rempli de mauvaises herbes. Le centre de l'imagination humaine était devenu un bourbier où vivaient moins de cinq cents habitants, dont la plupart étaient des pionniers qui se vantaient de vivre des mois entiers sans se baigner et de faire tout leur travail tout seuls. Mason James MacLean trouvait ces gens écœurants.

Par bonheur, il n'avait pas besoin de vivre à Washington. Dieu merci, il y avait Georgetown — avec ses rangées si nettes de jolies maisons semi-luxueuses, ses tavernes d'où était exclue la canaille, sa vie sociale, ses riches habitants et ses esclaves.

— C'est une petite oasis d'élégance dans un monde inélégant, proclama Mason James en regardant sa coquette petite maison à trois étages. Et quelle chance de l'avoir trouvée ! A l'origine, elle avait appartenu à Mme Susanna Sharp, une femme très étrange et tellement desséchée à l'âge de quatre-vingts ans qu'elle avait été tout simplement réduite en poussière. Mason James était arrivé presque le jour de sa mort et avait pu acheter la maison du petit-fils de Mme Sharp, qui semblait très pressé de partir à l'Ouest. Ce n'était pas aussi beau que la maison de Vidalia, bien sûr, mais pour le moment cela suffisait. Et qui pouvait prédire ce qui arriverait ? Quand la Louisiane deviendrait un État, peut-être qu'il deviendrait un membre du Congrès. Mason James connaissait déjà la puissance de l'argent, et il commençait tout juste à comprendre la puissance politique.

Et puis, malgré la tristesse de Washington et sa vie sociale étroite — qui le mettait en tête à tête constant avec d'absurdes gens du Sud comme M. Clay, qui ne croyait pas à l'esclavage — la ville avait certains avantages.

L'avantage principal était que Mason James MacLean y connaissait très peu de monde, ou plutôt, que peu de gens connaissaient Mason James.

A Vidalia, à Natchez et même à La Nouvelle-Orléans, Mason James MacLean voyait les regards furtifs qu'on lui jetait; il entendait des chuchotements derrière son dos; les gens l'acceptaient, mais il sentait que c'était contre leur gré. C'était à cause de l'argent, évidemment, qu'il n'était pas complètement rejeté. On le traitait poliment parce que l'on craignait son père qui, avec son argent, pouvait tout faire. Avec de l'argent on pouvait acheter la soumission, la faveur, les invitations et les politesses de la conversation. Mais l'argent n'achetait pas la chaleur humaine. Au fond de son âme, Mason James entendait encore les chuchotements. « Il est illégitime, disait-on. C'est le fruit du péché, de l'inceste. » Mais ce qui le troublait le plus était le fait que l'on appelait sa mère « Maria-la-folle » : on disait qu'elle avait été possédée par le diable.

Mais Mason James ne se souvenait pas de sa mère. Elle était morte quatre jours après l'avoir mis au monde, et il ne savait rien d'elle sauf ce qu'il avait entendu dire à mi-voix derrière son dos. Son père avait tout nié sauf un seul fait :

« Oui, tu es illégitime. Mais cela est vrai de la moitié des enfants du Sud. » Alors, ses yeux noirs devenant tout petits, il avait ajouté : « Je te rendrai légitime, tu seras l'homme le plus légitime sur le Mississippi ! L'argent et le pouvoir te rendront légitime ». Mais James MacLean ne parlait jamais de Maria, il n'avait jamais avoué qu'elle était sa mère. Personne ne pouvait rien prouver parce que James MacLean avait beaucoup de maîtresses et que, pendant les dernières années de sa vie, Maria n'avait jamais quitté la plantation. « Ce sont des esclaves médisants qui racontent ces histoires, disait son père. Ne fais pas attention à ces infamies. » Malgré les protestations de son père, Mason James croyait quand même à ces histoires. Et maintenant qu'il était à Washington, il se rendait compte combien il était agréable de vivre à l'écart de tout cela, sans être constamment obligé de réfléchir à un passé dont il n'était pas responsable. Ici, à Washington, il était tout à fait accepté. Comme il était allé aux meilleures écoles, et qu'il avait de l'argent, il était invité partout. Il avait pu s'acheter une belle maison, il était entouré d'esclaves et pouvait recevoir brillamment. Il lui semblait aussi qu'il avait un devoir sacré : il était représentant de son Territoire et s'était rendu à Washington afin de présenter des arguments et des pétitions en faveur d'un État de la Louisiane. Il lui semblait qu'il venait au meilleur moment possible de l'histoire de la nouvelle nation. La population semblait s'être déplacée et les États du Sud devenaient de plus en plus puissants; ils auraient sûrement une voix dans le nouveau Congrès.

— Demain, je serai présenté à Mme Madison, dit Mason James à haute voix, se parlant à lui seul. Il était maintenant assis dans le salon de sa maison de Georgetown et tenait un verre de bourbon à la main. Ses longues jambes étaient étendues devant lui et reposaient sur un joli tabouret bleu. « Et elle m'aidera parce qu'elle a beaucoup d'influence. » Il leva son verre vers le plafond.

— Vous désirez quelque chose, maître ? Mason James leva le regard. Ce n'était que Vertueux, son esclave personnel.

— Non, non, je réfléchissais tout haut, répondit-il en

faisant signe au vieil homme de le laisser tranquille. Mason James se fit une promesse silencieuse d'aller à la Bibliothèque du Congrès pour lire les arguments qu'avaient présentés les autres états qui cherchaient à faire partie des Etats-Unis. « Le monde est vraiment très bien fait, se dit-il. Oui, il est étonnamment bien fait ! »

La vieille ferme Crippen était de taille moyenne, avec deux bâtiments : une maison en bois blanc et une grange construite en pierres et en bois. Cela faisait deux ans que Richard Adams l'avait achetée; toute sa vie, il avait fait des économies afin de pouvoir s'installer un jour dans sa propre maison.

Richard Adams avait eu beaucoup de déceptions dans sa vie; c'était un homme triste et maussade, un enfant abandonné qui avait tout fait pour retrouver ses parents. Il se donnait environ une cinquantaine d'années; il avait été élevé dans un orphelinat à Boston, et à l'âge de douze ans, il était devenu apprenti pour un couple de fermiers sans enfants qui vivaient à Framingham, un petit village à côté de Boston.

Richard Adams avait travaillé dans cette ferme jusqu'à l'âge de vingt-cinq ans environ. Alors, sentant le besoin d'aller ailleurs, il était allé chercher du travail à Boston. Après avoir changé de situation plusieurs fois, il avait épousé Mattie Morrison. Mattie était devenue enceinte presque aussitôt, mais elle était morte après la naissance de Colleen.

Pour éviter que sa fille ne fût élevée dans un orphelinat comme il l'avait été lui-même, Richard Adams s'était aventuré vers l'Ouest, emmenant Colleen avec lui. Il avait travaillé çà et là, et avait réussi à économiser un peu d'argent. Partout où il allait, les femmes s'occupaient de la pauvre petite fille qui n'avait pas de maman; ainsi, Colleen Adams avait connu plusieurs mères provisoires.

Colleen avait vingt ans lorsque Richard put enfin acheter la ferme Crippen. « C'est la première fois de ma vie que je suis vraiment chez moi », avait-il avoué. Puis, un peu honteux, il s'était corrigé : « Je veux dire, chez *nous*. »

Colleen, avec un sourire, avait jeté les bras autour du cou

de son père. C'était un homme très renfermé, si solitaire qu'elle ne paraissait pas lui manquer quand elle n'était pas là. « Un de ces jours, tu te marieras », lui disait-il souvent.

On aurait dit qu'il craignait de trop s'attacher à Colleen de peur de la voir disparaître de sa vie, comme l'avaient fait ses parents.

— Quand je me marierai, je te ramènerai tes petits-enfants et nous serons ensemble, une vraie famille. Colleen avait beau lui répéter ces paroles, son père haussait toujours les épaules en se détournant. « Tu t'en iras », marmonnait-il.

Colleen savait que le souvenir de son enfance le faisait encore beaucoup souffrir. Il se rappelait sans doute très vaguement sa mère, et se languissait de ne pas savoir son nom.

— Adams n'est même pas notre vrai nom, se lamentait-il. On me l'a donné à l'hospice. Quand il mentionnait son nom, il reniflait toujours d'une manière bizarre : « Ils disaient que j'avais de la chance qu'on m'ait donné le nom d'une des grandes familles de la Nouvelle-Angleterre. »

Colleen n'était pas comme son père. Elle avait appris à se contenter de la vie et, dans son esprit, elle s'était créé toute une famille imaginaire. Cette enfant qui avait connu cent mères disait : « Partout où je vais, les gens ont des têtes différentes, mais dans l'ensemble ils se ressemblent tous. » C'était du moins son expérience. Ses mères passagères avaient toutes été des fermières qui travaillaient dur et avaient déjà beaucoup d'enfants. La plupart du temps, Colleen avait deux « sœurs », dont l'une généralement l'aimait et l'autre la détestait. Il y avait aussi des « frères » — de petits polissons — qui tiraient ses nattes et galopaient derrière elle tout autour de la grange. Ils avaient tous des visages différents, mais leurs personnalités étaient toujours les mêmes.

Quand Colleen et Richard Adams étaient venus vivre près de Lewiston, la ferme avait semblé très isolée. Il n'y avait pas d'autres familles dans la maison, pas de mères passagères, ni frères ni sœurs. Mais Colleen s'était habituée à vivre seule avec son père. Richard Adams était satisfait de cette vie et aimait le silence et la paix de son propre salon.

Souvent, le soir, Richard Adams écrivait des lettres. Généralement ces lettres restaient sans réponse; et quand, par hasard, Richard en recevait une, il n'y trouvait jamais ce qu'il cherchait. Il écrivait à des gens, par ci par là, toujours dans l'espoir d'obtenir quelque renseignement sur ses origines. Il restait en contact avec l'hospice où il avait été élevé au cas où quelqu'un — même après tant d'années — viendrait s'enquérir à son sujet.

Colleen n'avait personne à qui écrire et pendant son temps libre, elle s'occupait à coudre et à préparer des conserves. C'est ainsi qu'elle avait vécu jusqu'au jour où elle avait rencontré Josh et Ian. Alors, comme son père l'avait prévu, sa vie avait complètement changé.

Lorsque Colleen revint de son excursion aux chutes du Niagara, elle dit à son père ce qui s'était passé.

— Lequel des deux as-tu choisi ?

Colleen se mordit la lèvre et haussa les épaules. « Il faut que je réfléchisse », murmura-t-elle.

Après quelques jours, son père crut de son devoir de lui parler. « Tu sais très bien lequel des deux tu veux épouser, lui dit-il. C'est de l'autre que tu t'inquiètes. »

— C'est vrai, répondit Colleen, tu as raison.

— Plus tu attends, plus ce sera difficile pour lui. Assieds-toi à ta table et écris une lettre, dis-leur ce qui est sur ton cœur. En traînant, tu ne causeras que de l'anxiété.

Colleen baissa la tête. « Tu as raison », dit-elle. Puis, levant le regard vers lui, elle lui demanda : « Et toi, papa, quels sont tes sentiments ? »

— Les choses sont faites ainsi, répondit-il. Tu es une femme. Les femmes se marient.

— Nous ne serons pas vraiment séparés, dit Colleen.

Mais Richard Adams, comme d'habitude, ne répondit que par un grognement.


Jenna regardait la pochette qu'elle avait posée sur la table. Un messager l'avait apportée une heure auparavant et elle attendait d'être ouverte, inquiétante, un peu sinistre. C'était une petite pochette en cuir scellée à la cire rouge. « Zut alors ! » s'exclama Jenna. La pochette était adressée à Josh et à Ian et il était évident qu'elle venait de Colleen. Si elle avait été pour l'un ou pour l'autre, Jenna aurait eu au moins un indice de ce qu'elle contenait, mais non, elle était adressée aux deux. A l'intérieur se trouvait une lettre, et le refus certain de l'offre d'un de ses deux fils. Jenna était piquée par la curiosité, mais elle se sentait aussi pleine d'angoisse. « Et zut ! » répéta-t-elle. Josh et Ian ne devaient rentrer qu'une heure plus tard. « Qu'est-ce que je vais bien pouvoir faire ? » se demanda-t-elle. Depuis l'arrivée de la lettre, Jenna avait nettoyé tout le salon, en tournant constamment autour de la pochette. Elle avait même passé plusieurs minutes assise devant la lettre comme si, à force de la regarder, elle finirait par voir à travers.

Enfin Jenna rangea ses chiffons et sortit son panier à coudre. Elle s'assit devant son cerceau à broderie et travailla à l'ouvrage qu'elle avait commencé plusieurs semaines auparavant; mais de temps en temps elle jetait un coup d'œil sur la pochette.

— Alors, tu es bien occupée ? Will entra soudain dans la pièce, interrompant la rêverie de Jenna.

— Oh ! que tu m'as fait peur !

— J'ai pourtant fait assez de bruit. Ou bien tu deviens sourde, ou bien tu es perdue dans tes pensées.

Jenna ne répondit pas, mais fit un geste vers la pochette. « C'est arrivé il y a une heure », dit-elle.

— Et tu crèves d'envie de savoir ce qu'il y a à l'intérieur !

— Je suis inquiète, dit Jenna, un peu sur la défensive.

— Tu es curieuse. Tu veux savoir lequel des deux nous allons fêter — et lequel il faudra consoler.

— Ce n'est pas une plaisanterie. Cela m'ennuie déjà de voir Josh et Ian se conduire d'une manière si. . . si désinvolte. S'ils sont indifférents à ce point, ni l'un ni l'autre ne devrait se marier.

— Ils ne sont pas indifférents du tout, dit Will d'une voix grave. « Colleen n'est peut-être pas la seule fille blanche qu'ils aient connue — ils ont dû en rencontrer quand ils étaient au collège à Montréal, — mais c'est la seule qui vive par ici. Ils ont dû connaître des Indiennes. . . mais Colleen est quelqu'un de tout à fait différent. Ce n'est pas la peine de se donner du mal pour conquérir une femme qui ne vous aime pas. Je trouve qu'ils se conduisent d'une façon très raisonnable. C'est à Colleen de décider lequel elle préfère; je suis sûr qu'elle les aime bien tous les deux, mais elle ne peut en aimer qu'un.

— Tu penses que celui dont elle ne voudra pas finira par épouser une Indienne ?

— Ça te gênerait donc tant que cela ?

Jenna secoua la tête : « Non, pas vraiment. Mais ce serait sans doute difficile pour les enfants, et cela me ferait de la peine. Il y a beaucoup de préjugés contre les Métis, tu sais. »

— Je sais, répondit Will. Il tourna le regard vers la pochette : « En tout cas, elle a suffisamment d'affection pour eux pour ne pas les avoir trop fait attendre. »

— Qu'est-ce que tu penses ? demanda Jenna.

— Ils ont tous les deux des qualités, répondit Will en faisant une grimace. « Je t'en prie, ne m'oblige pas à choisir un de mes fils. Ce n'est pas à moi de le faire, Dieu merci. »

— Pardon, dit Jenna. Moi non plus, je ne saurais pas lequel des deux choisir.

— Au moins tu n'auras pas longtemps à attendre pour satisfaire ta curiosité. Will s'était approché de la fenêtre et regardait dehors : « Je crois entendre leurs chevaux ».

— Les garçons sont allés à Lochiel pour donner un coup de main, dit Jenna. La récolte était excellente cette année-là, et tous les membres de la famille qui n'étaient pas occupés autrement y prenaient part.

Josh et Ian entrèrent dans la maison en riant. « J'ai déterré un navet si gros qu'il durera tout l'hiver », annonça Ian.

— Il y a une lettre pour vous deux. Elle est là.

Les deux hommes restèrent immobiles dans l'embrasure de la porte. Jenna les regarda avec intensité. « Vous voulez être seuls ? » dit-elle en se tournant vers Will. Il était confortablement installé dans un fauteuil et avait mis les pieds sur un tabouret.

Josh prit la pochette de la main de sa mère : « C'est de Colleen ». Il la retourna lentement puis la tendit à son frère. « Tu veux l'ouvrir ? »

Ian prit la pochette et brisa le sceau en cire rouge. Il sortit deux parchemins. « Un pour toi, un pour moi », dit-il en souriant, puis tendit à Josh une lettre qui portait son nom.

Pendant qu'ils lisaient leurs lettres, Jenna étudia leurs visages avec anxiété. « Oh, Ian », dit-elle après quelques instants. Le refus de Colleen se lisait sur son visage, et ses yeux étaient un peu humides. Mais il n'hésita pas un seul instant. Il se tourna vers son frère et lui saisit le bras.

— Tu seras un homme très heureux, dit-il avec enthousiasme. Elle est belle, gentille et affectueuse.

Le visage de Josh était rouge de bonheur. Il prit son frère dans ses bras : « Tu es un type vraiment chouette, Ian. Je ne mérite pas un frère comme toi. »

Jenna respira enfin, mais si fort qu'il lui sembla que tout le monde pouvait l'entendre. « J'étais tellement inquiète », dit-elle avec une toute petite voix. « Oh, Ian, je suis désolée — et Josh, je suis si heureuse ! Je ne sais vraiment pas quoi dire. »

— Allons, allons, je ne suis pas encore marié, dit Josh en mettant son bras autour de la taille de sa mère.

— Et moi, je ne suis pas encore mort et enterré ! ajouta Ian.

— Nous avons fait un pacte : c'était Colleen qui devait choisir, dit Josh. Mais ce n'est pas tout. Allons Ian, raconte.

— Comment, ce n'est pas tout ? demanda Jenna en regardant ses fils, puis son mari. « Je ne comprends pas. »

— Quand nous avons décidé de mettre fin à notre rivalité amicale et de laisser choisir Colleen, nous nous sommes aussi promis que celui qui perdrait Colleen accepterait le poste que nous offre la Compagnie de la Baie d'Hudson.

— Quel poste ? demanda Jenna. De quoi parles-tu ?

— Lord Selkirk a l'intention de recruter des Highlanders en Ecosse — des réfugiés de l'évacuation — et les emmener en Amérique du Nord, expliqua Josh. Il a l'intention de les installer au bord de la Rivière-Rouge, dans la Terre de Rupert — tout près de la frontière du Territoire du Dakota.

— Miles Macdonell est déjà parti en Ecosse pour recruter des colons, ajouta Ian. Maintenant je vais les rejoindre !

— En Ecosse ! s'écria Jenna, complètement ahurie. Tu vas en Ecosse ? Mais c'est si loin !

— Je parie que ta mère a dit la même chose quand tu es allée à la Nouvelle-Orléans, remarqua Will.

Jenna devint toute rouge : c'était parfaitement vrai, elle parlait exactement comme sa mère. « Et qu'est-ce que tu feras après ? » demanda-t-elle.

— Les colons iront par bateau jusqu'à York Factory, puis suivront le réseau fluvial jusqu'à Pembina.

— Mon Dieu ! s'écria Jenna. Quel voyage !

— Je suis déjà allé à l'Ouest, dit Ian.

— Oui, mais pas avec des colons. Et tu n'es jamais allé en Ecosse. C'est de l'autre côté de la mer !

Ian partit d'un éclat de rire. « Grand-mère a bien survécu au voyage en 1749 ! Je suppose que moi aussi je survivrai ! Aujourd'hui il faut à peine un mois pour y aller. »

— Assez ! interrompit Will. Josh, tu devrais aller voir le père de Colleen. Quant à toi, Ian, je suppose que tu ne pars pas encore demain matin ?

— Pas tout à fait, répondit Ian avec un sourire.

Will alla vers l'armoire à alcool et en sortit un flacon à cognac : « Je pense que nous devrions boire à la santé de nos deux fils. »

— Tu as raison, répondit Jenna, qui ne voulait pas montrer combien le serment étonnant de ses fils la choquait. « Je suppose qu'il va falloir que je m'habitue à ne plus avoir d'hommes dans la maison. »

— Mais il y en a encore un ! dit Will en riant. Il lui donna une grande tape sur le derrière : « D'ailleurs, tu auras tout le temps que tu veux pour travailler au magasin. Faisons un toast aux fiançailles prochaines de Josh et à l'aventure de Ian, proposa Will en tendant des verres à tout le monde.

— Et à la récolte, ajouta Josh — bien qu'elle ne soit pas encore terminée !

Le lendemain, Josh prit un bateau à l'embarcadère de Queenston et traversa la rivière. C'était l'endroit le plus étroit de la rivière du Niagara : la traversée n'était que de deux cents mètres environ, mais l'eau était si turbulente à cet endroit que lorsqu'on gagnait la rive opposée on se trouvait généralement à plusieurs mètres en aval.

Quand il fut arrivé de l'autre côté, Josh loua un cheval et partit vers la ferme où vivait Colleen, un peu en dehors de Lewiston. Là, il demanda officiellement la main de Colleen à son père ainsi que la permission de lui faire la cour.

— C'est ce que veut ma fille, avoua Adams. Je lui ai dit qu'elle pouvait faire un mariage d'amour, mais si j'ai bien compris, vous n'êtes pas un homme pauvre.

Josh sourit et tendit la main à Adams : « Je pense pouvoir lui offrir une vie agréable. J'ai des terres, je possède une part du comptoir de mon père et j'ai pu économiser de l'argent quand je suis allé dans l'Ouest au pays des fourrures. »

— Et une fois marié, allez-vous envelopper ma fille dans une couverture de la Compagnie de la Baie d'Hudson et l'emmener à l'Ouest comme une *squaw* indienne ?

— Pas du tout, monsieur. J'ai des terres près de Lochiel, mais j'ai aussi acheté une propriété près du fort York. Peut-être que nous y bâtirons une maison : c'est sur le lac Ontario. Nous pourrions y établir un comptoir commercial. J'ai beaucoup réfléchi à la question, et j'ai assez d'argent pour m'installer.

— C'est un héritage ? demanda Adams en levant le sourcil.

— Non, monsieur. Je l'ai gagné au cours de mes deux expéditions à l'Ouest.

Adams poussa un grognement et remplit silencieusement deux verres de whisky. Il firent ensemble un toast. « Au bonheur des futurs époux ! » proposa Adams.

Un peu plus tard, Josh et Colleen allèrent se promener dans les bois. « Les feuilles vont bientôt tourner », dit-elle en souriant. Ils suivirent un petit sentier jusqu'au ruisseau qui coulait à travers la ferme. « Papa dit qu'il défrichera ce coin de la propriété l'année prochaine, pour ajouter à la terre qu'il cultive déjà. »

Soudain Josh s'arrêta : « Tu sais, c'est la première fois que nous sommes seuls. »

Colleen se tourna vers lui. « Oui, je sais », répondit-elle en cherchant son regard de ses immenses yeux bleus. « C'est drôle, j'ai l'impression de si bien te connaître. Quand nous étions ensemble, j'avais toujours le sentiment d'être toute seule avec toi. »

Josh étendit les bras et lui prit les mains, puis la tira vers lui : « Je t'aime, Colleen Adams. » Il regarda son visage. « J'aime tout en toi. »

Colleen se mordit la lèvre : « Est-ce que Ian a pris la chose très mal ? »

— Non, je pense qu'il s'en remettra. Il était pourtant tout aussi amoureux que moi.

— Et toi, tu t'en serais remis si j'avais choisi Ian ?

— Peut-être après quelques centaines d'années, répondit Josh en souriant.

— Et Ian ?

— Ian s'intéresse surtout à la conquête, lui dit Josh. S'il n'arrive pas à conquérir une femme, son ardeur diminue.

— Ah ! Et est-ce que ton ardeur va diminuer parce que tu n'as pas eu besoin de faire ma conquête, parce que tu savais que je t'aimais depuis le début ?

— Pas si tu me fais preuve d'adoration éternelle, répondit Josh avec bonne humeur. Ceci dit, il la prit dans ses bras et l'embrassa sur la bouche, remuant ses lèvres sur les siennes et la pressant contre lui avec ardeur.

Il promena ses grandes mains sur le dos de Colleen et la troubla tant qu'elle se sentit presque nue dans ses bras. Il la serra si fort contre lui qu'elle eut presque l'impression que son corps traversait le sien. Elle se sentait légère, un peu défaillante, très petite et vulnérable dans ses bras. Sa peau devint toute brûlante et toutes ses autres sensations semblaient avoir disparu, laissant place au désir intense qu'elle éprouvait pour cet homme qui l'embrassait si passionnément.

Colleen sentit les mains de Josh errer sur son dos, sur ses hanches rondes, sur ses seins hauts et fermes. Il fit un effort sur lui-même et l'effleura rapidement de ses doigts, mais ses lèvres étaient encore collées sur les siennes et il l'embrassait avec ardeur.

Après quelques instants, Colleen faillit se pâmer contre lui et cacha son visage contre sa large poitrine. « Ah ! » gémit-elle tout doucement. Elle éprouva soudain une sensation inconnue : entre ses jambes, elle se sentait tout humide, elle était dans un état d'euphorie. « Ah, mon Dieu ! » soupira-t-elle enfin.

Josh éclata de rire. « Ah, mon Dieu ! c'est le cas de le dire ! » Il la relâcha : « Si nous continuons à nous embrasser comme ça, tu seras grosse le jour de tes noces ! »

Le visage de Colleen devint tout rose. « J'ai confiance en toi, murmura-t-elle. Je te confie ma vie tout entière. »

— Eh bien moi, je n'ai pas du tout confiance en moi, répondit Josh en la regardant fixement. « Je te désire trop. »

Colleen hocha la tête : « Et moi aussi. »

— Nous attendrons notre nuit de noces, dit Josh. Je t'aime beaucoup trop pour supporter l'idée qu'on jase dans le village à notre sujet.

Il la prit par la main et ils retournèrent ensemble le long du sentier jusqu'à la ferme. « Je viendrai te voir le plus souvent possible, lui promit Josh. Et tu viendras aussi à Lochiel. » Josh s'arrêta un instant et se gratta le menton : « Et ton père, est-ce que cela l'ennuie de rester tout seul ? »

— Pas vraiment. Il est toujours très solitaire. Peut-être que s'il a des petits-enfants, il changera. Je ne sais pas. Il aime être seul.

— Il aura des tas de petits-enfants ! dit Josh en la prenant dans ses bras. Colleen, se disait Josh, était aussi ardente qu'elle était belle. Il trouvait qu'il avait beaucoup de chance.

# CHAPITRE II

## le 1er novembre 1811

Pendant tout le mois d'octobre il avait fait un temps froid et ensoleillé; le ciel n'avait jamais paru plus clair, ni les feuilles plus brillamment colorées en rouge, orange et or. Mais c'était maintenant le premier novembre : les nuits glaciales et les vents cinglants dénudaient peu à peu les érables, les bouleaux, les chênes et les sumacs de leurs feuilles multicolores. L'automne remplaçait l'été indien et les derniers oiseaux s'envolaient vers le sud, abandonnant le climat froid aux créatures plus robustes.

C'était pourtant une époque très agréable. L'odeur de feuilles brûlées remplissait l'air; le parfum de pommes cuites mettait l'eau à la bouche; les hommes parlaient sans cesse de la récolte, qui avait été excellente cette année-là. Mais aujourd'hui, le ciel avait perdu sa clarté. Un orage se formait autour du Niagara. Les pannes de nuages épais et gris qui s'amoncelaient au nord annonçaient un long hiver; ceux du sud marquaient la fin d'une saison douce et paisible.

Jenna MacLean était dans sa jolie maison en bois blanc à Queenston, et travaillait dans sa bonne cuisine bien chaude. Elle prit un instant de repos pour s'essuyer le front. La palette dont elle se servait pour battre le beurre était devenue difficile à manier : le beurre était presque prêt, et le babeurre pouvait maintenant être mis de côté. Comme d'habitude, le beurre serait coupé en carrés et rangé dans la glacière derrière la maison. Pendant l'hiver, on y mettait de gros

25

blocs de glace de la rivière, et comme ils ne fondaient qu'à la fin de l'été, la glacière servait à conserver la viande et d'autres comestibles pendant presque toute l'année.

Mais ce n'était pas à son beurre que pensait Jenna; elle songeait à son mari, Will MacLean, et à son fils aîné Josh. Elle avait eu cet enfant toute jeune, alors qu'elle n'avait que dix-sept ans. Personne dans la famille n'était au courant du secret de sa naissance, et Jenna n'en avait même jamais parlé à sa mère.

Josh n'était pas le fils de Will, mais de James MacLean. Quand Will et Jenna s'étaient mariés, il s'étaient promis de garder le secret et d'élever Josh comme s'il était le fils de Will.

Mais Jenna avait à trois reprises regretté cette décision de ne rien dire à Josh ni au reste de la famille. Au baptême de son fils, elle avait eu envie de tout avouer à sa mère. Quand Josh avait fêté ses dix-huit ans, il avait semblé à Jenna qu'il était assez mûr pour savoir la vérité. Et maintenant, plus que jamais, Jenna pensait qu'il fallait tout lui dire. Josh était fiancé, il avait le droit de connaître ses vraies origines. Mais Will n'était pas d'accord et il était entêté. « C'est mon fils, disait-il. C'est tout autant mon fils que s'il venait de moi. Si tu lui dis maintenant, après toutes ces années, tu vas lui causer une peine terrible. »

C'est parce qu'il l'aime tant, se disait Jenna. Will ne peut pas supporter que Josh le voie autrement que comme son père. Will, dans un sens, avait raison. Si l'on parlait à Josh de James MacLean, il faudrait aussi parler du reste de sa famille. Si on lui apprenait une partie de l'histoire, il faudrait tout lui raconter. Josh voudrait tout savoir sur James, sur sa tante, Maria-la-folle, et sur sa grand-mère Angélique : il faudrait lui expliquer comment elle était morte. A cette idée, Jenna eut un frisson. James MacLean était un homme cruel et égoïste et sa sœur avait été l'essence du mal. Plusieurs années auparavant, Will avait rencontré un commerçant qui venait de Natchez, et pour la première fois depuis plus de vingt ans, il avait eu des nouvelles de son frère et de sa sœur. « Ce sont des gens bizarres, avait dit le commerçant, bizarres mais très puissants. »

James MacLean avait acquis énormément de terre, sur laquelle il avait bâti une superbe maison, bien plus belle que celles que l'on voyait à La Nouvelle-Orléans. Sa plantation de coton l'avait rendu très riche. On disait que James Mac-Lean avait cent esclaves. Mais Will avait appris une chose encore plus importante. On disait qu'un an après le départ de Will et de Jenna, James et Maria s'étaient mis à vivre ensemble comme mari et femme — « le plus terrible de tous les péchés ! avait chuchoté le commerçant. Ils ont eu un enfant, un fils. » « Et Maria ? » avait demandé Will. « Elle est morte en couches. »

Josh avait donc un demi-frère ainsi qu'un père dont il ne savait rien. Mais ce qui troublait surtout Jenna — ce qui lui donnait envie de tout dire à son fils — c'était qu'un jour Josh finirait quand même par apprendre la vérité. « Il nous en voudrait terriblement de lui avoir menti, avait-elle dit à Will. Peut-être qu'il ne nous pardonnerait jamais. Nous devrions tout lui dire, surtout maintenant qu'il va se marier. »

— Non, avait répondu Will avec fermeté. Je ne veux pas qu'il sache quoi que ce soit sur James et sur Maria.

Ainsi s'était déroulée leur discussion de la veille, et Jenna était encore profondément troublée. Elle n'avait pas tout dit, elle n'avait pas parlé de sa plus grande crainte.

Jenna lâcha la palette et détendit ses doigts crispés par l'anxiété. « Oh ! » s'écria Jenna en se retournant, « Dieu ! que tu m'as fait peur ! »

Will s'était approché d'elle à pas de loup et avait mis les bras autour de sa taille. « Tu ne t'en portes pas plus mal, il me semble », lui chuchota-t-il à l'oreille.

Jenna leva les yeux vers le visage de son mari. Malgré ses quarante-huit ans, il avait encore un sourire de gamin et il aimait folâtrer avec sa femme et la taquiner. Parfois il était trop taquin, se disait-elle. Mais il avait un sourire contagieux et il calmait souvent ses mauvaises humeurs. Will baissa la tête et embrassa Jenna derrière l'oreille. « Je te croyais à Lochiel, en pleine préparation pour cet après-midi, dit-elle. Tu ne devrais pas me faire des peurs pareilles. »

Will lui fit faire demi-tour et l'embrassa sur la bouche, promenant ses mains sur son dos et ponctuant son baiser par une affectueuse tape sur le derrière.

— Tu es vraiment terrible, dit Jenna, en faisant semblant de le gronder; mais elle ne put cacher son sourire.

— Tu as peur qu'avec mon ardeur passionnée, je fasse fondre le beurre ? répondit Will avec un geste théâtral. C'était sa manière, se dit Jenna. Chaque fois qu'ils se disputaient ou qu'il y avait un problème entre eux, Will trouvait moyen de lui faire oublier ses soucis en la taquinant avec ses gestes amoureux. A ces instants-là, il leur semblait qu'ils étaient de nouveau jeunes, ils oubliaient et se pardonnaient tout.

— Il est à peine dix heures du matin et tu oublies que je suis une dame respectable, lui dit Jenna. Tu es trop vieux pour me faire la cour !

Pour toute réponse, Will éclata de rire et souleva Jenna dans ses bras. « Tu es trop aimable ! Je ne suis pas encore un vieux croulant. Quant à toi, tu es une femme éternellement jeune et désirable. Je ne suis pas encore prêt à me faire enterrer. . . sauf avec toi, sous un gros édredon en duvet. Viens, allons nous coucher. »

— Laisse-moi tranquille, Will MacLean ! Tu es un polisson !

Will recula et fit semblant de bâiller. « Je suis devenu tellement vieux que je n'arrive plus à rester éveillé jusqu'au soir pour faire l'amour avec toi. J'aime mieux faire l'amour pendant la journée. »

— Il faut encore que je mette le babeurre de côté, que j'enveloppe le beurre, pèle les pommes de terre et prépare les tartes. . . Will, j'ai mille choses à faire avant cet après-midi. Et il faut être à Lochiel à quatre heures !

— Ce ne sont que des excuses. . . Will se jeta sur sa femme, mit ses mains autour de sa taille étroite, la souleva et la jeta sur son épaule gauche; puis il l'emporta hors de la cuisine, à travers le vestibule et en haut de l'escalier qui menait au premier étage.

— Tu es insupportable, Will MacLean ! Vraiment insupportable ! protesta Jenna. Elle lui donna des coups dans le dos, mais en fait, l'ardeur de son mari l'avait rendue tout excitée.

— Tu adores cela, affirma Will en connaissance de cause; il la laissa tomber sur le matelas à plumes et se jeta sur elle en couvrant son long cou blanc de baisers passionnés. Will leva la tête, s'appuya sur le coude, mit son menton sur sa main et la regarda en plein visage.

Jenna, à son tour, regarda dans les yeux malicieux de son mari. Comme d'habitude, la dispute de la veille était oubliée. Will ne voulait plus en parler ni Jenna non plus.

Will se pencha de nouveau vers elle mais cette fois-ci il l'embrassa longuement et avec passion, glissant la main sous ses jupes; il caressa ses cuisses puis explora ses parties intimes jusqu'au moment où Jenna cessa de simuler la résistance et se pressa contre lui. Alors Will interrompit son baiser pour mieux la regarder : les yeux de Jenna étaient fermés et son expression d'ivresse amoureuse et de plaisir intense l'excita encore plus. Il défit sa robe et promena ses mains sur ses seins ronds et mûrs. « Superbe créature ! » chuchota-t-il dans son oreille. Will ôta un instant sa main pour défaire ses propres vêtements, puis la déshabilla tout à fait. Jenna, comme dans une transe, gémit doucement.

— Après toutes ces années, je devrais être fatigué de toi, dit Will pour la taquiner. Puis, cachant son visage entre ses seins, il murmura : « Mais je ne me lasse jamais. » Will toucha légèrement sa peau blanche et fraîche et la stimula doucement, mais il savait que ce n'était pas nécessaire car Jenna réagissait toujours immédiatement à ses caresses.

— Oh, tu me taquines de trop, dit Jenna en se pressant contre lui.

— J'aime te taquiner, répondit Will. Et j'aime te chatouiller, te tripoter et regarder ton visage, te voir devenir toute rose et haletante.

Jenna grogna doucement et Will la caressa d'une main experte. Il sentit son corps se raidir sous le sien, sa peau devenir toute chaude; il vit son ravissant visage s'enflammer de désir et l'entendit respirer par petites saccades. Il attendit qu'elle se glissât vers lui en le serrant très fort, ses doigts s'enfonçant dans son dos nu. Alors il entra en elle et ils remuèrent ensemble, parfaitement à l'aise l'un avec l'autre, et atteignirent au même instant le comble du plaisir, toujours étroitement enlacés. Leur passion apaisée, ils restèrent dans les bras l'un de l'autre pendant un long moment, heureux et calmes sous la tiédeur moelleuse de l'énorme édredon.

Après quelque temps, Jenna se redressa et passa la main dans ses cheveux emmêlés : « Oh, je dois me lever ! » Elle s'étira doucement et Will la regarda, les yeux pleins d'amour et de tendresse. Jenna sentit son regard se fixer avec admiration sur ses fesses rondes, fermes et parfaitement modelées. Sa peau était blanche, sa gorge abondante et mûre encore tendre et voluptueuse.

En la regardant, Will se dit que la beauté véritable était plus qu'un don de la nature, et venait aussi de l'intérieur. Jenna rayonnait de bonheur et de contentement et comme sa mère, elle était intelligente et courageuse. Elle avait été un peu écervelée dans sa jeunesse, et avait fait beaucoup de sottises. Mais tout cela était du passé : Jenna était devenue une femme raisonnable, au jugement solide, elle était sûre d'elle, et savait faire face aux situations difficiles. Elle était aimée et savait aimer.

Will se redressa et remit ses vêtements. Jenna s'habilla rapidement. « Josh sera bientôt rentré. Que dirait-il s'il revenait à la maison et trouvait ses parents au lit et en train de faire l'amour, avant le déjeuner ? »

Will éclata de rire : « J'espère qu'il serait assez poli pour dire « excusez-moi ».

— Il serait choqué !

— J'espère que je n'ai pas élevé mon fils à avoir des réactions pareilles !

Jenna se tourna vers Will, le visage brusquement sérieux. Will avait mis l'accent sur les paroles *mon fils*. Cela lui fit penser à leur dispute de la veille, et elle se sentit soudain tout angoissée. Elle n'arrivait pas à se débarrasser de cette angoisse. Elle regarda Will d'un air suppliant, ses grands yeux verts tout pleins d'amour et d'anxiété.

— Will, après ceci je promets de ne plus t'en parler, mais

30

il y a encore une chose qui me trouble terriblement. Will, ce serait affreux si — si quelque chose arrivait et que Josh apprenait la vérité par quelqu'un d'autre. Jenna put à peine terminer sa phrase : elle était hantée par l'idée qu'après toutes ces années, son bonheur allait lui être arraché. Elle craignait encore James MacLean, et son image jetait une ombre terrible sur son cœur.

Will secoua la tête. « Non, répondit-il simplement. Il n'y a que James, et lui-même ne pourrait que deviner la vérité. Personne ne sait qu'il n'est pas mon fils, personne ne peut le lui dire. »

Jenna hocha la tête. Elle ne voulait à aucun prix recommencer la discussion et elle savait que Will ne cèderait jamais. Elle avait dit ce qu'elle sentait et était soulagée d'avoir exprimé tout haut ce qui pesait sur son cœur; mais elle se sentait encore troublée.

— Quelqu'un vient d'arriver, dit Will.

Jenna rougit : « Oh, ça doit être Josh. Il est rentré. Je vais descendre et toi tu vas rester ici. Ce sera moins évident. »

— Moins évident ? répéta Will, une lueur malicieuse éclairant son regard. « Allons, allons. Il doit bien s'imaginer qu'il nous arrive de faire l'amour. Comment serait-il né autrement ? »

Jenna se retourna vivement. Will avait encore une fois fait une plaisanterie qui la blessait à vif. « Les enfants ne pensent pas à leurs parents de cette façon », bégaya-t-elle.

Will resta un instant silencieux : « Bon, je veux bien jouer le jeu. Descends la première. »

Jenna se dirigea vers la porte, son esprit troublé par la dernière remarque de Will : « Il doit bien s'imaginer qu'il nous arrive de faire l'amour. Comment serait-il né autrement ? » On aurait vraiment dit qu'il se prenait pour le père de Josh, se dit-elle. Il avait choisi de passer l'éponge sur la vérité, comme si les longs mois de sa première grossesse, avant leur mariage, avant qu'ils aient fait l'amour, n'avaient jamais existé.

John Fraser Murray était un jeune garçon dégingandé de onze ans; il avait les yeux bleus de son père et les cheveux

31

roux, comme tous les autres membres de sa famille du côté maternel.

Novembre avait toujours été son mois préféré. D'abord, son anniversaire tombait à la fin du mois, et c'était toujours l'occasion d'une grande fête. Ensuite, c'était en novembre que l'on fêtait la récolte. Tous les membres de la famille venaient à Lochiel : les clans Macleod et MacLean se réunissaient avec leurs voisins autour d'un feu immense et faisaient un merveilleux régal de maïs et d'autres bonnes choses.

Tout à l'heure, les musiciens viendraient avec leurs violons, il y aurait des danses et des chants et on se raconterait des histoires auprès du feu. Il y aurait des quantités formidables de tartes et, bien sûr, une énorme marmite noire pleine de maïs que l'on servirait avec du beurre tout frais; du bon pain noir et des perdreaux rôtis à la broche servis avec une délicieuse sauce piquante faite de canneberges et sucrée au sirop d'érable. En pensant à ce festin, John Fraser Murray en avait l'eau à la bouche. Il bouillait d'impatience en attendant le coucher du soleil et le moment où les invités se mettraient à arriver. Déjà, dans le lointain, il pouvait voir les hommes préparer le grand feu, tandis que, dans la cuisine, les femmes s'affairaient autour du fourneau.

Il regarda le soleil; il n'était encore que dix heures et demie du matin : il lui semblait qu'il avait toute une éternité à attendre avant quatre heures.

— Ta corvée, lui avait dit sa mère ce matin-là, sera de réparer le vieux mur en pierres autour de la maison. Vas-y et fais un beau travail. Ce n'est pas le moment de rêvasser. Tu as compris ?

Ce n'était pas une corvée bien difficile, surtout par un temps si frais. Cependant, John Fraser Murray prenait son temps. Il s'offrit même quelques instants de repos après avoir remis en place une grosse pierre sur le côté de la route qui menait vers la longue véranda de la grande maison en pierres. Il s'essuya le front sur sa manche et regarda son cousin Ronald Macleod, qui avait cinq ans et tenait une pierre dans ses petits bras. « Où veux-tu la mettre ? » demanda Ronald, révélant un grand trou dans sa bouche, d'où étaient récemment tombées ses dents de devant.

John se gratta la tête : « Par là, répondit-il en indiquant un petit espace dans le mur à un ou deux mètres de l'endroit où ils se tenaient. Ronald posa la pierre très soigneusement sans oublier un instant qu'il n'était que l'apprenti de son cousin. Il se redressa et regarda vers la maison dans le lointain. « Quel âge a-t-elle ? » demanda-t-il en montrant du doigt son arrière-grand-mère qui était assise sur une vieille chaise à bascule sur la véranda, et tricotait tranquillement. De loin, Janet Cameron Macleod semblait très occupée par son ouvrage. Elle était enveloppée dans une belle couverture de la Compagnie de la Baie d'Hudson et se balançait doucement en tricotant. A Noël, comme le savaient tous ses petits-enfants et arrière-petits-enfants, elle leur offrait des quantités mirobolantes de cache-nez, d'écharpes et de chaussettes. Grand-mère Macleod avait toujours un cadeau individuel pour chacun d'entre eux.

John fronça légèrement les sourcils en considérant la question de Ronald. Il était trop fier pour compter sur ses doigts devant son jeune cousin et il fut obligé de faire un calcul mental. « Quatre-vingt-deux ans », répondit-il enfin. « Elle a quatre-vingt-deux ans. »

Ronald ouvrit la bouche d'admiration : « C'est vieux, ça ! C'est plus vieux que la maison ! Plus vieux que le grand érable. . . peut-être même plus vieux que les chutes du Niagara ! »

— Mais non, c'est pas si vieux que les chutes ! répondit John. Les chutes ont des milliers et des milliers d'années. Grand-mère Macleod n'a même pas cent ans. . . pas encore, en tout cas !

Ronald se laissa tomber et s'assit en tailleur sur les feuilles qui recouvraient la terre. « On se repose un peu ? » proposa-t-il.

John Fraser Murray jeta un regard sur la véranda. Grand-mère Macleod semblait occupée par son ouvrage, les hommes étaient tous derrière la grange et les femmes dans la cuisine. « Bon, je veux bien », répondit-il. Son travail était pratiquement fini de toute façon.

— Rien au monde ne peut avoir des milliers d'années, insista Ronald, qui s'était mis à jouer distraitement avec les feuilles.

— Tu parles comme ça parce que tu n'as que cinq ans. Tu ne peux rien imaginer d'aussi vieux que cela parce que tu n'as pas vécu assez longtemps toi-même. Quand tu auras onze ans — ou douze, comme je les aurai bientôt — tu comprendras beaucoup mieux.

— Eh bien, moi aussi je vivrai très très longtemps, se vanta Ronald. Peut-être même que je vivrai jusqu'à cent ans ou même cent six ans.

— Presque personne ne vit aussi longtemps que ça, répondit John. Les seuls gens qui sont morts si vieux sont dans la Bible. Ils ont dû vivre très longtemps parce que c'est un très gros livre. . . tu sais, comme Mathusalem, qui a vécu jusqu'à l'âge de neuf cent soixante-neuf ans.

Ronald cessa de tracer de petits dessins avec les feuilles et leva le regard. Tous les soirs à la maison, on lisait la Bible; c'était le livre dont on se servait pour enseigner aux enfants la lecture, et ils devaient apprendre des passages entiers par cœur. Mais il y avait de grands mots et des noms qui n'en finissaient pas, et c'était si long que, malgré ses efforts, Ronald s'embrouillait toujours. « Qu'est-ce qu'un engendra ? » demanda-t-il tout à coup.

John saisit une touffe d'herbe et se mit à tresser trois brins en une petite natte. « Un engendra ? » Il répéta le mot sans comprendre. « Pourquoi tu poses une question pareille ? »

Ronald haussa les épaules : « Parce que tout le monde dans la Bible est toujours en train d'engendrater. Tu sais, Adam engendra Seth, qui engendra Enos, qui engendra Caïnan et Caïnan engendra Mahalalel. . . c'est tout ce que je me rappelle, sauf qu'ils continuent encore à engendrater après ça. »

John Fraser Murray regarda autour de lui un peu nerveusement, mais personne n'avait remarqué que les garçons ne travaillaient plus. La seule personne qu'il voyait était grand-mère Macleod, et elle ne pouvait pas les en-

34

tendre de si loin. « Engendrer, ça veut dire avoir des bébés »,
chuchota John d'un air conspirateur, espérant que le petit
Ronald se contenterait de sa réponse et ne poserait pas de
questions plus détaillées sur la manière dont on engendrait.

— Est-ce que maman et papa m'ont engendré ? demanda
Ronald d'un air un peu ahuri.

John hocha la tête. Ronald passait son temps à poser des
questions. Pourquoi les chevaux avaient-ils quatre pattes ?
Pourquoi les chutes tombaient-elles ? Pourquoi ceci, pourquoi cela. Mais, se disait John, engendrer c'était important.
C'était en tout cas plus important que les questions absurdes
que Ronald lui posait d'habitude.

— Ton arrière-grand-mère, dit John en montrant Janet, a
épousé Mathew Macleod. Janet et Mathew ont engendré
Andrew, Mat, Helena et Jenna, et ils ont adopté trois autres
enfants : Madeleine, René et Pierre Deschamps. Adopter
c'est pas la même chose qu'engendrer, alors ne me pose pas
de questions sur cela pour l'instant.

— Il n'y a que grand-tante Madeleine qui vive ici maintenant de toute façon, interrompit Ronald. Les autres sont tous
loin.

John hocha la tête, cherchant à simplifier son explication.
« En tout cas, continua-t-il, Andrew Macleod a épousé
Laurie Macpherson et ils ont engendré ta tante Catherine et
ton père John Macleod. Et ton père a épousé Tara O'Brien et
ils ont engendré ta sœur Peggy, ton frère Lawrence et toi.
T'as compris ? »

Ronald fronça les sourcils : « Et tous les enfants de Janet
et Mathew ont engendré aussi ? C'est pour cela que nous
avons tant de cousins ? »

John hocha la tête, tout fier d'avoir donné une explication
si claire.

Ronald poussa un soupir : « Eh bien, je ne comprends pas
vraiment, mais quand j'aurai cent six ans, je comprendrai
tout à fait. »

— Il te faudra au moins cent ans, marmonna John. Il se
rappela brusquement la conversation qu'il avait entendue
entre son arrière-grand-mère et sa grand-mère Helena Fraser
au petit-déjeuner ce matin-là.

— Pourquoi est-ce que tu continues à envoyer des cadeaux à la famille de René à Rupert's Land ? avait demandé Helena.

— Parce qu'il font partie de la famille, avait insisté Janet de sa voix basse et un peu enrouée. Elle parlait encore avec l'accent écossais et roulait ses *r*.

— René pourrait au moins écrire, avait dit Helena.

— Il écrit, mais pas très souvent, avait répondu Janet. Grand-mère Helena avait détourné le visage : on ne discutait pas avec grand-mère Macleod. « Quand René a envie d'écrire, il écrit », avait dit Janet d'un ton ferme. « Les distances ne séparent pas plus une famille unie que les années ne font passer l'amour. »

— Alors, les enfants, vous travaillez ou vous jouez ? La voix, qui venait de la véranda, fit sursauter John, interrompant sa rêverie. Sa grand-mère venait de rejoindre son arrière-grand-mère, et c'était elle qui les avait appelés.

John Fraser Murray se redressa rapidement, ainsi que le petit Ronald. Quand grand-mère Helena parlait, on écoutait. Tous les enfants l'appelaient « grand-mère », même si elle ne l'était pas vraiment, et lui obéissaient sans discuter. John la voyait sur la véranda, un balai à la main. « L'hiver arrive, et j'insiste pour que toutes les pierres soient en place, c'est compris ? Si vous ne finissez pas votre corvée comme tout le monde, vous n'aurez pas droit à la fête. Et vous recevrez des coups de balai sur les fesses. »

John se remit aussitôt au travail. « Dépêche-toi, dit-il à Ronald. Ce n'est pas pour rire. On peut tromper maman quelquefois, mais jamais grand-mère Helena. »

Janet, assise sur la véranda, cligna des yeux pour mieux voir les enfants et laissa tomber son ouvrage sur ses genoux. « Ils travaillaient, tu sais, dit-elle à sa fille. Tu es trop dure avec eux. Ce ne sont que des enfants. »

— Que des enfants ! Mais les enfants peuvent faire des tas de bêtises, il me semble ! Et ils mangent comme tout le monde. Il faut qu'il fassent comme les autres, et qu'ils apprennent les joies du travail, sinon plus tard ce seront des vauriens ! Les êtres désœuvrés sont les jouets du diable. C'est toi qui m'a appris cela, et je l'ai appris à Abigail, à

John et à William. Et j'ai l'intention de l'apprendre à mes petits-enfants aussi.

Janet sourit, ses yeux verts pétillants d'humour. « Ne sois quand même pas trop dure. Laisse-leur le temps de jouer et de découvrir. Pour l'amour de Dieu, laisse-les se conduire un peu comme des enfants ! »

— Maman, j'ai cinquante-sept ans. Je ne suis plus ton bébé. Helena posa son balai contre le mur. « Ce n'est que ma voix qui est dure, avoua-t-elle. J'ai développé ce ton de voix afin de remplir les enfants de la crainte de Dieu. Je ne veux pas que mes petits-enfants deviennent comme les enfants du forgeron, gâtés et paresseux ! Je ne veux pas qu'ils s'imaginent qu'ils pourront passer leur vie à dépendre des richesses que leurs parents et leurs grands-parents ont accumulées. Il faut qu'ils apprennent à se débrouiller tout seuls. »

Janet sourit de nouveau, cherchant à cacher son amusement. Helena semblait fort irritée. « Tu seras toujours mon bébé, répondit Janet, quoi que tu fasses. » Puis elle s'éclaircit la voix et continua : « Je suis fière de mes enfants, de mes petits-enfants et de mes arrière-petits-enfants. » Son regard devint tout rêveur; quelques mèches argentées lui caressaient doucement le front. Elle pensait à sa famille.

Le fils de Janet, Andrew, était ingénieur et possédait son propre établissement. Son fils travaillait avec lui et ils étaient connus sous le nom de « Macleod Père et Fils ».

Tom et Madeleine Macleod avaient la plus grande meunerie de la région et leur fils Donald travaillait pour la Compagnie de la Baie d'Hudson — ainsi que le gendre de Helena, Albert Murray, et son fils William Fraser.

La plus jeune fille de Janet, le bébé de la famille, était mariée avec Will MacLean. Leur fils aîné, Josh, était commerçant; Lannie avait épousé Tad Miller et vivait à Kingston; le jeune Ian était parti en Ecosse et Susanna MacLean avait épousé le fils du pasteur, Steven MacAndrew.

C'était une grande et puissante famille, avec quatre fermes, une auberge, une meunerie, une firme d'ingénieurs et des intérêts considérables dans deux grandes compagnies commerciales. Quant à Pierre Deschamps, il avait laissé son immense patrimoine près de Trois-Rivières à ses enfants et à ses petits-enfants; et quelque part dans l'immense Territoire du Nord-Ouest qui s'appelait la Terre de Rupert, René, devenu veuf, avait épousé une Indienne et avait plusieurs grands enfants de ses deux mariages. René travaillait pour la Compagnie du Nord-Ouest.

— Si seulement ton père avait pu connaître tout cela, dit Janet d'un air pensif en reprenant son ouvrage. « Il aurait été tellement fier ! »

— Mais il a vécu assez longtemps pour voir le rétablissement de Lochiel, répondit Helena.

— Mais pas Macleod Père et Fils. Plus que n'importe quoi, il aurait aimé créer un établissement d'ingénieurs lui-même.

Helena étendit la main et tapota affectueusement l'épaule de sa mère, dont les yeux s'étaient embués de larmes. Mathew Macleod n'était jamais loin des pensées de Janet. Il était mort vingt et un ans auparavant, en automne 1790, mais pour Janet c'était comme s'il vivait encore. Maintes fois, Helena l'avait vue debout devant l'immense croix celtique qui marquait la tombe de Mathew Macleod. Il avait disparu pour toujours, mais Janet semblait encore communiquer avec lui, mystérieusement. Helena savait que ses parents s'étaient aimés profondément et avaient partagé un amour plus fort que la mort.

Le bruit d'une voiture interrompit la rêverie de Helena. Janet laissa de nouveau tomber son ouvrage sur ses genoux et regarda la route de terre qui menait vers la ferme.

— C'est Donald et Agnès, annonça Helena. Donald Macleod était le fils aîné de Tom, et sa femme Agnès Mackenzie Macleod était une cousine d'Alexander Mackenzie qui était reparti en Ecosse pour s'occuper de la Compagnie du Nord-Ouest au Royaume-Uni. Alexander était célèbre pour ses explorations à travers le continent de l'Amérique du Nord. On racontait parfois en plaisantant qu'il était allé à pied de Montréal jusqu'à l'océan Pacifique parce qu'il était trop avare pour s'acheter un cheval. Mais on ne pouvait pas nier qu'Alexander Mackenzie était un homme rusé et astucieux.

La voiture s'arrêta avec fracas à côté du mur en pierres et Donald descendit la marche en portant Agnès dans ses bras et la posa à terre. Donald était grand et fier d'allure. Agnès, par contre, faisait à peine un mètre cinquante et était très frêle; elle semblait plutôt une jeune fille de dix-huit ans qu'une femme de vingt-sept. Heureusement qu'ils n'avaient pas d'enfants, se dit Helena : Agnès n'aurait sans doute pas survécu à ses couches.

Le jeune couple s'approcha de la maison en faisant des signes. Donald portait un gros paquet sous son bras. « Tante Helena », dit-il avec un grand sourire en se penchant pour l'embrasser sur la joue. Puis il embrassa Janet et lui tendit le paquet. « Grand-mère, annonça-t-il, c'est un cadeau pour toi. Il vient d'arriver de Montréal avec les compliments de la Compagnie du Nord-Ouest. »

Les Compagnies du Nord-Ouest et de la Baie d'Hudson étaient en fait de sérieux concurrents. Alexander Mackenzie savait parfaitement bien que Janet Cameron Macleod possédait des actions dans la Compagnie de la Baie d'Hudson et que ses petits-fils y travaillaient. En vérité, le vieux Mackenzie aurait été ravi d'envoyer du poison à n'importe quel autre actionnaire de la Compagnie de la Baie d'Hudson, et il n'avait pas la réputation d'être un homme généreux. Cependant, vis-à-vis de Janet Cameron Macleod, Alexander était d'une grande générosité et toute question d'intérêt disparaissait quand il pensait à elle. Cette noble femme qui était à la tête du clan Macleod avait droit à toutes les marques de respect et de considération de ce vieux commerçant écossais fin et rusé. « Quand j'étais un jeune garçon à Montréal, disait-il à ses amis, Janet Macleod était pour moi comme une mère ! »

Helena serra son écharpe autour de ses épaules : « Il commence à y avoir du vent. Je pense que nous devrions rentrer et prendre le thé. »

Donald étendit le bras vers Janet et l'aida à se redresser. Helena prit la couverture de la Compagnie de la Baie d'Hudson, la plia et la porta dans la maison.

Helena partit vers la cuisine pour préparer le thé et cria :

« Donald est arrivé ! » à Madeleine, qui surveillait les derniers préparatifs du festin.

Agnès s'installa sur le divan, en tirant modestement sa longue jupe noire autour d'elle, et s'appuya doucement contre le dos de l'ancien meuble, comme si elle craignait qu'il ne se brisât. Donald mena Janet vers sa chaise à bascule, puis s'assit sur la pierre de la cheminée.

— Est-ce que je peux l'ouvrir tout de suite ? demanda Janet qui pensait à son paquet.

— Bien sûr, répondit Agnès.

Janet tira la ficelle et ôta le papier d'emballage : c'était un superbe tartan en très belle laine. « Mais c'est beaucoup trop beau pour une vieille dame comme moi ! s'exclama Janet. C'est vraiment superbe. »

— Et cela vient droit de Paisley, ajouta Agnès. Le cousin Alexander en a envoyé trois.

— J'espère qu'il a aussi envoyé des nouvelles, dit Helena qui venait d'entrer dans la pièce principale en portant un plateau qu'elle posa aussitôt sur la table.

— En effet. Mais elles ne sont pas très bonnes, malheureusement. Agnès passa nerveusement ses mains sur sa jupe et baissa le regard. « Il paraît qu'il va y avoir un nouveau conflit entre les Compagnies du Nord-Ouest et de la Baie d'Hudson. »

— C'est toujours la même chose, observa Helena, ils se font la concurrence. Bon Dieu, à quoi d'autre peut-on s'attendre quand les deux compagnies sont dirigées par de vieux Ecossais hargneux ? Qu'est-ce que nous avons pu avoir comme histoires dans la famille quand nous avons acheté des actions dans Hudson's Bay !

Donald s'était appuyé contre la cheminée en pierre : « Légalement, Hudson's Bay a gardé le monopole dans toute la région de la Terre de Rupert; la Compagnie du Nord-Ouest n'a en fait pas le droit d'opérer dans ce territoire. »

Helena partit d'un éclat de rire : « La possession vaut titre. Et la Compagnie du Nord-Ouest, grâce aux Métis, a beaucoup de succès. »

Donald secoua la tête : « Jusqu'ici cela n'avait pas

d'importance parce que les compagnies opéraient trop loin l'une de l'autre pour se gêner. Mais maintenant ce sera la guerre ! Ecossais contre Ecossais ! »

Janet se pencha en avant. « A cause des colons ? » demanda-t-elle.

— Alexander est absolument furieux. Il dit qu'ils construiront des fermes et que toutes les bêtes sauvages iront ailleurs. Ce sera la fin du commerce des fourrures.

Janet fit une grimace. « Lord Selkirk est un homme très bien. J'approuve ce qu'il fait, et je le soutiens tant que je peux. » Quelque temps auparavant, Janet avait reçu de Lord Selkirk plusieurs longues lettres. Elle en avait conclu que c'était un homme très remarquable. Il venait de la Basse-Ecosse, mais avait voyagé dans les Highlands dans sa jeunesse et s'y était profondément attaché. Il avait même appris la langue gaélique.

« J'ai été marqué par ces voyages, lui avait écrit Lord Selkirk, et maintenant que j'en ai les moyens, je voudrais faire quelque chose pour les Ecossais. Je voudrais me servir de mon titre et de mes richesses pour aider les Highlanders en cette période difficile de leur histoire. »

C'était en effet une époque terrible pour les habitants de la Haute-Ecosse. Pendant de longues années, les chefs de clans avaient loué leurs terres aux membres de leur propre famille. A mesure que la population s'était agrandie, ces fermes avaient été divisées puis redivisées. Vers 1790, les chefs de clans avaient décidé qu'il serait beaucoup plus profitable pour eux d'élever des moutons que de continuer à faire cultiver leurs terres par les petits fermiers. Les moutons produisaient la laine et la viande; or, les filatures écossaises réclamaient de plus en plus de laine, et la population de plus en plus de viande. Les chefs de clans des Highlands avaient donc commencé à débarrasser leurs terres de leurs fermiers, car il n'y avait pas de place pour eux et pour les moutons. Tous les jours, ils reprenaient des terres, et tous les jours, les fermiers arrivaient dans les villes de la Basse-Ecosse pour chercher du travail. Tous les jours — en grande partie à cause de l'état lamentable de l'économie, l'Angleterre étant encore en guerre avec Napoléon — la condition des paysans expulsés de leurs terres devenait plus pitoyable.

Lord Selkirk avait pris en pitié ces Highlanders qui vivaient maintenant dans les villes de la Basse-Ecosse. Il avait acheté plus de quarante pour cent des actions de la Compagnie de la Baie d'Hudson et avait obtenu pour eux une immense concession de terre à Rupert's Land, au nord des Dakotas, au bord de la Rivière-Rouge, et il avait l'intention d'y installer autant de Highlanders que possible. C'étaient ces colons que Ian était parti recruter en Ecosse.

— Le cousin Alexander dit que lorsque les colons arriveront, le commerce des fourrures ne sera plus possible. Il dit que Lord Selkirk peut envoyer tous les fermiers écossais qu'il veut dans le Haut-Canada, à l'Est ou dans les provinces maritimes, mais il n'en veut pas à Rupert's Land ! Le cousin Alexander dit. . . Agnès, perchée au bord du divan, allait commencer une troisième phrase quand Janet l'interrompit.

— Le cousin Alexander est un jeune freluquet qui se prend trop au sérieux !

Agnès, intimidée, se pencha en arrière et de côté, se cachant à moitié derrière Donald. « Mais il a presque cinquante ans ! » gémit-elle.

— Je répète que c'est un jeune freluquet, dit Janet avec fermeté. Evidemment, il faudra que je le remercie pour son beau cadeau.

A ces paroles, tout le monde, à l'exception d'Agnès, cacha un sourire. « Je ne fais que répéter ce qu'il a dit, bégaya Agnès. Je n'ai pas dit que j'étais d'accord avec lui. »

Helena s'essuya les mains sur son tablier. Agnès était toujours sur la défensive à l'égard de ses relations et des membres de sa famille. « Alexander Mackenzie est un homme très bien, évidemment », dit-elle diplomatiquement en regardant Agnès. « Mais Lord Selkirk fait quelque chose de vraiment admirable. C'est vraiment une très belle action qu'il accomplit. Lui, au moins, essaie de soulager la misère des petits fermiers écossais, qui meurent de faim. Alexander devrait savoir que même si toute la population d'Ecosse allait s'installer à Rupert's Land, il arriverait quand même à gagner beaucoup d'argent. »

Agnès hocha silencieusement la tête. En vérité, elle arrivait difficilement à se faire une idée de ce qu'était cette fameuse Terre de Rupert. Ce territoire énorme s'étendait de la frontière est du Haut-Canada jusqu'à l'océan Pacifique, et du Pôle Nord jusqu'aux Dakotas. Elle avait entendu dire qu'il y avait dans ce territoire des montagnes si hautes que leurs sommets dépassaient les nuages, des régions si plates qu'un homme pouvait voir à plus de cent kilomètres devant lui, et d'immenses et larges fleuves. Mais Agnès ne dit rien, ne demanda rien. Elle se sentait toujours intimidée par les femmes de la famille Macleod. Elle n'avait pas l'habitude d'entendre les femmes exprimer leurs idées; dans sa famille, elles étaient toujours exclues des conversations politiques. Même quand Alexander Mackenzie lui écrivait, les passages dans ses lettres où il s'agissait de questions politiques et économiques étaient clairement adressées à Donald. Agnès n'était en fait qu'un moyen de communication : ce n'était pas vraiment à elle que ces lettres étaient adressées. Alexander n'écrivait jamais directement à Donald ni à son vieil ami Tom Macleod. Mais il savait que s'il écrivait à Agnès, ses idées seraient non seulement répétées aux hommes, mais à Janet. On la traite toujours comme une exception, se dit Agnès en pensant à la vieille dame. Janet parlait même de ses actions dans la Compagnie de la Baie d'Hudson comme si elles lui appartenaient. En fait les femmes n'avaient pas le droit de posséder quoi que ce soit et ne pouvaient même pas toucher un héritage; les actions étaient au nom de Tom. Mais c'était Janet qui prenait toutes les décisions et elle parlait toujours de « ses actions ». Agnès était persuadée que quiconque irait contre sa volonté recevrait une fessée !

— Non, Rupert's Land c'est beaucoup mieux, dit Janet en réponse aux remarques d'Agnès. C'est moi-même qui l'ai dit à Lord Selkirk. Il pensait d'abord installer les colons dans les provinces maritimes, mais il n'y a pas assez de place là-bas. La terre, d'ailleurs, n'y est pas très fertile.

Donald sourit. Sa grand-mère était vraiment une femme étonnante. Elle avait encore l'esprit très vif, ses yeux étaient tout pétillants, et son enthousiasme n'avait pas diminué avec l'âge. C'était un esprit encore tout jeune, emprisonné dans un corps abîmé par l'âge.

Janet secoua la tête : « Ça me fait mal de penser que les conflits vont recommencer, Ecossais contre Ecossais. » Elle resta un instant silencieuse. « Alexander ferait mieux de bien se conduire, marmonna-t-elle. S'il se met à créer des difficultés entre les compagnies du Nord-Ouest et de Hudson's Bay, je vous garantis que je lèverai moi-même son kilt et lui donnerai des coups de canne sur le derrière ! »

A ces paroles, il y eut un éclat de rire général et Donald secoua la tête : « Nous avons déjà assez d'ennuis avec ces brutes d'Américains qui cherchent sans arrêt à faire la guerre ! »

Helena fit une grimace : « Je ne comprends vraiment pas ce qu'essaie de faire ce vieil idiot de Madison. »

— Le Président Madison, chuchota Agnès.

— Ce n'est pas *mon* président ! répondit Helena d'un ton sec. Pour moi, ce n'est qu'un simple monsieur. J'en ai vraiment assez des gens qui s'imaginent que les Canadiens doivent être d'accord en tout avec ces Américains ! Le mois dernier, quand j'étais à Lewiston, j'ai entendu un idiot qui disait : « Si les Américains avançaient vers le Haut-Canada, les Canadiens se laisseraient faire comme des moutons ! Ils seraient bien trop heureux de faire partie des Etats-Unis et, avec un peu de chance, cela viendra. » Et moi j'ai dit : « Allez au diable ! »

Agnès ouvrit la bouche, puis la referma : aucun son n'en sortit. Grand-mère Helena avait juré en public !

Helena, sentant la réaction d'Agnès, se tourna vers elle. « N'aie pas l'air si choqué », dit-elle en grommelant. « Quand on a mon âge, on peut dire ce que l'on veut. »

— Ce sont les habitants du Sud qui causent tous les problèmes, interrompit Donald, sans faire attention à sa femme ni à sa tante. « Ces salauds d'expansionnistes vont sûrement commencer une guerre. »

Janet regarda ses mains et les joignit silencieusement. « J'espère que je ne vivrai pas jusqu'à ce jour », dit-elle à voix basse. « Je me suis faite à la paix. J'aime la paix. »

— Ne t'en fais pas, dit aussitôt Donald pour la rassurer. « S'il y a une guerre, nous la gagnerons. Nous n'aurons pas d'Américains ici ! Nos hommes sont bien entraînés et les réguliers britanniques sont d'excellents soldats. Non, grand-mère, tu n'as rien à craindre. Rien ! »

Janet leva les yeux et le regarda tranquillement. Ses mains étaient restées jointes, mais elle avait les doigts crispés. « Ce n'est pas pour moi que je m'inquiète. Je n'en ai pas pour longtemps, de toute façon. »

— Oh, maman, ne recommence pas, s'écria Helena en fronçant les sourcils. Mais les yeux de Janet étaient restés fixés sur ceux de Donald.

— Si quelque chose arrive à Lochiel, promets-moi que tu reconstruiras. . . Promets-moi cela, au moins. Je veux que cette maison et que cette terre restent dans notre famille pour toujours. . . que ce soit un endroit où vous puissiez toujours revenir.

— Mais bien sûr ! répondit Donald.

— Je ne veux pas mourir sans l'assurance que Lochiel restera dans notre famille pour toujours, insista Janet.

— Je ne comprends vraiment pas pourquoi tu parles comme cela, dit Helena.

Janet regarda sa fille dans les yeux. « Nous mourrons tous un jour ou l'autre, dit-elle. J'ai peut-être vécu plus long-temps que la moyenne, mais je ne suis pas immortelle. »

— Le feu est si grand, on dirait qu'il va jusqu'au ciel ! s'écria Ronald. Dans la fraîcheur du crépuscule, le feu était une source de chaleur. Un cerf entier rôtissait auprès des flammes et le maïs cuisait dans l'énorme marmite; leurs arômes se mêlaient à ceux des canneberges et du potiron.

— Je parie qu'il doit y avoir cent personnes ici, observa John Fraser Murray. Il avait essayé de les compter, mais comme tout le monde allait et venait sans arrêt, c'était im-possible. Quelques-uns parmi eux restaient assis autour du grand feu, d'autres dansaient dans la clairière aux rythmes gais des violons. Tom Macleod, portant son kilt, dansait avec sa petite-fille, Jessie Knight, qui avait neuf ans et lui arrivait jusqu'à la taille. Ils dansaient plus lentement que les autres parce qu'il avait soixante-quatre ans et que le rythme des pas seuls écossais le fatiguait. « J'ai passé l'âge des pas seuls ! » répétait-il sans arrêt.

Will MacLean surveillait les enfants qui jouaient et faisaient des courses sur un pré un peu plus éloigné où, vers la fin de l'après-midi, les hommes avaient participé à des sports écossais. Josh MacLean avait gagné l'épreuve que l'on appelait *caber tossing*. Il s'agissait de lancer le tronc d'un jeune mélèze, mesurant plus de cinq mètres et pesant près de cinquante kilos, de manière à le faire retomber aussi loin que possible sur le gros bout et à lui faire accomplir trois quarts de tour. De tous les sports des Highlanders, c'était celui qui demandait le plus de force et d'adresse.

— Un jour c'est moi qui gagnerai ! proclama John Fraser Murray. Pour le moment, il fallait se contenter d'un second prix dans la course d'obstacles. Les épreuves sportives étaient moins nombreuses qu'en Ecosse : il y en avait cinq en tout. Mais c'était assez pour bien fatiguer les participants ! Il y avait le saut à la perche, le lancement du marteau, une course de fond et un sprint. Les concours étaient accompagnés de mélodies écossaises jouées à la cornemuse. Au milieu du pré, on entendait ces airs se mêler à ceux des violons.

— Tante Helena dit qu'un jour nous aurons un terrain de golf sur ce pré, dit John. C'est un sport écossais que le roi James jouait lui-même !

— Est-ce que c'est aussi amusant que le *curling?* demanda Ronald.

— Le golf est un jeu d'été. Pour jouer au *curling,* il faut de la glace.

— Maman m'a fait un nouveau manche pour jouer au *curling.* Elle va me le donner pour Noël.

— Tu n'es pas censé le savoir, gronda John.

— Mais je le sais quand même ! repondit fièrement Ronald.

Un peu plus loin, Helena, Donald et Jenna MacLean étaient debout à côté de Janet Macleod, dont la chaise à bascule avait été placée tout près du feu. Cela lui permettait de bavarder avec sa famille et avec ses voisins en restant bien au chaud, malgré l'air froid de la soirée d'automne.

— Ah, que j'aime le chant des cornemuses, dit Janet. J'aimerais les entendre tous les jours.

— C'est justement spécial parce qu'on ne les entend pas tous les jours, ajouta Helena.

— Quand je les entend, j'ai l'impression qu'elles m'appellent, dit Janet avec un soupir. Helena sourit, mais ne dit rien : l'accent écossais de sa mère était toujours plus prononcé au moment des festivités écossaises.

— Est-ce que tu as assez chaud ? demanda Helena.

— Tu t'occupes trop de moi, dit Janet en secouant la tête. Sa voix semblait très lointaine, plus petite et plus faible que d'habitude. Mais Helena ne dit rien. Elle pensa que ce devait être l'émotion causée par la fête et par les hommages que lui rendaient ses enfants, ses petits-enfants et ses arrière-petits-enfants. Même John, le petit-fils de Helena, avait accouru auprès de son arrière-grand-mère pour lui offrir les bonbons qu'il avait gagnés à la course d'obstacles.

— Est-ce que tu désires quelque chose ? demanda Donald. Un peu de cognac ?

Janet hocha la tête et Donald se dirigea vers la table qui était couverte de boissons et de bonnes choses à manger.

— La récolte a été excellente cette année, dit Jenna.

— Va danser, dit Janet en touchant la jupe de Jenna. « J'aime te regarder. J'ai presque autant de plaisir à te voir danser que j'en avais autrefois à danser moi-même. »

Jenna sourit : « Je m'en souviens parfaitement, mais je ne danse certainement pas aussi bien que toi ! »

— Si, tu danses tout aussi bien que moi ! Allons, vas-y. Toi aussi, Helena. Allez-vous-en tous. Je ne suis pas une vieille relique qu'il faut venir adorer. Laissez-moi rester un peu seule et vous regarder.

— Voici ton cognac, dit Donald en apportant un verre à sa grand-mère. Il s'inclina devant elle en souriant. « Ça te réchauffera l'intérieur. »

— Mais je me sens déjà toute chaude à l'intérieur, répondit Janet. C'est le son des cornemuses, la belle nuit, le

spectacle de ma famille. Elle prit une gorgée de cognac :
« Va danser avec Jenna. Will est encore avec les enfants. »

— Laisse-moi rester avec toi, proposa Donald.

— Non, j'ai envie d'être seule. J'aimerais rester tranquille et vous regarder. Allez, les enfants, amusez-vous.

Donald et Jenna, un peu à contrecœur, allèrent rejoindre
les danseurs. De temps en temps, au milieu des cris de joie,
des battements des pieds, des tourbillons de la danse, ou
quand il changeait de partenaire, Donald se retournait pour
regarder sa grand-mère, sur sa chaise à bascule, seule, un
peu à l'écart; une de ses mains était posée sur ses genoux,
l'autre tenait le verre de cognac. Bientôt Donald se laissa
emporter par la danse. Il faisait partie d'un grand cercle et la
musique allait de plus en plus vite. Janet souhaitait rester
seule; chacun respectait sa volonté.

— Papa ! Papa ! Le cri perçant de la petite Janet Mackay,
petite-fille d'Andrew Macleod, fit sursauter tout le monde.
Les violonistes laissèrent tomber leurs archets, les cornemuses poussèrent un dernier gémissement. Les danseurs,
comme figés par un grand vent glacial, devinrent soudain
immobiles et silencieux, et se tournèrent vers la fillette de
sept ans qui pleurait à côté de son arrière-grand-mère.

Donald accourut le premier. Les yeux de Janet s'étaient
paisiblement refermés et le verre de cognac, avait glissé de
ses doigts et était tombé sur l'herbe. Il n'y eut aucun bruit,
aucun mouvement. Le silence était tel que Donald pouvait
entendre les bruits de respiration.

— Grand-mère Macleod a laissé tomber son verre, dit Janet Mackay, et elle ne veut pas se réveiller. . . La petite
voix de la fillette consternée devenait de plus en plus faible
et s'évanouit enfin dans le silence de la nuit.

Donald sentit ses yeux se remplir de larmes. Il toucha la
joue de Janet : elle était froide.

— Maman ! s'écria Helena en accourant vers sa mère, les
mains tendues. « Oh, maman. . . »

Jenna tomba à genoux devant sa mère et se cacha le
visage dans les plis de sa robe. Elle se mit à sangloter
doucement sans entendre les murmures de sa famille et de
leurs invités.

Ils semblaient venir de tous les coins de la clairière. Un silence étrange était tombé sur toute l'assemblée : même le feu avait cessé de crépiter. Ils ne vinrent pas se grouper autour de la chaise à bascule, mais restèrent un peu à l'écart, en formant un grand cercle, s'approchant de Janet un par un, ses enfants d'abord, puis ses petits-enfants, enfin ses arrière-petits-enfants. Ils venaient lui faire un dernier adieu. Les uns touchaient sa vieille joue ridée, les autres ses épaules ou ses mains.

Janet Mackay se blottit contre Donald. « Grand-mère ne veut plus se réveiller, répéta-t-elle. Est-ce qu'elle est morte ? »

Donald hocha la tête. Alors, essuyant une larme de sa propre joue, il regarda la petite fille bouleversée et la prit dans ses bras. « Elle est morte exactement comme elle l'aurait souhaité », dit-il à Janet Mackay. « Elle est morte en veillant sur sa famille. »

# CHAPITRE III

## le 15 novembre 1811

Miles Macdonell remerciait Dieu pour le beau temps. Les colons allaient devoir survivre à un long et rude hiver, mais les cabanes, au moins, étaient presque terminées.

Le premier groupe de colons avait quitté le port écossais de Stornoway le 26 juillet 1811. Le 24 septembre, après soixante et un jours, le *Edouard et Anne* était arrivé à York Factory sur la baie d'Hudson. Miles examina les visages des colons qui étaient rassemblés devant lui : c'étaient des gens très naïfs. En arrivant, ils avaient tous été très impressionnés parce que la côte de la baie d'Hudson, avec ses falaises escarpées et cachées sous la brume, ressemblait beaucoup à celle de l'Ecosse. « Où est l'usine ? » avait demandé un des colons en apprenant qu'ils venaient de gagner York Factory : le mot *factory* signifiait « comptoir » ainsi qu' « usine », d'où la confusion.

— Dieu m'a envoyé ces gens pour éprouver ma patience, avait marmonné Miles. « Non, non. Ce n'est pas une usine, jeune homme », avait-il répondu calmement. *Factory* est un grand comptoir commercial qui sert au transbordement des fourrures. L'homme qui se charge du comptoir de la Compagnie de la Baie d'Hudson est un *factor*. »

— Ah, avait répondu le nouveau venu, tout déçu. Il avait pensé trouver une grosse usine dans une grande ville.

Mais tout cela s'était passé plus de deux mois auparavant; et pendant ces deux mois, les colons s'étaient occupés de construire des cabanes. C'était le premier des nombreux groupes de colons que l'on attendait et il était composé de cent cinquante hommes, femmes et enfants. Ils étaient Ecossais et Irlandais et comptaient parmi eux des catholiques, comme lui-même, et des protestants très conservateurs.

Le port de York Factory était situé sur la rivière Nelson et menait au réseau fluvial sur lequel les colons voyageraient plus tard vers le sud, jusqu'à la prairie qui bordait la Rivière-Rouge. York Factory était aussi un centre important pour le transbordement des fourrures.

Mais c'était un endroit triste, qui consistait en quelques huttes pour les ouvriers, de misérables bicoques indiennes, un fort et le comptoir de la Compagnie de la Baie d'Hudson. Le fort et le comptoir se trouvaient entre deux rivières : la Nelson et la Hayes. Miles Macdonell, qui pensait qu'étant marécageux, l'endroit devait être malsain, avait installé les colons sur une hauteur au nord de la Nelson, à quelques kilomètres de York Factory. On appelait cet endroit le camp Nelson.

— Vous avez fait du beau travail, annonça Miles au groupe de colons qui s'étaient rassemblés devant lui. Il n'était pas tout à fait satisfait du progrès de leur travail, mais pensait qu'ils avaient besoin d'un peu d'encouragement. Il se répétait sans cesse que l'on ne pouvait s'attendre à grand chose. Lui-même avait passé toute sa vie sur la frontière; il connaissait les hivers et savait à quoi s'attendre. Ces colons n'avaient pas l'habitude de ce genre de travail et, malgré ses fréquentes allusions à ce qui les attendait, ils n'avaient aucune conception de la violence d'un hiver sur la baie d'Hudson.

Miles regarda un instant la mer de visages qui l'entouraient, puis déplia son parchemin : « Colin Campbell, John McKay, John Cooper, Martin Jordon, John O'Rourke et James Toomey. Aujourd'hui vous allez rejoindre l'équipe des bûcherons. » Il y eut un léger murmure de protestations, mais les hommes se tournèrent pour rejoindre leurs camarades qui travaillaient déjà dans les bois. Encore une journée de courbatures et de mains enflées !

— C'est la première fois que je me sers d'une hache,

patron, marmonna John O'Rourke. Miles leva les yeux au ciel et compta silencieusement jusqu'à dix. Il se demandait parfois ce que ces hommes avaient bien pu apprendre dans leur vie, car ils ne savaient vraiment rien faire. Miles regarda O'Rourke d'un œil mécontent.

— Ce sera peut-être difficile au début, monsieur O'Rourke, mais je suis sûr que vous apprendrez bien assez vite.

Miles détourna la tête du groupe mécontent et regarda George Gibbon, un homme de cinquante ans qui était le plus âgé des colons. « Allez rejoindre les chasseurs », dit-il, pensant que l'homme n'avait pas la force de passer encore une journée à couper des arbres.

— Et pour nous, c'est encore la corvée de la boue, je suppose ? demanda Betty Campbell en frottant ses mains sur sa jupe crasseuse. « Venez, les filles, ce n'est pas la peine d'attendre les ordres du général. »

Miles leva la main en signe d'accord. C'était une Campbell et il n'aimait pas les Campbell, mais au moins c'était une bonne travailleuse, comme toutes les autres femmes. Jour après jour, les femmes remplissaient les espaces entre les troncs d'arbres dont étaient fabriquées les cabanes avec une boue froide et épaisse qu'il leur avait appris à mélanger. Ce n'était pas difficile à faire, mais c'était une corvée ennuyeuse, sale et désagréable; en plus cela donnait froid.

Mme Campbell, ayant rassemblé les autres femmes, partit vers les cabanes. Miles les suivit des yeux et son regard tomba sur Bonnie Campbell, une jeune fille de dix-neuf ans aux longs cheveux châtains et aux yeux bleus. Bonnie Campbell était une fille modeste et réservée, terriblement intimidée par son père, un presbytérien très sévère. Bonnie était un atout parmi les colons, mais elle donnait à Miles beaucoup de souci, car dans le groupe se trouvaient beaucoup de mauvais garnements.

— Les femmes au moins font leur travail sans se plaindre, dit Miles à M. Hillier, un administrateur de la Compagnie de la Baie d'Hudson.

— C'est l'instinct du nid, répondit Hillier.

Miles secoua la tête : « J'espérais que ces colons

s'adapteraient plus facilement aux circonstances, et qu'ils auraient un peu plus d'ambition et d'initiative, bon Dieu !

— Vous les avez trop entendus se plaindre, dit Hillier en haussant les épaules. Certains parmi eux sont de bons Ecossais solides et travailleurs; d'autres sont bagarreurs et paresseux. A quoi d'autre peut-on s'attendre avec un mélange pareil ?

— Il me faudrait quelques bons gaillards avec de l'expérience, des hommes qui sachent se débrouiller dans les bois, qui puissent servir d'exemple à ceux qui veulent bien travailler et désirent faire quelque chose de leur vie.

— Des hommes comme Will MacLean et ses fils ? demanda Hillier avec un clin d'œil. Miles hocha la tête, pensant à la dernière fois qu'il avait dîné avec les MacLean à Queenston. Comme leurs pères avant eux, Will et Miles étaient de vieux amis, et ils avaient les mêmes origines. Les deux familles s'étaient établies dans la région que l'on appelait maintenant le Haut-Canada. Ils connaissaient très bien la région des rivières.

— Oui, dit Miles d'un air pensif. Des hommes comme Will et ses fils. Le contraste paraissait tout à fait absurde. « Les Highlands ne produisent plus les beaux gaillards d'autrefois », ajouta-t-il.

Hillier partit d'un éclat de rire. « C'est ce qu'on dit à chaque nouvelle génération ! Bon Dieu, réfléchissez donc un peu ! Les gens riches se plaignent parce qu'ils manquent de thé; mais en Ecosse, les gens crèvent de faim. On leur a mis le nez dans la boue. Ils ont été dépossédés, écrasés. »

— Oh, il y en a bien qui sont parfaitement convenables, et même de haute qualité, reconnut Miles. C'est aux mauvais sujets que je pensais. J'ai tendance à oublier les bons. Ce n'est pas très drôle d'enseigner l'art de vivre sur la frontière à cent cinquante personnes qui n'y connaissent rien ! Il y en a qui ne voient pas la différence entre l'avant et l'arrière d'un canot, et quand je leur dis qu'ils vont faire un voyage de plus de deux mille cinq cents kilomètres sur les rivières, ils poussent de hauts cris ! » Miles resta un instant silencieux et serra son écharpe autour de son cou. « Vous saviez que le père de Will, Robert MacLean, a quitté le Niagara en 1762 et qu'il est descendu jusqu'à La Nouvelle-Orléans ? Et que Will et sa femme Jenna ont fait le même trajet, mais en remontant le fleuve, tout seuls, en 1781 ? Cela ne nous ferait aucun mal d'avoir parmi nous des hommes de cette trempe, je peux vous le dire. »

— Mais nous en aurons, dit Hillier en souriant. Josh et Ian MacLean travaillent tous les deux pour la Compagnie. Il paraît que Ian est déjà parti pour l'Ecosse. Il reviendra avec Owen Keveney.

Miles se gratta la tête et sourit brusquement : « Alors, Ian va nous suivre jusqu'à la Rivière-Rouge. . . »

Hillier attira l'attention de Miles sur William Finlay.

— Ce gars-là va nous causer des tas de problèmes, dit-il. Cela fait quelque temps que je le surveille. Il réclame toujours plus de grogs que les autres, et je pense que c'est un voleur.

— Ce n'est pas le seul, avoua Miles. Il y a beaucoup de vers dans mon panier à pommes. Il s'éclaircit la voix : « Dites donc, Finlay, allez rejoindre les autres dans le bois. Et vite ! Il y a du travail à faire ! »

Finlay fit une grimace, mais se dirigea vers la forêt pour rejoindre ses camarades. Miles Macdonell, qui guidait la première expédition des colons de Lord Selkirk vers Rupert's Land, regarda Finlay s'éloigner en grommelant. Il eut brusquement un fort pressentiment de malheur : « Comme si ce n'était pas assez d'avoir la Compagnie du Nord-Ouest sur le dos parce que nous amenons de nouveaux colons ! Ces colons, par-dessus le marché, n'ont aucune idée comment se défendre, ils n'ont aucune expérience des bois. » Miles regarda en direction de la forêt en faisant une grimace. Hillier ne répondit pas. Ils savaient tous les deux que la Compagnie du Nord-Ouest risquait de causer des ennuis terribles aux colons une fois qu'ils seraient arrivés à la Rivière-Rouge. Et Miles Macdonell, qui allait bientôt être nommé gouverneur par la Compagnie de la Baie d'Hudson, sentait déjà le poids de ses nouvelles responsabilités.

De grands nuages noirs et menaçants s'amoncelaient dans le ciel et semblaient préparer une averse glaciale sur l'herbe brune de l'automne. Le trou profond, de forme oblongue, était encore vide; le cercueil en bois, fabriqué à la main, attendait d'être abaissé dans la fosse. Le cortège funèbre comptait plus de trois cents personnes, qui baissaient la tête et formaient un cercle autour de la fosse.

Andrew Macleod, sa fille veuve Catherine et ses trois petits-enfants se tenaient à côté de John Macleod, de sa femme Tara et de leurs trois enfants. Tom et Madeleine Macleod étaient avec leur fils Donald et sa femme Agnès. Un peu plus loin, la fille de Tom, Jeanne, se tenait aux côtés de son mari William Knight et de leurs deux enfants. Helena, devenue l'aînée de toutes les femmes Macleod, était à un bout de la tombe; avec elle se trouvaient Will et Jenna Mac-Lean, leur fils Josh et sa fiancée Colleen Adams.

Les membres de la famille qui avaient voyagé de tous les coins du pays pour assister à la grande fête de la récolte étaient restés pour l'enterrement. Parmi eux se trouvaient la fille aînée de Jenna, Lannie, qui était venue de Kingston avec son mari, ainsi qu'Anne Gagnon, Claude Deschamps et sa femme Giselle Gaboury Deschamps. Anne et Claude étaient les enfants de Pierre Deschamps, l'aîné des trois enfants que Mathew et Janet avaient adoptés autrefois. Claude avait aussi emmené deux de ses enfants : Martina, qui était religieuse, et Francis, qui était prêtre. La famille Deschamps venait tous les ans de Trois-Rivières pour participer à la réunion des Macleod et des MacLean. Cette année, à cause de l'enterrement, ils étaient restés plus longtemps que d'habitude.

Derrière la famille immédiate, sur l'immense pré qui entourait le cimetière, tous les voisins étaient réunis. Parmi eux se trouvaient des Indiens en tenue cérémoniale, des hommes et des femmes qui étaient venus de Brantford, à une centaine de kilomètres de Lochiel. Ils portaient des offrandes et rendaient hommage à « la Grande Mère Blanche de la tribu Macleod ».

Au son des cornemuses qui gémissaient un dernier adieu à Janet Cameron Macleod, fille des Highlands écossais, Andrew Macleod, Will MacLean, Tom Macleod et Donald Macleod hissèrent le cercueil sur leurs épaules et l'abaissèrent dans la fosse, sous l'immense croix celtique, haute de deux mètres, qui était placée à mi-chemin entre la tombe de Mathew Macleod et celle de sa femme bien-aimée, Janet.

Le père Francis Deschamps fit quelques pas en avant du cercle funèbre et se signa. Les autres s'avancèrent et jetèrent un à un une poignée de terre brune dans la tombe.

— Tu es poussière et à la poussière tu retourneras, entonna le père Francis en latin. Il prononça plusieurs prières et, en souvenir des jacobites, le groupe entier se mit à réciter le vingtième Psaume : « Que le Seigneur te réponde au jour de la détresse. . . Que le nom du Dieu de Jacob te défende. . . . »

— Pourquoi récitons-nous le vingtième Psaume ? demanda le petit Ronald Macleod à son cousin et mentor John Fraser Murray.

— Parce que ce psaume a été chanté par les Highlanders juste avant la bataille de Culloden, il y a très longtemps, en 1746. Janet et Mathew étaient des jacobites, et ils ont soutenu la cause des rois Stuart et du Gentil Prince Charles. Ronald hocha la tête et continua à murmurer les paroles du psaume. Pour une fois, il parut satisfait et ne demanda plus rien, au grand soulagement de John Fraser Murray.

Le visage de Helena était baigné de larmes. Malgré ses cinquante-sept ans, elle était redevenue une enfant — la petite fille qui avait accouru vers sa mère quand Janet Macleod et Robert MacLean étaient retournés au fort Niagara après la bataille des Plaines d'Abraham. L'image se dissipa et Helena jeta un coup d'œil sur sa sœur Jenna MacLean. Helena pensa au jour où Jenna s'était évadée. Abigail était alors toute petite; maintenant c'était une femme mariée avec deux enfants — un fils de dix-huit ans, une fille de quatorze. Ce n'est pas l'individu qui compte, pensa Helena; mais la continuité de notre famille. Nous survivons, et par Dieu, nous avons survécu ! « Va auprès de Mathew », murmura Helena en jetant sa poignée de terre sur le cercueil. « Va auprès de ton fils Mat qui est mort à la guerre et dont tu as porté le deuil pendant si longtemps. Rentre dans ton pays, mère — quelque part où il n'y ait pas de guerre, d'où tu puisses voir le Niagara et les collines verdoyantes de l'Ecosse. Tu es unie une fois pour toutes à mon père. Tu le voulais ainsi. . . »

Tom Macleod, non loin d'Helena, était tout raide. Il serrait la main de Madeleine dans la sienne. Ni l'un ni l'autre n'était lié à Janet par le sang, mais ils l'avaient aimée comme une mère. Tom était le fils de la première femme de Mathew, Anne MacDonald. Madeleine était l'une des trois enfants Deschamps que Janet et Mathew avaient adoptés. Je t'ai aimée comme une mère, pensa Tom en regardant le cercueil. Il pensa au jour où il avait rencontré Janet pour la première fois, au moment extraordinaire où il s'était rendu compte qu'il était le fils perdu de Mathew. Tom toucha son kilt de sa main libre et la promena sur l'étoffe, se souvenant du Noël où Mathew lui avait donné son premier kilt.

— Tu m'as traité comme si j'étais ton fils, dit-il tout haut. Ton souvenir restera éternellement vivant dans mon cœur.

Madeleine était appuyée contre le bras de son mari. Son cœur était plein de chagrin et les larmes coulaient abondamment de ses grands yeux noirs. Tu m'as protégée contre mon père, pensa Madeleine, et tu m'as aimée comme si j'étais ta fille. Tu m'as serrée contre toi dans le chagrin comme dans la joie. Sans toi, je n'aurais pu survivre. Elle regarda ses enfants et ses petits-enfants.

Andrew Macleod, le fils aîné de Janet et de Mathew, pensa à la nuit terrible où il s'était enfui à travers le tunnel sombre et humide sous la maison Deschamps à Trois-Rivières. Il revit sa mère si douce, un mousquet à la main, le protégeant contre la sauvage attaque indienne. Nous avons survécu, pensa-t-il, grâce à ton courage.

Tu as aimé notre Lochiel, pensa Andrew, mais maintenant tu es avec papa et Mat et Robert MacLean, et vous pouvez tous retourner par l'esprit au premier Lochiel, en Ecosse. Oui, vous êtes libres à présent, et vous êtes tous ensemble. Peut-être même que vous sentez la bruyère sous vos pieds. Il pensa aux paroles du poète :

« Mon cœur est dans les Highlands, mon cœur est loin d'ici,

Mon cœur est dans les Highlands à poursuivre le cerf

A poursuivre le cerf, à chasser le chevreuil.

Mon cœur est dans les Highlands partout où je suis. »

Les yeux d'Andrew se remplirent de larmes et il pleura comme les autres. Il remercia silencieusement sa mère de lui avoir appris qu'un homme pouvait pleurer sans honte.

Le groupe termina la récitation du vingtième Psaume, composé tant de siècles auparavant pour célébrer une victoire oubliée. Il n'y avait pas eu de victoire sur la lande de Culloden, pensa Andrew en regardant la tombe de ses parents. Mais vous l'avez eue, votre victoire; vous l'avez eue au Canada comme vous l'avez maintenant. Il tourna la tête et regarda tous les enfants, tous les petits-enfants. Votre clan s'est reformé, pensa-t-il; et il est plus fort que jamais.

Quand le prêtre eut fini ses dernières prières, les hommes prirent leurs pelles et remplirent la fosse, couvrant le cercueil de terre froide. Chacun d'entre nous a ses propres souvenirs, se dit Helena. Puis, se tournant vers John Fraser Murray, elle lui sourit et murmura : « Tu as fait du beau travail avec ton mur de pierres. Grand-mère Macleod aurait été fière de toi. »

— Tu crois vraiment? demanda John tout heureux.

— J'en suis certaine, répondit Helena. Alors, la pluie froide se mit à tomber.


Jenna défit les rubans de son bonnet et poussa un long soupir. Elle ôta soigneusement le bonnet et le mit sur le coin de la table de cuisine. « Je me sens si vieille », dit-elle en regardant Will tirer ses bottes.

Will, perdu dans ses propres pensées, hocha la tête. L'enterrement de Janet lui faisait penser au passé, à la mort tragique et prématurée de son père. « C'est un moment difficile, un moment pour se recueillir », répondit-il enfin.

— Il faudra retourner à Lochiel ce soir, lui rappela Jenna. Mais je suis fatiguée, j'ai besoin de me reposer un peu. Il y a tant de monde là-bas, je suppose qu'il faudrait en inviter quelques-uns à rester ici. »

— Je ne pense pas que notre maison soit assez grande, dit Will. Il s'approcha du placard à alcool. « Tu veux un peu de cognac ? » demanda-t-il.

Jenna hocha la tête distraitement en étudiant le fil du bois de la table. « J'arrive à peine à croire qu'elle n'est plus là », dit-elle enfin.

Will s'assit et passa une timbale de cognac à Jenna. Ses yeux toujours si gais étaient tristes et abattus : « Elle est morte tranquillement, entourée de tous ceux qui l'aimaient. » Il étouffa un sanglot en pensant : ta mère est morte tranquillement, tandis que la mienne. . .

— Vous êtes dans la cuisine ? C'était la voix de Josh.

— Ici ! répondit Jenna.

Josh se baissa en passant à travers la porte pour ne pas se cogner la tête. Malgré la haute taille des hommes des familles MacLean et Macleod, leurs maisons avaient encore les plafonds et les portes basses qu'exigeait le climat. Plus les plafonds étaient bas, plus il était facile de chauffer les maisons pendant les rudes hivers. Jenna leva la tête et sourit. Elle était toujours frappée par l'aspect physique de son fils. C'était une ironie de la nature que Josh, qui n'était pas le vrai fils de Will, lui ressemblât plus que Ian, qui l'était. Mais Ian était un véritable hybride : il avait les cheveux noirs de son oncle James MacLean et les yeux verts de sa mère.

— Il commence à faire froid ! commenta Josh. La pluie a tourné en neige et tout commence à geler. Ah, du cognac ! Est-ce que j'ai le droit d'en avoir un peu ?

— Sers-toi, répondit Will.

Jenna regarda Josh s'approcher du placard. « Où est Colleen ? »

— Elle est restée aider tante Madeleine et les autres. Chacune a apporté quelque chose. Il ne reste pas un centimètre cube de place dans la cuisine.

— Ta grand-mère était une personne très importante, commenta Will.

— Et très aimée, ajouta Josh. Devine qui est venu !

Jenna secoua la tête.

— Les enfants de Molly Brant, répondit Josh. Une vraie

délégation en grande tenue de cérémonie ! Ils ont apporté un cerf tout entier et un sac de riz sauvage qui doit peser une tonne.

— Maman a aidé Molly quand elle est venue au Canada pendant la rébellion américaine. Les Mohawks étaient à l'époque les ennemis des Français, mais maman l'a aidée quand même. Elle disait toujours que les deux côtés se servaient des Indiens et qu'il n'y avait pas de meilleure chrétienne dans tout le Haut-Canada que Molly Brant. Tous ses enfants ont été baptisés et elle s'est mariée à l'église. Elle lisait la Bible tous les jours et a enseigné la religion chrétienne à tout son peuple. Elle leur a appris, par exemple, que c'était mal d'avoir des enfants hors du mariage.

— Quand grand-père a fait son fameux voyage de Boston au Canada, il avait un guide mohawk, n'est-ce pas ? demanda Josh.

Jenna hocha la tête : « Ce Mohawk était le cousin de Molly Brant. Les Ecossais paient toujours leurs dettes, même s'il leur faut des années pour le faire. »

Josh sourit et porta la timbale de cognac à ses lèvres : « Colleen dit qu'elle n'a jamais vu autant de monde dans sa vie. C'est la première fois qu'elle voit toute la famille rassemblée. C'est impossible pour elle à concevoir. Elle dit qu'elle ne les a pas même tous rencontrés et qu'elle n'arrive pas à se souvenir de leurs noms. »

Jenna se mit à rire : « Cela m'arrive à moi aussi, quelquefois, et pourtant c'est ma propre famille. » Son visage devint brusquement grave : « Je regrette que maman n'ait pas vécu jusqu'à votre mariage. »

Josh tapota nerveusement la table. « Nous allons nous marier bientôt », dit-il en essayant de sourire. « Je veux qu'elle soit en sécurité, dans le Haut-Canada. Il va sans doute y avoir une guerre. »

— C'est parfaitement juste, répondit Will. C'est une excellente idée que de couper court vos fiançailles. Tu seras obligé de servir de plus longues heures dans la milice. Nous tous, d'ailleurs.

— Je voudrais m'acheter un brevet d'officier, dit Josh abruptement. Dans l'armée.

— Oh, Josh ! Jenna se couvrit la bouche de sa main.

Josh tendit la main vers sa mère, en cherchant son regard. « Cela ne fera pas une grande différence », dit-il d'une voix calme. « S'il y a une guerre, ce ne sera pas plus dangereux d'être dans l'armée que dans la milice. »

— Je suis d'accord, dit Will.

Jenna regarda au loin. Elle savait qu'ils avaient raison, mais c'était tout de même difficile à accepter.

Mason James MacLean était appuyé contre les coussins de sa calèche noire et écoutait les sabots des chevaux battre un rythme régulier contre les pavés de la rue. Dans quelques minutes, il serait rentré chez lui, et il pourrait alors s'installer dans son bon fauteuil et se faire servir une boisson rafraîchissante par son esclave Vertueux. Ce jour-là, le président Madison avait tenu une séance spéciale du Congrès, et les jeunes républicains avaient immédiatement cherché à dominer la Chambre des représentants : ils avaient réussi. Ces hommes étaient prêts à se battre pour les intérêts agricoles du Sud et de l'Ouest; on les appelait les Faucons de Guerre et ils réclamaient la guerre comme ils exigeaient un État de la Louisiane. Car si l'Amérique devait réagir contre les Anglais — et selon toutes les apparences, c'était probable — il était essentiel que la Louisiane devînt un État.

Mason James MacLean ne pensait pas aux conséquences possibles d'une guerre contre les Anglais. Il était beaucoup trop en colère. Non seulement le blocus des ports français avait complètement paralysé le commerce, mais les Anglais avaient arrêté des vaisseaux américains : les matelots américains avaient été enrôlés de force par la marine britannique. Mais, pour Mason James, ce qui était pire c'était que des cargaisons de valeur avaient été confisquées. Au début de la séance du Congrès, James Madison avait prononcé des paroles qui avaient vivement impressionné le jeune homme : « Avec cette preuve flagrante d'inflexible hostilité, ce piétinement de droits qu'aucune nation indépendante ne peut tolérer. . . le Congrès se sentira le devoir d'armer les Etats-Unis. Cette grave crise exige une attitude qui corresponde en tous points à l'esprit et à l'attente nationales. »

L'esprit et l'attente nationales. . . oui, Mason James aimait ces paroles. Il avait été satisfait d'apprendre que le président Madison réclamait une plus grande armée, un corps de volontaires, une marine plus puissante et mieux équipée, de nouvelles munitions et des mousquets. Il faut protéger La Nouvelle-Orléans, se dit Mason. Il faut protéger ma position, mon coton, ma liberté de faire le commerce avec qui je veux. Et Mason James était satisfait de voir que le Sud et les idées sudistes prenaient de plus en plus d'importance dans le Congrès. Il s'identifiait parfaitement à son pays. « Les Anglais disent que l'Amérique n'est pas légitime, se dit-il — tout comme moi. Mais nous achèterons tous deux notre légitimité, nous fermerons le bec à tous ceux qui veulent nous détruire. »

La journée l'avait inspiré, ragaillardi. La calèche de Mason James s'approcha de la rue tranquille et bordée d'arbres où se trouvait sa maison. Ce matin-là, il était sorti vêtu d'une chemise à jabot, d'une longue jaquette en queue-de-morue et d'un pantalon à la mode. Maintenant il se sentait défraîchi et avait envie de se baigner et de se détendre.

Il avait passé une matinée fatigante dans les couloirs du Congrès à faire de la propagande auprès des représentants pour ses deux causes préférées : la création d'un État de la Louisiane et une déclaration de guerre contre les Anglais. Il avait maintenant trois heures de répit avant d'être obligé de se rendre à une réception que donnait l'un des deux sénateurs de la Caroline du Sud. Je vais prendre un long bain chaud, se dit-il. Mais d'abord, je vais m'asseoir dans mon fauteuil avec un bon verre de whisky. Mason James se sentait surexcité — cela lui arrivait d'ailleurs assez souvent. Il avait beau détester la ville de Washington — que l'on appelait Fond de Vase parce qu'elle était située dans un véritable marécage — , il était passionné par la politique.

La calèche s'arrêta devant la maison. Le cocher noir descendit de son siège surélevé pour ouvrir la portière. Il sourit, s'inclina, ôta son chapeau haut-de-forme, puis tendit sa vieille main ridée à Mason, qui descendit de la voiture et, d'un geste théâtral, huma à pleins poumons l'air de George-town, tellement plus propre et plus frais que celui de Washington. Il fit quelques pas et la porte de la maison s'ouvrit devant lui. Vertueux lui prit son manteau.

— Vous avez un visiteur imprévu, lui dit Vertueux en roulant ses yeux vers le salon. Mason James fronça le sourcil et se sentit irrité. Il était sur le point de grommeler « Qui diable. . . » quand son père, James MacLean, tenant un verre de whisky à la main, vint à sa rencontre et proclama à son fils ahuri : « Je suppose que ma présence t'étonne ? »

Mason James cligna des yeux. Son père était devant lui, mais il n'était pas vêtu, comme il l'était d'habitude, d'un beau costume frais et parfaitement blanc. Il portait l'uniforme de cérémonie de l'armée américaine. « Alors tu t'es acheté un brevet d'officier ? » Sa voix était ahurie et il voulait une explication.

— Je vais servir sous Winfield Scott, répondit James MacLean. Il va y avoir une guerre.

James MacLean mena son fils dans le salon. « Je sais que nous n'avons pas toujours les mêmes goûts », dit James MacLean. C'était bien peu dire, pensait-il. Mason James, à son avis, était un jeune homme très étrange. Il n'était pas exactement efféminé, mais il semblait préférer la compagnie des hommes à celle des femmes. James MacLean soup-çonnait le pire, mais il n'était pas encore certain des préfé-rences de son fils. Il y avait eu des femmes, évidemment, mais rien de sérieux; Mason James semblait ne s'intéresser à personne sauf quand il s'agissait d'une relation qui pouvait faire avancer sa carrière. Mason James était beaucoup moins cruel et rusé que son père, cependant. Il était égoïste et excessivement centré sur lui-même, mais ce n'était pas un homme cruel. Il avait aussi un sens de l'humour, ce dont James manquait complètement. « Il y a toujours quelque chose qui l'amuse », disait souvent James MacLean. « Non, il n'est vraiment pas du tout comme moi. »

Les deux hommes avaient pourtant des sentiments d'affection l'un pour l'autre. James MacLean était bien obligé de reconnaître que son fils avait beaucoup travaillé dans les intérêts de la famille et lui avait fait gagner beaucoup d'argent.

— Le fait que je m'engage dans l'armée va ajouter un certain prestige à notre nom, annonça James MacLean — un prestige qui nous servira plus tard dans la politique.

— Moi, je ne pourrais jamais faire une chose si ennuyeuse que de m'engager, avoua Mason James à son père.

— C'est précisément pour cette raison que je le fais, marmonna James. As-tu rencontré Mme Madison ?

— Oh oui. C'est une femme charmante. Je pense même qu'elle a du goût pour moi.

James MacLean poussa un grognement. « Tant mieux. Je te conseille d'encourager cette relation. »

Mason James haussa les épaules : « J'en ai certainement l'intention. »

— As-tu rencontré d'autres femmes ? demanda James d'une voix pressante.

Mais Mason James secoua la tête. « Rien qui vaille la peine », répondit-il avec franchise.

James MacLean poussa un nouveau grognement. Il aimait son fils, mais il était soucieux. S'il n'avait pas de petits-enfants, qui hériterait de sa plantation ? Il se posait souvent cette question et il n'y avait qu'une réponse possible. Il va falloir tout simplement que je produise un autre fils, décida James. Il faut que je donne à Mason James un demi-frère.

Josh guidait son cheval le long d'un chemin boisé vers la clairière. Il était maintenant sur la grande route qui menait à la ferme de Richard Adams. Il avait traversé le village de Lewiston et en y passant, il avait de nouveau pensé à l'absurdité de cette guerre que l'on mijotait à Washington. Ici, sur la frontière, la paix régnait. Le rivière du Niagara séparait le Haut-Canada, une des provinces de l'Amérique du Nord britannique, de l'État de New York. Des deux côtés de la rivière, les habitants étaient accueillants, bien qu'officiellement appartenant à des pays différents; ils avaient les mêmes origines et de nombreuses familles vivaient des deux côtés. Il était difficile d'imaginer ces fermiers paisibles faisant la guerre contre leurs petits-enfants, leurs cousins, leurs oncles et leurs tantes qui vivaient de l'autre côté de la rivière. Washington semblait avoir une conception tout à fait fausse de la réalité. Les réactionnaires du Sud pensaient que les habitants du Haut-Canada étaient mécontents du gouvernement britannique, ce en quoi ils se trompaient. En vérité, la grande majorité des Canadiens de la région étaient prêts à se battre pour rester sous l'autorité britannique. L'État de New York, par ailleurs, menaçait de se détacher de la nouvelle nation s'il y avait une guerre. La plupart des habitants de New York et de la Nou-velle-Angleterre ne voulaient pas la guerre. Et même si une guerre réussissait à rétablir le libre-échange en haute-mer — ce qui n'était pas probable — elle détruirait le commerce florissant entre les États de la Nouvelle-Angleterre et le Haut et le Bas-Canada.

Les réactionnaires du Sud et de l'Ouest des Etats-Unis semblaient croire que les Américains étaient un peuple choisi — choisi pour unir le continent et le gouverner tout entier.

Josh sourit intérieurement en s'approchant de la ferme de Richard Adams. Bientôt il épouserait Colleen et créerait exactement le genre de famille auquel il pensait : une famille qui vivrait des deux côtés de la rivière du Niagara mais n'accepterait jamais d'être séparée par la guerre.

Après l'enterrement de la grand-mère de Josh, qui avait eu lieu dix jours auparavant, Colleen était rentrée chez son père. Josh aurait aimé lui rendre visite plus tôt, mais il avait fallu faire beaucoup d'arrangements après l'enterrement, ainsi que des préparatifs pour l'hiver. Josh n'avait pas en-core dit à Colleen qu'il avait l'intention de s'engager dans l'armée. Il pensait que ce n'était pas encore nécessaire : sa demande n'arriverait pas à Montréal avant un certain temps.

Josh descendit de son cheval et l'attacha au poteau près de l'abreuvoir. Il se baissa, étira ses longues jambes puis étendit les bras aussi haut que possible, comme s'il cherchait à toucher le ciel. Le trajet avait été long.

Josh grimpa les marches devant la maison et frappa à la porte : « Colleen ! C'est Josh ! »

L'instant d'après, la porte s'ouvrit et Josh se trouva en face de Colleen Adams, si belle avec ses longs cheveux noirs et ses grands yeux bleus.

— Tu m'avais oublié, dit-il en plaisantant.

— Peut-être, répondit Colleen, les yeux pétillant de malice. « Est-ce que vous vendez des ustensiles ? des Bibles ?. . . ou peut-être des pièces de toile ? »

Josh éclata de rire et, l'attirant vers lui, il l'embrassa sur le bout du nez. « Je vends des baisers », répondit-il.

Colleen lui jeta les bras autour du cou et, se mettant sur la pointe des pieds, elle l'embrassa tendrement sur les lèvres. Mais leur baiser s'enflamma rapidement quand Josh mit ses bras autour d'elle et sentit son corps mince et tiède se presser contre le sien. « Je t'aime », lui dit-il doucement à l'oreille.

Colleen, toute rougissante, fit quelques pas en arrière. « Viens, entre, dit-elle. Papa sera ici dans une heure. » Josh, la comprenant à demi-mot, sourit. Colleen lui disait d'une manière très subtile qu'il n'avait pas besoin de rester sur le pas de la porte pour l'embrasser, et qu'ils seraient bien mieux dans la maison chaude et accueillante. Il la suivit donc dans la maison et ferma la porte. « Je vais faire du thé », dit-elle, ses yeux bleus tout pétillants. Josh la suivit dans la cuisine. Ses longs cheveux lui tombaient sur les épaules, et elle balançait les hanches d'une manière séduisante. Josh pouvait presque sentir ses mains sur son corps.

Colleen remplit la bouilloire et la mit sur le feu. Elle se tourna et s'approcha de Josh. « Embrasse-moi de nouveau », lui dit-elle à voix basse.

Josh ne demandait pas mieux. Il l'embrassa et la sentit remuer contre lui; son désir devint plus brûlant que jamais. « Je dois te prévenir tout de suite qu'on a le sang chaud dans la famille », dit-il en respirant bruyamment dans son oreille. Il mit la main sur son dos, autour de sa taille puis caressa ses petits seins fermes à travers l'étoffe de sa robe.

— Je t'aime, murmura Colleen. Oh ! Josh, prends-moi. . . je veux que tu me tiennes dans tes bras, que tu. . . Elle remua un peu en se pressant contre son corps. Dans la

66

fièvre de son désir, Josh sentit disparaître toutes ses bonnes résolutions. Il souleva le corps léger de Colleen et l'emporta dans la chambre à coucher, la posant sur le bord du lit.

— Tu es sûre que ton père ne va pas revenir ? demanda-t-il.

Colleen hocha la tête : « Il ne reviendra pas avant longtemps. » En sentant Josh s'étendre à ses côtés, ses yeux bleus devinrent tout humides.

— Tu es sûre que c'est ce que tu veux ? demanda-t-il sérieusement.

— Tu voudras quand même m'épouser après ? dit Colleen.

Josh hocha la tête : « Sans doute plus que jamais. » Il la serra dans ses bras et embrassa son cou, ses oreilles, ses paupières. Elle gémit en sentant la main de Josh glisser sous sa jupe et caresser ses cuisses fraîches et fermes. Josh défit impatiemment le corsage de sa robe et le tira vers le bas, révélant sa peau blanche comme la neige et ses parfaits petits seins. Il l'embrassa tendrement jusqu'au moment où elle se mit à gémir, puis il souleva de nouveau sa jupe et l'embrassa d'une manière plus intime.

Colleen se mit de nouveau à gémir et Josh entra en elle aussi doucement que possible. Elle tressaillit sous son corps et pressa les hanches vers le haut. « Ah, comme je t'aime », répéta Josh. Mais il ne put se retenir. Il l'avait trop désirée, leur étreinte avait été trop érotique.

En le sentant palpiter en elle, Colleen frissonna de nouveau. « Non, murmura-t-il doucement, je ne voulais pas que ce soit comme cela. » Mais les yeux bleus et limpides de Colleen étaient tout grands, pleins de questions. Elle le voyait, immense, au-dessus d'elle. « Ferme les yeux, dit-il. Je vais te montrer. » Elle resta allongée sur le dos et se laissa faire. Josh posa les lèvres sur ses boutons de seins, les embrassa et les suçota jusqu'au moment où ils devinrent tout durs et roses de désir. Alors il glissa la main sur le centre magique de son plaisir, la caressa doucement et sentit son corps devenir tout chaud. Elle remua les hanches sensuellement et grogna enfin de plaisir, puis tressaillit. Josh la regarda tendrement jouir. Quand elle fut de nouveau

calme, il l'embrassa dans le cou et murmura doucement :
« C'est comme cela que ce devrait être quand nous le faisons
ensemble. »

Colleen sourit : « Il faudra beaucoup nous exercer. Mais
nous avons tout le temps du monde. . . »

Josh entendit un sifflement dans la cuisine et se redressa
soudain. « Tu as oublié l'eau ! » dit-il en riant.

Colleen sauta du lit et se revêtit rapidement : « Ah, mon
Dieu ! » Suivie de Josh, elle se précipita dans la cuisine pour
retirer l'eau du feu.

— Ça vaut mieux, dit Josh en riant. « Ton père sera
bientôt de retour. » Colleen hocha la tête. Elle reboutonna sa
robe et passa la main dans ses cheveux emmêlés : « Josh,
est-ce que nous pourrons nous marier bientôt ? »

— Aussi tôt que tu voudras, répondit-il. Noël, par
exemple ?

Colleen se mordit la lèvre et s'élança dans ses bras. « Oui,
Noël, dit-elle tout impatiente. Nous nous marierons à
Noël. »


Richard Adams était sur l'embarcadère de Lewiston et
regardait tantôt la malle qui était posée devant lui, tantôt la
lettre qui l'accompagnait. Il n'avait jamais été si ému de sa
vie.

La lettre qu'il tenait à la main lui annonçait une nouvelle
extraordinaire : une femme était venue à l'hospice où il avait
été élevé et s'était enquise de son sort. Grâce aux nombreuses lettres qu'il avait écrites à l'hospice, on l'avait
aussitôt identifié, et on avait assuré la femme que Richard
Adams était celui qu'elle cherchait. Elle avait donc laissé la
malle avec les administrateurs de l'hospice et leur avait prié
de l'envoyer à Richard Adams sans l'ouvrir. Elle expliquait
dans sa lettre qu'elle avait été une amie de sa mère et lui
envoyait la malle pour répondre à ses derniers souhaits de lit
de mort.

« Je crois comprendre, écrivait-elle, que vous trouverez
dans cette malle des documents écrits qui vous expliqueront
tout ce que voulez savoir sur votre famille. »

Richard Adams plia la lettre et la remit dans la pochette. Il étendit le bras d'un geste presque révérencieux et tapota la malle. « J'ai attendu tant d'années, dit-il tout haut. Je peux encore attendre d'être de retour chez moi. »

Sir George Prevost était un homme sans aucun sens de l'humour. « Mes ordres devraient être aussi longs que mon titre », disait-il avec un sourire forcé. Il était arrivé le 11 septembre 1811, et ses titres traduisaient sa position : « *Capitaine-général, et gouverneur-en-chef des provinces du Haut et du Bas-Canada, de la Nouvelle-Ecosse, du Nouveau-Brunswick et des îles du Prince-Edouard, de Cap-Breton, de Terre-Neuve, des Bermudes et de leurs nombreuses dépendances; vice-amiral de ces mêmes îles et provinces; lieutenant-général et commandeur de toutes les forces de Sa Majesté dans les provinces du Haut et du Bas-Canada. . . etc., etc., etc.* »

Prevost était un fils aîné de parents suisses-protestants de langue française. Son père avait aussi servi dans l'armée britannique et avait été blessé pendant le siège de Québec en 1759. Prevost était né dans le New Jersey et avait reçu son éducation en Angleterre et sur le Continent. Il avait tenu d'autres postes importants depuis le début des guerres contre Napoléon, mais se sentait prédestiné à remplir ses fonctions présentes — malgré la longueur de son titre officiel.

Le choix de Sir George Prevost était un exemple parfait de l'intérêt que les Anglais portaient aux habitants francophones du Québec — que l'on appelait maintenant le Bas-Canada. Il n'était pas Anglais, mais Suisse. Il était fortement engagé dans la cause de la liberté religieuse et parlait couramment français. Il était, en outre, très fin en matière de politique.

Depuis son arrivée, Sir George Prevost avait nommé quelques Canadiens français au Corps législatif du Bas-Canada, et en aurait nommé d'autres s'ils avaient bien voulu servir. A cause de cela, il était très mal vu par les commerçants anglophones de Montréal, et se trouvait ainsi dans la même position que ceux qui l'avaient précédé. Son but avait été de donner aux Canadiens français un rôle actif dans la vie économique et politique de la province, mais il était rejeté de tout le monde sauf l'élite et détesté par les Canadiens anglais, à part quelques rares individus bilingues et sans préjugés.

Malgré l'indifférence et l'antipathie du peuple qu'il gouvernait, Sir George était convaincu que si une guerre était déclarée entre le Canada et les Etats-Unis, les habitants francophones resteraient neutres. Cette conviction, qui était le résultat de ses observations personnelles, allait à l'encontre des prédictions pessimistes de la population de langue anglaise. Sir George Prevost voyait clairement que l'église catholique du Québec soutenait la neutralité. Le clergé québécois était mécontent des transformations de l'église de la France sous Napoléon, et les prêtres encourageaient les Canadiens français à rester fidèles à la Couronne anglaise.

Mais il fallait autre chose de cette population que la neutralité : il fallait des soldats. Les réguliers britanniques n'étaient pas assez nombreux pour protéger l'immense frontière canadienne, et les milices provinciales ne suffisaient pas à combler ce vide. Montréal risquait d'être la première ville attaquée par les Américains belliqueux, mais le Niagara, Kingston et le Haut-Canada en général — cette terre peu développée et si essentielle au commerce des fourrures — devaient être protégés.

Prevost était assis dans son bureau à Québec et réfléchissait aux problèmes du Haut-Canada. Devant lui était assis son aide précieux, Red George Macdonell, du 8e régiment du Roi d'Angleterre.

— Il nous en faudrait beaucoup d'autres comme celle-ci, dit Prevost avec un sourire ironique. Il montra du doigt le ratelier d'armes où était rangée la *Brown Bess*. C'était un mousquet de haute qualité et qui ne se chargeait pas par la bouche, comme la plupart des mousquets dont se servaient les autres armées. C'était une arme à canon lisse dont la portée n'était que de quelques centaines de mètres. Elle n'avait pas de viseur et était faite pour des tireurs très bien entraînés, serrés les uns contre les autres en une ligne parfaite : ils pouvaient ainsi tirer toutes les vingt secondes. Ce mousquet et la formation militaire qu'il nécessitait étaient tellement efficaces que la *Brown Bess* pouvait remplacer la grenade à main qui jusque-là avait été l'arme principale des soldats d'infanterie. L'armée, évidemment, continuait à se servir du terme de « grenadier », qui était maintenant réservé aux plus grands et aux mieux entraînés des tireurs.

— En effet, il nous faudrait beaucoup d'autres *Brown Besses,* répondit Red George Macdonell. « Vous avez parfaitement raison, c'est exactement ce qu'il nous faudrait. » Il se frotta le menton d'un air pensif. « Remarquez bien que dans le Haut-Canada il faudra faire très attention à qui vous les donnez. Les milices provinciales c'est très bien, mais pas si elles se tournent contre nous. »

Prevost hocha la tête. Il tenait à la main des documents qui racontaient toute l'histoire. . . et ce n'était pas une histoire très réconfortante à la veille d'une guerre.

Les milices du Haut-Canada comptaient près de onze mille hommes. . . sur papier. En bas de la page, cependant, figurait la note suivante : « Quatre mille de ces hommes peuvent être armés sans crainte. » Les sept mille qui restaient étaient de récents émigrés des Etats-Unis qui, même vivant sous un drapeau nouveau, étaient prêts à se battre pour le pays qu'ils avaient quitté. Ils étaient venus parce que le Haut-Canada offrait des concessions de terre gratuites beaucoup plus avantageuses que ce qu'ils pouvaient trouver aux Etats-Unis. Ils avaient tous de la famille aux Etats-Unis et leurs loyautés étaient partagées, pour dire le moins.

Les quatre mille miliciens sur lesquels on pouvait compter étaient pour la plupart des Ecossais — des Ecossais établis depuis longtemps au Niagara et aux environs de Kingston, des familles comme les Macleod et les MacLean. Les autres étaient de récents émigrés écossais qui vivaient à Glengarry County, un comté qui bordait le Bas-Canada. Ils étaient tous des Highlanders, et comptaient surtout des Macdonell, qui avaient servi dans le régiment britannique de Glengarry.

— Je voudrais proposer encore une fois la création d'un

corps de défense à Glengarry County, dit Prevost sur un ton confidentiel. « Qu'en pensez-vous ? »

Red George hocha la tête : « Mon cousin Alexander Macdonell pourra certainement vous aider. » Le père Macdonell avait été l'aumônier des chasseurs de Glengarry en Angleterre, et c'était lui qui avait organisé et encouragé leur immigration au Canada et leur établissement dans le Haut-Canada.

— Ils pourront s'entraîner à Trois-Rivières, proposa Prevost. Vous en serez chargé.

— Parlez donc à Brock des autres Ecossais, des recrues du Niagara, conseilla Red George. Je pense que nous pourrons former un corps de milices très convenable.

— Nous en aurons fort besoin, répondit Prevost. Les Américains font tout ce qu'ils peuvent pour provoquer une nouvelle guerre.

Red George se leva. C'était un homme énorme : il faisait plus d'un mètre quatre-vingt et pesait cent cinquante kilos. « Vous avez déja vu un *caber toss* ? demanda-t-il avec un clin d'œil.

Prevost secoua la tête : « Non, jamais. »

— Un *caber* est un tronc d'arbre de cinq mètres de long et qui pèse cinquante kilos. Maintenant, si un Ecossais peut lancer un *caber*, jusqu'où peut-il lancer un Américain ?

Prevost rit de son petit rire suisse plein de retenue : « Jusqu'à Washington, j'espère ! »

# CHAPITRE IV

# décembre 1811

En faisant ses adieux à son père, Mason James MacLean lui avait promis de rester à Washington. « Travaille dur et fais-toi une belle carrière en politique », lui avait dit James. « Je voudrais qu'éventuellement tu deviennes sénateur. »

Un serviteur s'avança pour lui enlever son manteau et Mason James, pensant à la dernière conversation qu'il avait eue avec son père, poussa un profond soupir. En ce qui concernait sa carrière, les recommandations de James ne posaient aucun problème. Mais ses dernières paroles l'avaient laissé anxieux et troublé : « Il faudrait quand même que tu te maries, avait-il dit. Si tu ne produis pas un fils bientôt, je serai obligé de prendre une maîtresse et de le faire moi-même. »

— Je regarde autour de moi, mais jusqu'ici je n'ai trouvé personne de convenable, avait répondu Mason James. Ce n'était pas vrai, mais il s'était senti obligé d'inventer quelque excuse.

— Trouve-toi une femme fertile et de bonne souche, avait grommelé son père.

— Mon cher monsieur MacLean. Je suis si heureuse que vous ayez pu venir !

Les pensées sombres de Mason James furent heureusement interrompues par l'accueil chaleureux de la femme du Président, Mme Dolley Madison. Elle s'avança vers lui avec un sourire étincelant, lui prit le bras et le mena vers la

73

salle de réception, qui était déjà pleine de sénateurs et de membres de la Chambre des représentants.

Mason James portait ses vêtements les plus élégants. Sa chemise en soie venait de Paris, malgré le blocus, ce qui, pour Mason James, lui donnait un *chic* tout particulier. Son gilet était vert pâle aux bordures et aux boutons dorés, et avait une coupe à la mode. Son pantalon était gris, ses bottes noires et brillantes. Il portait des boutons de manchettes en diamants à reflets bleus parfaitement assortis, et une épingle de cravate en or, ornée elle aussi d'un diamant. Sa canne, qu'il portait par souci d'élégance et non pas par besoin, était en ébène, avec un bout en or. Quand Mason James Mac-Lean désirait se faire remarquer, il frappait le bout d'or de sa canne par terre ou contre un meuble. De toutes ses petites affectations, sa canne était sa préférée.

Personne dans cette salle n'est aussi élégant que moi, se dit Mason James en jetant un coup d'œil sur les autres invités.

Henry Clay, président de la Chambre des représentants, était vêtu entièrement de noir. Il voulait paraître plus âgé que ses trente-quatre ans et tâchait d'impressionner les gens avec sa position et avec sa fortune nouvellement acquises. Mais comme il n'avait jamais eu assez d'argent pour vivre dans le beau style, il ne savait pas s'habiller et manquait totalement d'élégance. La femme de Clay, Lucretia, n'était pas non plus très bien mise. Pour Mason James, Lucretia Clay était un mystère : elle avait, après tout, été riche toute sa vie. C'était grâce à elle que Henry avait maintenant une belle fortune; d'après Mason James, il ne l'avait épousée que pour cela. Elle avait le nez crochu, l'air sévère et revêche. La robe violette qu'elle portait ce soir-là avait dû lui coûter très cher, mais elle manquait complètement d'élégance. Les Américains semblaient vraiment croire qu'il suffisait d'avoir de l'argent pour être bien habillé.

Mason James se sentait toujours un peu supérieur à ses compatriotes à cause de ses origines françaises. Il regarda de nouveau Lucretia, et nota que sa robe accentuait sa taille épaisse et n'embellissait pas son teint jaunâtre. En examinant son buste, il décida qu'elle avait dû rembourrer sa robe avec des bouts de soie pour augmenter le volume de ses seins, car l'un était plus petit que l'autre.

John Caldwell Calhoun, par contre, était habillé avec beaucoup d'éclat. Il portait un costume rouge vif, chamarré de galons d'or, des bottes qui lui montaient jusqu'aux genoux et une chemise à jabot dorée. Mais la gaieté de son costume, qu'il n'aurait jamais osé porter parmi ses électeurs très terre à terre, n'allait pas du tout avec l'expression toujours maussade de sa figure parfaitement carrée. Sa femme, Floride Bonneau Calhoun, était petite et ronde et ses cheveux coiffés en petits tire-bouchons semblaient collés à sa tête. Elle était grasse, mais très bien proportionnée : si son buste, sa taille et ses hanches avaient mesuré trente centimètres de moins, elle aurait été assez bien faite. Comme Lucretia Clay, Floride Calhoun était une femme riche. En l'épousant, John Calhoun s'était lancé dans la haute société de la Caroline du Sud et maintenant, à vingt-neuf ans, il avait déjà une niche dans la politique et menait la vie tranquille d'un planteur et homme d'état; c'était un petit charançon confortablement installé dans la boule de coton bien douillette de la politique de la Caroline du Nord.

— Je me demande ce que l'histoire écrira de nous plus tard, dit Dolley Madison. Je regardais vos yeux, mon cher monsieur MacLean. Vous remarquez tout. Vous devriez écrire une chronique de notre époque pour les journaux. Seriez-vous généreux envers nous ? Je n'aime pas ce que l'on écrit en ce moment.

— Je serais tout ce qu'il y a de plus généreux, bien sûr, madame, répondit Mason James. Il mentait, évidemment — et pourtant, se disait-il, il serait généreux avec Mme Madison parce que c'était une femme avec beaucoup d'influence. Elle avait toutes les raisons du monde pour détester la presse. Les journaux fédéralistes étaient impitoyables à son égard. D'abord ils disaient que Dolley Madison était une femme très frivole, ensuite qu'elle avait des rapports coupables avec l'ex-Président, M. Thomas Jefferson, et qu'elle ralliait les messieurs importants à la cause de son mari d'une manière fort particulière — sur la table de cuisine de la Maison du Président, par exemple.

L'image de M. Jefferson en train de culbuter Dolley Madison fit sourire Mason James. Et si ces histoires étaient vraies ? Ce ne serait pas une si mauvaise chose s'il devenait lui-même son amant ! L'expérience ne risquait pas d'être trop désagréable et son père serait ravi d'apprendre que la femme du Président était sa maîtresse. Elle était, bien sûr, beaucoup plus âgée que lui : Dolley Madison avait quarante-trois ans et paraissait en avoir trente-cinq. Son mari, par contre, avait cinquante ans, mais on lui aurait donné dix ans de plus. Mason James MacLean contempla l'amoureuse la plus célèbre de toute la ville de Washington et décida qu'à son âge elle serait tout au moins reconnaissante.

Mason James jeta un autre coup d'œil sur M. Clay, qui prenait un verre de whisky du Kentucky d'un plateau. Cet homme était vraiment adonné à la boisson, au jeu et aux femmes. C'est vraiment du propre, pensa Mason James.

Un autre serviteur passa avec un autre plateau. Cette fois-ci c'étaient de délicates assiettes de crèmes glacées. Mason James se servit et enfonça allègrement sa cuiller dans une délicieuse glace à la pêche. « C'est une pure merveille », dit-il à Mme Madison avec son sourire le plus charmeur.

Dolley Madison était une femme aux formes remarquablement abondantes qui n'avait pas du tout besoin de rembourrer son corsage avec des bouts de soie. Elle était aussi très vive et adorait les fêtes. Ses réunions du mercredi soir, fameuses pour les délicieuses glaces que l'on y servait, étaient un des rares plaisirs à Washington.

Dolley Madison s'éloigna de Mason James pour accueillir un nouvel invité. Dolley était vêtue d'une robe bleue bordée de guipure d'ivoire. Ses cheveux étaient enveloppés dans un magnifique turban — un style qu'elle venait tout juste de lancer à Washington. Elle battait langoureusement ses longs cils noirs et Mason James se permit d'examiner son superbe décolleté. Mon Dieu, se dit-il, cette femme pourrait nourrir une nation entière !

Dolley le rejoignit bientôt et Mason James continua à regarder son décolleté. Ses seins étaient encore plus énormes ce soir-là qu'ils l'avaient semblé à leur première rencontre.

Sa robe était vraiment très audacieuse. Si elle se penche en avant, se dit-il, je verrai ses souliers.

Mais Mme Madison ne se pencha pas en avant; elle se glissa tout près de lui avec un grand sourire et posa la main sur son bras en le pressant, d'après lui, d'une manière toute particulière. Un arôme de fleurs de magnolias se dégageait de ses seins.

— Ma chère madame Madison, roucoula-t-il sans détacher son regard de ses seins haletants, « vous êtes vraiment unique. . . Vous êtes la femme la plus ravisseinte, je veux dire ravissante de toute la ville de Washington. »

Dolley se pencha si près de lui que ses seins agressifs frôlèrent sa chemise à jabot. Il leva sa cuiller et prit une bouchée de glace à la pêche.

— Vous n'êtes qu'un grand flatteur. Dolley lui lança un ravissant sourire et traîna la voix comme le font toutes les dames du Sud.

— Madame, répondit Mason James d'une voix basse et profonde, « les paroles me manquent pour exprimer mon admiration. »

— Oh, cela m'étonnerait beaucoup, roucoula-t-elle.

— Madame, vous êtes une tentatrice, une belle Hélène. . .

— Et, comme elle, mon visage lancerait mille vaisseaux. . . contre les Anglais, répondit-elle, transformant pour la circonstance la célèbre citation de Marlowe. « Vous vous rendez compte de l'audace de ces Anglais, qui nous enlèvent nos jeunes matelots et officiers en pleine mer ? Vous êtes pour la guerre, j'espère ? »

Mason eut un sourire énigmatique. Mme Madison savait qu'il allait peut-être bientôt devenir un représentant de la Louisiane. Elle essayait déjà de le rallier de son côté.

— Certainement, répondit Mason. Nous autres planteurs, nous comptons sur le libre-échange. Quand nous ferons partie de l'Union, nous voterons exactement comme la Virginie et comme les Carolines. Nous ne soutiendrons certainement pas ces brutes des États du Nord ! Un nouvel État du Sud, madame, offrirait à votre mari l'appui nécessaire.

Pensez à La Nouvelle-Orléans, madame : c'est un centre de commerce très important.

— La Nouvelle-Orléans, répéta Dolley d'un air rêveur. « J'ai toujours eu envie d'aller là-bas. »

— C'est une ville unique, dit Mason James avec orgueil. « Les Français lui ont donné une saveur toute particulière. »

Dolley se penchait de plus en plus vers lui. Elle caressa négligemment sa manche; « Il paraît que c'est très différent du Boston des puritains. »

— Oh oui, madame, le contraste est étonnant, répondit Mason James. En parlant, il osa effleurer les bouts de ses doigts.

— N'êtes-vous pas d'origine française, monsieur Mac-Lean ? J'ai entendu dire que votre famille était une des premières à s'être établie sur le chemin des Natchez.

— Ma grand-mère était Acadienne. Mon père est Ecossais.

— Mon Dieu, quel mélange intéressant ! M. Calhoun est Ecossais lui aussi. Dolley baissa la voix et chuchota : « Mais, à mon avis, un peu de sang français ne lui aurait fait aucun mal. » Elle resta un instant silencieuse. « Il paraît que les Français sont les meilleurs amants du monde », ajouta-t-elle en battant les paupières.

— Et La Nouvelle-Orléans reflète ce talent, répondit Mason James sans rougir ni perdre le fil de la conversation.

— Je serais si heureuse si quelqu'un voulait bien m'y emmener !

— Mais je serais *ravi* de vous raconter *tout* ce que je sais sur cette ville, proposa Mason James en mettant l'accent sur certaines paroles. « Je voudrais vous la dépeindre par des images poétiques. »

Dolley poussa un tel roucoulement qu'on aurait dit une poule qui pondait un œuf, pensa Mason James. Mais il ne sourit pas. Elle pressa son bras, cette fois-ci avec insistance. « Pas ici, mon cher et si ardent jeune homme, chuchota-t-elle, mais bientôt. »

— Vos soirées du mercredi avec ces délicieuses glaces sont tout simplement merveilleuses, dit Mason James.

Comme elle semblait vouloir changer de sujet, il suivait son exemple.

— Vous aimez vraiment mes glaces ? demanda Dolley Madison en ouvrant les yeux tout grands. « Celle-ci est faite de pêches qui viennent directement de la Georgie. »

— Les fruits du Sud sont toujours les plus succulents, répondit Mason James en fixant de nouveau son regard indiscret sur le décolleté de Mme Madison. « Je les adore tout particulièrement dans les glaces. »

— Une bonne hôtesse fait de son mieux, dit Dolley en riant. Elle se tourna vers Lucretia qui s'était approchée d'elle. « Ma chère, cette robe vous va à ravir. Elle augmente merveilleusement votre buste. »

Lucretia, se raidissant, répondit : « Je vois que vous vous êtes trouvé un nouveau jeune homme. »

— Mais non, ma chère, c'est lui qui m'a trouvée. D'ailleurs, qu'y a-t-il d'autre à Washington ?

Par miracle, la neige avait cessé de tomber et le ciel bleu et ensoleillé n'avait pas une trace de nuages. Le vent semblait avoir mystérieusement quitté la région. Le camp Nelson était un assemblage isolé de huttes et de petites cabanes. Mais le ciel et le soleil étaient trompeurs; il faisait un froid à craquer le cuir et chaque fois que les hommes parlaient ou respiraient, une buée se formait devant eux.

Les hommes du camp Nelson étaient au bord de la rivière Hayes et construisaient de grandes barques, dites de *York*, qui les conduiraient au printemps vers le sud. Les femmes étaient dans les cabanes à faire du pain, à coudre et à s'occuper de leurs enfants.

Les Campbell étaient le seule exception. Miles Macdonell les avait envoyés en traîneau pour chercher des provisions. Cependant Bonnie Campbell, leur fille, était restée. Elle n'était sortie qu'une fois de chez elle pour chercher du bois et était immédiatement rentrée car il faisait plus froid qu'elle ne s'était imaginé. En fait, c'était Bonnie qui avait encouragé ses parents à aller au comptoir de Hudson's Bay sans elle. Elle recherchait la solitude, si difficile à trouver au camp Nelson et d'autant plus précieuse que, depuis de longs mois, ils étaient trois à partager une cabane d'une seule pièce.

Bonnie sursauta en entendant frapper à la porte de la cabane : « Laisse-moi entrer, pour l'amour de Dieu ! Tu vas me faire crever de froid ! »

Bonnie s'approcha de la porte et l'entrouvrit : « Monsieur Finlay ? » Elle aperçut son visage mal rasé et rouge de froid.

— Tu ne peux pas ouvrir la porte un peu plus grand ? Je te dis que je crève de froid !

— Ce n'est pas convenable, protesta Bonnie. Mais William Finlay était un fort gaillard. Il poussa la porte et entra dans la cabane.

— On ne t'a jamais appris qu'un feu était là pour être partagé ? Il fait si froid que la pisse gèle en plein air ! Tandis que toi, comme une petite égoïste, tu profites toute seule de ton feu !

Bonnie Campbell cligna des yeux en regardant William Finlay. C'était non seulement un grossier personnage mais un homme cruel. « Mon père n'est pas à la maison, dit-elle sèchement. Je regrette, mais il faudra que vous trouviez un autre feu pour vous réchauffer. D'ailleurs, qu'est-ce que vous faites ici ? Vous devriez être avec l'équipe de construction. »

Finlay poussa un grognement et ôta ses gants. « Je me suis fait mal », annonça-t-il en montrant sa main sanglante. « Tu n'as donc aucune pitié ? Tu vas vraiment mettre à la porte un pauvre type blessé et le faire sortir par ce froid ? Allons, sois une gentille fille et va me chercher de l'eau chaude. »

Bonnie recula de quelques pas vers le feu. « Je vais panser votre blessure, mais il faudra que vous partiez tout de suite après. » L'image de son père lui traversa l'esprit : « Une jeune fille comme il faut ne se permet jamais de rester seule avec un homme. » Il lui répétait constamment ces paroles.

Elle tourna le dos à Finlay et alla chercher la bouilloire dans la cheminée. L'eau était déjà bouillante, car, avant son interruption, Bonnie avait commencé à préparer une infusion d'aiguilles de sapinette. C'était affreusement mauvais, mais Miles Macdonell avait donné l'ordre à tout le camp d'en prendre régulièrement afin d'éviter le scorbut. Bonnie remplit un bol d'eau chaude et l'apporta à William Finlay, qui s'était déjà mis à l'aise : il était assis sur l'un des trois troncs d'arbre qui servaient de sièges et qui étaient placés autour d'une table grossière.

— Allons, donnez-moi votre main, dit-elle avec impatience, cherchant à se débarrasser le plus vite possible de ce visiteur importun. Finlay ricana et montra ses dents, d'où manquait une canine. Il étendit la main et Bonnie essuya le sang. « Ce n'est qu'une toute petite blessure, commenta Bonnie, mais je vais la panser quand même. » Elle se leva, sortit une bande d'étoffe blanche de sa sacoche puis retourna auprès de Finlay et pansa adroitement sa blessure. « Voilà, annonça-t-elle. Maintenant il faut partir. »

Mais Finlay ne se leva pas. « Alors, tu fais du thé ? » demanda-t-il.

— Non, ce n'est qu'une infusion de sapinette.

Finlay fit une grimace. « Pouah ! fit-il. Je ne toucherais pas à cette cochonnerie pour tout le whisky d'Irlande ! »

Bonnie se leva. Elle avait un joli visage un peu anguleux et des cheveux châtains à reflets roux. Ses yeux bleus étaient encadrés de longs cils noirs et de jolis sourcils bien arqués. « Vous aurez le scorbut si vous n'en prenez pas, dit-elle avec dédain. Miles Macdonell nous a donné l'ordre d'en prendre régulièrement. »

— Miles Macdonell est un con. J'm'en fous pas mal de ses ordres ! Je ne suis pas un esclave, ni un serf !

— Vous ne pouvez pas parler poliment ? interrompit Bonnie indignée. Vous n'êtes qu'un grossier Irlandais !

Finlay étendit le bras et saisit brutalement le poignet de Bonnie, la tirant vers lui : « Oh, Mademoiselle prend des airs ! Dis-moi, tu te prends bien au sérieux pour une fille de petit fermier — et une Campbell par-dessus le marché ! Les Campbell sont le pissoir de tous les bons Highlanders. . . et des Irlandais aussi, ma belle ! »

Bonnie chercha à se libérer : « Laissez-moi ! J'attends mon père d'un instant à l'autre ! » Ce n'était pas vrai, mais Finlay ne pouvait pas savoir quand ils étaient partis, se dit-elle.

Finlay la reluqua et cracha par terre. Il ne lâcha pas son

poignet; au contraire, il le serra encore plus fort, fit le tour de la table et la tira violemment vers lui. Elle sentit son haleine puante tout près de son visage. « Pas mal, pas mal du tout, la môme », dit-il en regardant son corps. Avec sa main libre — celle qu'elle venait de panser — il saisit un de ses seins et le pinça à travers l'étoffe de sa robe. Bonnie devint rouge écarlate et ouvrit la bouche pour crier, mais Finlay l'en empêcha, couvrant sa bouche de ses lèvres. Il l'embrassa rudement en frottant son visage mal rasé contre sa peau tendre. « Reste tranquille, petite garce », lui respira-t-il dans l'oreille.

Bonnie fut envahie de colère, mais aussi de peur, et sentit les larmes couler de ses yeux. Malgré sa terreur, elle avança sa lèvre inférieure et prit un air de défi : « Laissez-moi tranquille ! Mon père vous tuera ! »

Finlay regarda Bonnie dans les yeux, la saisit par les épaules et la jeta par terre. Elle se débattit tant qu'elle put, mais Finlay était trop fort pour elle. Il l'écrasa sous son corps et leva sa longue et modeste jupe en laine. Bonnie frissonna en sentant ses mains passer sur ses cuisses. Elle essaya de crier, mais sa gorge était devenue toute sèche.

— Laissez-moi tranquille ! répéta-t-elle. Elle se débattit et lui donna des coups de pied. Finlay couvrit sa bouche avec sa main, interrompant un instant ses explorations indiscrètes.

— Tu ne connais pas ton papa aussi bien que moi, ma petite. C'est un Ecossais presbytérien, et il te reniera. Il dira que c'est toi qui m'as encouragé. Il dira que c'est de ta faute. Tu m'as laissé entrer. Tu lui as désobéi en laissant un homme entrer dans la maison.

En entendant ces paroles, Bonnie fut secouée d'un frisson. Elle avait perdu sa voix et elle tremblait de peur. Finlay lui arracha ses sous-vêtements. Il la relâcha un instant pour défaire les lacets de son pantalon, puis tomba sur elle.

— Ah, que c'est bon, bredouilla Finlay en passant la main sur son duvet brun et bouclé. « Rappelle-toi ceci, ma petite. Ton père te demandera comment je suis entré dans la maison. Il ne te croira jamais. Les hommes comme lui pensent que toutes les femmes sont des chattes en chaleur, impures et débauchées. Il dira que c'est de ta faute. Allons, petite, tu es un peu débauchée, non ? »

Bonnie, toute tremblante, se mit à pleurer. Elle pensa aux paroles que son père lui avait si souvent répétées : « Ne parle jamais à ces hommes. Ne les laisse jamais entrer dans la cabane ! Je te défends de leur adresser la parole. Ce n'est pas convenable ! Si jamais je t'attrape. . . » Bonnie revit les yeux sombres et maussades et son père, sa mâchoire solide, sa bouche qui murmurait toujours des prières et demandait à Dieu miséricorde. Finlay a raison, se dit-elle avec terreur. Dieu me pardonne, il a raison !

Bonnie, pleurant silencieusement, fit un dernier effort pour repousser William Finlay. Il mit son genou contre ses cuisses et les écarta de force. Elle étouffa un cri d'horreur en sentant son membre s'enfoncer dans son corps, puis répéter l'assaut. Sous le poids de son attaqueur, Bonnie Campbell devint inerte. . . inerte et terrifiée. Alors, avec un grognement de plaisir, il palpita en elle et cessa de remuer. Son acte bestial accompli, il se roula par terre, se leva et referma rapidement son pantalon.

— Maintenant, lève-toi, petite connasse écossaise ! Il la saisit brutalement et l'obligea de se lever, en défroissant sa jupe. Bonnie était pâle et tremblante et les larmes coulaient sur son visage. « Tu m'as bien bien senti, eh ? » dit-il en se vantant. Il étendit la main et lui caressa les seins, qu'il ne s'était pas donné la peine de découvrir. « La prochaine fois, je t'aurai nue, mais quand on est pressé on ne s'occupe pas des détails. »

Bonnie, immobile comme une statue, l'écoutait sans entendre, le regardait sans voir. Ses yeux étaient vitreux. Elle ne pouvait croire au terrible malheur qui lui était arrivé. . . comme si cela était arrivé à quelqu'un d'autre. Elle était vaguement consciente d'une douleur entre les jambes et elle savait que Finlay la terrifiait. Mais, en parlant de son père, il avait dit la vérité, et c'était cela le plus terrible. Elle ne pouvait rien dire. . . elle avait été violée et elle ne pouvait rien dire à personne !

William Finlay remit son manteau. Il se tourna vers elle

avec un sourire insolent. « C'était bon, murmura-t-il. La marchandise était fraîche. Maintenant sois une gentille fille et range un peu après moi; et si tu as quelque chose dans ta jolie tête, tu ne diras rien. » Il lui fit un clin d'œil. « Je reviendrai », dit-il d'une voix menaçante.

Bonnie Campbell s'appuya contre la table en regardant Finlay sortir de la cabane et fermer la porte derrière lui. Un courant d'air froid l'atteignit en plein visage et elle mit ses bras autour de son corps. Elle avança en hésitant vers la porte, la rouvrit brusquement et respira l'air glacial à pleins poumons jusqu'au moment où la douleur cuisante du froid effaça toute autre sensation.

Lentement, Bonnie Campbell referma la porte. Elle ramassa ses sous-vêtements et les remit, puis rangea la pièce. Alors elle fut envahie d'un terrible sentiment de culpabilité. . . Elle se sentait comme une prostituée qui venait de coucher avec tous les hommes du camp Nelson.

— Ne balance pas tes hanches quand tu marches ! lui avait dit son père un jour. Puis il avait murmuré : « Tu fais exprès d'être provocante. Si un jour un homme a trop envie de toi, ce sera de ta faute. »

Et je n'ai même pas hurlé ! se blâma-t-elle. Je ne peux rien dire ! Je ne pourrai jamais rien dire !

Bonnie fit un effort sur elle-même et se calma peu à peu. Elle rangea de nouveau la cabane pour cacher toute trace du passage de Finlay. Elle se recoiffa puis, se regardant dans le morceau d'étain qui servait de glace, elle tira ses longs cheveux châtains en arrière. Mon visage n'a pas changé, se dit-elle. Est-ce possible ? Mais son cœur était plein d'effroi. Son père serait bientôt rentré et un jour, William Finlay reviendrait lui aussi. Bonnie Campbell ne savait pas ce qu'elle craignait le plus : le corps dégoûtant de William Finlay ou la colère de son père.

Quand elle entendit enfin le grincement du traîneau sur la neige dure et glissante, elle se crispa. Quelques instants plus tard, son père entra dans la cabane, suivi de sa mère.

— A qui sont ces traces de bottes que j'ai vues devant la porte ? demanda-t-il d'une voix désagréable.

— C'était un homme, répondit Bonnie toute tremblante,

en regardant le feu. Elle se sentait incapable de rencontrer le regard de son père. « Il voulait un peu d'eau chaude. »

— Tu l'as laissé entrer ? demanda son père.

Bonnie entendit son ton accusateur. Il était prêt à la condamner, peut-être même à la renier. Elle aurait aimé se jeter dans ses bras et lui demander sa protection. Elle aurait aimé pouvoir lui dire : « Il m'a violée ! Il m'a fait mal ! Et il reviendra ! » Mais Bonnie se sentit paralysée, comme elle s'était sentie au moment de l'attaque de Finlay. Elle voulait avant tout la protection de son père. . . mais dans le ton de sa voix, elle ne sentait pas la protection, seulement la punition.

— Je l'ai fait partir, répondit Bonnie. Je ne l'ai pas laissé entrer. Il a dû aller autre part.

Son père grommela et posa une pile de marchandises sur la table. « Ne fais confiance à aucun homme », dit-il. Puis il cracha et ajouta : « Il faudra te surveiller. Tu es à l'âge où les filles se débauchent. »

Bonnie détourna le visage et regarda le feu. Je suis une débauchée, se dit-elle avec amertume. Non, je ne pourrais jamais désirer quelque chose de si dégoûtant ! Mais l'attitude de son père ne faisait que prouver que William Finlay avait raison. Je déteste les hommes, se dit-elle. Tous !

Josh MacLean examina la pochette en cuir puis brisa la cire qui la scellait et en sortit une feuille de papier. Il lut rapidement la lettre, puis ses doigts se crispèrent sur la feuille et il la relut lentement, ne pouvant croire ce que Colleen Adams venait de lui écrire.

le 2 décembre 1811

Mon Josh bien aimé;

C'est en pleurant que je t'écris cette lettre. La nouvelle que je dois t'annoncer est terrible, et va te causer un chagrin inimaginable.

Je ne viendrai pas te voir à Lochiel le 20 comme nous l'avions convenu. . . ni jamais plus. Je quitte le Canada pour faire le long voyage jusqu'à Boston, et ne reviendrai sans doute jamais. Tout ce que je peux dire c'est que je t'aime, mais pour des raisons que je ne peux pas t'expliquer, nous ne pourrons jamais plus être ensemble. Crois-moi quand je te dis que ces raisons sont très graves et très réelles.

Josh, je te supplie de me pardonner. Oublie-moi, comme moi-même je dois t'oublier. Trouve-toi quelqu'un d'autre, Josh. Sois heureux.

Je t'aime.

Colleen Adams

Josh posa la lettre sur la table et la regarda. Qu'est-ce que cela pouvait bien vouloir dire ? Colleen avait écrit cette lettre quelques jours seulement après leur après-midi d'amour. C'était maintenant le 15 décembre. Colleen Adams était déjà partie !

Josh se couvrit les yeux et s'appuya contre la table. Il était rentré chez lui de bonne heure afin de faire un peu de menuiserie, car il fabriquait des meubles pour la maison future qu'il devait partager avec Colleen. Sur son chemin, il avait rencontré le messager et avait attendu d'être rentré chez lui pour ouvrir la pochette en cuir. Une heure plus tard il était encore là, appuyé contre la table, immobile, le regard perdu dans l'espace.

— Mon Dieu ! Qu'est-ce que tu fais là tout seul dans le noir ? Tu dois être complètement glacé ! Et tu n'as même pas fait un feu ! Jenna, portant un panier d'œufs, était entrée à toute vitesse dans la cuisine et déboutonnait sa longue pèlerine. « Josh ? Josh ! Qu'est-ce que tu as ? »

Elle se pencha vers son fils et examina son visage. Même dans la pâle lumière de la fin d'après-midi, elle voyait qu'il souffrait. « Qu'est-ce que tu as ? » répéta-t-elle. Elle s'assit à côté de lui et mit sa main sur la sienne. « Josh, tu me fais peur ! Qu'est-ce qui s'est passé ? »

— Pardon, maman, je ne peux pas t'expliquer. Je ne peux pas. . . bégaya Josh, suffoquant d'émotion. Pour toute explication, il tendit la lettre à sa mère. « Lis ça toi-même », dit-il.

Josh se leva avec difficulté, enfonça ses mains dans ses poches, puis sortit par la porte de la cuisine vers la pile de bois et ramassa sa hache. Bientôt Jenna entendit le bruit régulier des coups de hache. Elle ne l'appela pas pour lui dire qu'il y avait bien assez de bois dans la cuisine car elle savait que, depuis son enfance, Josh avait l'habitude de fendre le bois chaque fois qu'il était troublé : ce travail le soulageait, lui permettait de réfléchir et le calmait quand il était malheureux ou en colère.

Jenna prit la lettre et la parcourut rapidement; elle la laissa tomber en murmurant : « Ah, mon Dieu ! »

Quand Josh rentra, Jenna avait allumé les lampes et le feu et préparait le dîner sur le fourneau à bois. Le repas principal étant servi à midi, le dîner était toujours très léger. Will n'était pas encore rentré du comptoir. Jenna pensa qu'un chaland de marchandises avait dû arriver en fin d'après-midi. Will resterait pour le décharger et rentrerait sans doute assez tard.

— Je n'attends pas ton père avant beaucoup plus tard, annonça Jenna. Va donc te laver un peu avant le dîner.

— Je n'ai pas faim, répondit Josh.

Jenna, sans se retourner, continua à remuer la soupe : « J'ai mis la lettre dans ta chambre. Allons, va te laver un peu, même si tu n'as pas faim. Quand tu reviendras, je t'offrirai quelque chose à boire. »

Josh sortit de la cuisine sans répondre. Cela fait longtemps que je ne lui ai pas parlé sur ce ton, se dit Jenna : je lui parle comme une mère. Elle se creusa l'esprit, cherchant une explication pour la lettre de rupture de Colleen, mais ne trouva rien. C'était un mystère pour elle autant que pour Josh.

— Bon, me voilà. Alors, tu m'offres quelque chose à boire ? demanda Josh en rentrant dans la cuisine.

— Va te servir, dit Jenna en souriant. Elle regarda son fils aller vers le placard et en sortir la bouteille de cognac. Il remplit deux verres et en tendit un à sa mère.

— Tu veux parler un peu ? demanda Jenna.

— Je ne sais pas quoi dire. Je ne comprends vraiment rien à ce brusque revirement.

Jenna se mordit la lèvre : « Josh, qu'est-ce qui est arrivé la dernière fois que tu es allé la voir ? »

Josh secoua la tête. Il ne pouvait quand même pas dire à sa mère que Colleen et lui avaient fait l'amour. Il secoua la tête et prit une gorgée de cognac, cherchant à se rappeler tous les détails.

— Le père de Colleen n'était pas là quand je suis arrivé. Je suis reparti sans l'avoir vu. Il était allé chercher quelque chose. C'est tout.

— Pourquoi ne vas-tu pas le voir ? proposa Jenna. Je sais qu'il n'est pas bavard, mais peut-être qu'il pourra t'aider.

— C'est bien mon intention, répondit Josh avec fermeté. Mais s'il ne peut pas ou ne veut pas me donner une explication, je suivrai Colleen à Boston.

Jenna regarda son fils dans les yeux. « Boston ? répéta-t-elle. Oh, Josh ! mais nous serons bientôt en guerre ! »

La diligence avançait rapidement en cahotant sur le chemin sillonné d'ornières. Colleen, toute raide, l'air sage et modeste, était assise sur la banquette. Sur ses genoux était posée une sacoche qui contenait deux séries de journaux intimes : l'un d'eux était écrit par sa grand-mère, Megan Marta O'Flynn, l'autre par son arrière-grand-père, Richard O'Flynn.

Colleen et son père avaient lu les cahiers d'un bout à l'autre. Chose étonnante, cette lecture avait causé un effet beaucoup plus violent sur elle que sur son père. « Maintenant je sais qui je suis », avait-il dit. Mais pour Colleen, c'était tout différent. Dans son journal, sa grand-mère Megan parlait de son amour pour Mathew Macleod et semblait insinuer qu'il était le père de son fils Richard qui était, bien sûr, le père de Colleen.

Josh est mon cousin; nous avons le même grand-père, se disait Colleen. Cette pensée la hantait, la tourmentait. Notre amour serait. . . il *est* incestueux ! Elle ferma les yeux et ses mains se crispèrent. Pourtant le journal ne faisait que suggérer, il n'y avait rien de précis. Peut-être que ce n'était pas vrai.

Megan avait été une espionne pour les Anglais. Elle était venue au fort Niagara et s'était même occupée des enfants Macleod. Dans son journal, elle parlait de ses sentiments

pour Mathew, de la nuit qu'ils avaient passée ensemble. . .
après cela il manquait des pages, et le journal reprenait après
son arrivée à Boston. « Je ne peux plus garder cet enfant »,
écrivait-elle. C'est impossible. »

Dans les pages qui suivaient, elle parlait de sa carrière
d'actrice, d'une amie avec laquelle elle avait vécu à Boston,
de leurs profonds liens d'amitié. Colleen regardait la
sacoche comme si elle pouvait voir à travers et lire les pages
des nombreux cahiers qui s'y trouvaient. Maintenant Megan
était morte. Son amie, un peu plus jeune qu'elle, était
sûrement morte elle aussi.

L'amie de Megan, Susanna Sharp, aurait près de quatre-
vingts ans si elle était encore en vie, se disait Colleen.
Peut-être que ses enfants savaient quelque chose. Ce n'était
guère probable, mais c'était le seul espoir et l'une des prin-
cipales raisons pour lesquelles Colleen faisait ce voyage.

Colleen se pencha en arrière et posa la tête contre les
coussins de son siège. Elle pouvait au moins se réjouir pour
son père. Il savait maintenant tout ce qu'il y avait à savoir
sur sa mère et sur son prétendu père. Il savait que sa mère
sortait d'une famille d'aventuriers et d'espions qui avaient
connu la richesse et la pauvreté. Il y avait même un héritage.
Megan avait laissé à son fils Richard Adams — ou plus
exactement Richard O'Flynn — de quoi vivre fort
agréablement jusqu'à la fin de ses jours.

Dans l'ourlet des robes qu'il avait trouvées au fond de la
malle, Megan O'Flynn avait cousu toutes sortes de pierres
précieuses; des diamants, des rubis, des émeraudes. Il y
avait aussi une quantité considérable de pièces d'or;
maintenant Colleen et son père étaient riches. Suivant la
méthode de sa grand-mère, Colleen avait soigneusement
cousu des pièces d'or et des pierres précieuses dans l'ourlet
de sa jupe. « Prends ce que tu veux, avait insisté son père. Je
n'ai pas besoin de tout cela. »

— Il faut que je sache la vérité, avait avoué Colleen à son
père au moment du départ. « Et si je n'apprends rien de
nouveau, je ne reviendrai pas. Je ne peux pas rester si près
de Josh. Ce serait trop difficile à supporter. »

Son père avait hoché la tête, puis lui avait demandé :
« Que veux-tu que je lui dise ? »

— Surtout ne lui dis rien, l'avait supplié sa fille. Il
ne faut pas qu'il sache la vérité. Papa, Mathew Macleod
était un homme très respecté, et Janet Macleod vient tout
juste de mourir. Josh serait trop malheureux si une histoire
pareille se savait. Ne lui dis rien, je t'en prie !

— Mais c'est arrivé il y a plus de quarante-cinq ans ! avait
protesté son père. Puis il avait ajouté : « Evidemment, je ne
veux rien de ces gens. »

— Tout cela est fini, répondit Colleen. Je t'en prie, c'est
déjà assez que nous sachions la vérité; il ne faut à aucun prix
que cela s'ébruite. A la fin, au grand soulagement de Colleen, son père avait accepté de garder le secret.

Comme presque tous les ans à cette époque de l'année, le
sol du côté canadien de la frontière était resté nu et froid
jusqu'à la veille de Noël. Alors la neige était tombée et la
péninsule du Niagara s'était transformée en un pays
magique de blancheur. Mais avant le Nouvel An, la neige
molle et blanche s'était transformée en croûte dure et glacée,
annonçant les vents froids et cinglants de janvier.

Selon leur habitude, Jenna et Will MacLean se rendirent à
Lochiel pour y passer le Nouvel An avec leur famille. Ils
firent un festin de cochon de lait, de perdreaux, de pain noir
et de beurre frais. Il y avait aussi des carottes, des pommes
de terre et des tourtes. Une heure après ce régal, le clan
repu, fatigué, mais satisfait, était installé dans la chaleur du
salon de Lochiel. La plupart des enfants étaient allés se
coucher après le festin, ou étaient partis jouer au clair de
lune en attendant minuit. Le fête du Nouvel An était
réservée aux adultes et aux enfants âgés de plus de douze
ans, et c'était le seul jour de l'année où un grand festin était
servi le soir.

— J'ai bien l'impression que l'armée va nous tenir très
occupés, annonça John Macleod, sans attendre une réponse.

Son père, le vieil Andrew Macleod, hocha la tête et
répondit : « Les ingénieurs de la Couronne ne sont pas bien
nombreux ! » Il y eut un éclat de rire général. Dans le Haut

comme dans le Bas-Canada, il existait en tout quatre ingénieurs de la Couronne.

— Il y a beaucoup de travail à faire au fort George. Les routes et les embarcadères devront être modernisés, continua John Macleod.

Andrew grogna : « Les préparatifs de guerre de cet ordre peuvent devenir très lucratifs pour les ingénieurs. Mais ce n'est pas une bonne idée de trop bien reconstruire les routes. Nous ne voudrions tout de même pas faciliter l'entrée de l'artillerie américaine. »

— On n'en finit jamais avec cette guerre, remarqua sèchement Helena en posant un plateau de verres.

— Cela va affecter toute la région du Niagara, ajouta Andrew Macleod, et tout cela à cause du chemin de portage. C'est le principal sujet de dispute. Depuis le début de la rébellion américaine, les soldats amglais défendaient le chemin de portage dont les Américains cherchaient à s'emparer.

— Ce n'est pas l'unique cause de la guerre, dit John. Mais elle nous affectera plus que les autres.

Jenna était assise à côté de Will. Ses frères Andrew et Tom avaient respectivement douze et quatorze ans de plus qu'elle. Le fils d'Andrew, John Macleod, avait trente et un ans. Jenna était la plus jeune des enfants de Janet et de Mathew, et elle se sentait toujours partagée entre la génération de ses frères et celle de leurs enfants. Pendant les années de la rébellion américaine, elle avait été une toute jeune fille et elle avait presque tout manqué, car c'était pendant ces années qu'elle s'était sauvée de la maison de ses parents et avait descendu le Mississippi. Will s'était battu dans la rébellion, mais du côté des Espagnols. Les vingt-sept années qui avaient suivi la fin de la rébellion avaient été paisibles, mais c'était une paix incertaine, toujours menacée par une guerre qui ne se déclarait pas. D'après toutes les nouvelles, il semblait maintenant qu'elle aurait lieu sous leurs nez.

— On nous annonce cette guerre depuis des années et des années, dit Jenna avec un profond soupir. Nous étions sûrs qu'elle serait déclarée en 1808, vous vous rappelez bien. Je n'arrive vraiment pas à croire qu'elle aura jamais lieu. Cela me semble tout à fait impossible.

— Elle nous menace depuis la signature du traité qui a mis fin à la rebellion américaine, dit gravement Andrew. Mais maintenant le Congrès est plein de Faucons de Guerre dont l'unique ambition est d'unir le continent sous le drapeau américain. Et je pense que cette fois-ci, grâce aux efforts de ces sacrés Sudistes, la guerre va vraiment éclater.

Will leva le regard et réfléchit à la remarque d'Andrew. Il se demanda si James avait des enfants : c'était une des rares occasions où il pensait à lui. « Tu as raison. Ce sont eux qui désirent la guerre », dit-il.

— Je ne pense pas que les états de la Nouvelle-Angleterre s'intéressent à cette guerre, commenta Tom. Ses habitants sont beaucoup trop raisonnables. Ce sont les gens les plus raisonnables de tous les Etats-Unis.

Jenna prit un verre du plateau qu'avait posé Helena. « Je n'ai vraiment pas envie de parler de la guerre ce soir », dit-elle en se levant. « Il est bientôt minuit et j'ai envie de penser au Nouvel An d'une façon positive. Nous avons fait une belle récolte et notre école sera bientôt terminée. Il y a vraiment de quoi être reconnaissant. » Les joues de Jenna étaient tout enflammées par le vin. « Portons un toast à la Nouvelle Année, proposa-t-elle. Ne perdons pas notre temps à penser à une guerre qui n'aura peut-être jamais lieu. »

Will se leva et mit son bras autour de la taille de Jenna : « Un toast à 1812, donc ! Buvons à la Nouvelle Année ! »

# CHAPITRE V

## février 1812

Claude Deschamps étudiait attentivement l'homme qui était assis en face de lui, John Jacob Astor, et l'écoutait marmonner son mélange bizarre d'anglais et d'allemand. Claude Deschamps travaillait pour la Compagnie du Nord-Ouest; il était allé jusqu'à New York pour rencontrer Astor, à la demande de William McGillivray, directeur de la Compagnie du Nord-Ouest.

Cela faisait tout juste un an que John Jacob Astor était un associé de la Compagnie du Nord-Ouest. Pour Astor, qui dirigeait la Compagnie du Sud-Ouest, cet accord avait été difficile à obtenir, car le vieux William McGillivray était un homme d'affaires fin et rusé, qui ne laissait jamais rien passer. Cependant, le 28 janvier 1811, les deux hommes avaient fini par signer un accord qui les satisfaisait. La Compagnie du Nord-Ouest avait accepté de ne rien entreprendre dans la région du sud-ouest sauf en collaboration avec la Compagnie du Sud-Ouest; celle-ci, en retour, limitait ses opérations au territoire qui s'étendait à l'est des montagnes Rocheuses. Chacun des deux associés devait fournir la moitié des marchandises : Astor, tous les produits faits aux Etats-Unis et McGillivray, tous les produits anglais qui passaient par Montréal. Une guerre entre les Etats-Unis et l'Amérique du Nord britannique ne pouvait que nuire à cet accord lucratif et était contre tous les intérêts des deux compagnies.

— *Der Mann ist ein Idiot,* grommela John Jacob Astor. Chaque fois qu'il était ému ou en colère, Astor oubliait son anglais et se mettait à parler dans sa langue maternelle, c'est-à-dire en allemand. Et John Jacob Astor était absolument furieux contre le président Madison, ainsi que contre Clay et ce jeune idiot de Calhoun. Astor était en colère contre ces trois hommes, individuellement et collectivement, car c'étaient les Faucons de Guerre les plus actifs et qui faisaient le plus de bruit. Astor était dégoûté par le Congrès et enragé par les états du Nord qui semblaient incapables d'empêcher les Faucons de Guerre de mener le pays à la ruine. John Jacob Astor voulait à tout prix éviter la guerre contre les Anglais. La guerre nuisait au commerce : c'était le luxe des pires imbéciles.

Bon Dieu ! Et lui qui venait tout juste d'arranger les choses pour le bien des deux compagnies ! Maintenant que les deux puissances commerciales contrôlaient à elles deux toutes les régions de fourrures, ils pouvaient faire fortune ! Astor avait aussi dû investir une partie de son capital dans des parcelles de terre sur l'île de Manhattan, mais qui pouvait prédire si ces investissements lui rapporteraient jamais de l'argent ? Les fourrures étaient une chose concrète, sur laquelle on pouvait compter, et John Jacob Astor suivait son propre dicton : « Se faire payer en argent liquide le plus souvent possible. »

Et la Terre de Rupert — surtout dans la région de l'ouest — possédait tant de petites bêtes aux belles fourrures ! L'accord qu'il avait conclu avec la Compagnie canadienne du Nord-Ouest était presque aussi lucratif que son arrangement avec la Compagnie des Indes. La Chine était son nouveau marché, et la Terre de Rupert son nouveau terrain de chasse.

La Compagnie de la Baie d'Hudson risquait tôt ou tard de devenir un sérieux concurrent, mais Astor avait décidé de ne s'inquiéter de cette rivalité qu'au moment où elle se présenterait. Mais la guerre, c'était autre chose ! On pouvait se débarrasser d'un rival en achetant ses actions. La guerre, par contre, ne pouvait qu'être destructive et gêner tout le monde.

Claude éprouvait de la sympathie pour Astor, peut-être parce qu'Astor n'était pas Anglais et ne respectait pas beaucoup les Américains. C'était un homme fin et rusé, et Claude Deschamps aimait les hommes de cette trempe.

— Cela fait des années que cette guerre nous menace, dit sèchement Claude Deschamps. Il regarda autour de lui. Le salon dans lequel il se trouvait était bleu pâle, du même bleu que les yeux d'Astor. Il n'y avait aucun ornement : Astor était connu pour son avarice.

— Je suppose que mes héritiers gaspilleront toute ma fortune, se lamentait-il souvent. Comme tous les gens dans ce pays, ils oublieront que rien n'a de vraie valeur, que rien n'est durable, sauf les livres. Oui, se disait Claude Deschamps, cet homme qui était assis en face de lui n'était pas banal. Il parlait souvent de fonder une grande bibliothèque, mais tant qu'il était vivant, il restait obsédé par son argent, dont il ne dépensait pas un sou.

— Je peux supporter qu'une guerre nous menace, répondit Astor avec son lourd accent allemand, « mais la guerre ne rapporte rien. »

— Pourtant la menace d'une guerre peut être très profitable, observa Claude.

— Parce que les gens craignent d'être à court de marchandises, et font de grandes provisions ? Oui, je veux bien. Maintenant parlez-moi de vous, monsieur Deschamps. Vous me semblez assez original. Vos goûts et vos intérêts semblent tenir de tendances politiques assez contradictoires.

Claude haussa les épaules, dans un geste typiquement français. Cela faisait bien longtemps qu'on ne lui avait pas demandé de parler de lui-même — et ce n'était guère une tâche facile.

— J'ai un caractère ouvert, comme tous les Canadiens français, dit-il avec un sourire un peu ironique. « Et je suis aussi très renfermé, comme tous les Canadiens français. »

— En d'autres mots, vous êtes une contradiction, répondit Astor en se penchant vers lui.

— C'est une contradiction que de vivre parmi un peuple qui continue à parler français sur ce continent. C'est une contradiction que de se rendre compte que les Anglais sont les uniques protecteurs de notre religion, de notre culture et de notre langue. C'est une contradiction que de soutenir un ennemi traditionnel parce qu'il risque d'être le moins nuisible. C'est une contradiction que d'être riche et bien éduqué et de vivre dans une province où règnent la pauvreté et l'ignorance. Monsieur Astor, c'est une contradiction que d'être un Canadien français !

John Jacob Astor hocha la tête : « Je suis un homme qui comprend ce genre de contradiction. Maintenant, monsieur Claude Deschamps, en quoi puis-je vous être utile ? Que pouvons-nous faire pour arrêter cette guerre ? »

— Nous ne pouvons vraiment rien faire de concret. Mais j'ai certaines idées sur la manière dont nous pourrions, euh, aborder certains problèmes. Je pense, par exemple, que les Anglais sont beaucoup mieux préparés pour cette guerre que les Américains.

Astor grogna : « Ce n'est pas difficile. L'armée américaine est réputée pour son ineptie et pour son invraisemblable maladresse. Il n'y a aucune organisation. Si je dirigeais mes affaires comme le Congrès dirige ce pays, je serais très vite ruiné. »

— Le pays *est* ruiné, lui rappela Claude. Maintenant, si un pays gouverné par des Français est ruiné, c'est toujours parce que quelqu'un a emporté tout l'argent à l'étranger pour y vivre agréablement. Quand un pays gouverné par les Anglais est ruiné, on peut être sûr que l'argent a été gaspillé et que personne n'en a profité. Et les Allemands, que font-ils pour ruiner leur pays ?

— Cela n'arrive jamais, répondit Astor en souriant. Il resta un instant silencieux puis se tourna gravement vers Claude. « Nous avons deux problèmes, expliqua Astor. D'une part, les Américains pensent que Dieu les a placés sur cet hémisphère pour le gouverner tout entier : ils pensent que c'est leur droit et leur devoir sacré. D'autre part, il y a des états qui refusent absolument de céder au système fédéral. Ils ont tort les uns comme les autres. Les Etats-Unis ne sont pas un instrument de Dieu; mais une nation, comme une famille, a besoin d'être gouvernée. Les hommes qui dirigent le commerce doivent avoir le droit de faire ce qu'ils font : ils ne peuvent rien faire si les lois changent chaque fois qu'ils passent d'un état à l'autre, d'un territoire à l'autre. Je ne peux pas supporter ces bêtises ! Bon Dieu, ce pays n'aura d'avenir que le jour où il sera uni ! Je m'en fiche si les Américains veulent ôter aux Anglais le droit de mettre l'embargo sur les bateaux de commerce ! Je m'en fiche s'ils veulent bloquer certains ports ! Mais se venger de l'embargo britannique en envahissant le Canada et en arrêtant le seul commerce lucratif, c'est. . . c'est. . . comment dit-on encore en américain ? Ah, *ja !* « se couper le nez pour punir son visage ! »

— Nos visages, dit tranquillement Claude. Ce qu'il nous faudrait, ce sont des renseignements. Il faudrait savoir plus ou moins quand la guerre va être déclarée officiellement. Si nous savions cela, et si la Compagnie du Nord-Ouest offrait son aide aux Anglais, nous obtiendrions peut-être une victoire décisive au moment-même des premiers coups de feu. Une victoire de ce genre ôterait tout enthousiasme pour cette guerre et nous mènerait plus rapidement à la paix.

Les yeux d'Astor brillèrent : l'idée ne lui déplaisait pas.

— Vous avez déjà des hommes à Washington; nous avons des courriers rapides et compétents sur tout le continent. Les Anglais apprendraient que la guerre a été déclarée avant même que Washington n'ait eu le temps de l'annoncer à ses armées et à ses milices !

Astor partit d'un éclat de rire : « *Ist gut ! Ist gut !* Votre idée me plaît ! »


Colleen se dirigeait vers la maison où elle avait loué une petite chambre. C'était une maison en briques à Brimmer Street, à mi-chemin entre la rivière Charles et le parc central de Boston que l'on appelait le *Common*.

Elle grimpa l'escalier étroit et ouvrit la porte de sa chambre. C'était une toute petite pièce, mais, à ce moment-là, cela semblait à Colleen un véritable château. Elle ferma la porte derrière elle et se jeta sur son lit, soulagée de se trouver enfin seule dans un refuge tranquille et silencieux.

— Cette journée-ci, je l'offre à Dieu, marmonna-t-elle d'une voix sombre et pessimiste. Cela faisait quelque temps qu'elle était à Boston et elle venait enfin de retrouver la fille de Susanna Sharp, l'amie de sa grand-mère.

Sa rencontre avec cette femme avait été une grande déception. Elle avait une quarantaine d'années, et était sèche et cassante comme une branche d'arbre en plein hiver.

— Ma mère ? avait-elle dit en levant un sourcil. Je ne sais vraiment pas où vous pouvez la trouver. J'ai une adresse à Washington, mais je ne sais pas si elle est encore vivante. Elle vivait encore l'an dernier, mais ça, c'était l'an dernier.

Colleen avait été choquée par l'attitude de cette femme. Elle qui avait tant souffert de n'avoir pas de mère ne pouvait pas comprendre qu'une fille pût être si dure et si indifférente envers la sienne.

— Vous ne vous entendez pas avec votre mère ? avait-elle demandé.

— Non, avait répondu la femme froidement, sans un instant d'hésitation. « Mais voici l'adresse, elle vous servira peut-être. » Alors la femme s'était penchée vers elle et lui avait avoué la vérité : « Ma mère nous a déshonorés. C'était une catin, les gens nous montraient du doigt. »

— Mais elle doit avoir bientôt quatre-vingts ans maintenant, avait protesté Colleen.

— Même si elle avait cent ans, cela ne changerait rien !, avait répondu la femme avec amertume. « Qu'elle soit vivante ou non, cela m'est complètement égal. Je n'ai aucune envie de savoir où elle est ! »

Colleen, consternée, avait pris l'adresse et était repartie en remerciant la femme. Mais cette expérience lui avait laissé un terrible sentiment de solitude.

Sa visite chez la fille de Susanna Sharp avait eu lieu vers midi. A trois heures elle était allée voir un médecin.

— Oh, madame O'Flynn ! avait-il dit avec un grand sourire. Vous attendez en effet un enfant ! Comme vous devez être heureuse !

Colleen avait souri à travers ses larmes. « Ça doit être l'émotion », avait-elle murmuré en quittant la clinique à toute vitesse. C'était par défi qu'elle avait pris le nom de O'Flynn — et pourquoi pas ? Je suis la tradition de la famille : je vais avoir un enfant hors du mariage ! Elle avait marché rapidement vers Brimmer Street en luttant contre les larmes. Il lui semblait que tout le monde la regardait, tout le monde ! Maintenant elle était enfin seule, et elle se laissa aller. Elle enfonça son visage dans son oreiller et pleura toutes les larmes de son corps : « Oh Josh ! Il est trop tard ! Mon Dieu, secourez-moi ! »

Après quelque temps, Colleen cessa de pleurer et essuya ses yeux rouges et bouffis. « J'irai quand même à Washington, dit-elle tout haut. Maintenant je n'ai plus rien à perdre. »


— Combien d'armes manque-t-il ? demanda Miles Macdonell. Hillier paraissait aussi inquiet que lui, et Miles ne pouvait pas prendre ce vol à la légère. Certains de ces futurs colons étaient de mauvais sujets, ni intelligents ni dignes de confiance.

— Il manque cinq mousquets, répondit Hillier. Je savais bien que c'était une bêtise que d'amener des catholiques irlandais et écossais en même temps que des protestants écossais. Maintenant nous nous retrouvons avec une bande d'ignorants, pleins de préjugés et exaspérés d'être enfermés dans leurs cabanes depuis des mois. Et il manque cinq mousquets !

Ils se trouvaient dans la cabane de Miles. Celui-ci tapota nerveusement la table en considérant ce que Hillier venait de lui dire. Pendant la traversée, il y avait déjà eu des esclandres entre les protestants écossais et les catholiques irlandais. En formant les équipes de travail, Miles avait été obligé de les séparer. Maintenant l'antagonisme qui couvait depuis des mois risquait d'exploser. Pendant la fête du Nouvel An, les Irlandais et les protestants écossais avaient beaucoup trop bu, et ils s'étaient mis à se lancer des insultes. Cette nuit-là, un groupe d'Irlandais catholiques particulièrement agressifs avaient assommé un des protestants. A ce moment-là, Miles s'était dit que cet idiot de protestant n'aurait jamais dû insulter les Irlandais, réputés pour leur caractère violent et emporté.

— Est-il possible que les Ecossais protestants préparent une revanche ? dit Miles tout haut. Ou est-ce que ce sont les Irlandais qui ont volé les mousquets ?

Hillier changea nerveusement de position : « Nous le saurons bien assez tôt, j'imagine. »

Hillier avait raison. La scène eut lieu le lendemain matin. Cela commença par un problème de discipline individuelle, provoquée, bien sûr, par William Finlay.

— Cela fait plusieurs fois que je vous le répète, dit Miles Macdonell en regardant Finlay qui, comme d'habitude, avait l'air sale et débraillé. « Il faut boire cette infusion d'aiguilles de sapinette tous les matins. Je ne veux pas voir éclater une épidémie de scorbut dans mon camp ! »

Finlay lui lança un regard froid et insolent : « Je refuse de prendre cette cochonnerie ! Je préférerais boire de la pisse de cheval ! »

Miles jura silencieusement et lui tendit une timbale toute fumante de breuvage à la sapinette. Il savait parfaitement bien que le goût de l'infusion était désagréable, mais pourquoi diable ce sacré Finlay ne pouvait-il pas faire comme tout le monde ? Les qualités antiscorbutiques de cette infusion étaient connues : il valait infiniment mieux en boire qu'être atteint de cette maladie terrible.

Finlay fit brusquement un geste violent et renversa la timbale. Miles fit quelques pas en arrière en serrant les poings. Comme Finlay refusait son autorité, les colons s'approchèrent avec curiosité pour voir se dérouler le conflit. Si Finlay ne buvait pas l'infusion, les autres ne la boiraient pas non plus, et ils refuseraient de travailler. Si Miles cédait, il perdait toute son autorité.

Miles desserra les poings et regarda autour de lui. Il avait fait construire une petite cabane d'une pièce exprès pour ce genre de problème. Il n'hésita qu'un instant, puis sortit son pistolet, vaguement conscient de la présence de Hillier derrière lui. « Allez enfermer cet homme », dit-il en indiquant la cabane. « Il restera en réclusion. »

Deux Ecossais protestants s'approchèrent. Ils regardèrent Finlay comme s'ils voulaient le tuer, puis le traînèrent vers la cabane et le poussèrent violemment à l'intérieur. En sentant la porte se fermer contre lui à double tour, Finlay se mit à hurler des jurons.

— Ces sales catholiques ! marmonna Mme Campbell avec dégoût. Elle tourna le dos à la scène déplaisante en entraînant sa fille avec elle.

Voyant que les femmes et les enfants quittaient les lieux, Miles donna des ordres aux équipes de travail et rentra dans sa propre cabane avec Hillier.

— Vous avez fait exactement ce qu'il fallait faire, lui assura Hillier en fermant la porte derrière eux. « Si nous voulons que ces colons remontent la Nelson sans problèmes, il va falloir qu'ils apprennent à vous obéir.

Miles s'assit et se versa un verre de cognac. La scène qui venait d'avoir lieu lui avait laissé un mauvais goût. Au moment où il leva sa timbale, il entendit crier dehors : « Au feu ! Au feu ! »

Miles et Hillier se précipitèrent vers la porte, saisissant sur leur passage des fourrures qu'ils enfilèrent rapidement. Ils s'élancèrent à travers la neige épaisse jusqu'à la clairière au milieu de laquelle se trouvait la hutte où, une demi-heure auparavant, Finlay avait été enfermé.

La cabane était tout en flammes, et une vapeur blanche s'élevait dans l'air froid du matin; le bois craquait. « Mon Dieu ! » s'exclama Miles. Autour de la cabane était groupée une bande de dissidents irlandais, chacun armé d'un des mousquets disparus. La porte de la hutte enflammée avait été défoncée et Finlay se tenait parmi ses camarades rebelles, un grand sourire sur son visage.

— Une belle flambée matinale, patron, pour me chauffer les mains et les pieds !

Miles resta immobile, essayant de juger la situation. Les équipes de travailleurs avaient accouru de la forêt; les femmes étaient sorties de leurs cabanes et formaient un cercle silencieux.

— Cinq mousquets, se dit Miles. Si j'essaie de reprendre mon autorité, il y aura des morts.

— Rendez vos armes immédiatement, ordonna Miles, parfaitement conscient de la futilité de ses paroles.

Hillier s'approcha silencieusement de Miles et lui dit :

« Ecoutez, Miles. . . Où donc voulez-vous qu'ils aillent ? Comment vont-ils se nourrir ? Laissez-les tranquilles et attendez un peu. »

Finlay s'était avancé au-devant de ses camarades armés : « Il y a une cabane vide près de la rivière, sans personne dedans. Mes hommes et moi la réclamons. Oh, ne vous en faites pas, nous n'approcherons pas de votre précieux petit camp. Mais nous refusons de travailler et nous n'obéirons plus à vos ordres. Nous comptons nous débrouiller tout seuls. »

Miles prit lentement sa respiration. Aucun de ces hommes ne travaillait bien de toute façon. Au printemps, quand les vaisseaux reviendraient, il n'aurait qu'à renvoyer tous ces vauriens dans leur pays. Hillier avait raison : ce n'était pas le moment de leur résister. Il y avait des soldats au fort, mais ils n'étaient pas nombreux. Ces dissidents feraient moins de dégâts en luttant seuls contre les intempéries de l'hiver qu'en se battant contre les soldats. Et s'ils restaient à l'écart du camp Nelson et de York Factory, ils ne gêneraient pas les autres. Il y avait certains avantages à les laisser faire ce qu'ils voulaient.

— Bon, répondit Miles en faisant un grand effort pour paraître calme. Débrouillez-vous tout seuls. Mais ne vous approchez pas du camp ni des colons. Si j'entends parler de vols, s'il y a le moindre problème, j'enverrai les soldats du fort pour vous retrouver. Et ils auront l'ordre de tirer, je peux vous l'assurer !

Finlay cracha sur la neige et fit trois grands pas vers Bonnie Campbell, qui était restée près de ses parents parmi les autres spectateurs. Elle était toute pâle. Il lui saisit le bras et la tira violemment vers lui. « Celle-ci, je l'emmène avec moi », annonça-t-il. Ses paroles retentirent à travers la clairière et il y eut un silence terrible. Alors il se tourna vers les parents de Bonnie et leur cria : « Elle s'est déjà donnée à moi, vous savez. Le jour où vous êtes partis à York Factory — vous vous rappelez ? Je l'ai eue, et je peux vous dire qu'elle a aimé ça ! C'est une mignonne poupée, votre môme ! Pas mal du tout ! »

Les Campbell, scandalisés, firent quelques pas en arrière,

s'écartant de leur fille comme si elle avait la peste. Un murmure de condamnation s'éleva parmi le demi-cercle de spectateurs. « Il ment ! hurla Bonnie Campbell. Il ment ! Il ment ! Il m'a forcée ! »

— Catin ! s'écria Campbell en crachant par terre. « Et moi qui ai tout fait pour t'élever convenablement ! Tu n'es qu'une putain, une débauchée. Si jamais tu oses t'approcher de ta mère ou de moi. . . Tu n'existes plus pour nous. Tu es morte. » Son visage était devenu pourpre de rage et il donna à sa fille une violente gifle en plein visage. Les genoux de Bonnie fléchirent sous le coup et elle tomba par terre, enfonçant ses doigts dans la neige. Finlay s'avança rapidement vers elle et la tira à lui.

Mais Bonnie, insensible à la neige et au vent cinglant hurla : « Non, non, non ! Papa ! Je t'en prie ! Ne le laisse pas m'emporter ! »

Miles, secouant la tête, fit quelques pas vers Finlay. Il lui donna un coup sec au poignet, le forçant à lâcher le coude de Bonnie. Avec son autre main, il redressa la malheureuse fille.

— Vous ne l'emmènerez pas avec vous, dit Miles à Finlay.

— Allons, Finlay. Une femme n'est pas assez pour nous tous, et tu ne l'auras pas non plus pour toi tout seul, cria l'un des rebelles en secouant son mousquet dans l'air.

Finlay s'essuya la bouche et recula vers ses camarades, acceptant leur décision sans discuter. Miles les entendit s'éloigner derrière son dos : tout était silencieux, sauf le bruit de leurs pas sur la neige. Il était conscient des bons colons protestants qui se tenaient en demi-cercle autour de lui, et qui fixaient leurs regards pleins de mépris et de haine sur la pauvre Bonnie Campbell. Sur le visage des femmes, on lisait une expression de vertu scandalisée; quelques-uns des hommes lui lançaient des regards lascifs.

— Je ne veux plus d'elle, annonça le père de Bonnie. Il saisit le bras de sa femme et l'emmena avec lui. « Nous sommes déshonorés ! Elle m'a désobéi et a invité le péché ! Je ne veux plus d'elle. »

Bonnie était restée à côté de Miles, toute frissonnante, et

pleurant amèrement. « Allez dans ma cabane, ordonna Miles. Plus tard je vous enverrai au comptoir. »

Miles se retourna avec lassitude. Finlay et ses camarades venaient tout juste d'atteindre la lisière des bois. « Bon débarras ! cria Miles. Et vous laisserez cette fille tranquille ! »

— Elle l'a bien voulu, pourtant ! répondit Finlay.

— Eh bien, il est évident que ce n'est plus le cas, dit Miles. Finlay ne répondit pas. Il s'arrêta un instant pour cracher sur la neige, et disparut avec sa bande hétéroclite dans la forêt.

Miles, profondément ébranlé par cette scène, se retourna et suivit Hillier vers sa cabane. Devant eux, la forme solitaire de Bonnie Campbell s'avançait péniblement dans le neige.

Une fois qu'ils furent arrivés dans la cabane, Miles recouvrit les épaules minces de Bonnie avec une fourrure et l'installa auprès du feu.

— M. Hillier vous emmènera au comptoir de Hudson's Bay, murmura Miles. Il se sentait très mal à l'aise, encore tout secoué par les événements de la matinée. Il n'avait pas compté se trouver en face d'une situation pareille : que pouvait-il faire d'une fille seule dans ce pays abandonné ?

Bonnie Campbell regarda Miles avec ses yeux rouges et bouffis, encore remplis de larmes. « Ils m'ont reniée », murmura-t-elle avec une toute petite voix. « Ils ne veulent plus de moi. »

— Vous ne vouliez tout de même pas partir avec Finlay ? Bonnie secoua violemment la tête : « Oh, non ! Jamais ! »

— Un nouveau bateau va arriver au printemps, annonça Miles, pour dire quelque chose. Vous pourrez aller avec les nouveaux colons à la Rivière-Rouge. Ils ne sauront rien de vous, et on m'a dit qu'il y avait beaucoup plus de femmes parmi eux, dont plusieurs ont votre âge. Peut-être que vous trouverez du travail avec une des familles, peut-être. . . » Miles ne put terminer sa phrase. Bonnie Campbell avait baissé la tête et regardait fixement le plancher.

Miles détourna le visage. Il était clair que ses parents avaient de bonnes raisons pour la soupçonner : pourquoi auraient-ils réagi si violemment autrement ? Mais comment cette fille avait-elle pu se donner à ce misérable Finlay ? Cela ne semblait pas du tout probable. Je ne suis pas fait pour ce genre de situation, se dit Miles. Je sais faire un feu sous la pluie, bâtir des abris qui résistent aux pires intempéries, survivre dans un pays sauvage, construire des bateaux. Mais je ne comprends pas les femmes. En plus, comme je suis catholique, je ne comprends pas cette violente attitude de puritanisme parmi les colons. Ah, Dieu ! Conseillez-moi !

Bonnie Campbell s'essuya la joue avec sa main : « Que vais-je donc devenir ? » Elle leva ses grands yeux bleus vers Miles, qui se sentit complètement impuissant.

— Nous trouverons une solution, murmura-t-il.

Josh MacLean était dans l'auberge du Vieux Saint-Gabriel à Montréal. C'était une auberge simple, agréable et chaleureuse qui offrait d'excellents repas et des chambres propres et nettes. Il aurait pu trouver à se loger chez ses cousins, les Fraser, ou rendre visite aux Deschamps à Trois-Rivières. Mais Josh n'était pas d'humeur à affronter sa famille : l'atmosphère impersonnelle de l'auberge lui convenait beaucoup mieux.

L'auberge appartenait à cette époque-là à Mme Dolley Hart, veuve du riche commerçant Aaron Hart. Les Hart étaient juifs et Mme Hart était une femme très maternelle et un peu excentrique. Elle avait converti l'étage supérieur de l'auberge en appartement privé et là, comme une reine, elle tenait sa petite cour. Le matin, comme l'après-midi et le soir, Mme Hart était toujours vêtue de superbes toilettes, portait des coiffures élaborées et se couvrait de bijoux.

On aurait pu penser qu'une telle femme pouvait s'offrir le luxe de recevoir ses amis à son aise et ne rien faire d'autre. Ce n'était cependant pas le cas. Mme Hart, vêtue de ses plus élégantes toilettes et parée de ses plus beaux diamants, non seulement cuisait son propre pain mais préparait et servait une variété merveilleuse de repas compliqués et délicieux.

— Vous êtes un grand gaillard, avait dit Mme Hart à Josh le premier soir de son séjour à l'auberge. « Mais vous mangez comme un petit oiseau. Que dirait votre mère ? Elle dirait que vous êtes passé par l'auberge de Dolley Hart et que vous n'avez rien mangé. Mangez donc ! Ce n'est pas pour m'amuser que je fais le cuisine ! »

Josh avait cédé avec un sourire et consenti à finir son repas. Mme Hart était aussi irrésistible que ses délicieux petits plats, et elle savait écouter. « Racontez-moi tous vos malheurs, lui avait-elle dit. Un gentil jeune homme comme vous ne devrait pas avoir de problèmes, mais je vois, à mon grand regret, que vous en avez. »

Josh lui avait donc tout raconté. Il avait quitté Lochiel en décembre pour aller voir le père de Colleen, Richard Adams.

Richard Adams avait déjà terminé tous ses préparatifs pour l'hiver quand Josh l'avait trouvé installé dans sa ferme auprès de la cheminée, un verre de whisky à la main.

Josh ne savait pas à quoi s'attendre, mais Adams l'avait reçu aimablement. Toutefois, il avait refusé de lui expliquer pourquoi sa fille avait si brusquement rompu ses fiançailles; il avait également refusé de lui dire pourquoi elle était partie.

— Je n'y comprends rien, avait protesté Josh. Est-ce qu'elle vous a expliqué ses raisons ?

— Je comprends, moi, avait répondu Richard Adams.

— Vous ne me semblez ni troublé ni en colère contre moi, et vous acceptez de me parler.

— Je n'ai aucune raison de ne pas vous parler, avait répondu Adams avec un sourire. « Vous êtes un jeune homme très sympathique. »

— Alors expliquez-moi ce qui se passe ! Pourquoi est-elle partie à Boston ? Pourquoi a-t-elle rompu nos fiançailles ?

— Je ne peux pas vous le dire. Elle m'a fait promettre de garder le secret.

— Alors je vais aller la voir moi-même. Dites-moi seulement où elle loge à Boston.

— Je ne suis pas sûr, mais je pense qu'elle a dû se mettre en contact avec la famille de sa mère. Je vais vous donner leur nom, mais ça ne servira à rien. Laissez donc les choses comme elles sont : cela vaut mieux.

Mais Josh avait secoué la tête. Il avait tant insisté que Richard Adams avait fini par lui donner le nom.

Josh avait donc fait le long trajet de Lewiston à Boston. Il avait voyagé sur les rivières et traversé les montagnes. En janvier, il était enfin arrivé dans la ville enneigée de Boston.

Les gens dont Adams lui avait donné le nom n'avaient vu Colleen qu'une seule fois. « Elle a loué une chambre à Brimmer Street », lui avait annoncé une cousine de Colleen. Josh s'y était immédiatement rendu, mais elle était déjà repartie. « Elle ne m'a pas dit où elle allait », avait dit la logeuse.

Découragé, las et fatigué, Josh avait quitté Boston pour remonter jusqu'à Montréal.

Quand il avait terminé son histoire, Mme Hart lui avait tapoté le genou. « Il me semble que cette jeune fille cherche quelque chose — ce n'est pas naturel pour une femme d'aller courir ici et là sans aucune raison. Peut-être que lorsqu'elle aura trouvé ce qu'elle cherche, elle reviendra. »

— J'espère que vous avez raison, dit Josh.

Mme Hart s'était levée en défroissant sa robe en taffetas. « Allez vous asseoir en bas auprès du feu. Je vous ferai apporter du fromage et une bonne bouteille de bourgogne. »

C'est ainsi que Josh s'était retrouvé confortablement installé devant l'immense cheminée de la salle de séjour de l'auberge du Vieux Saint-Gabriel. Il tenait un verre de délicieux bourgogne à la main et regardait tomber les flocons de neige par la fenêtre.

— Josh MacLean ?

Josh posa son verre et rencontra le regard curieux de Claude Deschamps. Il se leva aussitôt pour serrer la main de son ami. « Je te croyais à Trois-Rivières », dit Josh en manière d'excuse. « Si j'avais su que tu étais à Montréal. . . »

Claude prit une chaise et s'assit de l'autre côté de la petite table, en face de Josh. « J'arrive de New-York », avoua Claude en ôtant ses gants noirs. « Et tu connais le climat de la fin février. C'est difficile de voyager et on ne sait jamais à quoi s'attendre. Et toi, mon cher, que fais-tu à Montréal en plein hiver ? Il ne fait donc pas assez froid au Niagara ? »

— J'arrive moi-même de Boston, avoua Josh. Le voyage a été difficile.

Claude sourit : « Mais pas aussi difficile qu'en 1748 quand Mathew Macleod a fait le même trajet ! Tout a changé : il y a des villages partout. Maintenant il faut à peine trois semaines pour faire le voyage ! »

Josh hocha la tête. Il n'avait pas pensé au voyage historique qu'avait fait son grand-père de Boston au Québec. « Et comment vont mes cousins adoptifs ? » demanda-t-il en se penchant vers Claude, qui était le fils du frère de Madeleine Macleod, Pierre Deschamps. Les enfants Deschamps avaient été adoptés par les Macleod et Tom Macleod avait épousé Madeleine Deschamps.

— Tout le monde va bien, répondit Claude. Mais cela ne fait pas si longtemps que nous nous sommes vus.

Josh pensa à l'enterrement de sa grand-mère. Il lui sembla qu'un siècle avait passé depuis sa mort, et pourtant cela ne faisait que trois mois.

— Que faisais-tu à Boston ? demanda Claude, curieux.

— Je cherchais un amour disparu, répondit Josh en haussant les épaules.

Claude serra les lèvres et hocha la tête avec compréhension : « Je vois à ton air abattu que tu ne l'as pas retrouvée. »

— C'est exact.

La serveuse s'approcha de la table : « Encore du vin ? »

— Oui, s'il vous plaît. Apportez-nous aussi du fromage et du pain noir. Elle s'inclina légèrement puis disparut. « Eh bien, Josh MacLean, il y a plusieurs possibilités. . . comme pour tous les amants malheureux. Tu peux partir à l'Ouest avec la Compagnie du Nord-Ouest ou de la Baie d'Hudson; tu peux t'engager dans l'armée; ou bien tu peux faire comme les Français et te trouver une autre femme. Mais comme tu es Ecossais, j'imagine que cette possibilité ne te dit rien. Je pense donc que tu partiras vers l'Ouest ou que tu t'engageras dans l'armée. »

Malgré sa fatigue et son humeur noire, Josh sourit : « Je te ferai remarquer que ma grand-mère était Acadienne. Je suis donc en partie Français. »

— Mais est-ce que c'est le bonne partie ? demanda Claude en riant.

Josh rougit : « Pour te dire la vérité, je me suis déjà renseigné auprès des autorités sur les possibilités d'obtenir un brevet d'officier. »

— Maintenant je sais quelle partie de toi est française, dit Claude en plaisantant.

Josh, de plus en plus gêné, secoua la tête. Il se mit à bégayer, cherchant désespérément à s'expliquer : « Comme je vis au Niagara, il vaut mieux que je m'engage — je veux dire, il faudra se battre de toute façon. »

— Je comprends très bien, lui assura Claude. Vraiment, mon cher, ta sentimentalité est tout à fait émouvante.

La serveuse apporta du vin et plusieurs sortes de fromages. Les deux hommes mangèrent du pain et du fromage en buvant le bon vin. « Tu es sûr que tu veux t'engager dans l'armée ? » lui demanda Claude quand ils eurent fini de manger. Cette fois, son expression était devenue sérieuse.

— Oui, je suis sûr, répondit Josh sans hésiter.

— Voici ce que je te propose, dit Claude en souriant. Ce soir nous allons faire la bombe, boire et rencontrer des filles. Puis demain, je te présenterai à Red George Macdonell. Il est venu ici de Québec pour préparer les nouvelles installations à Trois-Rivières que doit occuper le régiment de Glengarry. Il sera ravi de savoir que tu veux t'engager.

Josh hocha la tête : « Je veux bien, mais je ne sais pas si je serai de très bonne compagnie ce soir. » Josh mit sa main dans sa poche pour payer l'addition, mais Claude l'en empêcha.

— A Montréal, tu es mon invité, dit Claude avec un sourire.

— Je ne savais pas qu'il existait des endroits pareils à Montréal, commenta Josh un peu plus tard dans la soirée. Claude lui versa encore du vin et Josh se mit à frapper son talon au rythme des violons.

— Peu d'Anglais connaissent les bons endroits à Montréal. Cela vaut peut-être mieux, non ?

Josh, un peu étourdi par le vin, n'était plus conscient de la quantité d'alcool qu'il avait bue. Claude était passé le prendre vers neuf heures du soir. Ils étaient allés dans plusieurs tavernes et se trouvaient maintenant dans le bar de l'Auberge Rouge : l'air était étouffant et rempli de fumée.

— Je pense que tu as eu assez. Si tu continues à boire, tu seras complètement incapable.

— Incapable de quoi ? bredouilla Josh.

Claude le prit par le coude et l'aida à se lever. « Viens, dit-il. Notre soirée ne fait que commencer. »

Claude Deschamps mena Josh hors de la salle étouffante, loin du bruit des violons. Ils s'avancèrent le long d'un couloir éclairé par des lampes rouges : l'air était plus frais et Josh se réveilla un peu de son abrutissement.

— Par ici, dit Claude. Il ouvrit une porte et Josh faillit tomber à la renverse devant le spectacle qui s'offrait à ses yeux.

La pièce était faiblement éclairée mais superbement meublée. Sur un divan s'étendait langoureusement une jeune femme aux longs cheveux noirs. Elle était légèrement vêtue d'une robe rouge en satin bordée de dentelle noire, parfaitement assortie à l'étoffe dont était recouvert le divan. Ses longues cuisses blanches, qui étaient fort visibles, faisaient un contraste violent avec la dentelle noire du divan.

De l'autre côté de la pièce, une autre jeune femme — celle-ci vêtue de blanc — était sagement assise sur un divan bleu pâle. Elle était toute blonde et sa robe blanche et vaporeuse couvrait à peine son corps voluptueux. Dans un autre coin, perchée sur le bord d'une table, se trouvait une véritable Amazone, grande et musclée, dont les formes exagérées étaient cachées sous une fourrure. Un peu plus loin se trouvait une jeune femme vêtue d'une robe très décolletée, dans le style Louis XIV, et coiffée d'une couronne.

— C'est une idée qui vient droit de Paris, expliqua Claude. Le blocus au moins n'a pas empêché l'importation des bonnes idées. Tu vois, elles sont toutes déguisées en rêves et en fantasmes masculins. Il paraît que c'est la grande

110

mode depuis la Révolution. C'est très populaire dans les bordels d'outre-mer.

— Je veux bien le croire, répondit Josh qui écarquillait les yeux et regrettait un peu d'avoir tant bu.

— Laquelle tu veux ? demanda Claude. Si c'est celle-là, je regrette, mais elle est pour moi, dit-il en montrant la jeune femme langoureuse vêtue de rouge et de noir.

Josh prit lentement sa respiration. Il n'y avait plus moyen de s'en sortir. « Celle-là, si elle veut bien », dit-il en montrant la blonde vêtue de blanc.

— Elle est assez bien payée pour être plus que d'accord, répondit Claude. J'étais sûr que c'était elle que tu choisirais : un peu trop chaste pour mon goût, mais un homme doit rester fidèle à ses illusions. Claude s'approcha de la femme en rouge. « Permettez-moi de vous conduire à notre chambre », lui dit-il.

La jeune femme en blanc n'attendit pas que Josh se fût approché d'elle. Elle se glissa vers lui et le prit par le bras, le conduisant vers le couloir d'où il était venu.

Quelques instants plus tard, ils entrèrent dans une petite chambre à coucher. Comme la jeune femme que Josh avait choisie, la chambre était tout en blanc. Dès que la porte fut fermée, elle se glissa vers lui et, se tenant sur la pointe des pieds, elle mit ses bras autour de son cou. Ses grands yeux bleus semblaient le dévorer et Josh, un peu à contrecœur, oublia l'image de sa chère Colleen pour se laisser aller aux charmes de la femme bien concrète qui se tenait devant lui.

— Je m'appelle Kira, dit-elle d'une voix très douce. Elle parlait avec un accent étranger. Josh fut obligé de reconnaître qu'elle était d'une beauté rare. Ses cheveux étaient presque blancs, ses yeux d'un bleu-vert pareil aux mers des pays du Nord, et son corps était voluptueux et extrêmement désirable.

— Kira, répéta Josh en se laissant entraîner vers le lit.

— Je suis Norvégienne, dit-elle. Josh s'étendit sur le lit, sentant son poids s'enfoncer agréablement dans le matelas à plumes. Kira le déshabilla lentement, le caressant de ses mains blanches et douces avec une telle adresse que son ardeur s'éveilla très vite. Alors Kira se leva et laissa glisser de son corps sa robe blanche et vaporeuse. Sa peau n'était pas d'une blancheur opaque mais presque transparente, et les bouts de ses seins étaient pâles et délicats comme des boutons de rose. Elle se coucha à côté de lui. Malgré la faible lumière, Josh pouvait voir ses veines légères et bleues sous sa peau de soie, et ses seins aux bouts roses et durs se gonfler de désir sous ses caresses.

Il embrassa tendrement ses seins et regarda dans ses yeux bleu-vert. « Est-ce que la Norvège vous manque ? » demanda-t-il en repoussant quelques mèches blondes et fines de son petit visage.

— Je m'ennuie de la mer, répondit Kira, et des châteaux de glace. Nous construisions autrefois des châteaux de glace. . . Josh l'interrompit par un baiser et se mit à caresser son corps pâle, la sentant réagir à son toucher.

— Tu me réchauffes, soupira-t-elle en poussant ses ravissants seins contre lui, et lui jetant les bras autour du cou.

Josh s'enfonça en elle et remua lentement sur son corps, mais il avait trop bu, il était trop fatigué. Il sentit Kira frissonner de plaisir non pas une, mais trois fois — mais mail il ne réussit pas à se satisfaire. Enfin il se retira d'elle en murmurant : « Je suis désolé. . . j'ai trop bu. »

Elle rit doucement et se pressa contre lui. « Moi, j'ai beaucoup joui », lui respira-t-elle à l'oreille. « Mais toi, tu n'as pas encore eu ton plaisir. »

Josh hocha la tête et sentit les mains délicates de Kira envelopper son membre et le caresser doucement. Il resta couché sur le dos, les yeux fermés, rêvant vaguement à un château de glace, un château scintillant et lumineux où l'on n'entendait qu'un léger tintement de cristal au moindre souffle. Et dans son esprit il évoqua la femme qui était couchée auprès de lui : dans son rêve, sa chevelure presque blanche tombait jusqu'à sa taille mince, et elle était toute nue, ses boutons de seins roses l'invitant à faire l'amour. Il se glissa contre elle et la toucha, promenant son doigt sur la veine pâle de sa gorge jusqu'à son sein gauche. Il embrassa le bout de son sein et passa la main entre ses cuisses blanches. « Et moi aussi ! » Une nouvelle voix féminine surgit de son rêve. Là, assise sur le siège rouge et moelleux d'un traîneau de glacé, était Colleen, les bras tendus vers lui; ses parfaits petits seins étaient nus, ses ravissantes fesses posées sur une pèlerine en fourrure. Ses yeux étaient d'un bleu sombre, ses cheveux n'étaient pas blonds, mais noirs. Josh ne lâcha pas Kira, mais dans son rêve ce fut vers Colleen qu'il tendit les bras. En sentant sa peau, il se laissa enfin aller et vida son être tout palpitant sous les doigts experts de Kira. Par bonheur, elle resta silencieuse, et Josh fut vaguement conscient qu'elle éteignait la bougie, puis sentit son corps tiède se glisser contre le sien.

Colleen se maudissait d'avoir trop rapidement renvoyé la voiture. « Comment ai-je pu faire une chose si bête ? » dit-elle tout haut. Elle se trouvait sur le porche de la maison de Georgetown dont on lui avait donné l'adresse à Boston. Colleen, pensant qu'une femme si âgée serait sûrement chez elle, était sortie du fiacre avec son sac de voyage, puis l'avait laissé partir. Elle avait frappé à la porte à plusieurs reprises, mais personne ne semblait être à la maison. « Me voilà coincée », soupira-t-elle. C'était un quartier résidentiel qui semblait presque désert. Elle se rendait compte que dans un tel quartier, il ne risquait pas d'y avoir d'auberges ni de chambres à louer, et n'avait aucune idée où elle pouvait trouver une chambre pour la nuit. C'était déjà la fin de l'après-midi. Colleen serra son châle autour de ses épaules et posa son sac de voyage, puis s'assit sur une marche. « Il va falloir attendre », se dit-elle avec résignation. « Je n'ai pas le choix. »

Colleen était assise sur la marche depuis environ une demi-heure lorsque la porte d'entrée s'ouvrit derrière elle.

— Que faites-vous sur les marches, mam'selle ? demanda soudain une voix profonde.

Colleen sursauta et se leva rapidement. Son regard

rencontra le visage noir de Vertueux, le domestique de Mason James MacLean.

— J'ai frappé plusieurs fois et personne n'est venu, répondit Colleen d'une voix un peu irritée.

— C'est aujourd'hui jour de lessive, dit Vertueux. Nous étions tous dehors à suspendre le linge.

Colleen fronça les sourcils et décida d'ignorer l'explication ainsi que son irritation — car elle avait attendu longtemps. « Je suis venue voir Mme Sharp, dit-elle. Est-elle à la maison ? »

— Mme Sharp ? répéta Vertueux d'une voix étonnée. « Je ne connais pas de Mme Sharp. »

Colleen fronça de nouveau les sourcils et regarda le numéro sur la porte : « On m'a pourtant donné cette adresse. C'est ici le numéro 52, n'est-ce pas ? »

Vertueux regarda le numéro sur la porte : « Si c'est marqué 52, c'est donc le numéro 52, répondit-il. Vertueux ne sait pas lire les chiffres. »

— Qui est votre employeur ? demanda Colleen. Qui habite ici ?

Vertueux lui fit un grand sourire, montrant ses belles dents blanches : « Je n'ai pas d'employeur, moi. Je suis un esclave. Je sers M. Mason James MacLean. C'est lui qui vit dans cette maison. »

— MacLean ? répéta Colleen, ahurie. Cela faisait des mois qu'elle voyageait. Elle avait fait le trajet de Lewiston à Boston, puis de Boston à Washington, cherchant à s'enfuir et à effacer le souvenir de Josh — ne pensant qu'à découvrir ses liens de parenté avec lui. Et maintenant, par une coïncidence inouïe, elle se trouvait à la porte d'un homme qui portait le même nom que Josh MacLean. En entendant ce nom, elle fut envahie d'un terrible chagrin. Ses yeux se remplirent de larmes et elle se cramponna à la porte pour ne pas tomber. « Mme Sharp ne vit donc pas ici ? » demandat-elle enfin.

— Non, mam'selle. C'est M. Mason James MacLean qui vit ici.

Colleen, accablée de fatigue et de chagrin, se sentit brusquement mal : elle se mordit la lèvre inférieure, mais rien n'y fit. Elle se sentit sombrer dans les ténèbres, sa tête devint toute légère, ses pieds ne semblaient plus toucher le sol.

— Mam'selle ! Ce fut la dernière parole que Colleen entendit. Elle perdit connaissance.

# CHAPITRE VI

## mars 1812

Mason James était confortablement installé dans sa calèche noire, appuyé contre des coussins moelleux. « Je n'oublierai jamais cette journée », murmura-t-il à haute voix, se parlant à lui seul. « Non, jamais, tant que je vivrai, je ne l'oublierai ! »

Il avait accepté l'invitation de Mme Madison de venir déjeuner avec elle dans la Maison du Président. Il s'attendait évidemment, à passer quelques heures fort intéressantes, mais jamais, jamais il n'aurait osé imaginer les événements qui avaient eu lieu. Mason James se pencha en arrière, se rappelant l'heure qui avait suivi le déjeuner.

— Encore du café ? avait demandé Mme Madison en traînant la voix. Elle le regardait avec appétit, comme s'il était un de ses petits sandwiches au cresson. Cela faisait des samaines qu'elle flirtait avec lui, mais Mason James n'avait réagi à ses gestes audacieux qu'avec des remarques spirituelles ou à double-sens. Il s'était dit que Dolley Madison était sans doute une de ces femmes qui font tout pour provoquer un homme, puis se dérobent quand le flirt est pris au sérieux. En fait, il ne pouvait pas s'empêcher d'espérer que ce serait le cas avec Dolley Madison.

Jusqu'à ce jour, Mason James avait réussi, avec beaucoup de succès, à jouer l'indifférent. Cela n'avait d'ailleurs pas été un jeu très difficile pour lui. Ce n'était pas qu'il ne la trouvât attrayante — au contraire, il était sensible à son

116

charme et elle l'intéressait beaucoup. En général, il n'avait pas beaucoup de goût pour les femmes, mais les atouts physiques de Dolley le fascinaient.

Il s'était penché vers elle d'un air conspirateur : « Madame, vous me taquinez. »

Dolley l'avait regardé avec des yeux tout ronds : « Mais que voulez-vous dire, mon cher monsieur MacLean ? »

Il s'était penché sur la petite table qui les séparait : « Je veux dire, chère madame, que vous me torturez par votre présence. Je suis prisonnier de votre beauté captivante, ébloui par vos charmes, par votre esprit et par votre intelligence. Et madame, si vous continuez à vous pencher vers voi, je serai incapable de me contrôler. »

— J'aimerais beaucoup cela, chuchota Dolley. Elle se tourna pour voir si ses serviteurs étaient à portée de voix : « Je voudrais vous montrer quelque chose — un tableau. Venez donc avec moi, mon cher monsieur MacLean, vous qui vous y connaissez si bien en matière d'art. Votre opinion me serait infiniment précieuse. »

— Mais en plein jour, ne risquent-ils pas de nous remarquer ? bégaya-t-il. Nous venons tout juste de finir le déjeuner. Mason James avait été consterné par la brusque tournure des choses, et même maintenant, en y pensant, il se rappelait avoir regardé plusieurs fois derrière lui, craignant qu'ils ne fussent suivis par des serviteurs.

— J'imagine en effet que nous serons remarqués, babilla Dolley. Mais mon cher monsieur, vous avez beaucoup à apprendre sur l'art de folâtrer ! Plus on agit ouvertement, moins on est remarqué. D'ailleurs, ce n'est que le début de l'après-midi, il n'y a rien de mal à cela ! N'aimez-vous pas la lumière du jour, monsieur MacLean ?

Mason James nota qu'ils s'engageaient dans un couloir perpendiculaire au premier. Ils s'arrêtèrent devant une porte : Dolley l'ouvrit rapidement et le poussa à l'intérieur.

Dolley referma la grande porte en chêne derrière eux, et Mason James l'entendit tirer le verrou. Il se trouva dans une pièce ensoleillée et cligna des yeux. Les jeux sont faits, se dit-il. Je ne peux plus m'en sortir.

— Restez là un instant, mon cher. Je vais vous montrer le tableau.

Mason James resta immobile, examinant la pièce et cherchant à évaluer la situation dans laquelle il se trouvait. Tout s'était passé beaucoup trop vite. Il s'était vaguement imaginé un rendez-vous dans sa maison à lui, un soir que le Président serait en voyage. Il avait même imaginé une visite à La Nouvelle-Orléans. Mais ici ? Ici, dans la maison présidentielle, dans une salle de débarras à quelques mètres du bureau de James Madison ? Mason James MacLean était profondément choqué.

La salle était pleine de meubles drapés de blanc, de tableaux emballés et de boîtes. Il y avait de la poussière partout et dans un coin se trouvait un grand lit à baldaquin couvert de draps frais.

— C'est notre salle de débarras, expliqua Dolley en passant au-dessus d'un tabouret fabriqué à la main. Elle se dirigea vers un placard : « Je n'arrive pas à tout ranger. Je ne sais pas où mettre tous ces objets — ce sont des cadeaux pour la Maison du Président. Regardez donc, que voulez-vous que je fasse d'une chose pareille ? » Elle montra du doigt un objet carré qui semblait être un bain pour les oiseaux. « C'est en marbre. . . mais les bains d'oiseaux sont généralement ronds, vous ne pensez pas ? Quelle idée d'offrir un bain d'oiseaux carré ! Vous ne pouvez pas vous imaginer les choses que l'on nous donne, monsieur Mac-Lean ! L'an dernier, nous avons reçu deux éléphants ! Et ces pauvres jardiniers qui ont déjà tant de mal à nettoyer les saletés des chevaux et des passants !. . . Ah ! le voilà. »

Mason James regardait attentivement Dolley Madison. Il se détendit un peu : il avait peut-être mal compris. Mais pourquoi donc avait-elle tiré, le verrou ?

— Vous vous y connaissez en matière d'art, non ?

— Certainement, madame.

— Peut-être que vous pourriez devenir mon conseiller artistique, mon cher monsieur MacLean. Vous pourriez m'aider à décider où placer les tableaux et les statues. Je suis sûre, même tout à fait sûre, que vous avez un goût merveilleux !

Mason James se demanda : m'a-t-on invité à la Maison du Président pour aider à la décoration ?

— Je le vois bien à vos vêtements, à votre façon de vous habiller. Vous avez vraiment beaucoup de goût, mon cher ! Dolley sortit un grand tableau du placard : il était recouvert d'un drap blanc. « Maintenant, fermez les yeux un instant, mon cher monsieur MacLean. »

Mason James obéit.

— Et voilà ! proclama Dolley d'une voix triomphale en dévoilant le tableau.

Mason James ouvrit les yeux et resta bouche bée. C'était un portrait de Mme Madison, nue jusqu'à la taille. Ses seins mirobolants y paraissaient aussi voluptueux que Mason James se les était imaginés.

— Cela vous plaît ? demanda Dolley avec un petit sourire malicieux. « Où pensez-vous que je doive le mettre ? » Alors, n'y tenant plus, elle partit d'un éclat de rire.

— C'est tout à fait remarquable, observa Mason James, qui faisait de grands efforts pour garder son sang-froid.

Dolley poussa un soupir : « Evidemment, je ne peux le mettre nulle part. C'est même trop pour M. Madison, c'est mauvais pour son cœur — il s'excite trop quand il le voit ! Mais je le montre quand même aux personnes spéciales. » Elle se glissa tout près de lui et regarda son visage : « Vous êtes une personne spéciale, mon cher monsieur MacLean — une personne très spéciale. »

Mason James glissa son regard du tableau au modèle : « Le peintre a-t-il fait honneur au sujet ? » demanda-t-il avec un sourire un peu narquois.

— Jugez-le par vous-même, mon cher ami. Dolley mit ses petites mains sur son corsage et, sans dire un mot, elle en défit les rubans, écartant lentement sa robe pour révéler la réalité vivante de son plus bel atout.

Mason James leva le sourcil d'un air de connaisseur : « Ils sont vraiment tout à fait remarquables. » Il fit un pas vers elle, devinant — ou croyant deviner — ce qu'elle voulait de lui.

Cependant, Dolley Madison se déroba et alla rapidement s'asseoir sur le lit. Mason James la suivit. Il la trouvait très

119

excitante, sans pouvoir s'expliquer pourquoi. Il n'était généralement pas attiré par les femmes, mais depuis sa plus tendre enfance, il était fasciné par le spectacle d'esclaves noires nourrissant leurs petits. Lui-même avait eu pour nourrice une esclave noire avec des seins énormes. Il adorait suçoter les seins des femmes — il trouvait cela réconfortant.

Il s'assit auprès de Dolley, qui était maintenant couchée sur le lit. Ses grands yeux noirs étaient fermés, ses lèvres tout arrondies attendaient un baiser. Mason James étendit la main et toucha ses doubles merveilles. Ses grandes mains n'arrivaient pas à saisir ses seins tout entiers. Il se pencha vers elle et mit ses lèvres sur son bouton de sein. Dolley poussa un grognement de plaisir.

Alors, comme tout homme l'aurait fait, il glissa son autre main sous ses longues jupes et chercha à la caresser à un endroit plus intime. Mais Dolley, soudain toute raide, se redressa brusquement et le repoussa d'un geste brutal.

— Mon cher monsieur MacLean ! Que faites-vous donc ? demanda-t-elle d'une voix scandalisée. Son visage semblait complètement ahuri. Pour la première fois de sa vie, Mason James rougit jusqu'à la racine des cheveux. Il se sentait très excité et il était terriblement confus. « J'étais sur le point. . . de faire l'amour avec vous », bégaya-t-il.

Dolley cligna des yeux : « Mais je ne permets pas ce genre de chose ! Vous me prenez donc pour une femme immorale ? »

— Je vous trouve très désirable, répondit Mason James, au comble de la confusion.

Dolley lui fit un charmant sourire : « J'en suis bien aise, mon cher monsieur MacLean. Mais vous ne semblez pas avoir compris les règles du jeu. Vous n'avez pas compris du tout. »

— Les règles du jeu ? répéta Mason James. Bon Dieu, il ne cherchait qu'à culbuter Dolley sur le lit et à terminer ce qu'il avait commencé. . . ou plutôt ce qu'*elle* avait commencé.

— Vous n'avez le droit que de me toucher en haut, annonça-t-elle d'une voix très terre à terre. « Je sais ce que vous voulez, mais je suis sûre que si vous essayez, vous y arriverez en haut. Maintenant, mon cher monsieur, permettez-moi de vous introduire aux raffinements de l'amour. . . faire l'amour sans vraiment le faire. C'est vraiment très facile. »

Mason James, la bouche toute sèche, la regarda faire avec des yeux tout ronds. Elle sortit une petite fiole d'un tiroir de la table de nuit, l'ouvrit et en versa le contenu sur ses seins. C'était une huile très parfumée qui sentait le musc, ou quelque autre arôme oriental. « Maintenant, frottez-les des deux mains. »

Mason James, se sentant à la fois fasciné et ahuri, obéit. Il lui frotta les seins et Dolley, la peau toute brûlante, remua sous ses doigts. Elle ferma les yeux et Mason James regarda se gonfler ses seins déjà volumineux, dont les bouts roses étaient devenues très fermes. Elle se mit à haleter de désir. Mason James se sentit terriblement frustré. « Madame, bégaya-t-il, je suis très, très excité ! »

Dolley leva ses mains et pressa ses deux énormes seins l'un contre l'autre. « Mettez votre membre ici », dit-elle, la voix entrecoupée de soupirs, en indiquant l'espace entre ses seins.

Mason James ne pouvait plus attendre. Il obéit. La sensation fut extraordinaire, et il se sentit s'enfouir dans une tiédeur merveilleuse. L'huile de musc lui permit d'aller et de venir entre ses seins jusqu'au moment suprême, et son être tout palpitant se vida violemment sur elle. Dolley, à son tour, frissonna de plaisir sous lui, comme si son centre de volupté était entre ses seins et non pas à l'endroit favorisé par les autres femmes que Mason James avait connues.

— Mon Dieu, madame Madison ! s'écria-t-il après quelques instants.

— Vous voyez ? dit Dolley en levant vers lui son visage encore tout rouge.

— Une expérience tout à fait unique ! dit-il sans vraiment comprendre ses propres sentiments.

Dolley glissa hors du lit et se mit debout. Elle défroissa sa longue jupe et poussa ses seins dans son corsage, dont elle referma les lacets. « Vous voyez, dit-elle, c'est très ingénieux. Nous autres Américaines, nous savons nous laisser aller sans vraiment nous laisser aller. Et, bien sûr, il n'y a pas de problème de bébés. »

— Vous ne faites jamais. . . jamais ? demanda Mason James sans pouvoir terminer sa phrase.

— A une époque seulement, quand je voulais un enfant. Elle sourit et partit de son joli éclat de rire argentin : « M. Madison préfère ma manière. Il dit que c'est beaucoup moins fatigant. »

Mason James hocha la tête.

— Maintenant, monsieur MacLean, promettez-moi que vous serez mon conseiller artistique. Il faut absolument que je range ces cadeaux quelque part !

Non, je n'oublierai jamais cette journée, se dit de nouveau Mason James au moment où sa calèche s'arrêta devant sa maison de Georgetown. Comme toujours, son cocher l'aida à sortir de sa voiture et, comme toujours, Vertueux lui ouvrit la porte.

— Bon Dieu de bon Dieu ! s'exclama Mason James, avant même que Vertueux n'ait pu ouvrir la bouche. « Allez me chercher un grand verre de whisky. Et tout de suite ! »

Vertueux s'inclina devant son maître et hocha la tête : « Maître, il y a quelqu'un. »

Mason James jeta un coup d'œil dans le salon. « Où donc ? » demanda-t-il en fronçant les sourcils.

— En haut, dans la chambre à coucher, maître. Elle est venue et s'est évanouie sur les marches de la maison. Je ne savais pas quoi faire, maître. Je ne pouvais pas laisser une jeune dame blanche évanouie sur les marches.

Mason James pressa sa main contre sa tempe. Encore quelque chose ! Sa journée avait déjà été par trop mouvementée ! « Et maintenant, est-elle éveillée ? » demanda-t-il.

— Pas encore, maître, répondit Vertueux. Mais elle dort tranquillement.

Mason James poussa un grognement : « Alors apportez-moi vite un whisky et envoyez-la-moi dès qu'elle sera réveillée, nous ne pouvons tout de même pas déranger les jeunes femmes qui s'évanouissent devant la maison ! »

Vertueux sortit à reculons, puis se dirigea vers l'office où il gardait le whisky. Son maître ne semblait pas de très bonne humeur.

Deux heures passèrent. Mason James engloutit non pas un verre de whisky, mais trois. Alors il alla se mettre à table dans sa petite salle à manger. Au milieu du dîner, Vertueux entra, accompagné de la mystérieuse jeune femme.

— Asseyez-vous donc, dit Mason James. Le whisky l'avait beaucoup détendu et il se sentait de bien meilleure humeur qu'à son arrivée. « Cela n'arrive pas tous les jours qu'une jeune femme s'évanouisse sur les marches de la maison. »

Colleen s'assit. « Je suis vraiment désolée », murmura-t-elle.

— Apportez un autre couvert, Vertueux. Mademoiselle, permettez-moi de me présenter. Je suis Mason James MacLean. Il inclina légèrement la tête. « Avec qui ai-je l'honneur de partager mon repas ? »

— Je m'appelle Colleen Adams, répondit-elle. Vous êtes vraiment très aimable, mais j'ai dû faire une erreur. Je pensais que c'était la maison de Mme Sharp. J'ai renvoyé le fiacre. . . j'étais fatiguée, étourdie. . . j'ai perdu connaissance.

Mason James hocha la tête avec intérêt. C'était une assez jolie fille, mais très mal habillée. Il eut l'impression qu'elle était en détresse.

— Mme Sharp est morte l'an dernier. Son héritier m'a vendu la maison.

— Oh ! répondit Colleen avec une toute petite voix. « C'est ce que je craignais ! »

— Vous ne mangez rien, dit Mason James en montrant le riz pilaf sur son assiette. « C'est vraiment délicieux. C'est un plat de la Louisiane. »

Colleen le regarda : « MacLean. Je connais quelqu'un qui porte ce nom. Avez-vous de la famille sur la frontière ? Au Canada ? »

Mason James éclata de rire : « Je suis de la Louisiane. Mon Dieu, de la famille sur la frontière ? Non, non, rien d'aussi vulgaire ! »

— Oh ! répondit Colleen.

— C'est la deuxième fois que vous dites « oh ! » J'ai bien l'impression que n'avez pas un très grand vocabulaire.

Colleen cligna des yeux et éclata en sanglots.

Mason James laissa tomber sa fourchette, se leva et courut à ses côtés. Cela lui faisait toujours de la peine de voir pleurer les femmes. « Allons, allons, je plaisantais. Regardez donc ce que vous faites ! Vous pleurez dans votre riz pilaf, comme s'il n'était pas déjà assez salé ! Je suis un homme très sarcastique. Je ne peux pas m'en empêcher. »

Colleen sanglota de plus belle : « Ce n'est pas cela ! Cela m'est bien égal que vous vous moquiez de moi ! C'est votre nom ! Vous ne lui ressemblez pas. . . et pourtant vous êtes grands tous les deux, avec de larges épaules et. . . il y a quelque chose. . . un air de famille. J'ai cru un instant que vous étiez parents. C'est. . . c'est votre nom. »

Mason James fit une grimace : « Le nom MacLean est assez commun, hélas. »

— Je sais, je suis bête. Pardonnez-moi, je vous en prie. Je cherchais quelqu'un et maintenant je ne la trouverai jamais. J'ai quitté mon pays et mon foyer, je suis seule, et. . . et. . . Colleen se couvrit le visage : « Pardonnez-moi, je ne vous connais pas et je n'ai pas le droit de vous accabler de mes malheurs. »

— Vous avez raison, répondit Mason James. Mais vous pouvez le faire quand même. Je suis un homme magnanime. Je suis le conseiller artistique du Président et un des délégués de l'État futur de la Louisiane, se vanta Mason James. Il était un peu ivre.

— Le président de quoi ? demanda Colleen en sanglotant.

— Des Etats-Unis d'Amérique, évidemment, répondit Mason James avec irritation. Sa réponse fut accueillie par une nouvelle crise de larmes.

— Encore une fois, je m'excuse, dit Mason James. Miss. . . Miss Adams, c'est bien votre nom ?

Elle hocha la tête : « Colleen Adams. »

— Miss Adams, il est beaucoup trop tard pour vous trouver une auberge. Permettez-moi de nous offrir ma chambre d'amis pour ce soir. Nous parlerons de tout cela demain matin, quand nous serons tous les deux de meilleure humeur.

— Mais ce n'est pas convenable ! répondit Colleen. Mason James secoua la tête. Il n'avait pas beaucoup de goût pour les femmes et d'ailleurs, Dolley Madison l'avait complètement épuisé.

— Restez ou ne restez pas, c'est à vous de décider, dit-il calmement. Mais si vous restez, laissez-moi vous prévenir tout de suite que ma porte sera fermée à clef !

Colleen le regarda. Il vit à travers ses larmes le début d'un sourire. Soudain Colleen éclata de rire.

Mason James détourna le visage. Il avait mal à la tête, mais il réprima quand même un sourire. Au moins, se dit-il, elle a le sens de l'humour !

Le Président James Madison était caché derrière son immense bureau. Son prédécesseur, Thomas Jefferson, ne s'en était pas beaucoup servi. En fait il s'était très peu servi de la Maison du Président. Jefferson avait surtout travaillé dans son propre domaine de Monticello, afin de rester auprès de sa maîtresse créole, qu'il ne pouvait pas, pour des raisons évidentes, installer à Washington. Jefferson avait aussi eu la très mauvaise habitude de diriger les affaires d'État de son étable, « pour rester près de mes chevaux. Si je m'assieds derrière un bureau, c'est pour écrire. »

Le Président Madison avait beaucoup de respect pour l'ex-Président Jefferson, un des principaux auteurs de la Déclaration d'Indépendance et le troisième Président de la République. Mais Madison pensait que les affaires d'État devaient être dirigées, non pas chez soi, mais dans la Maison du Président et si possible derrière son énorme table de travail.

— Il y a du whisky dans le placard et de la glace dans le seau, déclara-t-il. Avez-vous tout ce qu'il vous faut, messieurs ?

Henry Clay hocha la tête, mais Calhoun se précipitait déjà vers le placard: « Avons-nous la permission de nous servir, monsieur le Président ? »

— Mais oui, bien sûr. Pendant que vous y êtes, apportez-moi un verre.

— Avec plaisir, répondit Calhoun en remplissant son verre jusqu'au bord. « J'ai toujours soif. . . diablement soif ! »

Clay était enfoncé dans son fauteuil, les pieds étendus devant lui : « Alors, qu'allons-nous faire, monsieur le Président ? Cela ne peut pas durer ainsi. Le peuple devient de plus en plus furieux. »

— Nous ne pouvons pas laisser ces sacrés Anglais harceler nos matelots et nos officiers de marine ! Bon Dieu ! Nous en avons assez maintenant !, ajouta Calhoun.

— Notre marine fait ce qu'elle peut. . . c'est vraiment une marine excellente. En fait, les journaux ont annoncé deux fois plus d'enrôlements forcés qu'il n'y en a vraiment eus, dit Madison.

Clay partit d'un éclat de rire : « Bien sûr ! Mais c'était la meilleure façon de mettre le public en colère et de leur donner envie d'assommer ces sacrés Anglais ! »

— Les États de la Nouvelle-Angleterre et de New York sont les seuls qui exigent simplement que nous levions le blocus en haute mer. Ils disent que si nous déclarons la guerre et que nous envahissons l'Amérique du Nord britannique, ils se sépareront de l'Union !

— J'appelle cela *nullification* ! C'est empêcher le bon fonctionnement des lois de l'Union ! cracha Clay.

— Ce ne sont que des menaces, marmonna Calhoun. Le Sud ne ferait jamais une chose pareille !

— En tout cas, on ne peut pas faire grand-chose contre les Anglais en haute mer, interrompit Madison. Notre marine n'est pas assez puissante.

Calhoun s'assit tout droit et se pencha en avant en enfonçant ses doigts dans les bras du fauteuil : « Il ne s'agit pas de repousser les Anglais en haute mer. Il s'agit de se servir de leurs actions pour enflammer le public américain. Parbleu ! C'est pour nous l'occasion idéale d'envahir le Canada et de nous emparer de leur territoire ! C'est évident ! »

— C'est notre devoir sacré, ajouta Calhoun.

— Je ne vois absolument pas de rapport entre l'enrôlement forcé de nos marins et l'invasion du Canada, insista Madison.

— L'enrôlement forcé de nos marins est justement l'excuse qu'il nous faut. Notre devoir sacré vis-à-vis des Canadiens est de leur offrir la liberté ! Notre devoir sacré est d'unir cet hémisphère de l'Atlantique au Pacifique, de l'Extrême-Nord à l'Extrême-Sud !

— Nous négocions en ce moment avec le ministre anglais, Augustus Foster. Mais il ne s'agit que de l'enrôlement forcé de nos marins.

— C'est exactement ce qu'il faut, dit Clay. Il leva son verre et prit une gorgée de whisky. Il fit beaucoup de bruit en buvant.

— Les Anglais sont complètement coincés. Ils sont encore en guerre avec Napoléon et ils essaient, grâce à ces ordres au conseil du Parlement, de faire peur aux Français et en même temps de nous contrôler. S'ils reviennent sur leur décision, ils perdront tout. Non. Ils ne peuvent plus changer de tactique.

— Je suppose que vous avez raison, reconnut Madison. Mais pensez-vous que nous soyons assez forts pour envahir le Canada ?

— La force n'est même pas nécessaire, répondit Clay avec fermeté. Vous ne pensez tout de même pas que les habitants du Haut et du Bas-Canada veulent rester sous l'autorité britannique ! D'après tout ce que j'ai entendu dire, nous n'avons qu'à leur offrir la liberté et ils seront bien trop heureux de venir de notre côté.

— La moitié sont Américains, de toute façon. D'ailleurs, qu'est-ce que cela peut faire ? demanda Calhoun.

— La majorité d'entre eux sont des loyalistes de l'Empire-Uni qui ont fui notre pays pendant la Révolution, dit Madison en tapotant le grand bureau avec sa plume. « Les autres sont des Canadiens français. »

— Eh bien, les loyalistes de l'Empire-Uni ont eu le temps de changer d'idée. Quant aux Franziches, la France, rappelez-vous bien, est notre alliée — ou le sera si nous déclarons la guerre contre les Américains.

Madison voulut protester, mais il ne le fit pas. La simple

vérité était qu'il ne savait pas grand-chose des habitants du Haut et du Bas-Canada. Il ne pouvait donc discuter ni pour ni contre. Pour Madison, le Canada n'était qu'une grosse tache rose sur la carte, un endroit où il y avait beaucoup de neige et d'où venaient ses beaux cols en castor.

— Il faudra poursuivre les négociations pendant quelque temps, dit-il.

— Et peut-être qu'il y aura un nouvel incident — quelque chose qui mettra le peuple encore plus en colère.

— L'enrôlement forcé des marins américains, au moins ! ajouta Calhoun.

Madison ne leva pas la tête. Il examinait le grain du bois de sa grande table de travail. « On dira plus tard que c'était la guerre de Madison », dit-il doucement.

— Ou peut-être la gloire de Madison ! annonça Calhoun avec un sourire. Allons, Jim, ce ne sera pas une longue guerre, et elle n'aura certainement pas lieu en territoire américain. Nous prendrons l'initiative quand nous pourrons et ce sera très vite fini. Ou les Français se battront avec nous, ou ils ne se battront pas du tout. Des milliers de Canadiens de langue anglaise se rendront. D'ailleurs, il y a très peu de réguliers britanniques au Canada.

Madison céda. « Vous avez sans doute raison, dit-il. En tout cas j'espère que vous avez raison ! »


Le ciel était couvert d'un grand manteau de nuages gris; cependant la longue ligne rosâtre qui s'étendait à l'horizon de l'est offrait l'espoir d'un lendemain ensoleillé.

Au moins il ne pleut pas, se dit Josh. Il faisait très humide, car il avait plu toute la journée de la veille. On était à la fin de mars : les nuits étaient glaciales, les journées encore froides. Josh examina le ciel, puis tourna son canot et se dirigea vers le rivage. Il était sur le chemin de retour du Niagara et déjà tout près de Kingston. Il pouvait y être en deux heures s'il voyageait de nuit; là, s'il le voulait, il pouvait aller chez sa sœur, prendre un bon bain chaud et dormir enfin dans un vrai lit. Mais Josh n'avait pas très envie de voir sa famille. Il recherchait encore la solitude des bois et le silence d'une nuit en plein air, malgré le mauvais temps.

Josh pagaya jusqu'à la terre ferme et sortit du canot, puis le tira derrière lui. Il le mit à l'envers et se baissa pour le soulever sur ses épaules. Alors, la tête cachée sous le canot, il fit un bout de chemin dans les bois jusqu'à un endroit où les arbres pouvaient offrir un abri.

Josh prépara rapidement son camp. Il plaça le canot à l'envers sur deux troncs d'arbres, puis sortit une grosse pièce de toile et la tendit au-dessus de l'embarcation pour en faire un abri pour la nuit.

Cela fait, il rangea sa sacoche et chercha quelques bouts de bois secs cachés sous de plus gros morceaux. Il défit sa sacoche et en sortit du petit bois qu'il avait ramassé ce matin-là. Quelques minutes plus tard, il avait préparé une belle flambée; mais le bois humide faisait beaucoup de fumée.

Alors Josh fabriqua une petite broche et se mit à cuire un perdreau qu'il avait tué dans la journée. Il s'appuya contre un grand rocher et poussa un long soupir. Le spectacle du beau feu, le bruit des flammes crépitantes le remplirent d'un merveilleuse sensation de paix. C'était beau d'être seul au fond des bois, à écouter les bruits de la nature, à respirer les odeurs. . . « J'en ai assez des villes », dit Josh à haute voix.

Il pensa à son voyage de Lewiston à Boston. C'était bien différent du trajet de Niagara à Montréal. Une fois arrivé à Albany, on ne voyait que des villages et des gens partout. Il y avait de grandes maisons en bois blanc, des jolies places de village, des clochers d'églises. Les routes étaient remplies de charrettes et tout était très civilisé. Dans l'Est, les terres inhabitées n'existaient plus, tandis que dans le Haut et dans le Bas-Canada, c'était tout à fait autre chose. Dès que l'on quittait Montréal, on se trouvait en pays inhabité; à part quelques villages comme Kingston, York et Newark, le Haut-Canada était encore sauvage. Il y avait des fermes, mais elles étaient très éloignées les unes des autres. Même les villages étaient différents.

En Nouvelle-Angleterre, les villages étaient beaucoup plus modernes : les maisons étaient très rapprochées, et donnaient une impression de permanence. Lochiel était ainsi. . . mais c'était une exception. Les villages de la Nouvelle-Angleterre étaient bâtis autour de rues centrales; les routes étaient remplies de gens, de charrettes et de belles voitures — tandis qu'au Canada ils étaient très étalés et consistaient en petites cabanes éloignées les unes des autres. Quand on voyageait sur la route de York au-dessus du Niagara, on pouvait passer toute une journée sans rencontrer une seule charrette ! La ville de Québec, évidemment, avait beaucoup d'habitants mais ce n'était rien à côté de ce que Josh avait vu à Boston. Montréal était peut-être aussi vaste que Boston, mais c'était la plus grande ville du Canada.

Non, se dit Josh : le Haut-Canada n'avait pas autant à offrir que Montréal et Boston. On pouvait dire qu'à certains égards, le Haut-Canada avait cent ans de retard sur ses voisins. Les grandes familles de Boston avaient eu le temps d'amasser d'énormes fortunes et elles étalaient leurs richesses. Dans le Haut-Canada, par contre, il y avait très peu de familles riches : la sienne, bien sûr, était une exception. Mais comme c'était une famille de bons Ecossais, leur fortune était solidement placée dans des terres et dans des entreprises qui leur rapporteraient éventuellement encore plus. Mais ils vivaient simplement, sans luxe, sans serviteurs et sans esclaves.

— Moi non plus je ne désire pas ces choses, dit Josh à haute voix en remuant les braises avec une longue branche. « Je préfère la tranquillité de la forêt, le silence de la nuit. » C'était intéressant de visiter la « civilisation », comme l'appelaient les Américains, mais Josh préférait la vie moins agitée du Haut-Canada.

Josh se mit alors à songer à Colleen. Je veux la retrouver et la reconquérir, se dit-il, mais peut-être que cela n'arrivera jamais. Maintenant je suis engagé dans l'armée et Dieu sait ce que je vais devenir. Quand cette guerre sera terminée, je serai peut-être envoyé en Inde ou en Australie. Il pensa à son entrevue avec Red George Macdonell et avec quelques-uns de ses officiers subalternes.

— Oh, cette fois-ci, il y aura une guerre, avait dit Red George Macdonell. Il n'y a aucun doute là-dessus, aucun.

Josh avait exprimé son désir d'acheter un brevet d'officier. Il n'y avait eu aucun problème. « Je voudrais pour le moment vous renvoyer au Niagara, avait dit Red George. Vous connaissez bien la région et vous pouvez rendre de grands services aux réguliers du fort George.

— Je serai très heureux d'être tout près de chez moi, répondit Josh. C'est plus facile de se battre quand on a quelque chose à défendre.

— Je vois que votre père est né dans le Territoire de la Louisiane, commenta le lieutenant Revelstoke en examinant les papiers de Josh.

— C'est juste. Mon grand-père, Robert MacLean, a quitté le Niagara pour suivre le chemin des premiers explorateurs jusqu'à La Nouvelle-Orléans. Il a épousé une réfugiée acadienne.

Le lieutenant Revelstoke rencontra calmement le regard de Josh. C'était clairement un homme sans honte du passé. Mais peut-être qu'il ne connaissait pas l'histoire terrible des déportations imposées par les Anglais aux Acadiens. Pour Josh, c'était difficile à croire.

— La Louisiane est sur le point de devenir un état de l'Union. Avez-vous de la famille là-bas — des cousins, des oncles, des tantes ?

— Non, mon lieutenant. Pas que je sache, en tout cas.

Le lieutenant hocha la tête. Il semblait satisfait du jeune homme. « Vous parlez très bien, observa-t-il, et vous savez écrire. Parlez-vous d'autres langues que l'anglais ? »

— Le français, le mohawk, un peu d'espagnol aussi. . .

Le lieutenant leva le sourcil : « Vous retournerez donc au Niagara, comme nous l'avons décidé. Mais peut-être que plus tard nous pourrons nous servir de vous dans notre service d'Intelligence. Cela vous gênerait-il de faire de l'espionnage ? »

Josh réfléchit quelques instants. Il n'y avait jamais vraiment pensé. Il répondit enfin : « Non, mon lieutenant, je n'y vois aucun inconvénient. »

— Hum ! fit l'officier britannique. Avez-vous déjà voyagé dans nos anciennes colonies ?

— Je connais New York, le Massachusetts, la Pennsylvanie. . .

— Washington vous intéresserait peut-être, dit le lieutenant avec un sourire.

— C'est possible, répondit Josh.

— Pour le moment, laissons les choses comme elles sont. Ce ne serait qu'en cas de besoin. Retournez au Niagara. Mais quand la guerre sera déclarée, vous aurez de mes nouvelles.

Josh, assis devant le feu, pensait encore aux détails de cette conversation. Il étira les bras vers le ciel comme s'il cherchait à toucher les étoiles, puis détendit son corps et s'enveloppa d'une couverture. Le perdreau étant cuit, il le retira soigneusement de la broche et le mit sur une assiette en étain. Il arracha une patte et se mit à manger, savourant le goût succulent du gibier.

Colleen était partie et ne reviendrait sans doute jamais plus. L'Angleterre et les Etats-Unis seraient bientôt en guerre. Ian était parti en Ecosse et à son retour irait directement à l'Ouest. Josh se sentait très seul.

Pour le moment, il ne lui restait que le souvenir de la femme qu'il avait rencontrée à Montréal. Kira n'était pas Colleen, mais il avait songé à Colleen en la tenant dans ses bras, et elle était encore dans ses pensées. Elle ne l'obsédait plus comme auparavant : le souvenir de Colleen était devenu un peu vague, et quand il pensait à elle consciemment, il éprouvait un sentiment de grande tristesse, comme s'il avait perdu quelque chose d'infiniment précieux.

Josh termina son dîner et enterra les os du perdreau à quelques mètres de son camp. Il se faufila sous sa tente avec lassitude et tira les grosses couvertures jusqu'à son cou. C'est alors qu'il entendit tomber les premières gouttes de pluie.


Mason James MacLean était très content de lui : « Un cœur d'or pur bat sous ma carapace dure et sarcastique », se disait-il.

Après l'arrivée de Miss Colleen Adams, Mason James avait eu de grands remords : il avait vraiment été trop dur avec elle. Il savait pourtant que rien au monde ne pouvait l'empêcher d'être sarcastique.

Après une nuit de repos, il lui avait demandé de lui raconter ses malheurs.

L'histoire était en effet tragique. Miss Adams n'était pas sans argent, mais elle était complètement seule et elle attendait un enfant.

Mason James préférait ne pas penser à cet enfant. Il détestait les enfants, et méprisait ces horribles petits monstres qui laissaient des miettes partout et passaient leur temps à grogner. D'après lui, un enfant passait de l'extrême de la dépendance à l'autre extrême; sans transition aucune, ces marmots poisseux et désagréables devenaient brusquement insolents et beaucoup trop indépendants. « Moi je n'ai jamais été un enfant, disait-il souvent. C'est bien trop vulgaire. »

Pourtant, raisonnait-il, l'enfant ne naîtrait pas avant longtemps et il aurait alors une nourrice. En tout cas, cet enfant s'accordait parfaitement avec ses plans.

En entendant la triste histoire de Colleen, il avait eu pitié d'elle — un sentiment assez rare chez lui. Mais il s'était vite rendu compte non seulement qu'il lui était facile de l'aider, mais qu'elle pouvait résoudre un des grands problèmes de sa vie.

Depuis la visite de son père, il était troublé par sa menace de produire un nouvel héritier pour la plantation. « Il faudra tout partager ! » avait déclaré Mason James en se regardant dans la glace. « Et moi, je ne partage jamais rien. Jamais ! »

Après sa triste confession, Colleen avait été invitée à rester quelques jours chez lui pour se reposer : « Les auberges de Washington sont vraiment atroces, ma chère. D'ailleurs, vous ne supporteriez pas un voyage à Boston. »

Colleen l'avait remercié, mais n'avait accepté l'invitation qu'en apprenant que Mme Sharp, l'ancienne propriétaire de la maison, avait laissé des malles dans le grenier, et qu'il s'y trouvait peut-être les renseignements qu'elle cherchait.

— Mais cela doit faire partie de son héritage, avait protesté Colleen.

— J'en suis sûr, avait répondu Mason James. Mais j'ai

déjà écrit à la famille à plusieurs reprises et ils ne sont jamais venus reprendre ces papiers.

Colleen avait donc accepté de rester chez lui. Après trois jours, elle lui avait dit qu'il n'y avait rien d'intéressant dans les malles, et qu'elle avait déjà trop abusé de son hospitalité.

C'est alors que Mason James avait fait une chose tout à fait remarquable. Cela lui était venu brusquement, comme un coup de génie. « Ma chère Miss Adams, avait-il dit. Vous n'êtes pas la seule à avoir de terribles problèmes personnels. Permettez-moi de vous faire une confidence. »

Les yeux bleus de Colleen étaient devenus tout grands et pleins de compassion. « Mais bien sûr, avait-elle répondu. Vous avez été si bon pour moi. »

Mason James s'était versé un verre de whisky; « Je ne suis pas l'homme que vous imaginez. J'ai des goûts bizarres. . . certains jugeraient que ce sont des faiblesses. »

Colleen le regarda attentivement. Elle n'avait aucune idée de quoi il parlait. « Allez-y, je vous écoute », dit-elle d'une voix encourageante.

— Au fond, je suis un peu comme un Grec, dit Mason James sans s'engager.

— Un Grec ? Colleen fronça les sourcils. « Vous n'êtes donc pas de la Louisiane ? »

Mason James eut un geste impatient : « Mais si, bien sûr. Ce n'est pas cela que je voulais dire. Comment vous expliquer. . . Voyez-vous, je ne suis pas très attiré par les femmes. Oh, il m'arrive, bien sûr, de coucher avec elles, mais je ne les désire pas vraiment. »

— Alors pourquoi le faites-vous ? demanda Colleen.

— Parce que c'est la chose à faire. Elles s'y attendent.

Colleen s'appuya contre le dos du fauteuil. « Moi, je ne m'y attends pas », dit-elle, espérant qu'il serait satisfait de sa réponse. C'était d'ailleurs absolument vrai. Non seulement elle ne s'y attendait pas, cela ne l'intéressait pas du tout. Mason James était un personnage bizarre. . . elle l'aimait bien et le trouvait fin, spirituel et même très amusant. Mais il ne l'attirait pas physiquement. De toute façon, aucun homme sauf Josh ne l'avait jamais attirée.

— Je sais que vous ne vous y attendez pas, continua Mason James. Mais les autres femmes pensent différemment, et mon père aussi. Mon père désire que je me marie et que je produise un héritier pour la plantation.

. — Et vous ne désirez pas vous marier ?

Mason James réfléchit un instant. Comment pouvait-il lui expliquer ? Il ne pouvait tout de même pas lui dire : « Pas avec une femme, en tout cas ! »

— Madame, les rencontres amoureuses avec les femmes me troublent et ne me satisfont pas. Je suis parfois attiré par les hommes, comme l'étaient les Grecs anciens. La compagnie des femmes ne me gêne pas, et il m'arrive d'avoir une liaison avec une femme. Mais pour moi, l'idée de me marier et de produire un héritier est tout à fait repoussante ! Au grand soulagement de Mason James, Colleen ne parut ni choquée ni troublée par sa confession.

— J'ai entendu parler d'hommes comme vous, dit-elle enfin. Mais vous êtes bon avec moi et je vous aime bien tel que vous êtes.

— Je suis très sarcastique, avoua-t-il. Certains me trouvent arrogant.

— Je trouve votre arrogance assez sympathique, répondit Colleen.

— J'en suis tout à fait conscient, madame. C'est pour cette raison que je m'adresse à vous, car vous pouvez m'aider à résoudre mon problème.

Colleen se leva et défroissa sa longue robe : « Tout à l'heure vous m'avez offert à boire. J'accepte volontiers. »

Mason James poussa un soupir. Jusqu'ici il s'en était assez bien tiré. Il s'agissait maintenant de lui faire voir la logique de sa proposition. Il alla vers son placard à alcool et lui prépara une boisson. « Ce n'est pas fort », dit-il en lui tendant un verre. « Si vous buvez trop d'alcool, votre taille risque de s'épaissir. »

Colleen eut un léger sourire. « Allez-y », dit-elle en s'asseyant.

— Eh bien, continua Mason James, nous avons tous les deux des problèmes, mais ensemble vous pourriez peut-être arriver à une solution. Vous êtes enceinte et vous n'avez pas de mari, ce qui est généralement considéré comme une situation scandaleuse. Moi, je dois me marier et produire un enfant pour faire plaisir à mon père, mais je n'en ai aucune envie. Maintenant si vous restiez avec moi, si nous faisions semblant d'être mariés, votre réputation resterait intacte et mon père serait satisfait. Je m'occuperais évidemment de vous et de votre enfant, et vous n'auriez qu'à signer un document dans lequel vous renoncez à tous vos droits et à ceux de votre enfant sur ma fortune. Evidemment vous pourrez avoir des liaisons avec qui vous voudrez, et je jurerai de ne jamais user de mes droits conjugaux.

— Et vous, aurez-vous des liaisons ? demanda Colleen.

— Je ne les ramènerai jamais à la maison. Pour le moment, je m'amuse avec la femme du Président, mais ce n'est pas exactement une liaison.

— Vous m'avez pourtant dit que vous n'aimiez pas les femmes.

— Celle-ci est une exception. C'est une femme assez originale qui, sans que je sache pourquoi, éveille en moi le désir de téter. Ce doit être quelque instinct primaire.

Colleen éclata de rire : « On dirait que vous parlez d'une vache ! »

— Mais *c'est* une vache, chuchota Mason James. . . une vache qui a beaucoup d'influence. D'ailleurs, ne vous ai-je pas dit que j'avais des goûts bizarres ?

— Vous êtes un homme vraiment très étrange, dit Colleen en s'appuyant contre le dos du siège. La boisson que lui avait préparée Mason James n'était peut-être pas très alcoolisée, mais Colleen se sentait toute chaude, la tête un peu légère.

— Et vous êtes assez belle pour plaire à mon père, répondit Mason James. Evidemment, il faudra apprendre à vous habiller.

— Vous avez l'intention de me donner des conseils vestimentaires ?

— J'ai beaucoup de goût pour ce genre de chose, répondit Mason James.

Cette conversation avait eu lieu plusieurs semaines auparavant, et Colleen avait fini par accepter l'offre de Mason James. Il avait immédiatement écrit à son père pour lui annoncer la bonne nouvelle. « J'ai enfin trouvé la femme de mes rêves, avait-il écrit. Elle est intelligente, spirituelle et pleine de charme. » Il avait encore du mal à croire à ce qu'il avait fait, mais il était très satisfait de l'arrangement.

Ian MacLean marchait rapidement dans la rue principale de Glasgow. Cette ville très peuplée s'étendait sur les deux rives du Clyde. Glasgow avait autrefois été une ville florissante et, jusqu'à la Révolution américaine, le centre mondial de la production du tabac. Maintenant on y fabriquait du coton, mais ce commerce, encore très modeste, avait été paralysé par la longue guerre contre la France.

Un grand pourcentage de la population de cette ville en décadence était sans emploi : de nombreux Highlanders dépossédés s'y trouvaient également. Glasgow était devenue une espèce de placard énorme rempli à craquer de tous les déchets de l'humanité. Les rues sentaient l'urine et les excréments; les ruelles et les maisons débordaient de monde, et l'on voyait souvent des familles entières blotties dans les portes de la rue. Les charges des services sociaux étaient effrayantes; les soupes populaires étaient continuellement bourrées de monde et on attendait en ligne pendant des heures entières pour obtenir un morceau de pain.

Mais il y avait aussi des gens riches à Glasgow : des hommes qui avaient fait fortune dans le commerce ou dans la constuction navale; des hommes qui savaient gagner et préserver leur argent; des hommes qui avaient su résister aux inconvénients de la guerre et des blocus.

— Avez-vous un sou à me donner, mon garçon ?

Ian s'arrêta net et cligna des yeux pour mieux voir dans l'obscurité. Il était rare de rencontrer des mendiants dans cette partie de la ville. Pourtant il était là devant la porte, petit, courbé, enveloppé d'une vieille couverture miteuse.

— Tout le monde à Glasgow veut des sous, répondit Ian, cherchant à mieux voir le visage du mendiant.

— Tout le monde à Glasgow n'est pas aussi vieux que moi, répondit l'homme. J'ai connu '46, vous savez. Bientôt je serai mort, mais je préférerais mourir le ventre plein.

Ian, qui cherchait encore à distinguer son visage, répéta :
« Vous avez connu '46 ? »

— Eh oui, répondit-il. J'ai connu '46.

— Venez, sortez de là, proposa Ian. Je vous offre un grog
et tout ce que vous pouvez manger.

— Ah, bon ? Le vieillard sortit de son abri en traînant la
jambe. Son visage ressemblait à un vieux pruneau et sa
tignasse de cheveux gris était sale et emmêlée.

Ian offrit son bras au vieillard. Ils entrèrent dans une
taverne et Ian le mena vers une table un peu à l'écart. Il
commanda un grog bien chaud et un ragoût de mouton.

— Ma grand-mère a connu '46, dit Ian avec orgueil.
C'était une Cameron, et elle a épousé un Macleod.

— Une Cameron ! répéta le vieillard en éclatant de rire.

— Pourquoi trouvez-vous cela drôle ? C'était la
protégée de Donald Cameron de Lochiel, chef du clan Cameron.

Le vieillard rit de nouveau : « Ce pauvre vieux Donald, et
son pauvre frère ! On les accusait d'avoir volé l'or de Cluny.
Mais ce n'était pas vrai, car ils sont morts sans le sou. Il se
tut un instant : « C'est peut-être votre grand-mère qui l'a
volé ! » Il eut un nouvel accès d'hilarité.

— Peut-être, répondit gaiement Ian en pensant à tout l'or
de sa grand-mère. Cet or était légendaire dans la famille : il
était maintenant placé dans la Compagnie de la Baie d'Hudson.

— Cela n'aurait rien changé de toute façon. Rien ne pouvait sauver notre Gentil Prince Charles, ce pauvre vieux !
Et votre grand-mère, où est-elle à présent ?

— Elle vient tout juste de mourir, dit Ian. Elle avait plus
de quatre-vingts ans.

Le vieillard avala bruyamment une cuillerée de soupe et
dévora son ragoût de mouton. « Moi, j'ai soixante-quinze
ans, avoua-t-il. J'étais un berger en '46 et j'étais là. . . » Il
se pencha en avant et lui fit un clin d'œil.

— A Culloden ? demanda Ian.

— Eh oui, à Culloden. J'étais là, sur la lande. J'ai
tout vu.

— Je dois y aller dans quelques jours, dit Ian. J'aimerais voir Culloden avant de quitter l'Ecosse.

— Le chemin d'Inverness est bien long.

Ian sourit. Pour les habitants d'Ecosse, c'était peut-être un long trajet, mais pour lui qui venait du Canada, ce n'était rien. « Pour moi, cela vaut la peine », répondit Ian.

Le vieillard vida son verre de grog.

— Comment vous appelez-vous ? demanda Ian. Le vieillard semblait encore assez vif, malgré son rire sénile que Ian trouvait plutôt amusant qu'irritant. Il avait l'impression d'être en face d'une page de l'histoire.

— Andrew Stuart, répondit le vieillard.

— Ian MacLean. Ian tendit la main à Andrew Stuart et serra sa vieille main ridée. « Monsieur Stuart, êtes-vous. . . euh. . . sans emploi en ce moment ? »

— Le vieillard hocha la tête : « Eh oui », répondit-il après un instant. « Ça ne va pas fort, mon garçon. »

— Je vous paierai si vous m'accompagnez à Inverness, proposa Ian.

— Vous me paierez le voyage en diligence ?

— Oui, je le promets, répondit Ian.

# CHAPITRE VII

## avril 1812

Quand Ian MacLean et le vieil Andrew Stuart avaient quitté Inverness, le soleil était encore caché derrière la lande. Maintenant, à travers la brume du petit matin, ils regardaient la mince ligne argentée de l'aube paraître dans le ciel sombre et nuageux. Devant eux, sur un tertre verdoyant, la bruyère remuait dans la brise matinale. C'était le 16 avril 1812.

— C'est le soixante-sixième anniversaire de la bataille, dit Ian. C'est l'heure exacte.

Andrew Stuart se serra étroitement dans le manteau que Ian lui avait acheté : « Je n'étais qu'un gamin à l'époque, mais je n'ai pas oublié un seul détail. . . Non, jamais je n'oublierai. » Le vieillard se mit à rire, mais ce n'était pas le même rire sénile que d'habitude, mais un rire plus ironique, celui peut-être qu'il avait eu dans sa jeunesse. « J'étais un berger, dit-il à Ian. Nous étions venus regarder la bataille. Nous nous sommes cachés dans la haute bruyère. . . là-bas — vous voyez ? — sur la petite colline. Alors le protecteur de votre grand-mère, Donald Cameron, il est venu nous chasser de là. Il nous a dit que si nous ne nous éloignions pas, nous serions emporté par un boulet de canon. »

— Où étaient les Highlanders ? demanda Ian.

— Là-bas. Il y avait une longue, longue ligne, formée par tous les clans : les MacDonald, les Roy Stewart, le clan

140

Chatten, le clan Appin, le clan Fraser, les clans mixtes et les hommes d'Atholl.

Ian regarda dans la direction que lui montrait le vieux Stuart. Dans son imagination, il la voyait presque, cette longue ligne où étaient rangés les clans.

— Puis les Anglais sont venus de là-bas, de la direction du Nairn, dit Stuart en tendant le bras vers le lointain. Ian pouvait presque entendre le gémissement des cornemuses. Il avait souvent entendu raconter l'histoire de la bataille, mais soudain il eut l'impression qu'il en faisait partie, comme si les fantômes des soldats highlanders étaient venus de l'autre côté de la lande pour lui parler; il lui semblait qu'il voyait à travers les yeux du vieil Andrew Stuart.

— Ils jouaient de leurs cornemuses comme jamais ils n'en avaient joué ! Ah, Dieu, comme elles gémissaient !

Ian ferma les yeux. Ici, sur cette lande humide et triste, des milliers d'Ecossais avaient été massacrés, ou étaient morts de leurs blessures dans le froid, sous la pluie glaciale.

— Regardez ce ruisseau, dit Stuart en indiquant un petit ruisseau sinueux qui coulait à travers la verdure. « Quelque quatre cents soldats se sont traînés sur le ventre jusqu'à ce ruisseau, pour boire une dernière goutte d'eau avant de mourir de leurs blessures. On dit que le ruisseau est resté rouge de sang pendant deux jours. Et vous savez pourquoi l'herbe est si verte et si fertile ici ? C'est parce que les Highlanders sont tous enterrés en dessous et que la terre est nourrie de leurs os.

— C'est ici la vraie Ecosse, dit Ian. C'est ici que les gens seront attirés par milliers dans les siècles à venir. Ils viendront pour se souvenir, pour affirmer leur passé, pour parler à leurs ancêtres. C'est un endroit éternel, et tant qu'il y aura des Ecossais, le souvenir de Culloden restera vivant.

— Eh oui, dit le vieux Stuart. Un Ecossais a beau quitter l'Ecosse, il reste toujours Ecossais.

Ian sentit ses yeux se remplir de larmes. Il sortit un étui en cuir de sa poche, se baissa par terre et remplit l'étui de terre. « C'est pour ta tombe, grand-mère. Tu n'as jamais pu rentrer chez toi, alors c'est moi qui t'apporte un morceau de l'Ecosse. » Ian se leva. Le vent sifflait dans ses oreilles et il éprouva une sensation de bien-être d'avoir pu retrouver ce lien avec le passé.

— Tu es un bon garçon, dit le vieux Stuart. Il rit en montrant ses pauvres gencives édentées. « Tu parles peut-être d'une manière bizarre, mais tu es un vrai Ecossais. »

— MacLean d'un côté, Macleod de l'autre, dit Ian en suivant le vieillard.

— C'est ici qu'ils ont placé leurs canons. . .

Ian écouta le récit de la bataille. Il réfléchissait. Ce n'était pas la bataille qui était la plus grande gloire des Ecossais, mais le fait qu'ils avaient pu survivre. « Je n'oublierai jamais, grand-mère, murmura-t-il. Jamais. »


— Je ne peux pas vous dire à quel point je suis heureuse, dit Mme Dolley Madison en traînant la voix. Elle fixait le visage de Mason James de ses grands yeux bleus.

— C'est un grand jour, répondit Mason James avec un sourire heureux. Il se sentait extraordinairement fier. La Louisiane était maintenant officiellement un état ! « J'aime cette date, le 30 avril ! Ce sera parfait pour les fêtes futures d'anniversaire. Le mois d'avril est toujours si agréable à La Nouvelle-Orléans ! »

— Eh bien, moi, je n'ai aucune intention d'attendre l'an prochain pour fêter l'occasion. La création d'un nouvel état est un grand événement ! Venez, mon cher monsieur Mac-Lean, vous allez m'aider à préparer ma liste d'invitations, vous qui connaissez tout le monde !

Mason James suivit Mme Madison de la galerie du Congrès jusqu'à sa calèche. Ils partirent ensemble vers la Maison du Président.

— J'ai un nouveau secrétaire, dit Dolley à Mason James. Il est tout à fait gentil. Un peu léger parfois, mais vraiment très mignon.

Dolley mena Mason James vers une petite salle de réception. « Henry ! » dit-elle à un de ses serviteurs, « Faites venir Jason. » Dolley s'installa sur le divan en se glissant aussi près de Mason James que possible. « Jason c'est un nom si adorable ! Oh, mais ça rime, Mason et Jason ! »

Mason James soupira intérieurement et s'efforça de ne

pas faire une remarque désagréable. Ce n'était pas une bonne idée d'être trop sarcastique avec la femme du Président. C'était la seule femme au monde devant laquelle il se sentait obligé d'être aimable, qu'il le voulût ou non.

— C'est une charmante coïncidence, répondit-il enfin.

— J'ai apporté du papier et une plume. Mason James leva le regard et aperçut un jeune homme qui se tenait immobile dans l'embrasure de la porte. Il avait peut-être vingt-six ou vingt-sept ans; grand et mince, aux yeux bleu pâle, avec une bouche charnue et des fesses merveilleusement rondes. Mason James, immédiatement amoureux, le désira violemment.

— Voici mon secrétaire, M. Jason Talbot. Mon cher monsieur Talbot, je vous présente M. Mason James Mac-Lean, mon conseiller artistique et un des charmants messieurs qui font partie de la délégation de la Louisiane. La Louisiane vient de devenir un État, le saviez-vous ?

— Je le savais, répondit Jason Talbot en donnant sa longue main gracieuse à Mason James. « Monsieur, permettez-moi de vous présenter mes félicitations les plus sincères. »

— Et voilà ! J'étais sûre que vous vous entendriez bien tous les deux ! Je ne me trompe jamais pour ce genre de chose. Maintenant, mon cher monsieur MacLean, commençons notre liste. Il faudra évidemment inviter M. Clay et M. Calhoun, et tous les représentants des États du Sud, et. . . est-ce que je parle trop vite, mon cher Jason ?

Jason écrivait aussi rapidement que Dolley parlait, mais ses yeux n'avaient pas quitté Mason James, qui ne pouvait lui-même pas décoller son regard de celui de Jason. Enfin un rayon de soleil dans la grisaille de la vie ! pensa Mason James. Ah, Mason et Jason. . . si seulement ça ne sonnait pas si joliment !

Le président Madison, les coudes sur la table, avait les mains jointes, les doigts en l'air; il regardait ses longs doigts minces et essayait de faire semblant que sa tête ne battait pas douloureusement contre ses tempes. Ce n'est pas une vraie maladie, se disait-il; s'il souffrait un peu partout, c'était à cause de la tension que causaient ces interminables réunions. Aveuglé tout au début de sa présidence par un nuage de suffisance, il s'était lentement rendu compte que les membres du Congrès passaient leur temps à chicaner. Oui, se disait-il, ils se chamaillaient comme des vendeuses de poissons et marchandaient comme s'ils avaient passé leur vie entière derrière des charrettes à main, à vendre des ustensiles de ménage. Jefferson avait essayé de le prévenir d'avance, mais Madison s'était senti trop content de lui d'avoir été élu Président pour l'écouter et pour le comprendre. Mais à présent il voyait mieux la réalité des choses : les membres du gouvernement inventaient des problèmes pour se sentir nécessaires et ces hommes adultes se chamaillaient comme des gamins. Madison se frotta distraitement les tempes. Ses maux de tête disparaissaient comme par magie quand il rentrait chez lui à Montpelier, pendant les rares moments qu'il passait seul avec Dolley.

Il n'y avait aucun doute que leur mode de vie avait beaucoup changé. Les Présidents devraient être célibataires, se dit-il. Ils ne devraient pas avoir les problèmes ordinaires de la vie quotidienne. Mais c'était justement la vie quotidienne des Présidents qui intéressait le public. Ils étaient parfaitement indifférents à la promulgation des nouvelles lois, aux discours que faisait le Président au Congrès. Ils ne s'intéressaient qu'au nom de son cheval, à la couleur de sa chambre à coucher. Ces gens stupides et indiscrets ne lui laissaient pas le temps de gouverner leur pays, conclut Madison.

Récemment, il s'était vu obligé de quitter la chambre conjugale qu'il partageait normalement avec Dolley, parce qu'il n'arrivait pas à dormir la nuit, et craignait de la déranger avec ses insomnies. Ils avaient même cessé de déjeuner ensemble, car les copieux repas de midi lui donnaient envie de dormir dans son bureau, et souvent à des moments importants. Ah ! comme il était vif et éveillé au milieu de la nuit quand tout le monde dormait, et comme il avait sommeil à deux heures de l'après-midi ! C'est parce que j'ai soixante et un ans, se dit-il. Mais cette explication n'était pas satisfaisante, car, en vérité, il avait l'impression d'avoir vécu cent ans.

Le mois de mai avait été terrible. Jour après jour, il avait dû supporter de longues séances ennuyeuses avec Clay et Calhoun, qui disaient toujours la même chose et buvaient des quantités effrayantes de whisky. Madison considérait la guerre comme une mesure extrême. . . mais le moment approchait où il serait obligé de se décider.

En plus des séances régulières avec Calhoun et Clay, Madison était constamment obligé de rencontrer le ministre anglais, Augustus John Foster, un jeune homme de trente et un ans très plein de lui-même et qui, disait-on, appelait les Américains « les déchets de toutes les nations du monde. . . des vauriens et des aventuriers. »

Mais quand il se trouvait devant le Président, le ministre Foster était toujours très comme il faut. Il écoutait poliment les griefs des Américains et énonçait à son tour une liste de griefs anglais.

Madison en était venu à considérer cet homme comme un perroquet emplumé, sobrement vêtu d'une longue jaquette noire. Tous les jours il répétait la même chose : les Anglais refusaient obstinément d'annuler le décret-loi du Parlement britannique : c'était ce fameux décret qui permettait à la Marine britannique d'arrêter les vaisseaux américains, de les fouiller en haute mer, d'en saisir les matelots et de confisquer les cargaisons pour les empêcher d'arriver jusqu'aux ports français.

Madison était hanté par la réalité de la guerre et par les préparatifs nécessaires si elle avait lieu. Ses maux de tête devenaient de plus en plus douloureux.

Les fédéralistes de la Nouvelle-Angleterre refusaient obstinément de se soumettre au gouvernement fédéral. La marine était capable d'actions brillantes, mais l'armée était mal organisée, mal nourrie, mal entraînée et manquait d'armements. Elle était composée d'hommes qui aimaient mieux boire que de se battre.

D'une part, il y avait les habitants du Sud et de l'Ouest, qui semblaient considérer la guerre comme une espèce de sport. Pour eux, l'enrôlement forcé des marins par les Anglais était la parfaite excuse pour envahir le Canada et ainsi réaliser leur rêve de gouverner l'hémisphère tout entier. D'autre part, il y avait les habitants de la Nouvelle-Angleterre et de New York, qui ne voulaient pas la guerre. Ils étaient prêts à faire partie des milices, mais rien d'autre; ils protestaient et poussaient de hauts cris.

Madison se souvenait de sa rencontre avec le major-général Dearborn et avec le major-général Hull. Dearborn s'était battu brillamment dans la Révolution, mais il était âgé et se conduisait plutôt en diplomate qu'en officier. Dearborn insistait sur le fait que l'on pouvait attaquer les Anglais simultanément sur quatre fronts différents.

— Montréal, Kingston, Niagara. . . il ne nous faudra que quelques jours pour les prendre, avait-il dit avec une telle confiance que Madison avait failli être convaincu sur-le-champ.

Quant à Hull, il disait exactement la même chose que Clay et Calhoun : « Mais, il n'y aura aucun problème, bon Dieu ! Notre armée libératrice sera accueillie à hauts cris dans le Haut-Canada; les habitants en ont par-dessus la tête des Anglais ! »

Madison avait écouté son plan de conquête de Montréal, de Kingston et du Niagara. Hull l'assurait qu'il ne faudrait qu'une journée pour le faire. Le Président avait été très tenté de lui rappeler que l'armée n'était peut-être pas à la hauteur, et ne saurait peut-être pas exécuter ses plans grandioses.

Quant à l'enthousiasme avec lequel les Canadiens capituleraient en apercevant les troupes américaines, Madison se demandait si Dearborn et Hull avaient donné cette idée à Clay et à Calhoun, ou si c'était le contraire. Il était évident qu'ils se réunissaient régulièrement pour discuter de ces questions, et pas toujours en présence de Madison. Si seulement j'en savais davantage sur les Canadiens, se disait-il. Un Président américain devrait savoir ces choses.

Madison se pencha en arrière et détendit ses mains sur l'immense bureau. Alors, de nouveau anxieux, il se pencha en avant et prit le verre d'eau à moitié plein qui était posé sur sa table. Il en prit une gorgée, regrettant que ce ne fût pas du whisky. Il avait l'impression que ses bras et ses jambes étaient attachés à quatre chevaux, et que ces chevaux couraient dans quatre directions différentes.

Sur son bureau, cachée sous une liasse de papiers de moindre importance, se trouvait une déclaration de guerre contre l'Angleterre. Il n'avait qu'à y signer son nom et l'envoyer au Congrès où, sans trop de discussion, le projet serait adopté, après quelques longs et ennuyeux discours patriotiques et une vague de protestations venant de New York. Devant lui, vêtu de sa longue jaquette noire, le ministre anglais M. Augustus John Foster, parlait sans trêve. C'était exactement la même conversation qu'ils avaient eue la veille; Madison la connaissait même si bien qu'il n'avait pas besoin d'écouter pour savoir ce que disait le ministre.

— Mon gouvernement ne peut en aucun cas annuler les ordres du conseil tant que les Français continueront à menacer le commerce. C'était le dernier mot du ministre. C'était toujours son dernier mot, *ad nauseam*.

Et maintenant c'est à moi de placer mon dernier mot, se dit Madison : « Même les Américains qui ne désirent pas la guerre sont indignés par l'enrôlement forcé que vous faites subir à nos marins. » Il ajouta : « Nous ne pouvons plus tolérer l'infraction continue de nos droits de neutralité en haute mer et dans les eaux territoriales, dans le but d'empêcher notre commerce. » Ces paroles étaient à quelques mots près ceux de la déclaration de guerre.

Le ministre britannique répondit à Madison sans la moindre trace d'inquiétude sur son jeune visage arrogant. « Le gouvernement de mon pays agit sous pression », dit-il.

Sous pression ! Madison répéta silencieusement ces paroles. Oui, il savait ce que c'était qu'être sous pression. Dieu sait s'il était lui-même continuellement sous pression ! Calhoun, Clay et le Congrès entier ne parlaient que de la guerre; le Vermont et New York voulaient se séparer de l'Union; le public était furieux à cause des actions des Anglais; deux généraux croyaient qu'ils pouvaient se coucher un soir et se réveiller le lendemain avec une victoire gagnée par une armée dont on ne savait rien encore. . . S'il était sous pression ? Le regard de Madison se posa sur un coin du parchemin où était écrite la déclaration de guerre — ce n'était qu'une des paperasses qui traînaient sur son bureau. Il sortit sa plume de l'encrier et, sans même oser penser à ce qu'il faisait, il remua les paperasses qui cachaient le parchemin fatal de manière à exposer seulement la ligne qui attendait sa signature. Sans lever le regard, Madison signa le document. Les chevaux qui le tiraillaient mentalement depuis si longtemps firent brusquement halte; le temps fut suspendu par son action soudaine et décisive. Et maintenant, par cet acte si simple, je passe toute la responsabilité au Congrès. D'ailleurs, raisonna-t-il, c'était *leur* responsabilité ! Si les citoyens américains voulaient courir à la guerre, leurs représentants n'avaient qu'à les y mener.

Il leva les yeux et rencontra le regard étonné du ministre anglais avec un petit sourire : « Je pense que nous n'avons plus rien à nous dire. » Il prononça ces paroles sur un ton très calme.

— Et. . . ? demanda le ministre anglais.

— Les événements suivront leur cours, répondit Madison. Le problème n'est plus entre nos mains. Les choses se passeront comme elles doivent se passer.

Le ministre anglais, pâlissant, se leva. Il défroissa sa jaquette, comme il le faisait tous les jours. Ce n'était qu'un geste pour gagner du temps, et cela irritait toujours le Président. Aujourd'hui il se sentit plus irrité que d'habitude. « Aurons-nous d'autres réunions ? » demanda le ministre.

— Je pense que non, répondit Madison. Il se leva, et sentit ses jambes le piquer; elles s'étaient endormies, alors que lui, il avait réussi à rester éveillé. Il glissa le regard vers la fenêtre. Les feuilles d'arbres étaient toutes fraîches et très vertes; le ciel était bleu et clair. C'était le printemps — le premier juin 1812. Il eut brusquement un violent désir de retourner au calme de Montpelier et se demanda — et non pas pour la première fois — pourquoi il avait tant voulu devenir Président.

— Adieu, monsieur, dit-il en se tournant vers le ministre anglais, qui quitta immédiatement la pièce. Madison s'assit dans son fauteuil et regarda la pièce déserte. Alors il fouilla parmi ses paperasses et prit la déclaration de guerre. L'encre était déjà sèche, sa signature nette et claire. « John ! » dit-il, appelant son secrétaire. Le jeune homme accourut aussitôt. « Faites immédiatement envoyer ce document au Congrès. » Il lui tendit le parchemin. « Cela ne devrait pas être si facile de déclarer la guerre », dit-il tout haut après le départ de son secrétaire. Il eut l'occasion, plus tard, de se souvenir de ces paroles.

Mason James MacLean était assis tout au bord de son siège de la tribune du Congrès, pendant que l'on faisait l'appel. Treize jours auparavant, la déclaration de guerre avait été approuvée par la Chambre des représentants, par un vote de soixante-dix-neuf à quarante-neuf, mais le Sénat avait montré moins d'empressement. Les fédéralistes et quelques vieux républicains avaient essayé d'amender la déclaration de guerre dans le but de n'approuver qu'une guerre « limitée » sur mer, une guerre de corsaires. Mais ils n'y avaient pas réussi, et le vote était maintenant à peu près à égalité. « Virginie ! » cria le président de la Chambre des représentants. La réponse fut affirmative. Dans son enthousiasme, Mason James claqua des mains. « C'est un moment très excitant, un moment historique ! » dit-il à Mme Madison, qui était assise à côté de lui.

— Oh, oui ! C'est très, très excitant ! murmura-t-elle en haletant.

Le président de la Chambre frappa son marteau. « Treize contre, dit-il solennellement, dix-neuf pour ! » A ces mots, un tapage effrayant éclata dans la tribune. Les représentants du Sud se levèrent en masse pour pousser des hourras; les journalistes se précipitèrent vers leurs chevaux et les groupes de pression se poussèrent en avant.

— La déclaration va sûrement passer par la Chambre des représentants pour être amendée, soupira Dolley sans prêter la moindre attention à la confusion qui régnait dans la salle.

— Mais elle va passer quand même, dit Mason James. Après tout, nous contrôlons la Chambre !

Dolley hocha la tête : « J'espère que M. Madison va pouvoir se reposer un peu maintenant. » Elle joua avec les lacets de son sac. « Je vais essayer de le ramener à Montpelier pendant une semaine ou deux. Il faut absolument qu'il se repose un peu ! »

Mason James glissa le regard vers ses seins haletants : il se dit que lui aussi avait besoin d'un peu de repos. « Quand comptez-vous quitter Washington ? » demanda-t-il.

Dolley se tourna vers lui en effleurant délicatement ses doigts. « Bientôt, murmura-t-elle. Il va quand même falloir s'occuper de cette guerre — elle ne devrait pas durer longtemps. »

— Je suis sûr que la victoire sera rapide.

Dolley se leva. « Je vais aller rejoindre M. Madison », dit-elle avec un sourire. « Venez donc mercredi prochain, mon cher monsieur MacLean. J'ai encore besoin de vos conseils artistiques. »

Claude Deschamps était assis derrière sa table en bois dans le bureau du rez-de-chaussée de la Compagnie du Nord-Ouest. L'énorme entrepôt se trouvait à Montréal, au coin de la rue Sainte-Thérèse et de la rue Vaudreuil. La Compagnie du Sud-Ouest, qui appartenait à John Jacob Astor, s'en servait également.

C'était en février, cinq mois auparavant, que Claude avait eu sa longue discussion politique avec John Jacob Astor à New York. En pensant à Astor, il se rappela sa rencontre inattendue avec Josh MacLean. Ce pauvre Josh ! Rien ne pouvait le distraire de son chagrin, même pas le bordel le plus chic de Montréal ! Eh bien, se dit Claude, il va avoir de quoi se distraire.

Claude s'appuya contre le dos du siège et regarda son bureau. C'était un merveilleux bureau à cylindre, avec cent petites cases où l'on pouvait ranger des papiers. Claude leva les pieds et les mit sur la table en chêne. Il prit la dépêche qu'il venait de recevoir et la relut avec un sourire.

— On ne prouve la qualité du pudding qu'en le mangeant, dit-il à haute voix — De tous les proverbes anglais, c'était son préféré. Eh bien, la dépêche qu'il tenait dans ses mains était la preuve de la qualité du pudding. . . ou plus exactement la preuve que John Jacob Astor avait le meilleur réseau de communication de toute l'Amérique.

C'était le 24 juin et Claude Deschamps, assis devant son bureau à Montréal, venait de recevoir une dépêche d'un courrier très essoufflé; cette dépêche lui annonçait que le 18 juin, le Congrès des Etats-Unis d'Amérique avait déclaré la guerre aux Anglais. Cent quarante-quatre heures entre Washington et Montréal ! C'était vraiment un record ! L'étonnante rapidité de la communication, d'ailleurs, était due au fait que le système de relais sur le réseau fluvial avait été soigneusement préparé à l'avance.

Claude Deschamps eut un petit rire. La dépêche lui annonçait non seulement que la guerre avait été déclarée, mais que l'on envoyait en même temps une dépêche semblable au fort Saint-Joseph sur le lac Huron. Claude Deschamps trouvait cette nouvelle extraordinairement amusante. Le fort Saint-Joseph était tout près du fort Michilimackinac, qui appartenait aux Américains. Ces deux forts étaient d'une extrême importance dans le commerce des fourrures.

Les Américains, comme on pouvait s'y attendre, avaient choisi d'annoncer la déclaration de guerre à leurs corps militaires et à leurs commandants par courrier ordinaire. Cela voulait dire que les Anglais qui recevraient la dépêche d'Astor, seraient au courant de la guerre plusieurs semaines avant les Américains, qui l'avaient déclarée.

— Nous avons un léger avantage — mais un avantage réjouissant, murmura Claude joyeusement. Avec un peu de chance, tout sera fini dans la région des Grands-Lacs avant même que les Américains ne soient au courant de la guerre. Il se félicita d'avoir eu une si bonne idée. Il venait de relayer le message aux généraux anglais.

Cette déclaration de guerre aurait plusieurs effets au Québec. Elle mettrait fin au conflit entre la Clique du Château — un petit groupe de commerçants anglo-écossais qui contrôlaient les conseils exécutifs et la vie économique de la province — et l'Assemblée Législative, faite surtout de Français, qui cherchaient à préserver le mode de vie traditionnel des fermiers et des agriculteurs.

Evidemment, l'Assemblée Législative n'avait pas beaucoup de pouvoir, mais elle suscitait les passions des nationalistes français. Rien, hélas, n'était jamais simple au

Québec, se dit Claude. Loin de chercher à être déloyale à la Couronne anglaise, l'impuissante Assemblée Législative voulait surtout protéger les intérêts de la majorité des habitants. Claude savait qu'il existait une situation semblable dans le Haut-Canada, mais sans le problème capital de deux cultures et de deux langues différentes. La province du Haut-Canada était contrôlée par un petit groupe qui s'appelait *Family Compact*.

Claude pensa de nouveau à la discussion qu'il avait eue avec Astor en février. Il avait essayé de lui expliquer les contradictions d'un Canadien français, surtout quand il faisait partie de cette élite complètement bilingue qui entretenait des relations commerciales avec les Anglais. Ceux-ci venaient souvent lui demander conseil en disant : « Voyons ce que pense un Canadien français. » Ils se trompaient. Claude savait que son point de vue n'était pas celui de la majorité des habitants francophones de la province. Comme eux, il méprisait Napoléon et se méfiait des réformes que l'on cherchait à instituer dans le gouvernement. Cependant il rejetait leur fanatisme en matière de religion ainsi que leur conservatisme. En même temps, il était loin d'être Anglais.

Claude Deschamps avait choisi une ligne de conduite très spéciale. Il avait choisi d'être riche, cultivé et large d'esprit. Il avait choisi de se servir des Anglais le plus possible et de rechercher l'appui de ses compatriotes français. Chez la plupart des hommes, une pareille division de la personnalité aurait mené à la destruction. Mais pour Claude Deschamps, qui était d'une rare intelligence, ce conflit avait abouti à une attitude arrogante et à un esprit mordant et sarcastique. Il serait toujours supérieur à ses compatriotes francophones parce qu'il était riche, bien éduqué, bilingue et cosmopolite. Il serait toujours supérieur aux Anglais parce que ces pauvres balourds semblaient incapables de parler deux langues, manquaient complètement de charme français et étaient, à son avis, tout à fait constipés mentalement sinon physiquement.

Le destin de Claude Deschamps était de faire son chemin avec l'Amérique du Nord britannique sans perdre pour autant son héritage français. Il rejetait tous ceux qui, pour quelle que raison que ce fût, voulaient laisser croupir le Québec. Son devoir sacré était de forcer les habitants du Québec à faire partie du XIX$^e$ siècle, même s'ils s'y refusaient. Le Québec doit être comme une rivière, se disait-il : calme et lente le long des rives, mais rapide et active où il le faut, au milieu.

Claude s'étira et laissa tomber ses pieds du bureau avec un bruit sourd. Dans combien de temps les *Nor'westers* du fort Saint-Joseph recevraient-ils le message d'Astor ? Oh, il sera bien encore temps, se dit Claude. Encore temps pour que nous nous payions la tête de ces imbéciles d'Américains.

C'était un tiède après-midi de juillet, et l'air était rempli des odeurs de sapins divers, de cèdres et de poisson grillé. Toussaint Pothier, s'approchant rapidement du rivage sur son canot, fut brusquement assailli par les odeurs mélangées. Il cria « Yo-ho ! » aux Indiens qui l'accueillaient si aimablement avec leurs feux de camp. C'est parfait, se dit Pothier. J'arrive juste à temps pour le repas de midi. C'est du poisson, évidemment.

Toussaint Pothier était un représentant de la Compagnie du Sud-Ouest d'Astor. Il avait voyagé sans interruption d'Amherstburg et portait un message urgent au capitaine Roberts du fort Saint-Joseph. Depuis trois jours et trois nuits, il n'avait ni dormi ni posé sa pagaie, et il n'avait mangé que des aliments séchés. Son arrivée si rapide était un vrai miracle ! Je suis, se dit-il, un *voyageur* sur un canot ailé.

— Hé, Toussaint ! qu'est-ce que tu viens faire ici ? Tu es venu te battre contre les Américains ? hurla Richard Dickson avec son fort accent écossais. C'était un grand gaillard large et fort, aux cheveux roux; un trafiquant en fourrures, un aventurier et un explorateur réputé. Il était très respecté parmi les Indiens qui l'appelaient Tête-de-feu, et détesté par les Américains qui le traitaient de salaud, de fils de putain, d'amateur de Peaux-Rouges et autres termes affectueux. « Eh bien, moi aussi j'ai des noms pour eux », déclarait

Dickson quand on lui répétait ce que les Américains disaient de lui.

Les Américains détestaient Richard Dickson parce qu'il respectait les Indiens et était respecté d'eux. Eux, par contre, traitaient les Indiens de sauvages et ne pensaient qu'à s'en débarrasser. Les Américains considéraient les Indiens comme des obstacles à l'expansion et au développement. Richard Dickson haïssait les Américains et s'il avait élu résidence au fort Saint-Joseph, c'était pour se battre du côté des Anglais et aussi pour vivre auprès de sa femme indienne et de ses enfants métis. « Notre mode de vie sera détruit si les Américains prennent possession de l'Amérique du Nord britannique », déclarait Dickson.

Toussaint Pothier, avec l'aide de Dickson et de deux Indiens, tira son canot à sec et le mit à l'envers. Dickson suivit le Français rusé sur la plage et vers le fort. « Alors, tu es venu te battre contre les Américains ? » répéta-t-il.

— Et pourquoi pas ? Puisqu'ils vont se battre contre moi ! J'ai un message ici pour le capitaine Charles Roberts. Il paraît que les Américains nous ont déclaré la guerre ! »

— A la bonne heure ! s'écria Dickson en se frappant les cuisses. Il donna à Toussaint un grand coup dans le dos. « Hé, vous ! » hurla Dickson aux Indiens qui s'étaient regroupés autour de leurs feux. « La guerre ! » Il fit le signe universel de la guerre et sourit en entendant un grand cri s'élever du groupe mélangé de Sioux, de Winnebagos, de Menominees et de Chippewas.

— C'est gentil à eux de déclarer la guerre en plein été, déclara Toussaint. L'hiver ici est infernal.

— C'est la Sibérie du Haut-Canada, dit Dickson.

— Où c'est, la Sibérie ? demanda Toussaint, sans comprendre la plaisanterie.

Dickson haussa les épaules. « En Russie », répondit-il.

Ils passèrent à travers les portes du fort et allèrent directement au bureau de Roberts. Au fort Saint-Joseph, le protocole militaire n'était pas très rigoureux. Les quartiers, construits sur une fondation de pierres, étaient fabriqués de troncs d'arbres, pleins de courants d'air et d'une extrême simplicité. Le fort était défendu par une quarantaine de soldats du 10ᵉ bataillon royal de vétérans, tous âgés de quarante ou de cinquante ans. Ils n'étaient pas en très bon état. Ils buvaient excessivement, souffraient de maladies vénériennes et d'infirmités acquises à la guerre, mais aussi dans des bagarres de tavernes. En plus, ils ne faisaient absolument aucun exercice, sauf quand ils s'engageaient dans des actes de copulation avec des Indiennes ou avec quelque animal bien choisi.

La région autour du fort était pour le moment occupée par les Indiens de Dickson et par plus de cent *voyageurs* de la Compagnie du Sud-Ouest.

Toussaint et Dickson grimpèrent les quelques marches qui menaient aux quartiers du capitaine. Un sergent se mit au garde-à-vous. « Messieurs ? » demanda-t-il.

— Un message, dit Dickson sans offrir d'autre explication.

Le sergent ouvrit la porte du bureau et regarda à l'intérieur. Le capitaine était assis derrière sa grande table et mangeait tranquillement son déjeuner. « Un messager, mon capitaine ! » dit le sergent en faisant un grand effort pour paraître officiel.

Le capitaine Roberts poussa un soupir. « Faites-le entrer », dit-il en mâchant un morceau de poisson.

Le capitaine Roberts était un petit homme mince, aux cheveux aussi en désordre que son sergent, mais aux yeux bruns très vifs. « J'espère que ce sont de bonnes nouvelles », dit-il, la bouche pleine. Il se leva à moitié et, un peu gêné par sa tenue, il rentra sa chemise dans son pantalon pour paraître plus net aux yeux de ses visiteurs.

— Capitaine, je vous présente Toussaint Pothier de la Compagnie du Sud-Ouest. Il est venu d'Amherstburg pour vous apporter un message urgent.

Roberts se pencha en avant. « Allez-y, mon garçon », dit-il à Toussaint, qui n'était pas si jeune que cela.

— Les Américains ont déclaré la guerre, capitaine. Toussaint fouilla dans sa sacoche et en sortit la pochette qui contenait le message avec tous les détails.

Roberts brisa le sceau de la pochette et, fermant les yeux à moitié, le lut à une distance de soixante centimètres. « Cela vient du vieil Astor lui-même, observa-t-il. Je parie qu'il s'intéresse beaucoup plus à ses fourrures et à ses provisions qu'aux affaires des Américains. » Roberts s'arrêta un instant et passa nerveusement la main dans ses cheveux gris, puis il reprit : « Il va falloir qu'ça saute ! » Il secoua la tête : « Il faudra dessouler les hommes et les tirer de force des *squaws*, puis les envoyer au fort Michilimackinac pour le prendre aux Américains. Nous serons alors tout seuls ici et maîtres de toute la région. » Roberts s'arrêta, se rappelant brusquement qu'il était dans l'armée et qu'il ne pouvait pas agir librement. « Bon Dieu de bon Dieu ! Mais il va falloir attendre les ordres du général Brock ! »

— J'espère qu'il ne va pas attendre trop longtemps, commenta Toussaint.

Roberts s'enfonça dans son siège, qui poussa un dangereux grognement, comme s'il allait s'écrouler sous le poids du capitaine et l'envoyer par terre. « Ça va peut-être devenir comme le Ceylan et l'Inde, sauf qu'il n'y a pas de jolies femmes avec des clochettes. . . c'est tout ce que je me rappelle de l'Inde : de jolies et délicates jeunes filles toute brunes qui portaient des clochettes. »

— Il faudra peut-être préparer un plan d'attaque, proposa Dickson. Roberts, marmonnant tout bas, ouvrit le tiroir de son bureau et en sortit une carte enroulée. Il l'étendit sur la table, la fixant d'un côté avec son assiette sale et de l'autre avec une gourde de whisky.

Dickson, Toussaint et Roberts se penchèrent sur la carte, qui représentait la région des Grands-Lacs. « Nous voici, murmura Roberts en indiquant l'île Saint-Joseph au nord du lac Huron. Il glissa le doigt de l'autre côté du lac, à une soixantaine de kilomètres à l'ouest, et l'arrêta au milieu de la passe qui joignait le lac Supérieur au lac Huron. « L'île Mackinac », indiqua Roberts.

— La clef du commerce des fourrures avec l'Ouest, dit Toussaint sur un ton presque révérencieux.

— L'idée d'une attaque-surprise me plaît. Dites donc, Toussaint est arrivé bien rapidement et je parie que les nobles défenseurs de Mackinac ne savent même pas qu'il y a une guerre, dit Dickson en riant.

— Je connais bien ce territoire, annonça Toussaint. Donnez-moi ce bout de fusain, je vais vous faire un dessin. Toussaint prit le fusain et dessina une espèce de pointe de flèche. « Voici le fort. Il est entouré de tous les côtés par des falaises très escarpées. » Il indiqua la pointe sud de l'île : « Et voici, du côté ouest, un endroit où la falaise n'est pas trop difficile à escalader. »

Roberts gratta son menton mal rasé : « Les Indiens ont des canots. Nous avons dix bateaux et je vais réquisitionner le bateau de guerre de la Compagnie du Nord-Ouest, le vieux *Caledonia*. »

— Je pense qu'il faut commencer les préparatifs immédiatement.

— Les préparatifs seulement. Je ne peux rien faire avant d'avoir reçu les ordres du général Brock, insista Roberts.

— Maintenant que les Indiens savent que le Congrès a rendu la chose légale, je ne sais pas combien de temps je vais pouvoir les empêcher d'aller scalper tous les Américains de Mackinac, lui dit Dickson. Espérons que les ordres de Brock ne mettront pas trop longtemps à venir, sinon nous allons avoir une débandade du diable.

M. Hillier regardait les braises dans la cheminée. Il se disait — et il l'aurait marmonné tout haut s'il avait été du genre à marmonner — qu'il n'y avait pas de justice sur terre. Vraiment aucune justice.

Bonnie Campbell était assise devant la table au milieu de la cabane et regardait fixement sa tasse de thé froide. Son jeune et joli visage était baigné de larmes et, de temps en temps, elle poussait un sanglot.

Après l'avoir envoyée au fort de York Factory, Miles Macdonell lui avait trouvé une petite chambre et s'était arrangé pour lui donner du travail, car il fallait l'occuper. Elle nettoyait les quartiers de M. Hillier, lui préparait ses repas et raccommodait ses vêtements. En plus, Miles lui avait fait préparer des bandages et des trousses de secours pour les colons qui partaient vers le sud. Tant qu'elle était restée occupée, Bonnie Campbell avait semblé assez satisfaite.

Mais le matin où les colons étaient partis avec Miles Macdonell, Bonnie était restée à l'écart et les avait regardés, les yeux pleins de larmes. Miles, son ami et son défenseur, était parti; ses parents étaient partis eux aussi, et il n'y avait plus aucun espoir de réconciliation. En plus, elle n'avait presque rien à faire, à part ses quelques corvées de ménage.

Je ne suis pas fait pour m'occuper de femmes qui pleurent toute la journée, se dit Hillier. Je suis ici pour faire marcher les affaires, pour me débrouiller avec les Indiens, pour me battre quand c'est nécessaire. Je suis ici pour faire la loi dans cette misérable terre abandonnée, pour apprendre aux nouveaux venus à se préparer pour l'hiver et à profiter des mois d'été. Je ne suis pas ici pour m'occuper de femmes à problèmes, qui sont rejetées par leur famille et restent inconsolables. Hillier soupira silencieusement en évitant de se tourner vers Bonnie Campbell dont la présence le gênait. On ne peut pas m'accuser de n'avoir pas essayé, se dit-il. Je lui ai parlé, j'ai même tenté de la consoler, et cela n'a servi strictement à rien. Quand il lui parlait doucement et raisonnablement, elle se mettait à pleurer. Quand il était dur et sévère, elle pleurait de plus belle.

— Vous pourrez partir avec le prochain groupe de colons, lui avait-il promis.

— Toute seule ? Que vais-je donc faire toute seule dans la nature ? Elle s'était remise à pleurer.

— Bon, alors vous n'aurez qu'à retourner en Ecosse sur le prochain bateau. C'était une excellente solution, car, au fond, il était d'accord qu'elle ne pouvait pas descendre la Nelson sans mari.

— En Ecosse, je mourrais de faim ! avait répondu Bonnie. Je ne peux pas retourner là-bas !

— Alors peut-être que vous épouserez un des colons. Ils cherchent souvent des femmes.

— Je ne peux pas épouser n'importe qui ! s'était-elle écriée en sanglotant. Hillier n'était pas un homme dur et inhumain, mais il ne trouvait pas de solution au problème. Il lui semblait qu'on lui avait imposé cette difficile bien que très jolie jeune femme.

Il l'entendit lever sa tasse et se retourna enfin. Il rencontra son regard. Les grands yeux de Bonnie étaient moins rouges que tout à l'heure, mais elle ne semblait guère de meilleure humeur.

— Vous auriez pu épouser Finlay, dit Hillier. A peine eut-il prononcé ces paroles qu'il les regretta.

— C'était un cochon ! Il m'a forcée ! Pourquoi dit-on continuellement que c'est de ma faute ? Pourquoi les hommes sont-ils si. . . si stupides et si peu raisonnables ? En voyant ses yeux flamboyants, Hillier eut un rayon d'espérance : si Bonnie était capable de montrer un peu de tempérament, ce n'était peut-être pas un cas désespéré.

— Parlons d'autre chose, dit-il calmement. Savez-vous lire ?

Elle le regarda en clignant des yeux. La question de Hillier semblait n'avoir aucun rapport avec son problème. « Oui », répondit-elle d'une voix maussade. « Je sais lire la Bible. »

— Mais vous n'avez jamais rien lu d'autre ? Il savait déjà la réponse. On n'apprenait pas souvent aux filles à lire et c'était déjà une grande chose qu'elle pût lire la Bible. « J'ai ici quelques livres. Pourquoi ne les liriez-vous pas ? Vous savez compter ? »

Bonnie secoua la tête: « Non. »

Hillier se frotta le menton : « Je n'ai pas grand-chose à faire en ce moment. Je vais donc vous donner des leçons. » C'était après tout une jolie fille, peut-être même était-elle intelligente. « Nous travaillerons quelques heures par jour. Je vous apprendrai à tenir les comptes, et d'autres choses utiles. Peut-être qu'éventuellement vous pourriez enseigner. »

— Moi, enseigner ? dit Bonnie Campbell d'une voix un peu intimidée.

— Si vous enseignez, vous arriverez peut-être à gagner votre vie. Vous pourriez aussi tenir les comptes. C'est un métier, Miss Campbell, une solution à votre problème.

— Vous pensez que je pourrais apprendre ? demanda-t-elle, la voix pleine d'espérance.

— Pour un Ecossais, être éduqué c'est un état tout proche de la divinité. Je vous crois capable de beaucoup de choses mais il faut le vouloir, Miss Campbell. Il faut cesser de pleurer à longueur de journée et apprendre à vous conduire avec un peu de dignité. Son ton était devenu sévère, mais optimiste. Il lui sembla qu'il contrôlait enfin la situation et se félicita d'être le plus diplomate des *factors* de la Compagnie de la Baie d'Hudson. Il se crut brusquement capable de résoudre tous les problèmes humains.

— Nous commencerons demain, annonça-t-il en se tournant vers son étagère à livres. « En attendant, vous commencerez à lire l'histoire d'Angleterre et ceci. . . c'est un livre américain, des morceaux choisis de Franklin. » Il souffla sur les deux livres pour ôter la poussière, et les lui tendit.

— Allez réciter votre alphabet maintenant, proposa-t-il. Il faudra apprendre à écrire avec beaucoup d'application. Demain nous ferons du calcul. Nous commencerons avec les livres de compte de la Compagnie. . . cela ne vous fera aucun mal d'apprendre des choses pratiques, eh ?

Bonnie Campbell lui fit un grand sourire. « Vous êtes un homme très bon », murmura-t-elle.

Hillier se sentit flatté, et une chaleur agréable inonda tout son être. Elle est si jolie, se dit-il. Je comprends que Finlay ait eu envie d'elle. En regardant Bonnie quitter la pièce, il se laissa aller à des pensées qu'il ne se permettait pas normalement. Il se demanda si Bonnie était une fille facile. Il se rappela les accusations du père et les ripostes de la fille. Hillier décida que la vérité était sans doute à mi-chemin entre les deux, et se rendit brusquement compte qu'il en avait assez des *squaws* indiennes.

— Quelle belle soirée de juillet, observa Mason James. Il était assis sur la terrasse de sa maison avec Colleen et dînait à la lumière des bougies. Mason James s'était fait servir un chapon rôti avec une sauce à l'orange qu'il trouvait merveilleuse. Ils arrosèrent leur repas de bon vin rouge, puis prirent un vin blanc doux avec le dessert, enfin une liqueur. Jusqu'à l'arrivée du café, Colleen se sentit la tête toute légère. « C'est un mélange spécial, dit Mason James. Ce café vient d'Haïti et je l'ai fait venir directement d'un importateur de La Nouvelle-Orléans. »

Colleen but une gorgée de café et sa tête s'éclaircit aussitôt; le bon café noir la réveilla complètement. « Il est très fort », dit-elle. Son visage était encore un peu rouge car elle avait beaucoup bu. Elle regarda Mason James attentivement.

— Mon père a reçu ma lettre et je viens de recevoir sa réponse, dit Mason James. Il est fou de joie, vraiment fou de joie. Mais je doute qu'il apprécie votre belle silhouette en ce moment.

Colleen sourit. Quel flatteur que ce Mason James ! Hier soir il lui avait dit qu'elle ressemblait à une vache et le soir avant il l'avait avertie que si elle descendait les escaliers toute seule, elle risquait de tomber sur la figure parce qu'elle avait le ventre si proéminent !

— Je suis sûre qu'après la naissance du petit, je retrouverai vite la ligne, dit-elle en souriant, sans faire attention à la remarque sarcastique de Mason James. Il s'occupait si bien d'elle ! Leurs repas étaient une véritable aventure. Il l'obligeait à regarder les nouvelles modes, malgré sa grossesse qui l'empêchait d'en profiter, et il passait son temps à lui brosser les cheveux et à lui faire de belles coiffures.

— J'espère que vous ne deviendrez pas grosse. Vous avez tellement plus de charme quand vous êtes mince !

Colleen poussa un soupir. Elle avait l'impression de peser cent cinquante kilos. « Je déteste être enceinte, murmura-t-elle. Je voudrais tellement pouvoir sortir de temps en temps ! »

— Bientôt, dit Mason James. C'est pour le mois prochain, n'est-ce pas ?

Colleen hocha la tête. « Oui, le mois prochain », répondit-elle. Elle pria silencieusement pour que l'enfant soit en bonne santé : Mon Dieu, je sais que c'est un péché pour les cousins germains d'avoir des enfants ensemble, mais ne nous punissez pas, nous ne savions pas. . .

— Vous voilà de nouveau anxieuse. Je croyais que tout cela était fini.

— Je priais pour que l'enfant naisse en bonne santé.

— Mais pourquoi ne serait-il pas en bonne santé ? Quelle idée !

— Vous savez, Josh et moi sommes cousins germains. On dit que la consanguinité est une mauvaise chose.

Mason James partit d'un éclat de rire. Colleen appelait cela la consanguinité ! Que penserait-elle de ses origines à lui si elle savait la vérité ? Cependant, il ne dit rien. Il ne parlait jamais de sa naissance, non, il ne pouvait parler de cela à personne.

— Je vous en prie, ma chère, j'ai beaucoup d'affection pour vous. Essayez de vous contenter de la vie et de penser à des choses agréables. Oubliez donc cet amour perdu et réjouissez-vous de l'avenir.

Colleen hocha la tête silencieusement. Oublier Josh ? Jamais, jamais elle ne l'oublierait ! Elle avait décidé de passer le restant de ses jours en pénitence pour l'avoir aimé.

# CHAPITRE VIII

## le 8 juillet 1812

Epuisé par sa course, haletant, tremblant encore de fatigue, le courrier, vêtu de peaux de cerf, tendit une pochette au capitaine Roberts.

— Il était temps! Roberts ne se sentait pas d'humeur sympathisante envers le pauvre courrier qui était venu directement, sans s'arrêter, du fort York. Roberts ouvrit la pochette et en sortit le message du général Brock: « La guerre a été déclarée. Faites le nécessaire. »

Roberts entendit un bruit sourd tout près de lui et leva le regard. « Oh ! » murmura-t-il. Le courrier s'était écroulé sur le plancher de la cabane.

— Sergent! hurla Roberts. Le sergent apparut aussitôt, s'essuyant la bouche sur sa manche.

— Pauvre type, marmonna-t-il en saisissant l'homme par les bras pour le traîner vers la porte.

— Oui, sortez-le d'ici, ordonna Roberts. Laissez-le se reposer et donnez-lui une double ration de rhum et une Indienne pour ses autres besoins. Pouah ! Qu'est-ce qu'il peut sentir mauvais, même pour ici ! Surtout dites-lui de prendre un bain.

Le sergent grogna une réponse et traîna le messager hors de la cabane. Roberts se mit à la porte et cria: « Faites venir Dickson ! Et Toussaint aussi ! »

Quand le sergent revint, Dickson, Toussaint, Crawford et Askin étaient déjà dans la cabane. Roberts était dans un état d'extrême agitation, et pour cause. Lewis Crawford, un employé de la Compagnie du Sud-Ouest, avait rassemblé cent vingt-cinq *voyageurs*. John Askin, Jr. commandait les Ottawas et les Chippewas qui s'étaient portés volontaires.

— Je vais prendre le *Caledonia* et enrôler ses matelots. Le *Caledonia* appartenait à la Compagnie du Nord-Ouest, et c'était le plus joli petit vaisseau sur les Grands Lacs. Il était normalement chargé de fourrures mais Roberts s'était rendu compte que l'on pouvait très facilement le convertir en bateau de guerre.

— Quels sont les ordres ? demanda Dickson. Allons-nous attaquer ?

Roberts ne put s'empêcher de sourire : « Le mot d'ordre est : « Faites le nécessaire ». Qu'est-ce que vous pensez de ça ? »

— Je dirais que ça nous laisse pas mal d'initiative ! répondit Dickson. Et quelle expédition que celle que nous préparons ! pensa-t-il. Un vieil officier allait commander une division de soldats presque croulants, que la Couronne n'avait pas réussi à faire tuer dans d'autres guerres. Sans parler des *voyageurs* ! C'était une bande d'ivrognes crasseux, brutaux et durs. Aucun d'entre eux, à part quelques Métis, n'avait moins de cinquante ans. Personne d'ailleurs, ni lui, ni les réguliers, ni les volontaires, n'était en très bon état.

— Il faudra du temps pour dessouler les réguliers, commenta Dickson.

— Quatre jours, dit Roberts. Si nous attendons plus longtemps, il seront trop sobres pour se battre ! Dans quatre jours, nous partirons.

Les quatre jours passèrent rapidement et dans la désorganisation la plus totale. « Cette sacrée arthrose », jura le sergent Field en appuyant la jambe contre son mousquet. « On croirait qu'en été ça se calmerait un peu ! »

C'était le 12 juillet, et l'atmosphère du fort Saint-Joseph était chaotique et surexcitée: on pensait à la bataille et, bien sûr, à la fête qui suivrait la victoire. Mais pour le sergent Field, toute l'émotion se réduisait aux douleurs dans sa jambe — des douleurs qui ne venaient normalement qu'avec les pluies glacées de l'automne.

Le capitaine Roberts était sur le point de s'embarquer dans sa belle aventure quand un second courrier vint lui apporter un message. Ce courrier n'était pas aussi épuisé que le premier. Il ne s'écroula pas sur le plancher, mais resta debout contre un grand sapin en regardant la plage, où il pouvait voir tous les fiévreux préparatifs du combat.

— Sacré bon Dieu de bon Dieu ! jura Roberts en tapant du pied et hurlant à tue-tête. Les autres accoururent.

— Qu'est-ce qui se passe ? demanda Dickson. Il mâchait du tabac, et sa salive jaune luisait au coin de sa bouche.

— C'est un nouveau message de cette femmelette de Brock ! Maintenant il nous dit : « Ne faites rien. » Ah, le salaud !

— Ah, merde ! marmonna Toussaint. Qu'allons-nous faire maintenant pour calmer les Indiens ? Ils ne pensent plus qu'au sang !

Dickson jura aussi : « Ces enfoirés savent-ils seulement ce qu'ils font ? C'est une occasion de rêve d'attraper ces Américains pendant qu'ils dorment ! »

Roberts fit une grimace : « Il faut obéir aux ordres : nous sommes dans l'armée. Ah, merde alors ! Donnez donc à tout le monde une double ration de rhum. Ça les calmera un peu. Donnez-en aussi aux Indiens, ils resteront abrutis pendant quelques jours. »

Le rhum fut distribué et tout le monde se mit à boire. Pendant trois jours ils n'arrêtèrent pas. Le fort Saint-Joseph resta néanmoins un foisonnement d'activités. On était excité, frustré et très en colère. Tous les soirs, les feux de camp autour desquels se réunissaient les *voyageurs* et les Indiens devenaient plus grands; les tam-tams de guerre battaient des rythmes de plus en plus endiablés. Les Sioux et les Chippewas, de plus en plus ivres, se mirent à ranimer d'anciennes hostilités. Richard Dickson passait une grande partie de son temps à essayer de les calmer.

Le 15 juillet, un troisième message arriva du général Brock. Cette fois-ci, le courrier n'était autre que Michel Deschamps, un jeune Métis, fils de René Deschamps.

Michel ne s'écroula pas par terre et ne s'appuya pas tout bêtement contre un arbre. Il était prêt à prendre part à l'attaque, si elle avait lieu.

Roberts ouvrit la pochette et lut et relut le message : « Le mot d'ordre est maintenant de prendre les mesures les plus prudentes d'attaque ou de défense que nous dictent les circonstances. »

— Hein ? demanda Toussaint. Ce vieil enfoiré ne sait donc pas parler anglais ? Tout le monde éclata de rire.

— C'est l'anglais de l'armée, déclara Roberts. D'abord c'est oui, ensuite c'est non. La vérité est que Brock n'a aucune idée lui-même de ce qu'il faut faire !

— Alors, qu'est-ce qu'on fait ? demanda Michel Deschamps, avec un grand sourire et un clin d'œil.

— On y va ! déclara Dickson.

— Demain matin, à l'aube, dit Roberts. Moi je dis qu'attaquer l'île Mackinac c'est la meilleure et la plus raisonnable mesure de défense.

En apprenant la décision de Roberts, les soldats, les Indiens et les *voyageurs* qui étaient assemblés sur la plage poussèrent de grands hourras. On but encore du rhum. « Peut-être que nous nous débrouillerons encore mieux si nous sommes saouls ! dit Roberts. D'ailleurs, ce n'est pas le moment de cesser de boire. »

Au point du jour, accompagnée du gémissement de la cornemuse de Dickson, des tam-tams de guerre et des hurlements des Indiens, l'armée hétéroclite partit. C'était, se disait Michel Deschamps, quelque chose à voir.

Le capitaine Roberts et ses réguliers, portant leurs kilts rouges, s'embarquèrent dans le *Caledonia*. Cent quatre-vingts *voyageurs* entrèrent dans leurs bateaux; ils étaient vêtus de peaux de cerf, avec de larges ceintures autour de la taille, des foulards en soie multicolores autour du cou et de grandes pèlerines.

Michel portait ses peaux de cerf, une ceinture verte autour de la taille et un foulard en soie imprimée. C'était un homme de trente-deux ans, aux origines fort étranges. Son père était René Deschamps, qui avait quitté sa riche famille à Trois-Rivières pour aller s'installer dans l'Ouest. Michel était le cousin germain de Claude Deschamps, un des actionnaires de la Compagnie du Nord-Ouest, pour lequel Michel travaillait de temps à autre.

La mère de Michel était une Indienne de Pembina qui avait été très belle dans sa jeunesse. Michel avait toutes les qualités physiques de ses deux parents. Il avait les cheveux noirs et un beau visage barbu, la peau cuivrée de sa mère et les yeux gais de son père. Michel était né dans le Territoire du Dakota et avait voyagé avec ses compatriotes métis jusqu'au pied des montagnes Rocheuses pour s'engager non pas dans des batailles mais dans d'innombrables chasses aux buffles. La scène qui se présentait maintenant à lui était passionnante et il la regardait de tous ses yeux.

En plus des réguliers britanniques, qui semblaient à Michel en assez piteux état, il y avait cinquante Sioux en grande tenue de guerre, les visages peints, leurs têtes couvertes de plumes; des Chippewas aux têtes rasées, aux visages noircis des charbons de feu de la veille; une quarantaine de Menominees; vingt-quatre Winnebagos; et trente Ottawas commandés par un autre Métis, Amable Chevelier. Quel nom ! se dit Michel. « Amable », prononcé à l'anglaise, « *am able* » semblait vouloir dire qu'il était prêt à tout.

Michel décida de suivre les *voyageurs* sur leurs bateaux. La longue flotille glissa sur l'eau du lac Huron, dont les petites vagues étincelaient au soleil du matin. Il fallait arriver à l'île Mackinac le lendemain avant l'aube.

Le spectacle du lac en pleine nuit était extraordinaire : la demi-lune se reflétait sur l'eau et l'on apercevait indistinctement les canots, les bateaux et le *Caledonia*.

— Hé ! Qu'est-ce que c'est que ça ? chuchota Richard Dickson à son compagnon indien, Joseph Deux-plumes.

— C'est un homme dans un canot, répondit Deux-plumes, en faisant un geste à ses camarades. En un instant, une vingtaine de canots s'élancèrent en formation vers le canot solitaire.

— Hé ! Ne tirez pas ! L'étranger se redressa rapidement, comme si on l'avait réveillé d'un profond sommeil.

167

Richard Dickson regarda dans l'obscurité. Il lui semblait reconnaître cette voix. Il leva la paume pour faire signe aux Indiens de ne pas tirer.

— Michael ? Michael Dousman ? C'est toi ? Espèce d'idiot ! Qu'est-ce que tu fous ici ? Tu nous espionnes ?

— Dickson ? Hé, mon vieux salaud d'Ecossais, c'est moi, Michael Dousman de la Compagnie du Sud-Ouest. Ne laisse pas ces sauvages me tirer dessus, eh ?

— Montons à bord du *Caledonia*, proposa Dickson en faisant signe aux Indiens de s'occuper du canot.

Une fois à bord du *Caledonia*, Michael Dousman fut chaleureusement accueilli par Toussaint, Crawford et Askin, ses collègues dans la Compagnie. « Hé, qu'est-ce que tu fais ici ? » demanda Toussaint.

— Je suis venu faire un tour sur la frontière. On dit qu'il y une guerre quelque part. Michael Dousman était Américain, mais il s'intéressait surtout au commerce et à l'argent.

— Les Américains ont déclaré la guerre aux Anglais. Qu'est-ce que tu penses de ça, eh ? dit Toussaint en riant.

— Hein ? répondit le commerçant américain en se grattant la tête. « Personne ne l'a encore dit aux Américains », ajouta-t-il en prenant une gorgée de rhum de la gourde que lui tendait Dickson.

— Nous les attaquerons à l'aube, annonça fièrement le capitaine Roberts. « Ce n'est qu'une mesure de défense, vous comprenez. C'est même très raisonnable. »

— Oui, je suppose, répondit Dousman encore hébété par la nouvelle. Et lui qui pensait que c'étaient les Anglais qui avaient déclaré la guerre ! Si c'étaient les Américains qui l'avaient déclarée, pourquoi les Américains n'étaient-ils pas au courant ? Enfin, il avait bu beaucoup de rhum, il était tard et peut-être qu'il comprendrait un peu mieux toute cette histoire après une bonne nuit.

— Combien de canons ont-ils ? demanda Roberts. Où sont-ils placés ?

Michael Dousman s'assit sur le pont. « Vous avez encore à boire ? » On lui passa le rhum. « Vous savez », dit-il lentement en pensant à toutes les marchandises et à toutes les provisions d'alcool qu'Astor avait fait envoyer au fort

Michilimackinac, « il y a peut-être moyen de prendre le fort sans vous battre. Il ne faudrait tout de même pas que les Indiens se mettent à massacrer tous les innocents. Vous savez comment ils sont quand ils s'énervent. »

— Que proposez-vous ? demanda Roberts.

— Eh bien, je vais d'abord vous faire un plan des fortifications; demain, je partirai d'avance pour débarrasser l'endroit de civils et vous montrerai comment prendre le fort. Ensuite, j'irai donner la nouvelle au lieutenant Hanks.

— C'est un type raisonnable ? demanda Roberts.

— Oh, tout à fait, répondit Dousman.

La flottille de soldats gagna la plage de l'île Mackinac à trois heures du matin. Dousman sortit du *Caledonia* et alla dans toutes les maisons du village pour dire aux habitants de s'éloigner, au cas où les Indiens deviendraient trop enthousiastes. Il amena son propre attelage de bœufs et les canons britanniques furent traînés en haut des falaises. Tout fut en place avant l'aube. Les canons britanniques étaient sur une colline au-dessus du fort et l'armée hétéroclite était en position d'attaque.

Dousman, comme il l'avait promis, entra dans le fort et alla voir le lieutenant Hanks. « Les Anglais nous entourent, dit-il calmement. A côté des réguliers, il y a trois cents Indiens et plus d'une centaine de *voyageurs*. »

— Hein ? répondit Hanks avec son accent très américain. Alors, à moitié revenu du choc, il demanda : « Et quand est-ce que les Anglais ont déclaré la guerre ? »

— C'est Washington qui a déclaré la guerre, répondit Dousman, répétant tout ce qu'il savait.

Le visage du lieutenant Hanks devint blême : « Ce cher Congrès aurait tout de même pu prévenir l'armée des Etats-Unis avant de l'annoncer aux Anglais ! » hurla-t-il d'une voix furieuse. Alors, pour s'assurer que Dousman disait vrai, il grimpa sur la tour du fort.

Tout était tel que Dousman l'avait décrit.

— Washington ! cracha Hanks en regardant les canons britanniques. Puis, sans dire un mot, il fit hisser le drapeau blanc.

— Parfait ! cria Dickson en voyant le drapeau blanc flotter dans la brise matinale.

— Qu'est-ce qu'on va faire des Indiens ? demanda Roberts.

— Donnez-leur encore du rhum. Il paraît qu'il y en a plein les réserves du fort.

— On va se payer une sacrée fête de victoire ! dit Roberts.

Les soldats, poussant des hourras, marchèrent ou boitèrent vers le fort avec ses caves pleines de tonneaux de rhum. Le sergent Field avança en se frottant la jambe. Ce n'était peut-être pas le bataillon le plus efficace de l'armée britannique, mais, bon Dieu, comme ils savaient s'amuser ! Ils avaient réussi à prendre le plus stratégique de tous les forts commerciaux sans même verser une seule goutte de sang. Ce n'était pas si mal pour un groupe de vieux soldats comme eux, se dit-il.

Michel Deschamps suivit Dickson et les autres dans le fort. Il décida d'y rester pendant une partie des fêtes seulement pour prendre un peu de repos et de rhum aux dépens des Américains. Mais il avait décidé de ne rester que deux jours. Après cela, il rentrerait chez lui, dans le territoire de la Rivière-Rouge.

Le 26 août, le *Robert Taylor* jeta l'ancre à York Factory, portant soixante et onze futurs colons recrutés par Owen Keveney dans la province d'Ulster et par Ian MacLean en Ecosse. Deux autres vaisseaux le suivraient plus tard.

Ce second groupe était d'une manière générale plus efficace que le premier, bien que d'un extrême puritanisme, car il y avait beaucoup plus de protestants « fondamentalistes » que de catholiques et d'anglicans libéraux.

Parmi ce groupe se trouvaient Andrew MacDermott, qui voulait devenir commerçant; James Heron, un homme très travailleur qui savait tout faire et était toujours de bonne humeur; Michael Hayden Smith, forgeron; et Robert MacVicar, un jeune menuisier.

Ces futurs colons poussèrent des grognements en voyant la tristesse du comptoir de York Factory. « Vous trouverez toutes les cabanes qu'il vous faut au camp Nelson », dit Hillier à Owen Keveney et a Ian MacLean. « Miles a fait faire tout le travail au premier groupe qui a dû passer l'hiver ici — pour les empêcher de trop s'ennuyer, vous comprenez. Il fallait les occuper. »

— Et les bateaux ? demanda Owen.

— Il y a des bateaux, confirma Hillier. Rien ne vous empêche de partir pour la Rivière-Rouge dans, disons, deux semaines. Il leur faudra au moins ce temps pour se remettre d'un si long voyage.

— C'est aujourd'hui le 26 août. Nous partirons donc le 9 septembre, dit Owen avec un sourire. « Oui, nous arriverons à la Rivière-Rouge au début d'octobre. »

— Fin octobre, corrigea Ian. Il fait très froid sur la prairie, vous savez. Ces gens n'ont pas l'habitude du froid et s'ils arrivent si tard, ils n'auront pas le temps de se préparer pour l'hiver.

— Les autres sont déjà là-bas. Miles aura sûrement préparé quelque chose pour vous.

Ian hocha distraitement la tête. Les hivers dans la région de la Rivière-Rouge étaient aussi durs qu'à York Factory. Restait le problème du logement. Mais, bien sûr, Miles se serait occupé de faire construire des cabanes là aussi.

Owen fit venir les colons avec leurs maigres bagages, qu'ils chargèrent sur des traîneaux. Hillier les regarda faire. Il les enverrait immédiatement au camp Nelson pour leur donner le temps de s'installer avant la nuit.

— J'ai un problème, avoua Hillier à Ian. Vous pourrez rejoindre Owen tout à l'heure. Je voudrais discuter un peu avec vous.

Ian suivit Hillier dans son bureau du comptoir de la Compagnie de la Baie d'Hudson. C'était une petite pièce très en désordre. « Vos bureaux sont tous les mêmes », commenta Ian. Il se rappelait avoir rendu visite à Hillier quand celui-ci travaillait au comptoir du lac Supérieur.

Hillier débarrassa une chaise et fit signe à Ian de s'asseoir. Il se mit derrière sa table. « J'ai une jeune fille », annonça Hillier très sérieusement en se penchant en avant.

Ian éclata de rire. « Et vous appelez cela un problème ? Je

171

ne demanderais pas mieux, moi, que d'avoir une jeune fille ! A condition, évidemment, qu'elle ne soit pas *trop* jeune. »

Le visage de Hillier devint rouge de confusion. « Non, non, non ! Je ne veux pas dire que je l'*ai* dans le sens biblique ! Je veux dire qu'on me l'a laissée ici et je ne sais pas quoi en faire. Ce n'est pas une affaire personnelle, c'est. . . c'est. . . » Hillier se mit à bégayer.

— Mais voyons, Hillier, et moi qui vous prenais pour un homme du monde ! Vous ne savez vraiment pas quoi faire d'une jeune fille ? Hillier était tellement comme il faut que Ian ne pouvait pas s'empêcher de le taquiner un peu. « Qu'est-ce que vous appelez *jeune ?* » demanda Ian.

Hillier haussa les épaules : « Oh, dix-sept, dix-huit ans, je ne sais pas au juste. »

— Il me semble que c'est plutôt une jeune femme qu'une jeune fille, dit Ian.

Hillier, voyant une lueur d'humour dans les yeux de Ian, décida de ne pas faire attention à ses plaisanteries et continua son histoire.

— Son père est un homme sévère, un homme très sévère.

— Un bon Ecossais presbytérien, quoi, commenta Ian.

— Exactement, continua Hillier. Sa femme l'était aussi, ainsi que la plupart des colons dont s'occupait Miles ici. En tout cas, un des hommes — un type vraiment détestable —a raconté à tout le monde qu'il avait, euh, eu cette fille, je veux dire dans le sens biblique. Quand il a dit cela, la fille n'a pas nié qu'il l'avait eue, mais elle a insisté qu'il l'avait prise de force. Son père, cependant, semblait croire qu'elle l'avait reçu pendant que ses parents étaient absents, et il a cru le type. En tout cas, ils l'ont reniée et les autres l'ont rejetée aussi.

Ian secoua la tête : « Ils l'ont tous rejetée ? »

— Les femmes, en tout cas. Les hommes l'auraient bien gardée, mais cela aurait causé toutes sortes de problèmes. Ils semblaient tous la considérer comme une putain. Elle n'a pas voulu partir avec le type et avec ses amis — d'ailleurs j'ai l'intention de tous les renvoyer en Ecosse pour les punir; les soldats sont en train de les rassembler. Miles ne voulait pas de ces mauvais garnements-là dans sa colonie de la Rivière-Rouge.

— Si elle a été attaquée, ça ne veut pas dire qu'elle est une putain ! s'écria Ian avec indignation. Le type est peut-être un salaud et un lâche, mais elle n'est pas nécessairement une putain.

— Allez dire cela à un presbytérien, mon ami. En tout cas, ils la considèrent comme de la marchandise qui a servi, qui ne vaut plus rien.

Ian secoua la tête : « Owen et moi, évidemment, nous devons emmener les nouveaux colons et rejoindre les autres, comme vous savez. Elle pourrait partir avec nous, mais une fois à Pembina, elle serait de nouveau rejetée par la colonie.

— Je lui ai dit qu'elle pouvait partir avec nous. Elle a repris des forces; je lui ai appris à compter et elle sait très bien lire à présent. Elle pourrait peut-être enseigner.

Ian secoua de nouveau la tête : « Vous pensez vraiment que les colons vont envoyer leurs enfants chez une femme qu'ils considèrent comme une putain ? Ou vous imaginez-vous qu'elle ira suivre les Métis à cheval d'un camp à l'autre ? Vraiment, mon cher Hillier, vous devriez savoir qu'une femme ne peut pas aller toute seule dans ce territoire. Il faudra la renvoyer en Ecosse. »

— Elle dit qu'elle crèverait de faim là-bas. Je ne peux pas lui dire cela, je lui ai déjà promis qu'elle irait avec vous, bredouilla Hillier, l'air complètement découragé.

Ian se leva et s'étira. C'était bien agréable de sentir la terre ferme sous ses pieds après ce long voyage en mer. L'air de York Factory était froid et pur. Il se sentit brusquement très fatigué. « Je lui dirai », dit-il, prenant pitié pour Hillier, qui n'avait clairement pas l'habitude de ménager les femmes.

— Et où est cette pauvre fille abandonnée ? demanda Ian.

— Elle est au fort, répondit Hillier. Non, se dit-il. Je ne peux pas lui dire qu'elle devra retourner en Ecosse. Je ne veux même pas être là quand Ian le lui dira.

— On ne peut pas attendre jusqu'à demain ? demanda Ian. Je devrais aller rejoindre Owen et je suis très fatigué. Je ne me rendais pas compte à quel point j'étais fatigué.

173

Hillier se leva et enfonça ses mains dans ses poches. « Je vous demande pardon », marmonna-t-il en pensant toujours a Bonnie Campbell. « Demain sera très bien. »

— Mason James ! Mason James ! Ah, mon Dieu ! Venez vite ! Le cri de Colleen déchira le silence de la nuit. Mason James se dressa tout droit dans son lit, son bonnet de nuit de travers, sa chemise blanche remontée jusqu'à la taille.

Il s'élança de son grand lit à baldaquin et poussa un petit cri en touchant le plancher froid avec ses pieds nus. « Vertueux ! cria-t-il, Vertueux, où êtes-vous ? »

— Mason James ! C'était encore la voix de Colleen. Elle semblait terriblement angoissée. Mason James alluma rapidement une bougie et se précipita le long du couloir. « J'arrive ! J'arrive ! »

— Aïe ! Sapristi ! En entrant dans la chambre de Colleen, Mason James s'était cogné le gros orteil contre le pas de la porte. Il sautilla dans la chambre sur une jambe en jurant bruyamment.

— Merde ! Ah, que ça fait mal ! C'est mon orteil ! Je l'ai cassé !

— Vous avez dû le cogner, c'est tout, dit Colleen. D'ailleurs, ce n'est pas le moment de penser à votre orteil ! Mason James, sur un pied, sauta rapidement vers le lit. En arrivant à ses côtés, il hurla de nouveau : « Alors, Vertueux ! Vous vous dépêchez ? »

Mason James approcha la bougie du lit pour mieux voir ce qui se passait. « Ciel ! Quelle horreur ! Qu'est-ce que vous avez fait ? »

— Je perds mes eaux, se lamenta Colleen en se pliant en deux. « Et les douleurs ont commencé. J'ai déjà vu une femme accoucher. Je perds mes eaux et le bébé arrive. Mason James, je ne sais pas quoi faire ! »

Mason James la regarda. Le drap blanc était couvert d'un liquide gluant. « Pouah ! » s'exclama-t-il avec dégoût.

— Vous m'avez appelé, maître ? C'était Vertueux. Il était à la porte avec une lampe, vêtu d'une longue chemise de nuit rouge vif.

— Dieu merci ! dit Mason James avec un soupir. Il devint

174

brusquement très calme et se tourna vers Colleen : « Vertueux saura quoi faire. Ces nègres savent tous assister
les femmes en couches, ils ont toujours de si grandes familles ! »

— Je n'ai pas une grande famille, moi, protesta Vertueux. Je n'ai jamais vu un accouchement !

— Ne dites pas de bêtises, dit sèchement Mason James.
Vous avez bien dû voir la naissance de vos frères et sœurs.

— Je n'ai ni frères ni sœurs, riposta Vertueux. J'n'ai pas
de femme non plus !

— Un noiraud qui est enfant unique ? Impossible !

— Pardon, maître, dit Vertueux en baissant la tête, tout
honteux.

— Oh ! hurla Colleen en se jetant contre le matelas. « Il
arrive ! Je vous dis qu'il arrive ! »

Mason James regarda son visage pâle à la lumière de la
bougie. « Je ne sais pas quoi faire », dit-il d'une voix très
faible.

— Eh bien, allez vous laver les mains. Apportez-moi
de l'eau bouillante et quelques serviettes. Mais dépêchez-
vous ! Pour l'amour du Ciel, dépêchez-vous ! répondit Colleen, se tordant de douleur.

— Mon Dieu, mon Dieu ! s'exclama Mason James. Puis,
se tournant vers Vertueux, il dit : « Vous l'avez entendue.
Allez vite chercher de l'eau et des serviettes. »

Vertueux s'élança hors de la chambre. Mason James
s'approcha du lit, comme si Colleen était atteinte de la
peste. Il retapa les oreillers en se gardant bien de la toucher.
« Allongez-vous, ordonna-t-il. Excusez-moi, mais il faudrait peut-être écarter les jambes. »

— Je crois aussi qu'il faut lever les genoux, ajouta Colleen.

— Si vous jugez cela nécessaire, répondit Mason James
en se baissant pour regarder sous l'obscurité de sa chemise de nuit. « Je ne vois rien, dit-il, il n'y a pas assez de
lumière. » Il tira une table vers le bas du lit et alluma toutes
les lampes de la chambre. Alors il s'approcha de Colleen et
regarda de nouveau sous sa chemise de nuit. « C'était moins
vilain dans le noir », dit-il en regardant son sexe enflé et vio-

let. « L'ennui avec les femmes c'est que tout est à l'intérieur. »

— Aïe ! Aïe ! hurla Colleen en s'accrochant au dos du lit. Son corps était tout crispé et elle pantelait comme une jeune chienne.

— J'ai tout apporté, maître, même l'eau. Vertueux, tout essoufflé, se précipita dans la chambre. « Oh ! Oh ! » murmura-t-il doucement en voyant Colleen.

— Mettez tout cela sur la table, dit Mason James d'une voix irritée. La scène était vraiment écœurante et il voulait surtout en finir le plus vite possible. « Il faudrait peut-être pousser quand les douleurs viennent » , dit-il en se lavant les mains dans la cuvette que lui avait apportée Vertueux.

Colleen hurla. Mason James se mit en position. « Poussez maintenant », dit-il en la touchant. « Oh, je le sens ! Je le sens ! »

Colleen poussa un long cri de détresse. « Poussez ! Poussez ! » Une petite tête apparut et Mason James la saisit, puis tira doucement l'enfant ensanglanté, qui se mit aussitôt à pousser des vagissements. « Ah ! Je savais bien qu'il allait crier ! » s'écria Mason James d'une voix dégoûtée. Il posa l'enfant sur le lit et vit que son cordon ombilical était attaché à quelque chose qui n'était pas encore sorti.

Colleen hurla de nouveau : « Je crois qu'il y en a un autre ! Je sens quelque chose ! »

Mason James allait mentionner le placenta, quand il aperçut une autre petite tête : « Grand Dieu ! Ce sont des jumeaux ! » Il sortit le second bébé aussi facilement que le premier. Le placenta, heureusement, sortit enfin.

— Il faut couper cela, maître. Vertueux, qui jusque-là n'avait pas dit un mot, donna enfin son avis. « Il faut le couper avec quelque chose de bien tranchant qu'on a stérilisé dans le feu. Puis on fait un nœud. »

— Je croyais que vous ne saviez rien des accouchements, dit Mason James, assourdi par les cris des nouveau-nés.

— Ça, en tout cas, je le sais, grommela Vertueux. Tout le monde sait ça.

Mason James poussa un long soupir et lui fit apporter son rasoir. Il le stérilisa dans le feu et coupa le cordon, fit deux nœuds, enveloppa les deux bébés séparément et les tendit à Colleen.

— Je pense que vous êtes censée les nourrir. Vertueux, videz donc ces deux tiroirs, on va en faire de petits lits. Mon Dieu, des jumeaux ! Quelle idée ! Ils vont crier tout le temps et vous savez combien je déteste les enfants. Je n'aurais jamais dû recueillir une Irlandaise aux hanches larges comme vous, faite pour avoir des enfants ! C'est encore de la chance qu'il n'y en ait pas eu trois !

Colleen éclata de rire. Elle était fatiguée et surexcitée, mais elle voyait bien qu'il jouait la comédie: « Vous êtes un gros bêta. Vous ne détestez pas les enfants du tout. Venez donc les regarder, voyez comme mes deux fils sont beaux. »

Mason James s'approcha des nouveau-nés. L'un d'eux suçait déjà le sein de sa mère, et l'autre était blotti contre elle. Mason James tira la couverture et la petite main du bébé lui serra le pouce. « Ahh, chuchota Mason James. Il m'aime bien ! » Puis, avec un petit sourire, il ajouta : « Oh, peut-être qu'au fond, ils ne sont pas si mal que ça. . . si l'on aime les enfants ! »

Comme il arrive si souvent dans les terres inhabitées, « demain » se prolongea rapidement jusqu'à six jours. Ian n'avait pu retourner le lendemain au comptoir de la Compagnie de la Baie d'Hudson : Owen Keveney et lui avaient eu à faire. Il avait fallu installer les colons dans les cabanes qu'avait bâties le groupe de Miles Macdonell avant de faire le long voyage vers le sud. Ian, en plus, avait été retardé par la pluie.

Enfin, le matin du 2 septembre, il cessa de pleuvoir. En voyant le ciel gris pâle, Owen plaisanta : « Il menace de faire beau temps ! »

— Qu'est-ce que nous allons faire du problème de Hillier ? demanda Ian. Il avait tout expliqué à Owen pour voir s'il était d'accord avec lui. Owen haussa les épaules; il s'intéressait beaucoup plus au long voyage qu'il devait faire qu'à la jeune fille qu'avait recueillie M. Hillier. « Fais ce que tu veux, dit Owen. Si tu penses qu'elle devrait venir avec nous, je veux bien. Si tu préfères la renvoyer en Ecosse, je veux bien aussi. »

— Tu ne m'aides pas beaucoup, mon vieux, dit Ian en faisant un signe d'adieu à son ami. Mais l'avis d'Owen n'était pas vraiment si important : Ian avait déjà dit à Hillier que la jeune femme devait retourner en Ecosse, et il n'avait pas vraiment changé d'avis.

C'était une journée grise, un peu argentée, pensa Ian en marchant sur la route. Comme il arrive souvent en automne, une nappe de brume s'étirait parmi les grands sapins de la forêt, restait en suspension au-dessus de l'eau et remplissait les creux. Le camp Nelson était à quatre kilomètres du comptoir et Ian marcha rapidement, à pas réguliers, en respirant profondément. Il aimait ce genre de promenade car il n'avait pas besoin de porter une grosse sacoche sur le dos ni de tracer un chemin pour les autres. D'ailleurs, il était sûr qu'une gourde de bon rhum l'attendait à la fin de sa promenade matinale.

Ian aimait les bois. Quand il devait marcher avec quelqu'un ou conduire un groupe, son plaisir était toujours un peu gâté par le bruit des conversations ou par les grognements de fatigue; mais quand il était seul dans les bois, à l'aube, il pouvait tranquillement écouter les bruits de la nature. Il entendait le sifflement du vent dans les arbres, l'éclaboussement des vagues contre les rochers, le bruit des petits animaux, le chant des oiseaux. Pour Ian, se promener ainsi lui causait une joie immense, et quand il vit le fort se dresser dans le lointain au-delà de la clairière, il se sentit tout triste d'être arrivé. Mais il se consola à l'idée qu'il profiterait bientôt de beaucoup d'autres matinées comme celle-ci. Il était entendu qu'il voyagerait au-devant d'Owen et des colons. Dans son rôle d'éclaireur, il devait tracer les chemins et marquer les meilleurs endroits pour camper.

Les huttes dont le comptoir était entouré étaient petites et la fumée des feux matinaux s'élevait des cheminées. Une forte odeur de poisson se mêlait à celle des peaux tannées. Le comptoir de la Compagnie de la Baie d'Hudson n'était pas très sérieusement gardé, car les Indiens étaient paisibles et travailleurs, et une attaque ne pouvait venir que du côté de la mer.

En passant devant les huttes, Ian vit une vieille femme indienne enveloppée dans une couverture de la Compagnie. Elle lui fit un grand sourire édenté et le salua. Elle avait vraiment un beau visage, se dit Ian : ridé comme une vieille noix sans être rond, avec de merveilleuses pommettes saillantes et des yeux plissés et pleins de gaieté. En la regardant, Ian sentit—et ce n'était pas la première fois — un lien profond entre lui-même et ces Indiens si travailleurs et si proches de la terre. En réalité, se dit-il, c'est *leur* terre.

Quand il était petit, son père l'avait emmené avec son frère Josh dans les bois, et ils y étaient restés trois mois. Ils avaient passé plusieurs semaines avec une tribu indienne. Le chef de la tribu, qui était un ami des MacLean et des Macleod, leur avait fait faire de longues ballades dans les bois, apprenant aux garçons à reconnaître les signes sur le sol de la forêt, et à écouter, comme peu d'hommes blancs savent écouter. « Il faut toujours marcher doucement sur le sol », leur avait dit le chef indien. « Ne préparez votre abri qu'après avoir écouté de quelle direction vient le vent. » Josh et lui avaient beaucoup appris des Indiens, se dit Ian. « Un jour, leur avait dit le chef, il n'y aura plus de fourrures, plus de peaux. Quand ce jour viendra, l'homme blanc s'en ira et nous rendra notre terre. »

C'est peut-être pour cela qu'ils nous aident, pensa Ian. Ils croient vraiment que nous allons partir : ils n'ont pas encore compris. Mais les Indiens de l'Est qui avaient été chassés de leur pays par les Américains, eux ils savaient. Il n'y avait plus de fourrures dans la vallée du Mohawk, mais il n'y avait pas de Mohawks non plus. Ils s'étaient tous échappés dans le Haut-Canada, et là, sous la protection de la Couronne, ils avaient réussi à survivre. . . mais ce n'était plus la même chose.

Et moi donc, se demandait Ian, à quel monde est-ce que j'appartiens ? Il y avait un tel gâchis dans le commerce des fourrures. Son travail actuel, heureusement, n'avait rien à voir avec les peaux d'animaux, mais avec les colons. Les terres usurpées par les trappeurs finiraient par être de nouveau cultivées par les fermiers. Mais les colons étaient une épée à double tranchant : ils occuperaient les terres des Indiens et les repousseraient à l'Ouest.

Ian MacLean aimait la terre et il aimait les Indiens; il était profondément troublé par ce conflit. Il était de ce pays, il y était né, il avait grandi ici. Il avait vécu parmi les Indiens et comprenait leurs rêves et leurs angoisses. « Il faut marcher doucement sur le sol », dit-il tout bas. « Je le promets », murmura-t-il au vent qui soufflait du sud-ouest. Non, on ne pouvait plus arrêter la vague d'immigrants qui affluaient vers le Haut et le Bas-Canada et vers l'immense Terre de Rupert. Mais il faut qu'une partie de la terre reste intacte, se dit-il, et que les Indiens gardent leur part.

Les portes du fort et du comptoir de la Compagnie de la Baie d'Hudson n'étaient pas gardées, et Ian alla directement aux quartiers de M. Hillier. Il frappa à la porte et Hillier l'ouvrit aussitôt.

— Je vois que vous vous levez de bonne heure ! dit Ian avec un clin d'œil.

Hillier fronça les sourcils : « Je me lève toujours avec le soleil et me couche à dix heures du soir. Sauf, évidemment, en hiver quand le soleil ne paraît que pendant une heure. »

— Je plaisantais, dit Ian. Hillier lui fit signe d'entrer. Il y avait déjà un feu dans la cheminée et Hillier prenait son thé du matin.

— Vous voulez du thé ou quelque chose de plus fort ? demanda-t-il.

— Du rhum, s'il vous plaît, répondit Ian. Il s'assit sur la table et glissa ses longues jambes sur le banc : « J'ai déjà fait une bonne promenade ce matin. »

— Je suppose que vous êtes venu parler à la fille, observa Hillier en versant du rhum dans une tasse.

— Oui, répondit Ian. J'ai discuté de la question avec Owen et il acceptera ma décision d'une manière ou d'une autre.

— Je pensais que vous vous étiez déjà décidé.

— Oui, mais je devrais quand même la rencontrer et lui parler un peu. C'est la moindre des choses.

— Je vais l'appeler, proposa Hillier. Il ouvrit une porte au fond de la pièce et passa dans un long couloir. Ian l'entendit parler à voix basse.

— Je l'ai envoyée chercher, expliqua Hillier en rentrant dans la pièce. « Elle s'appelle Bonnie Campbell. »

— Campbell ? répéta Ian en faisant une grimace. Jamais dans sa famille n'avait-il entendu prononcer le nom de Campbell avec autre chose que du mépris. Quant à Ian, qui venait de rendre hommage au champ de bataille de Culloden, les actions honteuses des Campbell étaient encore toutes fraîches dans sa mémoire.

Sa première pensée fut donc peu charitable. Oui, il n'y a qu'à la renvoyer en Ecosse. Qu'est-ce que ça peut bien me faire qu'elle crève de faim ? Mais il n'exprima pas cette pensée tout haut. Il secoua tout simplement la tête en disant : « Il a dû être ravi, le pauvre Macdonell, d'être obligé d'accompagner des Campbell jusqu'à la Rivière-Rouge ! »

Le visage de Hillier prit l'expression de haute moralité d'un vieux maître d'école. « Il ne faut pas accuser les enfants des péchés de leurs parents, observa-t-il. C'est une gentille fille, très travailleuse. Elle n'a rien à voir avec la bataille de Culloden. »

Ian leva sa tasse et prit une longue gorgée de rhum. « Les Campbell ont trahi l'Ecosse », dit-il.

— Pour le moment il me semble que tous les chefs de clans ont trahi leur peuple ! Nous avons été chassés de nos terres pour laisser de la place à des moutons !

Ian se tourna rapidement et rencontra le regard furieux de la très jolie femme qui se tenait devant la porte du couloir. Ses beaux cheveux châtains, attachés par un ruban rouge, lui tombaient jusqu'à la taille et ses grands yeux bleus le fixaient avec hauteur.

Ian sourit. Elle avait les pieds un peu écartés, les mains posées sur ses hanches rebondies, et elle avançait la lèvre inférieure dans un geste de défi. Cette belle jeune femme semblait prête au combat ! « Je suppose que vous êtes Bonnie Campbell », dit-il sans cacher son admiration.

— Et vous, j'imagine, vous êtes monsieur Ian MacLean.

— Ian, corrigea-t-il. Elle lui lança un regard glacial.

— Je préfère vous appeler monsieur MacLean, dit-elle

181

avec froideur. Il ne faudrait pas que les gens s'imaginent qu'un MacLean et une Campbell sont en termes d'amitié.

Ian la regarda d'un air amusé.

— Ne vous moquez pas de moi ! s'écria Bonnie Campbell sévèrement. Je vous le défends ! Pour vous dire la vérité, monsieur MacLean, j'en ai par-dessus la tête de vous et des gens de votre espèce.

Elle se tut un instant et repoussa une mèche ondulée de son grand front. « A part M. Hillier, qui a été d'une extrême gentillesse pour moi, je n'ai pas très bonne opinion des hommes. »

— Les hommes ne sont pas tous les mêmes, dit Ian.

— Vous avez sans doute raison. Les Campbell non plus, monsieur MacLean, ne sont pas tous les mêmes !

Ian se sentit rougir. Il allait répondre, mais elle reprit la parole : « J'imagine que vous êtes le genre d'homme que je déteste, monsieur MacLean. Vous avez le regard impudique et vous me reluquez. »

— Je vous reluque ? répéta Ian en avalant sa salive. Elle était vraiment très jolie, cette Bonnie Campbell, et il aurait fallu être de glace — ou vieux et pincé comme Hillier — pour ne pas la désirer. Ian, cependant, n'avait aucune intention de laisser voir qu'il avait envie de cette jolie poupée qui avait si mauvais caractère. « Je vous reluque ? » répéta-t-il encore une fois. « Moi désirer une Campbell ? Jamais de la vie ! »

Un silence gênant régna dans la pièce. Hillier était resté assis, les mains crispées. Il se leva, sa tasse à la main. « Je vais vous laisser seuls tous les deux », dit-il d'une voix faible, puis il s'enfuit de la pièce aussi rapidement que possible.

— Il paraît que c'est de vous que je dois obtenir la permission de rejoindre l'expédition de la Rivière-Rouge. Je voudrais y aller, monsieur MacLean.

Ian sentit qu'il s'était placé dans une très mauvaise position. « C'est hors de question, dit-il sèchement. Quand nous arriverons à la Rivière-Rouge, nous rejoindrons le premier groupe de colons à Pembina pour l'hiver. Vous aurez le même problème qu'auparavant. Comme vous êtes une femme seule, il vaudrait mieux que vous retourniez en Ecosse. »

Bonnie Campbell le regarda. Au lieu d'éclater en sanglots comme elle avait envie de faire, elle se raidit et lui lança un regard de défi : « Je refuse de retourner en Ecosse, cria-t-elle obstinément. Cela fait longtemps que tout cela s'est passé et nous n'y serons pas avant plusieurs semaines. Mes parents me refuseront peut-être, mais les autres me reprendront. D'après tout ce que j'ai entendu dire sur la vie qu'ils mènent à la Rivière-Rouge, les colons ont autre chose à faire que de s'inquiéter de ma vertu. Ils luttent pour survivre et ne pensent qu'à se nourrir et à s'abriter. »

C'était vrai et Ian le savait. Ce qui l'inquiétait c'était surtout l'idée d'une femme seule pendant un si long voyage.

— Qui donc vous imaginez-vous pagaiera votre canot ? Qui donc le portera sur les chemins ? Qui s'occupera de vous et préparera votre feu tous les soirs ? Qui portera votre sacoche ? Et quand nous serons arrivés à la Rivière-Rouge, qui vous bâtira une cabane, Miss Campbell ? Vous êtes une femme et vous ne pouvez pas faire ces choses vous-même. Si vous ne savez pas chasser, qui donc vous nourrira ? Vous ne pouvez pas survivre sans un homme.

— Je m'occuperai de moi-même, monsieur MacLean. Et puisque je suis si attrayante, je ne mettrai pas longtemps à me trouver un mari.

Ian fit une grimace, mais il ne resta pas longtemps fâché. Il pensa à Glasgow et aux Ecossais qui mouraient de faim dans les rues. Il se sentit brusquement coupable, et lança un juron sans remuer les lèvres.

— C'est moi l'éclaireur de cette expédition, dit-il calmement. Je suppose que je peux vous emmener avec moi, mais il faudra me promettre que vous me laisserez m'occuper de vous.

— Je peux m'occuper de moi-même. Autrefois j'en aurais été incapable, mais maintenant c'est différent, s'écria Bonnie Campbell avec colère.

Ian se leva et s'approcha d'elle. Elle le regarda de nouveau avec défi. « Vous ne pouvez venir avec moi que si vous me laissez m'occuper de vous », répéta-t-il fermement.

— J'accepte si vous jurez de ne pas me toucher.

—. Pour rien au monde je ne toucherais une Campbell, répondit Ian. Et vous feriez mieux d'être un peu moins arrogante !

— Moi, arrogante ! Espèce de salaud d'Ecossais catholique ! Vous osez me parler d'arrogance !

Hillier donna des coups dans la porte. « Assez, assez ! » cria-t-il d'une voix lasse et fatiguée.

Bonnie recula vers la porte. « Quand partirons-nous ? » demanda-t-elle.

— Le matin du 8 septembre, à l'aube, répondit Ian. Hillier, vous veillerez à ce qu'elle ait tout ce qu'il lui faut dans sa sacoche.

Bonnie, se mordant la lèvre, se tourna rapidement vers la porte et disparut dans le couloir.

# CHAPITRE IX

## septembre 1812

Le fort George se trouvait tout en haut des falaises qui dominaient la rivière du Niagara. Les murs de la palissade étaient faits d'énormes troncs d'arbres et la porte immense qui s'ouvrait sur le dehors était hérissée de pointes. Tout en haut de la palissade il y avait des fentes pour les mousquets; à l'extérieur, un fossé sans eau entourait le fort et était protégé par des canons placés sur les bastions.

A l'intérieur du fort se trouvaient le corps-de-garde et six bastions, un à chaque coin et deux en face de la rivière et du camp américain; un bâtiment qui servait de quartier pour les officiers; un autre bâtiment pour le charpentier et pour le forgeron; la poudrière; deux demi-lunes pour l'artillerie; la fosse de scierie; trois casernes pour les soldats, et une maison pour les officiers. Quand il était au grand complet, le fort pouvait loger plusieurs milliers de soldats.

Les trois grandes casernes avaient été faites pour le combat, et non pour le confort. L'étage supérieur était construit en surplomb, ce qui permettait aux hommes de tirer d'en haut sur les soldats ennemis, si par hasard ils se cachaient contre le mur du bâtiment. Comme dans la muraille extérieure du fort, des fentes pour les mousquets étaient taillées aux deux étages du bâtiment. En hiver, quand le vent soufflait violemment de la rivière à travers les fentes, les soldats s'enveloppaient de grosses couvertures ou remplissaient les fentes de morceaux d'étoffe.

185

L'intérieur des casernes était rempli d'innombrables lits superposés qui mesuraient exactement un mètre soixante-quinze de long et quatre-vingt-dix centimètres de large. Comme les officiers devaient dormir dans des lits identiques à ceux des soldats, Josh MacLean, qui mesurait un mètre quatre-vingt-cinq, pouvait sympathiser avec les plus grands de ces hommes. Il avait essayé toutes les positions possibles pour se mettre à l'aise, se roulant parfois en boule ou laissant dépasser ses pieds. Mais il n'y avait rien à faire : les lits n'étaient pas faits pour les hommes de haute taille. Au moins, se disait Josh, son lit dans la maison des officiers avait un vrai matelas, alors que dans les casernes il n'y avait que des paillasses. En plus, les hommes devaient mettre toutes leurs possessions dans un petit sac qu'ils suspendaient au mur. A part le fait qu'ils étaient si serrés, les conditions de vie au fort George n'étaient pas mauvaises du tout. Le linge était lavé une fois par mois et la nourriture était convenable. C'était, dans l'opinion de Josh, un fort idéal. La plupart des forts de l'armée britannique et de la Compagnie de Hudson's Bay se ressemblaient de l'extérieur; mais il y en avait peu d'aussi confortables et d'aussi bien organisés.

Comme le fort George était bâti sur une hauteur, il dominait la rivière et le village florissant de Newark, ou Niagara-sur-le-lac, comme l'appelaient beaucoup de ses habitants. Une route de terre sinueuse suivait le contour des falaises. Cette route était traversée par plusieurs chemins étroits qui menaient vers les grandes fermes. A quelques kilomètres de Niagara-sur-le-lac, au pied des falaises qui s'élevaient au-dessus de la gorge du Niagara, se trouvait le village de Queenston, où les Anglais occupaient une petite station navale. De Queenston, une route et plusieurs petits chemins montaient vers le sommet et traversaient la route qui longeait le haut des falaises.

Personne ne connaissait mieux cette région que Josh Mac-Lean. Ses parents, Will et Jenna MacLean, vivaient dans le village de Queenston, et Lochiel n'était pas loin de la route qui longeait les falaises. Dans son enfance, Josh avait exploré ces chemins à pied et à cheval. Il connaissait si bien la forêt qui entourait Queenston qu'il aurait pu donner un nom à chacun des arbres. Au fort George, Josh MacLean se sentait parfaitement chez lui.

Comme il était officier, Josh MacLean avait de nombreux privilèges qu'il n'aurait pas eus s'il avait été simple soldat. Quand il n'était pas de service, il pouvait coucher chez lui, et il allait souvent à Lochiel.

— Je trouve que tu devrais aller vivre à Lochiel, dit-il à sa mère la première fois qu'il rentra chez lui. Ils se trouvaient dans l'agréable et chaleureuse cuisine de la maison et Jenna préparait du poisson frit pour le repas du soir. Le père de Josh était encore au comptoir au bord de la rivière.

— Ton père ne peut pas partir, répondit Jenna en mettant un couvercle sur la poêle : « Et je n'irai nulle part sans lui ! »

Josh tapota impatiemment la table : « Quand papa sera appelé par la milice, il sera bien obligé de partir, et tu seras seule ici. Je n'aime pas du tout cette idée et papa non plus. Il y a très peu d'endroits où les Américains puissent traverser la rivière et Queenston en est un. »

— Alors ils traverseront la rivière ! Jenna posa un bol de carottes sur la table et se mit à les éplucher.

— Si les Américains ne me tirent pas dessus, je leur offrirai du thé et de bons petits gâteaux au beurre, dit Jenna. Et s'ils me tirent dessus, je les abattrai avec mon mousquet. Elle se tut un instant, sentant que ses paroles irritaient son fils, et le regarda : « Ecoute, Josh. Quand on vit dans un endroit qu'on aime, on ne se sauve pas à la première occasion. D'ailleurs, Laura dit que les Américains laisseront les citoyens tranquilles. Laura dit qu'en regardant autour de nous et en écoutant bien, nous pouvons servir à quelque chose. »

Laura Ingersoll Secord vivait à quelques maisons des MacLean. Elle avait émigré de Boston et était une fervente loyaliste de l'Empire-Uni. « Je préférerais mourir que de vivre dans *leur* dégoûtante république ! disait-elle. Les gens qui sont restés ne valent rien, tu sais. La plupart des gens bien sont partis. Il ne reste que de vulgaires brutes qui passent leur temps à mâchonner du tabac. Il n'y a plus aucune culture aux Etats-Unis : les gens sont sans charme et sans distinction. »

— Elle ne sait pas tout, ton amie Laura, dit Josh à sa mère.

Tu vis dans un endroit qui pourrait facilement être envahi. Papa veut que tu ailles à Lochiel et moi aussi.

Jenna secoua la tête : « J'ai une cave pleine et d'autres provisions cachées. Il y a un passage secret qui mène de la maison aux bois. Josh, je me sens parfaitement en sécurité ici et j'ai l'intention de rester. N'insiste pas. D'ailleurs, je ne pense pas que les Américains nous attaqueront. »

— Ils sont fous furieux parce que les Anglais ont appris avant eux que le Congrès avait déclaré la guerre. Ils sont furieux d'avoir perdu le fort Michilimackinac, sur le lac Huron. Nous sommes en guerre, maman. Ils nous attaqueront.

— Je reste ici. Je trouve cela tordant d'ailleurs qu'ils n'aient même pas dit à leur armée qu'ils étaient en guerre, dit Jenna en riant.

Josh haussa les épaules et céda. Il s'était bien douté que sa mère, têtue et volontaire comme elle l'était, ferait exactement ce qu'elle voudrait. Il lui faudrait plus que les sombres prédictions de son fils pour bouger de chez elle.

— Comment tu te sens ? demanda Jenna en le regardant fixement. C'était une manière indirecte de lui demander : « As-tu des nouvelles de Colleen ? » ou « T'es-tu remis de ta déception ? »

— Je ne me sens pas désespéré au point de me coller exprès devant un mousquet américain », répondit Josh avec sincérité.

Jenna le regarda, les yeux tout ronds : « J'espère bien que non ! Quelle idée ! »

— Mais quand tout sera fini — après la guerre je veux dire — j'ai l'intention de retrouver Colleen et de lui demander ce qui s'est passé.

Jenna hocha la tête sans rien dire. Josh était aussi têtu qu'elle. Non, pensa Jenna, Josh ne sera prêt à accepter la rupture que le jour où il comprendra — et encore, il refusera peut-être de l'oublier même à ce moment-là.

— Le dîner est bientôt prêt, annonça Jenna, pour changer de sujet. « Josh, sois gentil et va chercher ton père au comptoir. » Elle essuya ses mains sur son tablier et toucha la manche de son fils. « Josh, s'il est écrit que vous devez être ensemble, tout finira bien, dit-elle doucement. Crois-moi, Josh, je sais. »

Les colons commencèrent leur trajet le 9 septembre, à l'aube, comme Ian, Owen et M. Hillier l'avaient décidé. C'était une journée de brume, mais l'air était encore doux et chaud. Les bateaux avaient été chargés la veille au soir. Ian avait donné aux colons leurs places, fait une liste de ceux qui devaient ramer et préparé un itinéraire pour la journée. Comme Miles Macdonell avant lui, Owen Keveney faisait transporter des provisions en amont de la rivière jusqu'à l'endroit que l'on appelait « Le Rocher », où la Hill River se jetait dans la Hayes. Ian savait très bien que les cent premiers kilomètres étaient en amont, et il souriait en y pensant. Son grand-père avait voyagé sur le Mississippi jusqu'au Sud, mais comme toutes les rivières descendaient vers le sud de l'autre côté de la frontière, il n'avait eu qu'à suivre le courant. Mais ici toutes les rivières se jetaient au nord dans la baie d'Hudson, et pour aller jusqu'à la Rivière-Rouge, qui était au sud, il fallait remonter le courant. Un voyage vers le sud aurait été beaucoup plus facile aux Etats-Unis, se disait Ian, car là, les rivières descendaient vers le sud.

Le groupe de colons devait suivre un itinéraire très difficile, passant d'une rivière à l'autre et traversant plusieurs lacs. De temps en temps, ils seraient obligés de décharger et de porter leurs provisions ainsi que les grands bateaux de *York*. Les canots en écorce de bouleau étaient faciles à porter ; mais les grands bateaux étaient lourds et incommodes. En plus, bien qu'il se trouvât plus d'hommes que de femmes, il y avait un grand nombre d'«inutiles», comme les appelait Owen : des femmes et des enfants qui ne pouvaient porter ni bateaux ni provisions.

Ian et Bonnie étaient partis le matin du 8 septembre. En sa qualité d'éclaireur, Ian avait donc toute une journée d'avance sur les autres.

Bonnie Campbell, obéissant aux ordres qu'on lui avait donnés, arriva au camp Nelson de très bonne heure. Les femmes qui étaient venues dire adieu à Ian furent choquées par sa tenue.

Bonnie s'était coiffée à l'indienne et portait une longue natte derrière son dos; elle était vêtue de peaux de cerf, comme un homme. Aucune femme parmi les colons ne s'habillait de cette manière, mais Ian dut reconnaître que ses vêtements étaient beaucoup plus pratiques qu'une longue jupe, des pantoufles légères et un bonnet.

— Je peux l'emmener avec moi, si tu veux, proposa Owen quelques minutes avant le départ d'Ian. Les deux hommes étaient seuls: « Il est évident que vous ne vous entendez pas bien tous les deux. »

— C'est une Campbell jusqu'à la moelle, répondit Ian. Elle est têtue, arrogante et elle a très mauvais caractère. Elle prétend être capable de se débrouiller toute seule, alors qu'en réalité elle ne sait rien faire. Mais ne t'en fais pas pour moi. Je l'emmènerai vers le sud et je te garantis qu'après cinq portages, elle ne pensera qu'à retourner dans le Haut-Canada ou en Ecosse. Elle ne voudra pas vivre seule sur la frontière après quelques jours dans la nature.

— Tu n'es pas si fou que tu en as l'air, répondit Owen en levant le sourcil. « Enfin, débrouille-toi pour la mater un peu. Elle est têtue comme une bourrique et. . . hum. . . assez peu conventionnelle. »

— Une fois qu'elle sera en pleine nature, elle sera complètement dépendante, dit Ian avec confiance. Je n'aurai aucun mal à faire obéir cette petite.

Bonnie Campbell regardait d'un mauvais œil le long canot qui flottait dans l'eau. Ian leva sa pagaie et lui montra la meilleure manière d'entrer dans l'embarcation, en posant la pagaie en travers.

— Voici un coussin pour vos genoux, dit-il en lui jetant une peau de cerf pliée en deux.

Bonnie entra maladroitement à l'avant du canot et se mit à genoux. Elle était tournée vers Ian qui stabilisait le canot à l'arrière. Elle avait mis sa pagaie en travers, comme il lui avait dit de le faire.

Ian leva le sourcil : « Miss Campbell, vous êtes à l'avant et je suis à l'arrière. Si vous insistez pour rester dans cette position, nous pagaierons l'un contre l'autre et nous n'avancerons pas d'un centimètre. En tant que capitaine du bateau, je vous prie de vous retourner. »

Bonnie fit une grimace. « Je sais, je sais », marmonna-t-elle, puis elle ajouta plus fort : « Et ce ne serait pas la première fois qu'une Campbell et un MacLean avanceraient l'un contre l'autre ! »

— Et sans aller nulle part, répondit Ian. Il fit un effort pour ne pas éclater de rire en voyant Bonnie essayer de se retourner : ses larges fesses roulaient au rythme du canot ballottant, et la pagaie, qu'elle tenait entre les jambes, était coincée entre les côtes de l'embarcation. Il entendait des jurons à moitié étouffés : « Mère de Dieu. . . Qui donc a inventé un engin pareil ?. . . oooh !. . . aïe ! »

— Ce ne sera pas la dernière fois que vous crierez « aïe », Miss Campbell. Vous souffrirez jusqu'au jour où vous apprendrez à entrer et à sortir d'un canot convenablement. Bonnie tournait maintenant le dos à Ian qui lui sourit : « Vous êtes confortable, Miss Campbell ? »

— Loin de cela, monsieur MacLean ! Et cessez donc de vous moquer de moi !

— Vous vous y habituerez, dit calmement Ian en glissant le canot dans l'eau. « Tenez la pagaie comme je vous l'ai montré, je vous en prie. Allons, un coup. . . Baissez-vous un peu, regardez votre main droite. »

— Aïe !

Cette fois-ci, Ian ne rit pas : « Vous vous êtes écorché la main contre le bord, eh ? Je vous avais prévenue. Vous vous êtes fait mal ? » Le canot ballotta dangereusement. « Attention ! Vous allez nous renverser dans la flotte ! cria-t-il. Cessez de gigoter, voulez-vous ? »

Ian entendait rire les spectateurs qui étaient restés sur le rivage, et Bonnie les entendait sans doute aussi. Serrant les dents de douleur et de rage, Bonnie se retourna, ses yeux bleus lançant des flammes et les larmes coulant sur son visage. « Je n'ai aucune intention de renverser le canot, mais si ma pagaie était plus longue, je vous donnerais avec grande joie un coup sur la tête ! Cela ne ferait d'ailleurs aucun mal à votre cerveau, puisque vous n'en avez pas ! »

— Je suis ravi d'apprendre que vous savez donner des

191

coups, parce que c'est exactement ce que je voudrais que vous fassiez avec l'eau — lui donner des coups. Ian la regarda attentivement, et se sentit tout fier en la voyant maîtriser le canot peu à peu. Son caractère buté lui servirait, se dit-il : mais il fallait savoir la manier.

Bientôt Bonnie et Ian pagayèrent à l'unisson. Une heure plus tard, ils étaient loin du camp Nelson, perdus dans la nature.

Ian la vit plusieurs fois remuer à l'avant du canot. « Ça va ? » demanda-t-il.

— Aussi bien que vous, répondit-elle avec son lourd accent écossais.

— Je n'ai aucune envie de vous estropier, dit Ian. Demain nous aurons plusieurs longs portages et il faudra que vous portiez une lourde sacoche. Si vous avez mal aux jambes, nous pouvons nous arrêter un peu.

— Et vous ? Vous avez les jambes raides ? Vous êtes fatigué ? demanda-t-elle sur un ton aussi sarcastique que le sien.

— J'ai passé mon enfance dans un canot, répondit Ian. J'en ai l'habitude.

— Et vous pensez qu'une femme en est incapable ! s'écria Bonnie en se tournant vers lui, l'œil furieux.

— Au contraire, je sais qu'une femme peut très bien le faire, répondit Ian. Ma mère manie un canot mieux que la plupart des hommes. Mon père et elle sont remontés de l'Illinois jusqu'au Niagara.

Bonnie Campbell resta silencieuse pendant quelques minutes. Ian, qui voulait la dompter aussi rapidement que possible, ne s'arrêta pas avant la fin de l'après-midi, quand ils arrivèrent à l'endroit où il avait décidé de faire leur camp. En fait, s'il avait été seul, il serait allé plus loin, mais le prochain bout de chemin, il avait décidé de le faire de jour : le spectacle était beau et il voulait le montrer à Bonnie.

Ian guida le canot jusqu'au rivage. Une fois arrivé, il dit : « Miss Campbell, vous pouvez sortir la première. »

Bonnie se redressa lentement en s'appuyant sur les bords du canot ballottant : elle n'avait plus aucune sensation sous les genoux. Elle attendit une longue minute jusqu'au moment où elle sentit revenir la circulation. C'était vraiment très désagréable — comme des milliers de petites aiguilles qui la picotaient. Alors elle eut une sensation de faiblesse et se rendit compte qu'elle ne pouvait pas contrôler ses mouvements. Elle fit une grimace de douleur en essayant de lever la jambe sur la petite barre qui était directement derrière elle. Elle remua ses chevilles et fit une nouvelle grimace. Lentement elle passa de l'autre côté, mais quand elle ôta la main du bord pour lever son autre jambe, le poids de Ian à l'arrière du canot la projeta en l'air et elle se retrouva sur le sable mouillé, assise sur les fesses.

Ian secoua la tête en sortant du canot. Il se baissa sans rien dire et la souleva, puis la porta jusqu'à un rocher bien plat et encore tiède après une journée de soleil. Pour une fois, Bonnie Campbell resta silencieuse. Elle n'offrit aucune résistance quand il la prit dans ses bras, elle n'eut même aucune réaction. Son joli visage était tout pâle et il était clair qu'elle était encore très secouée par sa chute.

Sans dire un mot, Ian fit un feu et prépara un abri entre deux rochers sous le canot renversé. Il étala les rouleaux de couchage et prépara du thé fort.

— Venez vous asseoir près du feu, dit-il. Je vous ai fait du thé. Il attendit un peu, la regardant se redresser péniblement et se traîner vers le feu, où elle s'écroula, les jambes étendues devant elle. « Je n'aurais pas dû vous faire venir si loin aujourd'hui », dit Ian, qui avait des remords. « Mais vous auriez dû me dire que vous aviez mal aux jambes. »

Bonnie regardait fixement le sable : « Je me sens parfaitement bien, monsieur MacLean. J'ai un peu mal, mais je ne veux pas de votre pitié. »

Ian la regarda : elle était insupportable, mais il admirait son orgueil. Il n'avait pas vraiment eu l'intention de tant la faire souffrir, et il savait qu'elle souffrirait encore plus le lendemain, quand ses jambes seraient raides.

— Vous avez très bien fait aujourd'hui, Miss Campbell. Ian lui versa du thé et se glissa vers elle à quatre pattes pour lui donner sa timbale. « Ne prenez pas ma sollicitude très sincère pour de la pitié. »

Bonnie prit la timbale d'une main toute tremblante.

— Laissez-moi vous frotter les jambes, proposa Ian. Cela évitera peut-être les courbatures demain matin.

Bonnie leva le regard et Ian fut étonné de voir l'expression de ses yeux. Elle semblait un peu méfiante, mais pour la première fois depuis qu'ils s'étaient rencontrés, elle ne résistait pas.

Il n'attendit pas sa réponse, mais remonta ses peaux de cerf et se mit à doucement masser ses pieds délicats et ses longues et très jolies jambes. Il lui frotta lentement les muscles et la sentit se détendre ; à son étonnement, il la vit se pencher en arrière, les yeux fermés. Soudain Bonnie leva la tête et le regarda fixement : « Ne vous faites pas d'idées, sinon vous allez vous retrouver avec mon pied dans la bouche. » Ceci dit, elle se pencha de nouveau en arrière et Ian, souriant légèrement, continua à la masser.

— Ah, que ça fait du bien ! avoua-t-elle enfin en se demandant si cela arrivait souvent aux dames de laisser les messieurs leur frotter les jambes.

Ian termina son massage et se leva. Il prit sa sacoche et en sortit une gourde de rhum. Il en versa dans une timbale et la lui offrit. « C'est encore meilleur que le thé », dit-il. Ensuite il en versa pour lui-même. Bonnie but une gorgée, puis fit une grimace et se mit à tousser. Ian éclata de rire : « Vous avez pris une trop grande gorgée. »

— Vous avez l'intention de vous saouler ? demanda Bonnie. Ian secoua la tête en souriant : « Non. »

Ian attendit quelques minutes, puis lui tendit la main : « Est-ce qu'une Campbell et un MacLean peuvent déclarer une trêve pendant le reste du voyage ? »

Bonnie cligna des yeux puis tendit la main et accepta celle de Ian. « Nous pouvons essayer », répondit-elle.

— Vous avez de très jolies jambes, dit-il. A la lumière des flammes, il vit son visage devenir tout rose.

— Vous m'avez promis de ne pas m'embêter. Je n'aurais pas dû vous laisser me toucher.

— Je n'ai aucune intention de vous embêter, lui assura Ian. Vous ne pouvez tout de même pas empêcher un homme de vous faire un compliment. Les hommes qui vous trouvent

194

belle ne vont pas nécessairement vous attaquer. D'ailleurs je vous préviens tout de suite que nous allons dans la région de la Rivière-Rouge où les femmes — les blanches surtout — sont excessivement rares. Vous allez rencontrer des hommes rudes et grossiers, parfois même dangereux.

Bonnie détourna le regard : « Je sais que ce n'est pas un endroit pour une femme seule. Tout le monde me dit que je devrais me marier. Mais je ne me marierai qu'à condition d'être amoureuse. Je ne peux pas épouser n'importe qui, tout simplement pour qu'il s'occupe de moi et me protège. »

Ian la regarda sérieusement : « C'est un pays rude. Je comprends ce que vous me dites, mais il faut aussi être réaliste. »

— Vous aussi, répondit Bonnie aussitôt. Si je retournais en Ecosse, je serais très vite obligée de me vendre pour gagner du pain. Non, monsieur MacLean, les choses pourraient être pires qu'à la Rivière-Rouge. Rien ne serait pire que de retourner en Ecosse. Rien.

— Vous avez peu-être raison, répondit Ian.

Bonnie vida sa timbale et se glissa vers son rouleau de couchage. Elle se faufila à l'intérieur du sien et se roula en boule. « Merci quand même pour le compliment », dit-elle à Ian. Puis elle ferma les yeux.

Le lendemain matin, Bonnie Campbell fut réveillée par l'odeur délicieuse de poisson grillé. Elle ouvrit les yeux et s'étira autant que possible dans son rouleau de couvertures.

— Comment vont les jambes ? lui demanda Ian, la voyant réveillée.

— Un peu courbaturées, mais pas trop mal. Bonnie se leva et le regarda en souriant : « Au moins j'arrive à me tenir droite. »

— Le petit-déjeuner est prêt, annonça-t-il. Vous avez bien dormi ?

— Comme un loir. Bonnie s'assit et prit l'assiette en étain que lui tendait Ian. Le poisson sentait très bon et elle n'avait jamais rien bu d'aussi délicieux que la boisson toute fumante qu'il lui tendit. « Umm, c'est le meilleur poisson que j'aie jamais goûté. Vous savez, c'est la première fois de ma vie que je passe la nuit en plein air.

— Tout est toujours meilleur quand on mange en plein air, dit Ian. Et sauf quand il fait froid, on dort toujours mieux aussi.

Bonnie lui fit un sourire timide et Ian se dit que c'était la première fois qu'il la voyait vraiment sourire. « Nous voyagerons sur une autre rivière ce matin. Pendant quelque temps nous passerons entre des falaises d'argile. Certaines d'entre elles s'élèvent à trente ou quarante mètres au-dessus de la rivière, et elles sont toutes blanches. C'est un spectacle étrange mais étonnamment beau. J'ai pensé que vous aimeriez passer là pendant qu'il fait jour. »

— Merci, répondit Bonnie simplement.

Ian, tout joyeux, se mit à rire comme un gamin et jeta la tête en arrière : « Ce sera en récompense pour hier. . . et en attendant demain. »

— Demain ? demanda Bonnie. Ça va être très difficile demain ?

— Tout est en remontée. Il y aura beaucoup de rapides et de longs portages difficiles.

Ian ne mentait pas. Les falaises en argile qu'ils passèrent ce matin-là étaient extraordinaires : il sembla à Bonnie qu'elles devaient être comme les célèbres falaises blanches de Douvres dont elle avait si souvent entendu parler.

— C'est magnifique, dit-elle. Je n'ai jamais rien vu d'aussi beau.

— Cela vous fait-il penser à quelque chose ? demanda Ian.

— Oui, c'est tout à fait le décor du folklore écossais.

Ian éclata de rire : « Moi aussi, j'ai entendu ces histoires. Evidemment, ce sont toujours les Campbell qui sont les vilains. »

— Pas dans mes histoires, répondit Bonnie sans méchanceté. « Nous avons sans doute entendu des fins différentes. »

Le fort Niagara était identique au fort britannique qui se trouvait de l'autre côté de la rivière. Mais il était évident qu'il était moins bien organisé que le fort George, pensait

James MacLean. S'il l'avait été, les troupes américaines ne se seraient pas amusées à dire que pour manger un repas convenable, il fallait s'engager dans l'armée britannique. En revanche, les Anglais et les Canadiens disaient que si l'on voulait bien boire, il fallait s'engager dans l'armée américaine. On disait même que les opinions politiques de plusieurs *continentalistes* n'étaient influencées que par le désir d'avoir accès à la bonne nourriture ainsi qu'à l'alcool.

Malgré tout, James MacLean s'était plus ou moins fait à la vie du fort Niagara. « Le seul autre officier convenable de cette armée est Winfield Scott ! » avait-il proclamé à ses quelques amis de choix. Mais il ne l'avait pas dit trop fort, de peur de se faire des ennemis parmi les officiers des États du Nord. Il se rendait compte que la plupart d'entre eux étaient trop âgés, trop mal entraînés ou manquaient trop d'expérience pour mener les hommes au combat. James MacLean désirait se servir de son brevet d'officier pour gagner la faveur politique, et ce n'était pas une bonne idée de se faire des ennemis parmi les hommes qui étaient bien vus au Congrès et dans la Maison du Président — des hommes qu'il méprisait profondément. Si Madison avait eu un peu plus de courage, il aurait fait fusiller John Jacob Astor pour haute trahison. Le fait que les Anglais avaient été au courant d'une guerre déclarée par les Américains avant même que ceux-ci en aient entendu parler était un véritable scandale.

Mais, évidemment, John Jacob Astor n'avait pas dû passer en jugement pour son action. La raison était évidente. M. Astor exerçait plus de contrôle sur le Congrès que le Président lui-même. C'est ainsi qu'Astor avait pu s'en tirer en prétendant que le malheureux incident n'avait été qu'un accident. Il avait haussé les épaules en marmonnant avec son accent allemand : « La déclaration de guerre était publique. Comment pouvais-je savoir que le Congrès mettrait si longtemps à en faire part à l'armée des États-Unis ? Comment pouvais-je savoir que mes messagers seraient tellement plus rapides que le courrier ordinaire ? » James MacLean était écœuré par cet incident. Six jours pour aller de Washington à Montréal ! Même si les hommes avaient des ailes, c'était un record pour le courrier entre les Etats-Unis et le Canada !

De toute façon, raisonnait James MacLean, même si les Américains avaient su qu'ils étaient en guerre, cela n'aurait pas changé grand-chose. Aujourd'hui, trois mois plus tard, l'armée américaine restait indisciplinée, mal équipée, mal vêtue et désorganisée au possible.

Il semblait pourtant que quelque chose allait bientôt se passer. C'était maintenant la fin du mois de septembre et James MacLean et Winfield Scott avaient été envoyés en reconnaissance au Niagara. Les généraux américains avaient besoin de renseignements pour décider à quel moment et à quel endroit il fallait traverser la rivière.

— Qu'en pensez-vous ? demanda James MacLean.

Le lieutenant Winfield Scott parlait avec l'accent raffiné de la Virginie, lentement, en traînant chaque mot. Mais, malgré les apparences, ce n'était pas un Virginien raffiné. Il ne faisait pas partie de cette élite inefficace dont était sorti George Washington, ni d'un milieu intellectuel comme James Madison. En vérité, Scott était un garçon des montagnes, qui avait été élevé avec un mousquet sur l'épaule et une timbale pour l'alcool de contrebande accrochée à sa ceinture. Son air raffiné avait été soigneusement cultivé pour les gens d'influence de l'Est et du Sud. A vingt-sept ans, Winfield Scott comprenait parfaitement l'armée des Etats-Unis. Quand la guerre serait finie, le général Wadsworth rentrerait chez lui et M. James MacLean retournerait à sa plantation; mais Winfield Scott ferait sa carrière dans l'armée. Pour cette raison, il lui fallait des amis d'influence, de bons amis qui encourageraient des guerres pour occuper les officiers américains.

La guerre était importante pour cette nouvelle nation, pensait Scott. La guerre apporterait la gloire aux hommes politiques ainsi que de nouveaux territoires. Comme ses amis, Clay et Calhoun, Winfield Scott croyait au destin des Etats-Unis et pensait que ce destin élèverait l'âme des petites gens. Les pays au nord et au sud de l'Union seraient annexés et profiteraient du mode de vie américain même s'ils n'étaient pas prêts à en faire partie. Il croyait que le premier territoire qu'il fallait annexer était l'Amérique du Nord britannique et que cette guerre ne servirait qu'à achever proprement la guerre d'Indépendance. « Nous l'avons terminée trop tôt », aimait-il à dire. Puis il ajoutait : « D'abord le Canada, ensuite le Mexique. »

.Winfield Scott se gratta la tête et regarda James Mac-Lean, qui avait vingt-deux ans de plus que lui. MacLean était son subalterne, mais peut-être qu'il trouverait moyen de se servir de lui plus tard. Il était évident que MacLean s'était acheté un brevet d'officier pour s'avancer dans le milieu politique. Cependant, Scott et lui s'entendaient bien et malgré la différence d'âge, MacLean semblait le respecter.

— Je pourrais envoyer mes troupes dans ce petit village — comment s'appelle-t-il encore ? Winfield Scott glissa son doigt sur la carte, qu'il avait déroulée et posée sur un grand rocher plat. « Ah oui, Queenston. J'imagine que du village, il y a une bonne route qui mène au sommet des falaises. Une fois arrivés là-haut, évidemment, nous aurions l'avantage. »

James MacLean hocha la tête : « Je me demande qui vit là-bas. » C'était vraiment à lui-même qu'il se posait la question : il pensait à deux personnes en particulier. Depuis le jour où l'armée avait décidé de l'envoyer au Niagara, il vivait dans l'attente, et son impatience grandissait tous les jours.

Car c'était le Niagara ! C'étaient les « Portes du Tonnerre » dont lui avait si souvent parlé Jenna Macleod. C'était là que Jenna s'était enfuie avec son frère jumeau, Will Mac-Lean. Trente et un ans avaient passé depuis qu'ils l'avaient quitté, humilié et laissé seul au comptoir du Mississippi. James haïssait son frère Will. Il le haïssait malgré le fait que Will n'était jamais venu reprendre la moitié de la fortune de son père. James haïssait Will parce qu'il avait emmené Jenna, et James MacLean n'avait jamais oublié Jenna Macleod : ce n'était pas une femme facile à oublier.

James avait toujours pensé que Jenna l'aimait et que si Will n'était pas revenu, elle aurait accepté les conditions qu'il lui imposait, l'aurait épousé et serait devenue la maîtresse de Skye, l'énorme et florissante plantation qu'il possédait en face de Vidalia.

Mais Skye n'avait jamais eu de maîtresse. James MacLean avait connu beaucoup de femmes, mais la seule qui lui avait donné un fils était sa sœur Maria.

Après l'évasion de Jenna avec Will, Maria était redevenue presque normale. Elle s'était dévouée à James, s'occupant de la maison, faisant la cuisine et l'aidant à accumuler de l'argent pour acheter des esclaves.

Une nuit, Maria était venue dans sa chambre et, malgré lui, James lui avait cédé. Elle s'était faufilée dans son lit à l'heure qui précède le chant du coq, cherchant de l'affection comme une pauvre créature abandonnée.

James MacLean ne connaissait que trop bien ses propres faiblesses. La chaleur de sa peau, ses caresses insinuantes et la manière dont elle était tombée dans ses bras alors qu'il n'était qu'à moitié éveillé, l'avaient fait faiblir, et il avait commis ce terrible péché.

Les semaines et les mois avaient passé. James, très honteux, avait essayé d'ignorer sa sœur et de l'éviter le plus possible. Alors son ventre s'était mis à gonfler et James MacLean avait compris que leur péché porterait fruit.

Pendant les neuf mois de sa grossesse, Maria était devenue comme un animal enragé. Sa folie était revenue et James avait eu tellement peur d'elle qu'il l'avait enfermée et gardée prisonnière dans leur maison. Maria hurlait, criait et se balançait en se tenant le ventre et en poussant d'horribles gémissements; elle ne parlait plus qu'à elle-même.

Pendant l'accouchement, Maria avait hurlé sans cesse et après la naissance de Mason James, elle s'était tournée vers le mur, sans même remarquer que la nourrice lui prenait son enfant.

James avait été très soulagé en voyant que son fils était normal et même fort et robuste. Il aimait bien cet enfant et était heureux de voir qu'il lui ressemblait plutôt qu'à sa mère.

Mais le calme n'avait pas duré. Le lendemain de la naissance de Mason James, Maria était tombée de son lit et s'était précipitée tête contre le mur en hurlant et en s'arrachant les cheveux : « Elle vient ! Cette fois-ci, elle vient vraiment ! » Ses yeux flamblɔyant de folie, son visage était devenue tellement hideux que James n'avait pas eu le courage de la regarder. Les esclaves l'appelaient une sorcière et un démon, et disaient que le mal la tuait par l'intérieur. Enfin, après quatre journées de cauchemar, la matrice de Maria avait éclaté et elle avait saigné à mort en hurlant des jurons et des malédictions.

L'expérience avait été abominable, mais malgré la folie de Maria, Mason James MacLean était devenu un jeune homme parfaitement normal. Son père le trouvait un peu trop sensible, un peu excentrique. Mais il pouvait se réjouir d'une chose : il était clair que ses inquiétudes à propos des préférences sexuelles de son fils étaient sans fondement. Dans sa dernière lettre, Mason James lui annonçait que sa femme, Colleen, venait d'accoucher de deux jumeaux. Comme il y avait déjà des jumeaux dans la famille, James MacLean était sûr qu'ils étaient de lui.

Cependant, James pensait encore à la vie qu'il aurait eue si Jenna ne l'avait pas quitté. Il laissa de nouveau vaguer sa pensée, se rappelant la ravissante jeune femme à la peau si blanche, aux longs cheveux roux or. Il pensa à ses boutons de seins roses et durs, à la beauté de sa peau d'albâtre au clair de lune; il se rappelait ses cris de plaisir, son expression de pure passion quand ils faisaient l'amour. Parfois son image l'envahissait en plein jour, mais le plus souvent elle lui venait dans ses rêves et aux heures qui précèdent le sommeil. Il avait passé de nombreuses nuits à se caresser en pensant à elle.

— Ça va, MacLean ? La voix de Winfield Scott interrompit la rêverie de James MacLean.

— Oui, oui, répondit James en faisant un effort pour revenir à la réalité présente.

— Prenez la lunette. On peut voir de l'autre côté de la rivière. Regardez les gens qui vont et viennent. Vous savez, j'ai entendu dire que les habitants nous accueilleront à bras ouverts. Il paraît qu'ils n'attendent que cela : être libérés.

James prit la lunette et regarda l'embarcadère au bord de la rivière en face de lui. Il tourna la lunette un peu vers la gauche et fixa un endroit juste au-dessus de l'embarcadère.

Il y vit une femme : elle regardait de l'autre côté de la rivière et il crut un instant qu'elle l'observait.

Ses longs cheveux roux-or étaient tirés en arrière et encadraient son ravissant visage. Il ne se trompait pas ! C'était bien Jenna ! James MacLean murmura son nom à voix basse.

— Hein ? Vous dites ? demanda Scott en se tournant vers lui.

— Rien, dit James, à peine conscient de la présence de Scott. « Ils semblent si près : vous êtes sûr qu'ils ne nous voient pas ? »

— Seulement s'ils nous regardent à travers une lunette, répondit Scott.

James MacLean resta immobile, cloué sur place. Il vit Jenna se tourner légèrement et mettre son bras autour d'un enfant. Etait-il possible qu'un enfant si jeune fût le sien ? Elle avait le même âge que lui, quarante-neuf ans, mais elle paraissait en avoir dix de moins. Son corps était resté superbe et son visage n'avait rien perdu de sa beauté. Il aurait tout fait pour s'élancer de l'autre côté de la rivière, lui arracher ses habits et la posséder comme autrefois.

— Eh bien, qu'est-ce que vous en pensez ? demanda Scott avec irritation.

James baissa la lunette en secouant la tête. Il la tendit à Scott et fit un effort pour se tenir bien droit, car il se sentait un peu défaillant. « L'assaut ne devrait poser aucun problème. Queenston me semble un endroit idéal, » dit-il en cherchant à cacher son anxiété. « Absolument idéal. »


— C'est vraiment très joli ici, dit Bonnie en s'écartant un peu du feu. De l'autre côté de la rivière se dressait une énorme falaise de plus de trente mètres. Ils avaient fait leur camp sur une colline verdoyante devant la rivière et en face de la falaise. Derrière eux, les douces collines étaient cachées par d'épaisses broussailles.

— Bientôt nous arriverons à la prairie, dit Ian. Il avait arraché un long brin d'herbe et le suçait comme un gamin : « Là-bas la terre est si plate que quand il fait clair on peut facilement voir à cent cinquante kilomètres devant soi. »

— Je serais heureuse d'arriver quelque part, dit Bonnie en plaisantant. J'aimerais bien prendre un bon bain chaud !

Ian se leva en s'étirant. Il faisait très noir, mais l'ombre de la falaise était visible à la lueur du croissant de lune. Le feu crépitait et le canard qu'il avait tué pendant la journée rôtissait dans les flammes.

— La nature m'appelle, dit-il. Je reviens dans quelques minutes.

Bonnie sourit en le voyant disparaître dans les buissons. Elle se leva et alla s'asseoir de l'autre côté du feu, les jambes croisées à la manière indienne, les mains étendues au-dessus du feu. Elle se mit doucement à chanter un refrain gaélique.

Elle s'arrêta soudain et tendit l'oreille. C'était Ian. Quel coquin ! se dit-elle. Nous avons déclaré la paix mais il veut encore me faire peur. Il va se glisser doucement vers moi et dire « hou ! » Bonnie ne fit pas attention au bruit de pas feutrés qu'elle entendait derrière elle, et se mit à chanter un peu plus fort. Les pas s'approchèrent. Je ne vais pas faire attention, se dit-elle avec orgueil. Quoi qu'il fasse, je ne vais pas me retourner, et je ne vais pas sursauter ! Cette fois-ci, il ne va pas me faire marcher !

L'instant d'après, elle reçut une tape dans le dos. Bonnie ne se retourna pas et continua à fixer le feu. « Tu te trouves peut-être très intelligent, » dit-elle à haute voix. « Eh bien, monsieur MacLean, il faut plus que cela pour me faire peur ! Je suis une Campbell et les Campbell n'ont jamais peur ! J'espère quand même que tu vas t'excuser. C'est peut-être amusant pour les petits garçons, mais ce n'est vraiment pas très gentil de faire peur aux femmes dans le noir. » Elle se tut un instant et eut un petit sourire. « Eh bien ? » dit-elle sévèrement en sentant qu'on la tapait de nouveau.

— Ne bouge pas ! Ne bouge surtout pas !

Bonnie leva la tête et resta bouche bée. Ian était là, de l'autre côté du feu, devant les buissons. S'il était là, qui donc était derrière elle ?

— Ne bouge pas ! répéta Ian d'une voix plus calme.

— Heeein ? Bonnie se mit à trembler et, n'y tenant plus, elle se retourna vivement. . . et se trouva face à face avec un gros ours noir avec de tout petits yeux et un museau pointu. « Ah ! Mon Dieu ! » Bonnie jeta un cri perçant. L'ours fit un bond en arrière et se sauva dans les buissons.

Bonnie se précipita vers Ian et tomba dans ses bras. Alors, se rappelant la promesse qu'elle s'était faite, elle se raidit et s'excusa : « Pardon. Il m'a fait peur. »

— Il t'a fait peur ! Je t'entendais lui parler ! On ne t'a jamais dit qu'il ne fallait pas parler aux étrangers ?

— Tu te moques encore de moi ! s'écria Bonnie en le regardant d'un œil furibond. « Ce n'est pas drôle. Il aurait pu me tuer ! »

Mais Ian se tordait de rire : « Et tu pensais que c'était moi ! Mon Dieu, vous autres Campbell vous vous méfiez vraiment de tout le monde ! »

Bonnie tapa du pied et se remit auprès du feu, s'asseyant un peu en biais pour mieux voir derrière elle. Alors elle eut un petit sourire. « C'est en effet assez drôle, dit-elle. Mais j'aurais dû me douter que ce n'était pas toi. Il était beaucoup trop gentil. »

# CHAPITRE X

## le 13 octobre 1812

Depuis quelques jours, le major-général Isaac Brock répétait sans cesse la même question : « Quand et où ? » Josh Mac-Lean aurait été très heureux de pouvoir lui répondre, mais en vérité il ne pouvait que deviner la réponse.

Brock avait divisé son armée en trois groupes d'artilleurs et de soldats d'infanterie. Le premier groupe avait été envoyé au fort Erié, le second à Chippewa, au-dessus des chutes où l'on pouvait le plus facilement traverser la rivière, et le troisième, bien sûr, au fort George.

Deux flancs-gardes de la 49ᵉ compagnie d'infanterie et un nombre équivalent de milices de Lincoln avaient été placés à Queenston et autour du village. Un grand canon était caché sur le flanc septentrional de la falaise qui s'élevait derrière le village. Comme il était placé sous une crête, on ne pouvait pas le voir du fort américain à Lewiston, de l'autre côté de la rivière. Un autre canon, manœuvré par Solomon Vrooman se trouvait sur un bec de la rivière, un peu en aval : ce canon, lui aussi, était caché.

Josh se rappelait le soir très récent où les commandants américains avaient trahi leurs intentions.

Le lieutenant Jesse D. Elliott de la Marine des Etats-Unis avait réussi à supprimer deux vaisseaux britanniques. Le premier, le *Caledonia,* dont on s'était servi pour prendre le fort Michilimackinac quelques mois auparavant, avait été capturé par les Américains; l'autre, un grand vaisseau qui s'appelait le *Détroit* avait cherché à s'échapper, et avait fini par échouer sur la côte. Mais l'équipage du *Détroit* s'était empressé de brûler le vaisseau plutôt que de le laisser prendre par les Américains.

Même les Anglais étaient obligés de reconnaître que la Marine américaine, toute petite qu'elle était, s'était montrée très efficace. Mais Josh et ses compatriotes britanniques qui étaient sous le commandement de Brock, avaient quand même de quoi être satisfaits. L'armée des Etats-Unis, commandée par le major-général Van Rensselaer, avait fait de grosses bêtises qui avaient annulé presque tout l'avantage qu'avait gagné la Marine des Etats-Unis.

Le soir du 10 octobre, Van Rensselaer, profitant des victoires navales, avait essayé de traverser la rivière à Lewiston. Mais ses hommes n'avaient pas d'expérience et ils ne s'étaient pas entraînés dans les bateaux. Ce n'était qu'au moment où ils s'étaient tous entassés dans les barques ballottantes qu'ils s'étaient rendu compte qu'ils avaient oublié leurs rames. Pendant qu'ils se hâtaient vers le rivage, ils avaient été pris sous une averse et avaient battu en retraite vers le camp, furieux, trempés, jurant tant qu'ils pouvaient.

Grâce à cette attaque si mal organisée, Josh était persuadé que la prochaine attaque aurait lieu à Queenston. Mais le général Brock n'en était pas tout à fait convaincu. Il se rendait parfaitement compte que Queenston et les falaises qui dominaient le village étaient très importants pour l'ennemi. Il savait que du haut des falaises on pouvait contrôler toutes les activités de la rivière du Niagara; en perdant Queenston et les falaises, on risquait éventuellement de perdre tout le Haut-Canada. Mais il croyait aussi que les Américains attaqueraient le fort George avec l'aide des batteries du fort Niagara de l'autre côté de la rivière. C'est pourquoi Brock et ses subalternes étaient restés au fort George et attendaient, comme des partants de course à leurs marques, prêts à s'élancer à la défense de l'un des deux endroits.

Quelques journées avaient suivi l'attaque avortée des Américains de Lewiston. Josh MacLean commençait à se détendre et à penser que l'ennemi n'allait peut-être pas attaquer, du moins pas avant l'été, quand viendraient les renforts.

La nuit du 13 octobre, Josh dormait profondément, pelotonné sous le gros édredon qu'il avait ramené de chez lui. Comme c'étaient ses tantes qui l'avaient fabriqué, il était assez grand pour le recouvrir. Comme d'habitude, une de ses jambes pendait hors du lit. Josh dormait comme le font tant de jeunes garçons, la main sur son sexe.

Les longues jambes sinueuses de Colleen étaient enroulées autour de lui et il lui ôtait ses vêtements pièce par pièce. Brusquement, comme il n'arrive que dans les rêves, elle se dressa devant lui, toute nue, les bras étendus. Ses longs cheveux noirs tombaient en cascade sur ses épaules blanches, caressant les bouts roses de ses seins parfaits. Ses yeux bleus l'invitaient à la prendre dans ses bras. Elle lui fit un sourire séduisant et il l'attira vers lui; elle se mit à califourchon sur son corps, les jambes écartées, et il s'enfonça en elle. Soudain Josh éclata, la chambre tourna autour de lui, son lit se mit à trembler. Josh ouvrit les yeux, conscient d'abord de la mouillure que lui avait laissé son rêve, puis des coups de canon qui venaient de l'autre côté de la rivière.

Il glissa les jambes vers le bord du lit et prit ses vêtements en toute hâte. « J'entends des canons, cria-t-il. On nous tire dessus ! » Josh enfila ses chaussettes et son pantalon, puis sa grosse chemise, sa jaquette et ses bottes. Il entendit les autres officiers se précipiter hors de leurs lits, jurant et grommelant.

Dans le noir, Josh courut avec difficulté à travers les quartiers des officiers jusqu'à la pièce centrale. Il saisit le gong en étain et se mit à le battre furieusement. Cette alarme devait réveiller les soldats dans les casernes s'ils n'étaient pas déjà debout.

Quelque part dans l'obscurité qui enveloppait encore la cour et les bâtiments du fort, il entendit l'officier de garde hurler : « Les Américains arrivent ! Les Américains arrivent ! Amenez les signaux ! Ils attaquent Queenston ! »

Jenna était roulée comme une petite boule dans son lit, la

tête reposant sur son bras, son corps sinueux blotti contre celui de Will. Le premier coup de canon de l'autre côté de la rivière fit trembler la maison entière et illumina la chambre comme en plein jour.

Will sauta hors du lit et secoua sa femme : « Réveille-toi ! Réveille-toi ! »

Jenna ouvrit les yeux au moment même du second coup de canon. « Dieu, qu'ils sont bruyants ! » dit-elle.

— Lève-toi et mets quelque chose de chaud. Dépêche-toi ! Jenna s'élança hors du lit et mit ses chaussures et une grosse robe en lainage. Les coups de feu continuèrent. Jenna regarda par la fenêtre. Elle vit un incendie près du rivage et les villageois qui couraient dans toutes les directions en poussant des hurlements. Will la rejoignit et regarda lui aussi.

— Heureusement que nous avons bâti notre maison au pied de la colline, observa-t-il. On dirait que deux maisons ont été touchées.

— Elles sont tout près du rivage, dit Jenna. Il faudra organiser quelque chose et faire venir les gens ici.

Ils descendirent l'escalier à toute vitesse. A peine furent-ils dans la cuisine qu'il y eut une nouvelle explosion. Une des très belles assiettes en porcelaine de Jenna tomba du buffet et se cassa en mille morceaux. Jenna tapa du pied : « Ah, merde alors ! Regarde-moi ce qu'ils ont fait, ces imbéciles d'Américains ! »

Will chargeait son mousquet. « Il va falloir que je parte rassembler les miliciens, dit-il. Je ne pense pas que les villageois soient en danger, mais tu sais où trouver le pistolet. »

— Mais il faut faire venir les gens dont les maisons sont brûlées ! s'écria Jenna.

— J'aimerais bien que tu ailles à Lochiel, dit Will. Je pourrais t'emmener jusqu'en haut de la falaise et tu continuerais à cheval sans moi.

— Je ne veux pas aller à Lochiel, répondit Jenna avec fermeté. Pour rien au monde je ne manquerais le spectacle ! Nous avons une cave et d'ailleurs je suis assez en colère contre le type qui m'a cassé ma belle assiette pour l'étrangler !

Will réprima un sourire. Jenna était aussi têtue qu'elle l'avait été dans sa jeunesse. . . et toujours aussi jolie.

A trois heures du matin, il faisait très noir et très froid dehors; en plus, il pleuvotait. Dans le lointain, Josh voyait la lueur orange des feux. Il était anxieux et s'inquiétait pour ses parents.

— MacLean ! Prenez votre cheval et allez accompagner le général et ses aides. La voix était sortie des ténèbres. Josh se tourna et se dirigea vers les écuries. Il y trouva le général Brock et ses aides sur leurs chevaux. Le cheval du général, Alfred, semblait nerveux.

— Vous êtes prêt, Macdonell ? Et vous, MacLean ?

Josh hocha la tête. Macdonell était John Macdonell, parent de Red George et de Miles. La région entière était envahie de Macdonell, car le clan entier s'était établi dans le Haut-Canada.

Macdonell, son sabre à la main, essayait d'enfiler sa jaquette et de monter sur son cheval en même temps. « Venez, MacLean ! Macdonell nous rattrapera ! »

Brock était très anxieux : « Il faut que je sache tout de suite si c'est une vraie attaque ou une attaque de diversion. » Josh aurait pu répondre à sa question, mais il savait que Brock ne l'écouterait pas.

Les deux hommes galopèrent dans le brouillard. Ils étaient à onze kilomètres de Queenston.

— Passez en premier, MacLean, hurla Brock, en s'écartant pour laisser la place au cheval de Josh.

C'est mon territoire, se dit Josh. J'ai vécu ici toute ma vie. J'ai même aidé à percer ce chemin. « Il y a des lanternes devant nous ! cria-t-il à Brock. Quand nous nous approcherons, je leur demanderai de s'identifier. »

— Qui passe ? cria-t-il dans l'obscurité quelques instants plus tard.

— La milice ! C'était la voix de son père.

— Ce n'est que le reste de ma famille, plaisanta Josh en se tournant vers Brock. Quelques instants plus tard, Brock et

Josh MacLean étaient entourés de miliciens qui portaient des lanternes. Will MacLean accompagnait le commandant de la milice, John Robinson.

— Notre maison n'a pas été atteinte ? demanda Josh. Est-ce que maman est allée à Lochiel ?

— Quand je suis parti, la maison était intacte : elle est un peu en retrait de la ligne d'attaque. Quand à ta mère, non, elle refuse d'aller à Lochiel. Elle est là avec son mousquet, à attendre l'artilleur américain qui a cassé sa plus belle assiette en porcelaine !

Il y eut un éclat de rire général. Parmi les miliciens se trouvaient des oncles et des cousins de Josh, qui connaissaient bien le caractère fougueux de la belle Jenna Mac-Lean.

— Pauvre type ! murmura l'un d'eux.

— Au moins il verra une jolie figure avant de mourir, ajouta un autre.

— Continuez ! ordonna Brock à la milice de York en agitant son chapeau. Josh, Brock et les miliciens continuèrent leur chemin jusqu'à l'aube. Ils rencontrèrent bientôt une longue ligne de prisonniers et de blessés américains, en route pour le fort George.

— Ils ont été arrêtés par le grand canon au moment où ils désembarquaient, mon général, dit le jeune officier en charge. Ils sont sortis de leurs bateaux, mais comme ils étaient coincés, ils se sont rendus.

— Excellent ! répondit Brock. Ramenez-les au fort George. Il resta un instant silencieux. « Et vous pourrez aussi transmettre un message de ma part. Dites au général Sheaffe d'amener autant de soldats que possible. Dites-lui qu'il n'y a plus aucun doute : ceci est l'attaque principale. »

Près du rivage, non loin du village de Queenston, les troupes américaines qui avaient réussi à débarquer s'éparpillaient dans toutes les directions, se cachant le plus possible. Les maisons du village étaient visibles, mais leur objectif, c'était les falaises. La colline qui y menait était très escarpée et couverte d'une forêt épaisse. Quelque part sur cette colline était caché le grand canon qui empêchait les troupes de débarquement d'établir une tête de pont.

Le frère du général Van Rensselaer, le colonel Solomon Van Rensselaer, se tordait dans des souffrances atroces, car il avait été atteint par cinq coups de feu pendant le débarquement. A part Van Rensselaer, qui était grièvement blessé, aucun des commandants américains n'avait pu gagner la rive canadienne. Le capitaine Wool de la 13e compagnie d'Infanterie des Etats-Unis était le supérieur hiérarchique. Il connaissait mieux le territoire qu'aucun des réguliers américains : il connaissait le chemin sinueux qui menait au grand canon.

Le capitaine Wool se pencha au-dessus de Solomon Van Rensselaer : « J'ai été élevé dans cette région, mon colonel. Je crois savoir où se trouve le canon. »

Van Rensselaer hocha la tête; un filet de sang coulait du coin de sa bouche. « Allez-y », ordonna-t-il d'une voix haletante.

Sur les hauteurs, au-dessus des Américains désespérés, Josh continuait son chemin avec Brock. Quatre heures avaient passé depuis le premier coup de feu sur le village de Queenston. Il était sept heures du matin. Malgré les nuages, le ciel commençait à s'éclaircir.

— Vous êtes bien silencieux, dit Brock en se tournant vers Josh.

— Je réfléchis, répondit Josh, un peu absent. Il examinait l'épaisse broussaille. C'était un terrain aussi difficile à défendre qu'à attaquer : il était rude, très escarpé et couvert d'une épaisse forêt. Josh savait mieux que quiconque que tout dépendait de l'expérience du terrain. « Je pense qu'il faudrait prendre le dernier chemin qui descend vers Queenston et vérifier que tout va bien dans la 49e compagnie d'infanterie. »

Ils tournèrent leurs chevaux et se dirigèrent vers le dernier chemin qui descendait la colline escarpée jusqu'à Queenston. Une fois arrivés au pied de la colline, ils se mirent à galoper vers le village et furent accueillis par la 49e compagnie avec de grands hourras. Les Américains qui avaient réussi à débarquer étaient dans les bois à l'autre bout du village; la plupart d'entre eux ne pouvaient pas avancer à cause du grand canon et des grenadiers qui restaient éparpillés sur les hauteurs. Cependant, ces Américains étaient dans la forêt et on ne pouvait pas les voir. « L'expérience du terrain », murmura Josh : il était hanté par cette idée. Le chemin le plus éloigné — celui qu'ils venaient de prendre — était très bien fortifié et gardé par la 49ᵉ compagnie. L'autre chemin, celui qui menait au grand canon, ne pouvait être bien connu. . . sauf de quelqu'un qui avait vécu dans le village.

Brock donna l'ordre à John Macdonell de chercher les soldats de la 49ᵉ compagnie qui étaient encore sur la falaise, pour les ramener à l'aide des grenadiers. Le général se tourna alors vers la falaise et se mit à l'examiner. « Je suis sûr que très peu d'Américans ont réussi à débarquer et à se cacher dans la forêt », dit-il en se frottant le menton. « C'est beaucoup trop escarpé; ils ne peuvent pas grimper cette pente. Venez, MacLean, allons jeter un coup d'œil sur le canon. »

Brock partit courageusement en premier et Josh le suivit. Les deux hommes, sur leurs chevaux, prirent un chemin étroit, caillouteux et très en pente. Josh leva le regard vers les hautes falaises. Les buissons n'avaient plus de feuilles, mais ils étaient à moitié cachés par la brume du petit matin. Les rochers au bord des falaises étaient en saillie. En s'approchant du canon, Josh se sentit anxieux : « Mon général, je. . . »

Sa phrase resta en suspens. Le major-général Brock s'était retourné et regardait la scène panoramique qui s'étendait de la plate-forme rocheuse où était placé le canon. C'était une longue plate-forme presque horizontale, à mi-chemin entre la rivière et le plus haut promontoire. Souvent, dans son enfance, Josh MacLean s'était arrêté à cet endroit pour se reposer. La vue sur la rivière et sur le village était superbe. Josh et le général Brock pouvaient voir la fumée s'élever du canon de neuf kilos qui faisait feu sur toute la largeur de la rivière jusqu'au fort Niagara. Ils pouvaient voir les bateaux américains ballotter sur l'eau et, sur la rive opposée, les lignes de troupes qui attendaient de traverser la rivière pour assister leurs camarades sur la côte canadienne.

— Mon général, insista Josh, quelques-uns de ces bateaux ont sûrement dû échapper à notre ligne de feu. Il y a peut-être des Américains sur la colline en ce moment même.

Brock éclata de rire : « Oh, j'en doute beaucoup. Le chemin est caché et très escarpé, et on ne voit rien. »

Brock pressa les genoux contre les flancs de son cheval Alfred pour le faire avancer. Le ressaut sur lequel était placé le canon était large et le flanc de la colline qui le dominait était un peu en surplomb.

Une forte odeur de cèdre remplissait l'air du petit matin. Les grands bouleaux avaient déjà perdu leurs feuilles, mais les arbrisseaux et les buissons qui poussaient sur les hauteurs les avaient encore toutes. A gauche de Josh un buisson était couvert de petites feuilles rouge vif — rouges comme le sang, se dit Josh. Il écarta rapidement cette image de son esprit et s'efforça de penser à autre chose. « Il ne faut jamais penser à la mort avant une bataille », lui avait dit son père un jour.

Brock avait quitté Josh et grimpait vers les artilleurs qui manœuvraient le canon. « Vous avez fait du bon travail », dit-il d'une voix tonnante. « Vous avez réussi à arrêter l'ennemi ! »

Josh, qui s'était tourné vers le haut des falaise, eut brusquement une impression étrange, et qu'il connaissait très bien : il se sentit observé. C'était comme le sixième sens de l'Indien, un instinct acquis pendant ses longs séjours solitaires dans les bois, transmis sans doute par les Indiens qui lui avaient appris à survivre dans la nature. Josh était aussi sûr qu'on l'observait que de sa propre vie. . . et il savait que c'était l'ennemi.

Du coin de l'œil, il vit brusquement un léger mouvement. Il poussa un cri d'alarme et se blottit derrière un buisson au moment même où l'on entendit les coups de feu. « Les Américains ont grimpé la colline ! Ils descendent sur nous ! » cria-t-il.

Brock tourna vivement la tête. Son visage portait la même expression d'ahurissement que les artilleurs effrayés.

— Enclouez le canon ! ordonna Josh. Mettez le clou dans la lumière ! Qu'il soit hors de service ! L'image horrible du canon tourné contre les villageois lui traversa l'esprit. Il poussa un long soupir quand le canon fut enfin silencieux. Mon Dieu, faites qu'ils l'aient bien encloué ! pria-t-il.

Josh se retourna juste à temps pour voir une foule de soldats américains se précipiter en hurlant en bas de la falaise, vers le canon.

Josh prit son mousquet et tira. Les Américains les plus proches de lui, qui n'avaient pas pensé trouver un tireur d'élite si près du canon, se précipitèrent aussitôt dans les buissons. Josh entendit Brock donner l'ordre à ses hommes de descendre la colline vers le petit village de Queenston.

Josh descendit de son cheval et frappa le flanc de l'animal déjà effrayé par le bruit des coups de feu si proches. Josh le frappa de nouveau. « Vas-y, ma vieille », ordonna-t-il. Il savait qu'une fois en bas de la colline — s'il y arrivait jamais — il retrouverait son cheval.

A partir de ce moment-là, Josh ne pensa plus qu'à une chose : balayer l'ennemi de coups de feu pour permettre à Brock et aux artilleurs de descendre la colline sans être atteints. Il se sentit soulagé en les voyant disparaître dans les bois et se prépara à descendre lui-même. Mais maintenant les Américains étaient très proches. . . trop proches.

— Il fait frais maintenant, observa Bonnie Campbell. Ils se trouvaient sur un grand lac et Ian pagayait tout près du rivage. Depuis une semaine la nature s'était complètement transformée. En descendant vers le sud, ils avaient quitté le paysage rude et désolé de la Terre de Rupert et glissaient parmi les plaines douces et ondulantes qui caractérisent la prairie. Ian avait raison, pensait Bonnie : on voyait à cent cinquante kilomètres devant soi. Ici, il n'y avait plus de forêts, ni de sapins ni de cèdres. A part les quelques peupliers qui bordaient les rivières et les lacs, il n'y avait que des buissons et de l'herbe. A certains endroits, l'herbe était presque aussi haute que Bonnie, et comme c'était le mois d'octobre, elle était brune et sèche en attendant de s'endormir sous une épaisse couche de neige. Mais ce que

Bonnie Campbell trouvait de plus impressionnant, c'était le vent. Il hurlait son chant funèbre à longueur de journée, pleurant la mort de l'été et annonçant l'hiver tout proche.

— Il n'y a rien ici pour arrêter le vent, lui dit Ian. Il balaie la prairie pour se précipiter furieusement contre le bas des grandes montagnes.

Mais là, au milieu de la prairie, Bonnie Campbell ne pouvait pas imaginer les montagnes. D'un horizon à l'autre, la terre était comme une table, ponctuée çà et là par de minuscules collines ou par de petites dépressions aux endroits où serpentaient les rivières et les lacs.

— Ayi ! Ayi ! Ayi ! En entendant ce cri sauvage et inattendu, Bonnie Campbell devint toute raide de frayeur. Elle saisit sa pagaie comme si c'était une arme; ses yeux se tournèrent vers le rivage d'où venait le cri horrible.

A son étonnement, Ian imita le cri. « Baisse ta pagaie, dit-il. Ce sont des Métis. Nous allons débarquer. »

Ian glissa le canot vers le rivage, sauta à terre et le tira à sec. Puis il offrit sa main à Bonnie et l'aida à en sortir. Un peu plus loin, tout en haut d'une petite colline, elle vit apparaître un groupe d'hommes à cheval — des hommes tels qu'elle n'en avait jamais vus de sa vie.

Ils étaient neuf en tout. Leurs cheveux, emmêlés et négligés au possible, leur tombaient jusqu'aux épaules; leurs visages étaient sauvages, anguleux, barbus, aux pommettes très saillantes; ils avaient la peau cuivrée et de petits yeux qui brillaient comme des billes. Comme Bonnie et Ian, ils portaient des peaux de cerf, mais aussi des foulards brillamment coloriés sur la tête, des ceintures rouge vif ou orange, des chapeaux extraordinaires, ornés de grandes plumes. Ils ressemblaient à des Indiens, mais aussi à des hommes blancs, pensa Bonnie. Ils étaient fièrement assis sur leurs chevaux, comme s'ils y étaient nés, et portaient tous des armes, de longs mousquets et des couteaux aux lames étincelantes, glissés dans leurs ceintures sans gaine.

Ils regardèrent longuement Bonnie Campbell, avec une expression de curiosité mêlée de convoitise. Leurs regards étaient tellement hardis qu'elle eut un frisson d'angoisse.

Ces hommes ne semblaient pas civilisés : ils étaient neuf, tandis que Ian et elle n'étaient que deux.

— Vous êtes Ian MacLean, éclaireur du groupe d'Owen Keveney ? demanda l'un des hommes en français.

— Oui, répondit Ian. Nous nous dirigeons vers la colonie des Fourches.

— Miles Macdonell a emmené le groupe à Pembina pour l'hiver. Vous devez les rejoindre à Pembina. Nous transmettrons le message à Keveney.

Ian hocha la tête et fit un signe de la main. Alors un des hommes approcha son cheval de Bonnie Campbell, se pencha vers elle et lui donna un coup dans les côtes, comme si elle était un mouton destiné à l'abattoir. Elle sursauta et fit une grimace.

— Bonne squaw, dit l'homme en riant, puis poussa un cri horrible. Les autres l'imitèrent. Bonnie eut l'impression qu'on l'applaudissait.

— *Ma* squaw, répondit Ian gaiement.

— Je ne suis pas ta squaw ! dit Bonnie d'un ton sec. Ian se tourna vers elle avec un sourire et lui tapota la tête affectueusement. « Tais-toi, chérie », dit-il sans changer d'expression. « S'ils ne te prennent pas pour *ma* squaw, ils risquent de te faire *leur* squaw. Heureusement, mon amour, ils ne savent pas assez bien l'anglais pour comprendre notre conversation. Approche-toi un peu de moi et souris. »

L'expression de Bonnie passa de l'indignation à la peur, puis elle se résigna et obéit. « Oui, mon chéri », répondit-elle, les dents serrées.

Ian mit son bras autour de sa taille et la serra contre lui. « Nous allons à Pembina », dit Ian au groupe de cavaliers. Les Métis, qui montaient sans selle et étaient assis sur des couvertures, tournèrent leurs chevaux sans dire un mot et partirent au galop. Ils poussèrent de nouveaux cris et secouèrent leurs fusils dans l'air en faisant de grands signes d'adieu. Il sembla à Bonnie qu'ils tenaient à peine les rênes : l'homme et le cheval ne formaient qu'un seul être.

— Ce sont des Métis, expliqua Ian, des Métis français. Il existe aussi des Métis écossais.

Bonnie fronça les sourcils : « Qui sont-ils ? »

— Il y a très très longtemps, expliqua Ian, des *voyageurs* français et écossais sont allés vers l'Ouest pour explorer le pays, à la recherche de fourrures. Comme il n'y avait pas de femmes, ils ont épousé des Indiennes. Leurs enfants sont les Métis — le peuple du Bois Brûlé : certains les appellent « le peuple de la Buffle ». Ce sont les meilleurs cavaliers du monde et ils vivent des buffles.

— Ce sont des sauvages ! dit Bonnie.

Ian éclata de rire. « Non, répondit-il. Ils parlent français, parfois un peu anglais, et toujours la langue indienne de leur mère. Ce ne sont pas des sauvages. Ils ont un code comme nous — peut-être différent du nôtre, mais un code quand même, qu'ils suivent rigoureusement. Beaucoup d'entre eux sont de fervents catholiques. Ils considèrent les Indiens comme leurs frères de sang. Les Métis sont une race nouvelle, un peuple nouveau. »

— En tout cas, ils ont l'air de sauvages, insista Bonnie, et ils m'ont fait peur.

— Rappelle-toi que, jusqu'à l'arrivée de Miles en août dernier, il n'y avait qu'une seule blanche à l'ouest du Haut-Canada. Pour eux, tu es quelque chose d'étrange et, franchement, je devrais être très en colère contre toi pour la scène de tout à l'heure. Avale un peu ton orgueil de temps en temps et laisse-moi faire. Tu ne connais rien de ce pays, ni de ses habitants ni de ses coutumes. Je t'en prie, ne sois pas si rapide dans tes jugements.

— Bientôt tu menaceras de me donner une fessée, dit Bonnie d'une voix moqueuse.

Ian secoua la tête : « Une fessée est peut-être bonne pour les petits enfants, mais tu es une femme adulte. Tu es même une femme très belle et je pense que malgré ton mauvais caractère et ton entêtement, tu es peut-être intelligente. Je n'ai pas besoin de te dompter, Bonnie Campbell. Ce pays te domptera. »

— Ian MacLean, tu es insupportable ! Ton arrogance de Highlander est aussi vaste que cette prairie !

— Nous avons déclaré la paix, lui rappela-t-il. . . et nous avons encore un long bout de chemin devant nous.

Bonnie entra dans le canot avec toute l'adresse qu'elle

avait apprise depuis quelques semaines. Elle reprit sa position à l'avant du canot et mit sa pagaie dans l'eau au moment où Ian poussa l'embarcation dans le lac. Il me regarde, pensa-t-elle. Je sens ses yeux brûlants dans mon dos. Cette pensée la fit rougir et elle fut envahie d'une agréable sensation de chaleur. Alors, M. Ian MacLean la trouvait belle et même intelligente ! Bonnie Campbell aurait été la dernière à avouer que l'idée lui plaisait. . . et même beaucoup.

Sur les hauteurs de la falaise, le groupe du capitaine Wool se précipitait en bas de la colline. Le capitaine était très content de son attaque sur le canon par le haut.

— Mille bombes ! s'écria-t-il joyeusement. Nous l'avons !

— Ils ont encloué le canon, les salauds ! se lamenta l'un des Américains. « Merde alors ! Il l'ont fichtrement encloué ! Ça ne vaut rien ! » Wool secoua la tête et regarda la falaise derrière lui. Rien n'empêchait les Canadiens de faire ce qu'ils venaient eux-mêmes de faire. Ils pouvaient grimper par l'autre chemin, marcher le long des crêtes et descendre sur le canon. « Si nous voulons garder notre position, il me faudra des renforts au sommet des falaises et ici également », dit-il à haute voix.

Josh avait eu le temps de reconnaître le capitaine Wool : cet homme avait autrefois vécu dans le village de Queenston, mais sa famille était partie vivre de l'autre côté de la frontière. C'est pourquoi il avait découvert le chemin des falaises, se dit Josh : Wool connaissait le terrain.

Après cette découverte, Josh s'était glissé le plus rapidement et le plus silencieusement possible jusqu'au pied de la colline. En arrivant en bas du chemin, il s'était mis à courir comme un fou.

A l'autre bout du village de Queenston, Josh retrouva Brock qui réorganisait la 49ᵉ compagnie avec ce qui restait des miliciens de Lincoln, épuisés et étourdis.

Josh secoua la tête et traversa le groupe de soldats à la recherche de son père. Quand enfin il le retrouva, les deux hommes s'embrassèrent sans dire un mot, et se regardèrent un long moment avant de prononcer une parole.

— Et maman ? demanda Josh.

— Ta mère a organisé un hôpital provisoire dans le salon, répondit Will. Laura Secord est avec elle : elle est bouleversée, son mari vient d'être grièvement blessé.

— Nous allons passer la journée à grimper et à descendre cette sacrée colline, observa Will. Il faut reprendre le canon avant que les Américains n'aient le temps de renforcer leur position.

— Je suis ravi de voir que tu as ôté ta jaquette d'uniforme, dit Will avec un sourire. « C'est idiot d'envoyer des hommes se battre avec des machins pareils. »

— Je l'ai déchirée en cavalant en bas de la colline, mais je l'aurais ôtée de toute façon, répondit Josh en riant.

— En tout cas, tu es plus malin que ton commandant, murmura Will qui n'aimait pas beaucoup le général Brock et ne s'en cachait pas. « Regarde-moi ça », ajouta-t-il en secouant la tête d'un air un peu dégoûté.

Le major-général Brock était majestueusement perché sur son cheval Alfred. Malgré sa course effrénée en bas de la colline, il était impeccablement vêtu et aussi assuré que jamais. Il portait un tricorne élégant, un manteau rouge vif, des épaulettes dorées et un foulard brillamment colorié que lui avait donné le grand chef indien Tecumseh après la prise de Détroit.

D'un côté, un artiste de l'armée faisait un croquis du général Brock; de l'autre un jeune garçon brossait la croupe d'Alfred.

— Je remonte ! déclara Brock avec un geste théâtral. « Il faut reprendre le canon ! Il faut reprendre la falaise ! »

— Tu as raison, dit Josh à son père. « Avec un accoutrement pareil, c'est une parfaite cible pour l'ennemi. »

— Ça ne pourrait pas être mieux, même avec un cercle peint sur son dos, ajouta Will.

Josh saisit la main de son père. « Il faut maintenant que je rejoigne Brock, dit-il doucement. Prends garde ! »

— C'est plutôt à toi de faire attention, répondit Will avec un sourire. « N'oublie pas de baisser la tête. »

C'était une vieille plaisanterie dans la famille et Josh fit un grand signe à son père en riant. Josh et Ian avaient tous les deux été des adolescents dégingandés qui passaient leur temps à se cogner la tête contre les portes très basses de la maison. « Tout ira bien quand vous apprendrez à baisser la tête », leur disait toujours leur père.

Josh rejoignit le général Brock. Deux cents hommes se mirent à grimper la colline. Les Américains étaient moins nombreux, mais ils avaient l'avantage d'être au sommet.

— C'est classique, marmonna Josh. Les miliciens, qui étaient tous des hommes d'expérience, escaladaient la colline silencieusement, glissant d'un buisson à l'autre comme des Indiens. Les réguliers britanniques, par contre, étaient grotesques. Ils marchaient la tête haute et faisaient tant de bruit que Josh crut un instant qu'ils allaient se mettre à chanter.

— Baissez vos têtes ! leur dit-il, répétant la recommandation que lui avait faite son père en plaisantant.

Au-dessus d'eux, les balles sifflaient à travers les arbres, manquant de justesse leurs cibles humaines.

— Ces sacrés tireurs *yankees*, murmura Josh. A peine eut-il prononcé ces paroles qu'il entendit le général Brock pousser un cri.

— Vous êtes blessé ! Josh courut immédiatement à ses côtés.

Mais le général Brock secoua la tête vigoureusement. Il avait ôté le foulard que lui avait donné le chef Tecumseh à Détroit et le serrait autour de son poignet. « Ce n'est rien ! Rien ! »

Les soldats de la 49e compagnie, soudain terrifiés, se mirent à reculer, à se cacher où ils pouvaient. Brock cria : « Avancez ! Il faut reprendre le canon ! » Il était encore assis sur Alfred et Josh était derrière lui. Soudain le général, atteint en pleine poitrine, tomba de son cheval, le corps tout mou. Josh accourut et s'agenouilla auprès de lui.

— Ils l'ont eu ! s'écria Josh en agitant le bras. Les Américains tiraient encore. Josh essuya le front de Brock. « Emmenez-le en bas de la colline », dit-il aux hommes qui avaient accouru à l'aide du général. Il est mort, se dit Josh :

c'est sûr. Les hommes emportèrent le corps mou du général Brock et Josh, levant le regard, eut une agréable surprise. C'était le lieutenant-colonel John Macdonell, l'aide-de-camp du général Brock, accompagné de deux flancs-gardes de la milice de York. Quelque part derrière la colonne gémissait une cornemuse. Josh MacLean, sans hésiter un instant, accourut vers Macdonell et ses hommes, qui étaient presque tous des Ecossais. Derrière eux, Josh entendait d'autres soldats, parmi lesquels devait se trouver son père.

Josh rejoignit Macdonell : « Mon colonel, le général Brock est mort. »

John Macdonell était l'aide-de-camp de Brock depuis très longtemps : il le respectait et le comprenait. Il cligna des yeux, interdit, puis se raidit et annonça : « Alors il faut le venger. »

— A l'indienne ? demanda Josh, qui espérait laisser tomber cette ridicule formalité qui causait tant de morts inutilement.

Macdonell hocha la tête. « A l'indienne », confirma-t-il.

Les heures qui suivirent furent extrêmement pénibles : on n'entendait plus que les balles sifflant dans l'air enfumé, les cris des blessés et les vibrations des canonnades éloignées. Le lieutenant-colonel Winfield Scott et le lieutenant James MacLean regardaient le capitaine Wool, grièvement blessé. Les Canadiens et les Anglais avaient repris le canon, mais Winfield Scott et les Américains l'avaient reconquis. Les Canadiens et les Anglais avaient alors battu en retraite vers le canon manœuvré par Vrooman et par ses hommes, sur le rivage. Là, ils semblaient attendre des renforts du fort George.

A un moment donné, le général Van Rensselaer était monté sur la falaise pour vérifier la position de ses soldats. Puis il était reparti en laissant le brigadier-général William Wadsworth en charge.

Ni Winfield Scott ni James MacLean n'était très heureux de ce choix : tous deux souhaitaient une victoire décisive. James MacLean voulait surtout entrer dans les maisons de Queenston pour retrouver Jenna.

Par malheur, ni James MacLean ni aucun autre Américain n'avait pu s'approcher du petit village.

— Je ne comprends pas, mon général, dit Winfield Scott à Wadsworth. « Je ne comprends pas du tout ». Pour une fois Scott ne traînait pas la voix, mais parlait sèchement et même avec colère. Il avait repris la position sur la falaise et on disait que John Macdonell était grièvement blessé et que le général Brock était mort. Maintenant les mêmes espions l'informaient que la milice de York arrivait du fort George. Pourtant le général Wadsworth ne préparait pas une défense de la falaise et il n'encourageait pas les nouvelles troupes américaines à traverser la rivière pour profiter de l'avantage de leur victoire. Non, Wadsworth ne faisait aucune de ces choses et Winfield Scott n'y comprenait rien.

— Nos troupes devraient être en train de consolider notre position ! dit-il avec fermeté.

— En effet, cria James MacLean.

Wadsworth semblait impassible : « Messieurs, vous êtes du Sud. Scott, vous êtes un officier de carrière. Ces hommes ne le sont pas ! » Il fit un geste vers l'autre côté de la rivière où attendaient d'autres Américains. « Ce sont des conscrits et, pour vous dire la vérité, ils veulent rentrer chez eux ! »

— Rentrer chez eux ! Alors que nous sommes en train de gagner ? Ils sont au milieu d'une bataille décisive, ils gagnent ! Que diable voulez-vous dire par « ils veulent rentrer chez eux » ? La voix de Scott retentit à travers la forêt. Il était à la fois en colère et complètement incrédule. « Aucun Virginien ne ferait jamais une chose pareille ! Cela ne lui viendrait même pas à l'esprit ! »

— C'est leur droit, dit le général.

— Leur droit ! s'écria James MacLean. Ils devraient être condamnés pour trahison et fusillés ! Il tremblait. Si les Américains ne traversaient pas la rivière, les troupes sur la falaise seraient toutes emmenées prisonnières quand les renforts britanniques et canadiens arriveraient.

— Quels droits prétendent donc avoir ces éleveurs de porcs new-yorkais ? demanda James MacLean en crachant ses paroles.

— D'après les termes de leur conscription, ils sont légalement obligés de défendre les Etats-Unis et rien d'autre. En traversant la rivière ils seraient en territoire étranger. Ce serait une démarche offensive et non pas défensive.

— Les salauds ! s'exclama James MacLean.

— Merde ! ajouta Winfield Scott. Non seulement les Canadiens ne s'étaient pas rendus sur place comme on s'y attendait, mais ces stupides Américains de New York voulaient rentrer chez eux pour traire leurs vaches ! « Cela nous laisse quelque quatre cents réguliers qui défendent la falaise, et grâce à ces idiots qui retournent à leurs fermes et à leurs magasins, nos hommes commencent à manquer de munitions. » Scott se mordit la lèvre et se retourna : « Venez, MacLean. Nous allons défendre la falaise malgré les déserteurs. Ces sacrés imbéciles ! Ils auraient dû organiser cette attaque avec des hommes capables d'obéir aux ordres. Vous ne réussirez jamais à défendre les Etats-Unis si vous n'êtes pas prêts à vous battre et à envahir toutes les nations de la terre ! En territoire étranger ! Merde ! Pour un vrai Américain, le seul territoire étranger, c'est le Ciel ! »

James MacLean se tourna et cria au général Wadsworth : « Vous pouvez être sûr que le Président en entendra parler ! »

Josh regardait son père que l'on plaçait à ce moment-là dans une charrette. « Rien de grave, lui assura l'infirmier. Ce n'est qu'une vilaine blessure à l'épaule. Le médecin va arranger ça, ne craignez rien. »

Les soldats qui avaient été blessés près du rivage se faisaient transporter à Queenston pour des soins immédiats. Ceux qui avaient été blessés sur la falaise allaient directement au fort George dans des charrettes.

Josh tapota doucement le bras de son père. « Tu as oublié de baisser la tête, eh ? » dit-il en faisant un effort pour sourire.

Will éclata de rire, puis fit une légère grimace : « J'aurais dû baisser mon corps tout entier ! » Il resta silencieux puis regarda son fils d'un air suppliant : « Surtout dis à ta mère que ce n'est rien de grave. Tu la connais. » Josh hocha la tête et pressa la main de son père.

— Venez, MacLean. Nous ne savons que faire de tous

223

ces prisonniers. Josh partit avec l'officier. Il y avait de longues lignes de prisonniers américains, des miliciens surtout, qui venaient de se rendre et grommelaient parce qu'on les avait obligés à traverser la rivière pour se battre en territoire étranger.

Pendant ce temps, sur les hauteurs, les réguliers américains se défendaient vigoureusement contre les volontaires de York.

— Josh ! Josh MacLean ! Josh se tourna vers la longue ligne de prisonniers. Ils semblaient tous fatigués et mécontents. Là, parmi eux, un milicien lui faisait des signes : c'était Richard Adams, le père de Colleen.

— Un ami ? demanda l'officier.

Josh hocha la tête : « Nous avons presque tous des amis de l'autre côté de la frontière. Est-ce que je peux lui parler ? »

L'officier hocha la tête : « J'imagine qu'il faudra de toute façon les renvoyer chez eux. Allez-y. »

Josh s'approcha d'Adams, qui paraissait mieux disposé et plus aimable que le jour où Josh avait essayé de tirer de lui des renseignements sur Colleen.

— Qu'est-ce que vous allez faire de nous ? demanda Adams avec anxiété. « Dame ! Je n'avais aucune envie de venir ici et de me mêler à cette salade ! Un beau jour je me suis trouvé conscrit; le lendemain, on m'a fourré dans un bateau ! »

— Où est Colleen ? demanda Josh, ignorant les explications d'Adams. « Je suis allé à Boston, mais je ne l'ai pas trouvée. »

Adams haussa les épaules : « Elle est allée vivre à Washington — à Georgetown plus exactement. J'ai son adresse à la maison. »

Josh se mordit la lèvre : cet homme était vraiment exaspérant. Il eut brusquement envie de l'étrangler sur place — et cela n'avait rien à voir avec la bataille ! Il se pencha vers lui : « Vous voulez rentrer chez vous ? »

Adams cligna des yeux : « Si je veux rentrer ! Il faut traire la vache, s'occuper de la ferme. Dame ! C'est la première fois que je possède quelque chose. Je suis riche à présent, mais la ferme compte plus que n'importe quoi. Je n'ai aucune envie de me battre, surtout pas contre vous et contre votre famille. »

Josh se pencha plus près de lui : « Dites-moi pourquoi elle est partie. Soyez franc une bonne fois. Je pourrais m'arranger pour vous faire emprisonner dans un fort anglais jusqu'à la fin de la guerre. Allons, Adams, parlez. . . et vite. »

— Elle m'a fait promettre de ne rien vous dire — en tout cas pas avant longtemps. Il fronça les sourcils et regarda par terre : « Elle avait peur que vous ne la suiviez, que vous l'empêchiez de partir. C'était déjà assez difficile comme ça. »

— Dites-moi, insista Josh. Dites-moi tout de suite.

Adams hocha la tête : « J'ai reçu une malle de ma mère. . . Je suis allé la chercher au début de décembre, le jour où vous êtes venu voir Colleen. »

— Je m'en souviens, vous n'étiez pas à la maison, dit Josh. S'il s'en souvenait ! C'était le jour où Colleen et lui avaient fait l'amour. . . ils avaient passé ces merveilleuses heures dans l'intimité. « Qu'est-ce que cette malle a à voir avec Colleen et moi ? » insista-t-il.

— J'y ai trouvé le journal intime de ma mère. Elle s'appelait Megan O'Flynn. Votre grand-père, Mathew Macleod, semble-t-il, a eu une liaison avec elle. Il faut croire que c'est lui mon père.

Le visage de Josh exprima l'incrédulité la plus complète. « Ma mère est votre demi-sœur ? bégaya-t-il. C'est impossible. Mes grands-parents ont toujours été. . . complètement fidèles l'un à l'autre. Grand Dieu ! Leur amour est légendaire dans la famille ! »

— Qu'il soit légendaire ou non, ma mère raconte dans son journal qu'elle aimait Mathew Macleod et qu'elle a quitté le fort Niagara avant le retour de Janet Macleod de Québec. Tout est là, dans son journal. Colleen est votre cousine germaine, et les cousins germains ne doivent pas se marier : c'est malsain.

— Je ne crois pas un mot de ce que vous me racontez, dit Josh. Cependant, il savait bien qu'Adams n'avait pas assez d'imagination pour inventer une histoire pareille.

— Cela n'a plus d'importance maintenant. Colleen l'a cru et elle est partie, dit Adams. Elle ne voulait pas causer de chagrin à votre famille en répétant cette histoire. Elle ne voulait pas vous voir, parce qu'elle savait que vous ne pouviez pas l'épouser.

Elle l'aimait donc ! Ce fut la seule pensée de Josh. Elle était partie pour éviter un scandale, parce qu'elle croyait qu'ils étaient cousins germains.

— Est-ce que je vais pouvoir rentrer chez moi ? demanda Adams.

— Oui, j'imagine, répondit Josh. La confusion régnait dans son esprit : ses idées s'enchaînaient sans but, rapides comme l'éclair. Il se tourna vers Adams et lui tapota le bras. « Ne vous en faites pas », dit Josh d'une voix absente.

— Ils ont exposé un nouveau flanc avec les renforts de Chippewa ! Ils sont derrière nous ! Le jeune soldat américain qui apportait la nouvelle aux réguliers restés sur la falaise était tout essoufflé : « Nous ne savons pas combien ils sont, mon lieutenant. Il y a beaucoup d'Indiens parmi eux ! Mon lieutenant, ils sont beaucoup plus nombreux que nous !

Winfield Scott scruta le ciel gris. La fin de l'après-midi approchait : il était peut-être trois heures. Cette comédie durait depuis douze heures. Il avait faim, ses hommes avaient faim aussi, et ils étaient tous épuisés.

— Ouaahhh ! Soudain éclata un vacarme de tous les diables. L'air se remplit de hurlements sauvages et de coups de feu. Les Indiens descendaient sur eux, accompagnés d'Anglais et de Canadiens. Scott et James MacLean se jetèrent à plat ventre sur le sol. Un soldat tomba raide mort sur le dos de Scott, qui se glissa de dessous son corps. Le mort avait les yeux grands ouverts, la bouche ouverte. Scott visa son mousquet et fit feu dans la direction des agresseurs, puis se mit à descendre la colline à quatre pattes avec les autres.

— Reculez ! commanda Scott. Il n'y avait aucun doute : les troupes britanniques et canadiennes et les sauvages reprenaient leur position.

Un grand nombre des soldats de Scott s'étaient levés et

couraient en hurlant en bas de la colline, vers le rivage.
« Stupides New-Yorkais ! » cria-t-il à ces hommes qui
auraient pu venir à son aide.

James MacLean frissonna. La rivière était très rapide et
extrêmement froide : il n'y avait aucun moyen de la traverser à la nage. « Il faut nous rendre », proposa-t-il. On
pouvait aimer la guerre, raisonna-t-il, mais ce n'était pas la
peine de mourir pour rien. Scott, apparemment, pensait de
même. Il agita son mouchoir. Ils méritaient de se rendre, se
dit James MacLean. L'invasion avait vraiment été trop mal
organisée. Les troupes ne voulaient pas se battre, elles
étaient mal entraînées et mal équipées. Le moral était au
pire.

— Les mains sur la tête ! cria Josh.

James MacLean regarda le jeune homme qui portait
l'uniforme britannique, et resta bouche bée. Il ressemblait
exactement à Will ! Non, il ressemblait à Will tel qu'il avait
été trente ans auparavant !

— Josh, John Brant voudrait vous voir. Il veut aussi vous
faire rencontrer quelques Indiens des Six Nations qu'il a
amenés avec lui. On demande aussi que vous retourniez au
fort George le plus rapidement possible.

Josh fit un signe de tête au jeune officier qui lui avait
apporté le message. Il se tourna et disparut dans les bois,
laissant James MacLean les mains sur la tête, bouche bée.

— En avant ! Marchez ! Les officiers de la milice de York
firent avancer la ligne de prisonniers épuisés en bas de la
colline, vers le village de Queenston.


A Queenston, Jenna MacLean et les autres femmes du
village regardaient les longues lignes de prisonniers américains défiler devant elles.

— Il paraît qu'ils ont plus de prisonniers américains qu'ils
n'ont de troupes au fort George, chuchota l'une d'elles.

— Que vont-ils faire de tous ces hommes ? demanda
Jenna à l'un des réguliers britanniques.

— Oh, on leur fera signer des papiers promettant de ne
plus se battre, puis nous serons obligés de les renvoyer chez

227

eux. Diable ! Nous avons plus de prisonniers que de soldats ! Il y eut un éclat de rire général.

Jenna regardait la ligne de prisonniers passer devant elle quand soudain elle resta glacée d'effroi. Le regard hardi qui fixait le sien ne pouvait appartenir qu'à un seul homme; son sourire impudique lui fit revivre la période la plus horrible de sa vie. C'était James MacLean ! Jenna faillit se cramponner au bras du jeune soldat qui se tenait auprès d'elle. James MacLean ! Le père de Josh ! Elle eut un moment d'étourdissement, mais réussit à décoller son regard de celui de James. Elle se tourna vivement et s'élança vers sa maison, prête à s'y enfermer derrière les portes verrouillées pour le restant de ses jours !

# CHAPITRE XI

## le 14 octobre 1812

Le major-général Roger Sheaffe examina les documents qu'il tenait dans ses mains puis leva le regard vers Josh. « Vos ordres auprès du service d'Intelligence britannique sont arrivés », annonça-t-il en tendant à Josh une enveloppe scellée. « Ce sont vos nouveaux papiers d'identité. Vous allez raccompagner des prisonniers de l'autre côté de la rivière : c'est la manière idéale de vous faire passer aux Etats-Unis. »

— Quand ? demanda Josh. Il voulait à tout prix voir sa mère et lui raconter l'histoire d'Adams.

— Depuis ce matin, nous renvoyons les prisonniers par petits groupes après les avoir interrogés. Demain matin sera le meilleur moment, je pense. Vous aurez toute une journée pour trouver un abri, et vous éloigner le plus possible de la frontière.

Josh hocha la tête d'un air absent : « Est-ce que je peux rentrer chez moi pour la journée ?

— Pourquoi pas ? Mais faites attention. Vos ordres sont écrits; il faudra apprendre par cœur les noms de vos contacts et brûler la liste avant de partir.

Josh jeta un coup d'œil sur l'enveloppe qu'il tenait à la main, puis se rappela Richard Adams : « Un des prisonniers me connaît : il s'appelle Richard Adams. Il vaudrait mieux le renvoyer aujourd'hui pour éviter que nous ne partions en même temps. »

Le major-général Roger Sheaffe hocha la tête. « En effet », répondit-il.

— Est-ce que je peux partir maintenant ?

Sheaffe hocha de nouveau la tête et lui fit signe de partir.

Josh mit moins d'une heure à retourner à Queenston. Il avait vu sa mère très brièvement la veille avant de retourner au fort George. Mais il savait que son père avait été renvoyé à la maison : il s'attendait donc à la retrouver calme.

— Maman ! cria-t-il en ouvrant la porte.

— Me voici ! répondit Jenna. Elle sortit de la cuisine, traversa le salon et se jeta dans ses bras. Elle le serra très fort : « Ah mon Dieu, j'étais si inquiète ! »

— Inquiète ? Mais pourquoi donc ? Tu savais pourtant qu'il ne m'était rien arrivé, répondit Josh en riant.

Jenna le regarda. Depuis qu'elle avait vu James MacLean elle était affolée, un véritable paquet de nerfs. Will était endormi dans la chambre du haut. Depuis vingt-quatre heures, il dormait presque continuellement, et n'avait donc pas remarqué son agitation. Mais elle ne pouvait pas la cacher de Josh et elle savait qu'une fois rétabli, Will se rendrait compte de son état d'âme. En vérité, c'était pour Josh qu'elle avait peur. Elle savait que c'était tout à fait irrationnel de sa part, mais elle s'inquiétait terriblement pour lui. James MacLean ne pouvait pourtant pas savoir qu'il était le père de Josh ! Elle se répétait sans cesse qu'il ne pouvait pas savoir.

— J'ai besoin de te parler, dit Josh. Viens t'asseoir avec moi.

Jenna le tira sans mot dire vers le divan. Josh, sans se rendre compte de l'état de nerfs de Jenna, commença son histoire.

Malgré elle, malgré son manque de concentration au début, Jenna s'intéressa vivement à son récit. Quand il eut fini, elle se pencha en arrière : « C'est extraordinaire ! Mais je n'en crois pas un mot. »

— Maman, insista Josh. Est-ce que c'est vrai que grand-mère était à Québec et qu'elle est retournée au fort Niagara après la bataille des Plaines d'Abraham ? Est-ce que c'est vrai ?

Jenna hocha la tête : « Oui. Evidemment, je n'étais encore pas née. . . je suis née plus tard. »

— Mais comment Richard Adams aurait-il donc appris cela ? Josh regarda sa mère dans les yeux. « Tu as raison, en effet ! » s'exclama-t-elle, un peu étonnée.

— Il doit y avoir du vrai dans cette histoire, dit Josh. Maman, il faut que je sache ce qui s'est passé.

Jenna hocha la tête : « Tu devrais en parler à Madeleine et à Helena. Elles sont plus âgées que moi, peut-être qu'elles s'en souviendront. »

C'était une bonne idée. Josh embrassa sa mère et se hâta vers Lochiel.

Il arriva tout essoufflé une heure environ après le petit-déjeuner. « Où est tante Helena ? » demanda-t-il à John Fraser qui ne voulait parler que de la bataille de la veille.

— Elle est en haut à faire les lits.

Josh grimpa les escaliers quatre à quatre. « Tante Helena, j'ai besoin de te parler », annonça-t-il, l'interrompant au milieu de son travail. « Je n'ai malheureusement pas beaucoup de temps. »

— Les jeunes n'ont jamais le temps, répondit-elle sèchement.

Josh ignora sa mauvaise humeur et commença son récit.

— Tu trouveras cela peut-être difficile à croire, jeune homme, mais j'étais autrefois une petite fille de six ans, dit Helena en donnant un coup vigoureux à un oreiller.

— Mais est-ce que tu te souviens de ce qui s'est passé vers 1759 ?

Helena secoua un édredon et le mit sur le lit, puis fit un pas en arrière, les mains sur ses larges hanches. « Je me rappelle qu'il y avait une guerre. Maman était à Québec avec ton grand-père Robert MacLean. Papa travaillait au fort Niagara. Nous étions ici, mais ce n'était pas exactement ici : c'était à l'époque une cabane de bois. »

Josh prit lentement sa respiration, craignant de montrer son impatience : « Est-ce que le nom de Megan O'Flynn te dit quelque chose ? »

Helena se tourna vers lui et fit une grimace. « Megan, répéta-t-elle. Megan. . . Megan. . . c'était ça son nom ? »

231

— Le nom de qui ? insista Josh.

Helena secoua la tête : « Grand Dieu ! Cela s'est passé il y a plus de cinquante ans et je n'avais que six ans à l'époque ! Je ne me rappelle vraiment pas. Cesse donc de m'ennuyer et laisse-moi tranquille ! Qu'est-ce que tu as ? »

Josh secoua la tête : « Rien. »

— Rien ! Il doit bien y avoir quelque chose pour te faire courir jusqu'ici à l'heure où je fais le ménage, et me poser des questions sur des événements qui se sont passés il y a plus de cinquante ans ! Va donc demander à ta tante Madeleine. Elle avait presque douze ans à l'époque, peut-être qu'elle se souvient de quelque chose.

Josh lui fit un signe et sortit rapidement de la chambre. « Merci ! » cria-t-il en courant en bas des escaliers. Madeleine était dans la cuisine et rangeait les assiettes du petit-déjeuner.

— Tu n'as pas encore assez mangé ? demanda Madeleine en se retournant. Ses grands yeux noirs étaient tout pétillants : on voyait encore qu'elle avait été très jolie dans sa jeunesse.

— Tu te souviens de ce qui s'est passé en 1759 ?

Madeline sourit : « Alors, tu veux voir si je deviens gâteuse, ou quoi ? »

— Evidemment non. Je t'en prie, tante Madeleine, c'est sérieux, très sérieux même. Cela concerne Colleen. Est-ce que tu te souviens de l'année 1759 ?

— Oui, je crois. Nous étions tous ici, sauf ta grand-mère.

— Tu te souviens de Megan — Megan O'Flynn ?

Madeleine s'assit : « Megan, oui; O'Flynn, non. Ce n'était pas son nom : elle s'appelait Coulon. »

— Etait-elle Irlandaise ?

— Oui, je crois. Mais elle était mariée avec quelqu'un du fort.

Josh s'assit en face de Madeleine : « Est-ce que grand-père Mathew a eu une liaison avec Megan ? »

— Comment ? Madeleine leva le sourcil. « Quelle question ridicule ! Ton grand-père aimait Janet Macleod et quand je dis qu'il l'aimait, je n'exagère pas. Il n'y a jamais eu personne d'autre. Jamais. »

— Il y a quand même eu Anne MacDonald, la mère de Tom, lui rappela Josh.

— C'était à l'époque où Mathew croyait Janet morte. Mais non, non, après leur mariage, il n'y a jamais eu personne.

— Comment peux-tu en être sûre ? insista Josh.

— Elle s'occupait de nous. . . je m'en souviens. Elle est venue vivre ici. . . quand le fort a été détruit. Non, avant, dit-elle en se corrigeant.

Josh eut un serrement de cœur. Que pouvait savoir une gamine de douze ans s'ils étaient tous ensemble dans la maison ? « Madeleine, comment peux-tu être sûre qu'il n'ont pas. . . qu'ils n'ont pas fait l'amour ? »

— Je sais, c'est tout, répondit-elle. Mais pourquoi me poser ces questions alors que ton grand-père a tout mis par écrit ? Il me semble avoir entendu dire qu'elle était une espionne. En tout cas, il a passé un bon moment à écrire toute l'histoire. D'ailleurs, ta grand-mère était au courant : ils en riaient parfois.

Josh, perché tout au bord de son siège, se pencha en avant. Il eut une envie folle de se jeter à l'autre bout de la table et de serrer Madeleine dans ses bras : « Où est ce document ? »

Madeleine réfléchit pendant quelques instants : « Dans le grenier, je crois. Oui, je me souviens que nous rangions toujours ce genre de chose dans le grenier. »

Josh était déjà debout : « Tu m'as vraiment beaucoup aidé, chère tante Madeleine. »

— J'en suis ravie. Quand tu seras vieux, tu seras heureux de pouvoir rendre service aux jeunes de temps en temps.

Josh s'élança hors de la cuisine. Il fallait trouver la lanterne parce qu'il faisait très noir dans le grenier; mais quelque part, parmi les vieilles robes et les reliques de la famille, se trouvait la clef de Megan O'Flynn — et peut-être la solution du mystère.

Pembina était un village très poussiéreux. Il s'y trouvait une espèce de fort, un comptoir commercial et une collection de cabanes de bois, de huttes et de *tipis*. Depuis son arrivée à Pembina, Miles Macdonell s'occupait de faire construire des logements pour les colons; là, ils pourraient survivre à l'hiver ensemble en attendant de retourner à leurs fermes au printemps pour déblayer le terrain, labourer et semer.

— Evidemment, les deux groupes devront passer l'hiver ensemble, dit Miles à Ian. « Nous n'avons pas le choix. Vous dites qu'Owen vous suit ? Dans combien de jours sera-t-il ici ? »

— Deux jours tout au plus, répondit Ian.

— Nous avons assez de viande de buffle pour passer l'hiver, dit Macdonell à Ian et à Bonnie. « Et nous aurons terminé ceci avant la fin du mois de novembre », ajouta-t-il en montrant le bâtiment derrière lui.

Macdonell regarda Bonnie, puis Ian. « Ils ne l'accepteront pas, vous savez, dit-il. Et les femmes du premier groupe raconteront tout à celles du second groupe. Je pourrais les obliger à la prendre, évidemment, mais ce serait difficile — trop difficile. »

— Je ne veux pas la faire souffrir de ces préjugés ridicules, répondit Ian. D'ailleurs, à la fin de l'hiver, ils seront encore plus méchants après être restés si longtemps à l'étroit.

— Vous seriez très aimables de ne pas parler de moi comme si je n'étais pas là, dit Bonnie en tapant du pied, comme pour attirer leur attention.

— J'ai des amis métis, dit Ian. Nous pourrions rester avec eux jusqu'au printemps.

— Ces bandes de sauvages que nous avons rencontrés près du lac ? demanda Bonnie en le regardant avec stupéfaction.

— Ils seront assez civilisés pour nous accueillir.

Bonnie regarda par terre. Il avait raison, évidemment. « Et puis quoi ? demanda-t-elle. Je voudrais quand même pouvoir enseigner ! »

— C'est possible, au Niagara. Au printemps, je pourrais t'emmener dans le Haut-Canada.

Bonnie continua à regarder le plancher des quartiers inachevés de Macdonell. Elle n'était pas très impressionnée par cette prairie — elle s'était vraiment attendue à tout autre chose. Elle n'avait pas non plus très envie de rester parmi les colons, qui la regardaient de travers et chuchotaient derrière son dos. Maintenant ils diraient sans doute qu'elle vivait avec un homme qui n'était pas son mari. Ian avait peut-être raison.

Mais elle ne pouvait pas s'imaginer un hiver avec les Métis, ces sauvages qu'elle avait rencontrés au bord du lac. Plusieurs groupes de Métis — ce mystérieux « peuple de la Buffle » — erraient autour de Pembina.

— Tu sais monter à cheval ? demanda Ian.

Bonnie Campbell hocha la tête.

— Bien, dit Ian en souriant. Il faudra peut-être voyager à cheval. Il se tourna vers Miles : « Est-ce que je peux la laisser ici pendant une heure ? Je vais aller me renseigner. »

Miles lui fit signe de partir et Ian s'engagea dans le chemin poussiéreux qui servait de rue principale. Il avait des frères de cœur parmi les Métis, et de la famille qu'il ne connaissait pas.

Ian revint une heure plus tard; le soulagement se lisait sur son visage souriant. « J'ai résolu le problème », annonça-t-il.

En regardant Bonnie, il lui sembla qu'elle boudait — ce n'était pourtant pas son genre. Elle s'apitoyait sur son sort, sans doute, et elle devait être très fatiguée. Le voyage avait été long et elle venait de souffrir beaucoup d'humiliation auprès des colons.

— J'ai trouvé un endroit où nous pouvons rester. Viens, il va bientôt faire nuit.

— Nous ? demanda Bonnie.

— Oui, nous, répondit Ian. Ecoute, Bonnie, il me semble que tu devrais avoir compris ! Tu ne peux pas rester seule.

— Où allons-nous ? Bonnie était toujours aussi méfiante.

— Il y a une famille française — ce ne sont pas des Métis, mais des Canadiens français. La femme s'appelle Mme Lagimonière, et elle est connue, même célèbre. En 1808 elle a voyagé de Trois-Rivières jusqu'ici. Jusqu'à l'arrivée des colons en août dernier, c'était la seule femme blanche à l'ouest du Haut-Canada. Elle vient d'arriver d'un endroit encore plus à l'ouest avec son mari et ses enfants. Ils sont revenus quand ils ont entendu parler de la colonie de Lord Selkirk.

— Et ils veulent bien me prendre ? demanda Bonnie.

Ian secoua la tête : « Ils vivent dans une cabane et ils ont une seconde cabane un peu plus loin — à moins d'un kilomètre de chez eux. Les deux cabanes appartiennent à des cousins à moi qui sont partis plus à l'ouest et qui ne reviendront pas cet hiver. Nous sommes les bienvenus dans l'autre cabane, mais il y a des tas de réparations à faire et il faudra trouver une charrette pour emmener des provisions. »

— Mais je ne peux tout de même pas vivre avec toi ! Que diraient les gens ? demanda Bonnie, les yeux tout grands.

Ian faillit éclater de rire mais se retint : « Ils t'ont déjà reniée. Qu'est-ce que ça peut bien faire ? Quant aux Métis, aux Indiens et aux Lagimonière, ça leur est bien égal. Dieu sait si je connais ton code puritain ! D'ailleurs, la seule personne que tu verras souvent est Mme Lagimonière. »

— Et tu ne m'embêteras pas ? demanda Bonnie en le regardant fixement.

— Est-ce que je t'ai jamais embêtée ?

Bonnie secoua la tête. L'idée de n'avoir personne à qui parler sauf une Candienne française ne lui disait pas grand-chose : « Je parle très mal le français. »

— Tu verras, tu feras des progrès, l'assura Ian. Et j'espère que tu feras aussi des progrès en cuisine. Une lueur malicieuse brilla dans ses yeux : « Un homme qui n'a pas d'amour dans sa vie a besoin d'un bon dîner, au moins. »

Bonnie le regarda avec indignation. J'aimerais pouvoir t'aimer, se dit-elle amèrement, mais tu ne m'aimeras jamais. Tu serais capable de faire l'amour avec moi, mais tu ne pourrais jamais aimer une Campbell. Non, mon orgueil ne me permettrait jamais de me laisser aimer de toi sans que tu m'aimes vraiment.

Jenna était par terre à quatre pattes et frottait le plancher avec une telle vigueur qu'on aurait dit que les planches mêmes allaient disparaître sous ses coups. Quatorze jours exactement avaient passé depuis la bataille des falaises de Queenston. En haut, dans sa chambre à coucher, Will se reposait encore, se remettant peu à peu de sa blessure à l'épaule.

Josh était revenu, tout excité par la découverte du journal de son grand-père qu'il avait trouvé dans le grenier. Mais il avait dû repartir presque aussitôt. « Où vas-tu ? » lui avait-elle demandé à plusieurs reprises. Mais il avait refusé de répondre.

— C'est un secret militaire, avait-il répondu. Je ne reviendrai pas avant un certain temps.

Deux semaines avaient passé et Jenna n'osait pas encore avouer à Will qu'elle avait aperçu son frère James Mac-Lean. Elle avait envie de crier : « Il est là, de l'autre côté de la rivière ! Ton frère se bat avec les Américains et il sait que je suis ici ! » Mais elle en était incapable. Jenna garda donc son secret. Elle priait pour ne plus jamais revoir James Mac-Lean ni en entendre parler, mais au fond d'elle-même elle savait qu'il reviendrait, elle savait qu'il chercherait à la reprendre.

Dans son agitation, Jenna avait astiqué toute la maison de haut en bas. Elle s'était servie de toute son énergie pour frotter les planchers, laver les fenêtres et même nettoyer et charger les mousquets.

— Jenna ! C'était Will qui l'appelait d'en haut. « Jenna ! »

— J'arrive tout de suite, répondit-elle. Elle grimpa l'escalier avec lassitude et entra dans la chambre. « Ecoute vraiment, si jamais tu te fais de nouveau tirer dessus, je ne sais pas ce que je vais faire ! Tu sais combien de fois j'ai grimpé cet escalier depuis deux semaines ? » Ses mains étaient posées sur ses larges hanches et ses cheveux roux-or tirés en chignon étaient tout décoiffés. Elle faisait semblant d'être en colère et Will éclata de rire.

— Je vois que tu joues encore la femme de ménage irlandaise. Il était assis dans son lit, les mains pliées sur les draps.

— Mais il y a du travail à faire ! dit Jenna d'une voix plaintive.

— Pas autant que ça, ma chère, dit Will en lui faisant un clin d'œil. « Viens ici, assieds-toi à côté de moi et embrasse ton pauvre mari invalide. »

— Le médecin dit que tu pourras te lever la semaine prochaine. Jenna s'assit au bord du lit et joignit sagement les mains.

— Ah bon ? Et quand dit-il que je pourrai de nouveau faire l'amour avec ma femme ?

Jenna rougit. « Il n'a rien dit » répondit-elle avec une toute petite voix.

— Il y a quelque chose qui ne va pas, observa Will. Ecoute, ma belle. Je vis avec toi depuis trente ans. Quand tu frottes la maison comme ça, ça veut dire que quelque chose te tracasse. Dis-moi, qu'est-ce qui ne va pas ?

— Rien. Oh, je m'inquiète un peu pour Josh. . . et puis il y a la guerre.

— Ce n'est pas Josh qui a été blessé. Et tu ne t'inquiétais pas comme cela avant.

— Je sais, répondit Jenna. Elle tourna le regard du côté de la fenêtre d'où l'on pouvait voir les falaises et les bois. « Il commence à neiger », observa-t-elle.

Will tendit le bras et la tira vers lui. Il embrassa ses lèvres, puis son cou. « Mais tu es encore invalide », protesta Jenna. Will éclata de rire et glissa la main dans sa robe très ample. « Ce n'est pas ta toilette la plus séduisante », dit-il.

— C'est ma robe de ménage. Comment veux-tu que je m'habille pour nettoyer la maison ?

— Mais je ne veux pas que tu nettoies la maison. . . pas maintenant en tout cas ! En voyant son visage tout égrillard, Jenna se sentit envahie de désir et se rendit brusquement compte qu'ils n'avaient pas fait l'amour depuis deux semaines.

— J'ai une merveilleuse idée, dit Will en se frottant lentement le menton, comme s'il réfléchissait.

— Oui ? Jenna leva le sourcil. Elle était prête à n'importe quoi, car Will était d'une humeur polissonne.

— Va mettre la robe que nous avons achetée à Montréal, celle qui vient de Paris.

Jenna devint écarlate : « Mais c'est une robe de prosti-tuée ! Elle est vraiment scandaleuse ! »

— Mais tu la gardes quand même dans la malle. En tout cas, elle est faite pour une prostituée de classe. Will tenait ses mains dans les siennes et les caressait légèrement : « Va donc la mettre. Mettons un peu de fantaisie dans cette triste existence que nous menons. »

— Tu es sûr que tu te sens assez bien ? demanda Jenna, dont les yeux pétillaient de malice à l'idée de leur petit jeu.

— Si tu n'es pas trop dégoûtée par un pauvre vieux type dont l'épaule est couverte de bandages, je pense pouvoir t'échauffer suffisamment.

Jenna se leva et tira la malle qui se trouvait au pied du lit. Elle fouilla soigneusement à l'intérieur et trouva une ravissante robe noire tout au fond de la malle. « Je vais aller m'habiller à côté », dit-elle avec un sourire coquet.

Will retapa ses oreillers et se redressa dans son lit. « Ne mets pas trop longtemps », dit-il.

Jenna disparut dans la pièce d'à côté et ôta rapidement la simple robe grise en lainage qu'elle mettait pour faire le ménage. Elle enfila la belle robe noire, dont les rubans rouges se laçaient sur le devant et joignaient la dentelle fine et délicate du corsage. « Elle me va encore, quel miracle ! » dit Jenna à haute voix. C'est notre secret, pensa-t-elle. Comme la robe était beaucoup trop immodeste pour autre chose, Jenna ne l'avait jamais mise que pour Will tout seul. Il adorait faire l'amour avec elle quand elle la portait. Quant à Jenna, elle était bien obligée d'avouer qu'elle-même se sentait particulièrement excitée vêtue de la sorte : c'était peut-être un désir secret d'être une prostituée plutôt qu'une épouse et une mère respectable. Elle défit rapidement ses cheveux et les laissa tomber en cascade sur ses épaules blanches. Puis elle retourna dans la chambre.

Jenna s'avança vers le pied du lit et laissa son mari l'admirer. Les yeux de Will se promenèrent lentement sur ses formes voluptueuses. « Tu pourrais vraiment passer pour une femme de trente ans, dit-il avec admiration, et pour une prostituée dans un bordel de luxe parisien, j'en suis sûr. »

Jenna s'approcha du lit et Will la tira vers lui, lui embrassant doucement le cou, les oreilles, les lèvres. Ses mains glissèrent sur l'étoffe presque transparente, si fine que Jenna sentait ses doigts comme si elle était nue. Il regarda ses seins se gonfler d'anticipation sous le corsage délicat. Pendant qu'elle lui frottait le dos, Will, penché sur elle, lui caressait les cuisses, remontant la main de temps en temps pour doucement presser son mont de Vénus. Jenna se tortillait de désir et murmurait des mots d'amour. « Ah ! Vas-y maintenant ! » lui respira-t-elle à l'oreille.

Mais Will retira la main pour la tourmenter un peu plus longtemps. « Non, pas maintenant, murmura-t-il. Pas encore. »

Jenna poussa un grognement. Il savait si bien accroître et contrôler son désir, s'assurant ainsi qu'au moment où il lui donnerait son plaisir, elle crierait et frissonnerait dans ses bras, se pâmant dans la jouissance. Mais cela n'arrivait que quand il entrait en elle, et Jenna s'émerveillait souvent qu'il pût si bien se contrôler. C'était un amant remarquable, et il la connaissait bien.

— Tu me rends folle, soupira-t-elle en se pressant contre lui. Mais Will ne répondit que par un grognement de satisfaction. Il délaça les rubans rouges de la belle robe noire et découvrit ses seins blancs comme neige, ces seins si mûrs et tendres, garnis de boutons de rose, ces seins au goût presque sucré, si agréables au toucher. Il la caressa avec sa langue, la mordilla tendrement et lui frotta le corps, glissant la main vers le bas, vers le plus chaud, le plus humide et le plus doux des endroits, s'émerveillant de ses mouvements sinueux, gonflant lui-même de désir en la sentant se frotter lascivement contre lui.

Will entra en elle avec une facilité extraordinaire, s'émerveillant, comme toujours lorsqu'ils s'unissaient, de la sensation qui l'envahissait quand elle se refermait autour de lui. Jenna grogna de volupté en le sentant la mener peu à peu à la jouissance, mais elle restait aussi consciente de lui, du battement effréné de son cœur, de sa respiration de plus en plus haletante. Alors elle s'abandonna, perdue, toute frissonnante, palpitant contre sa chair, et ils atteignirent ensemble le comble de la jouissance, foudroyés par le plaisir, pour retomber comme en bas d'une longue colline dans les bras l'un de l'autre.

— Mmm, murmura Jenna après un long moment. Ils

s'étaient écroulés, encore tout palpitants, contre les oreillers.

— Pas mal pour un vieux blessé, eh ? demanda Will.

— Pas mal du tout, avoua Jenna. Mais c'est vraiment à cause de la robe !

Will l'embrassa sur les lèvres et la serra dans ses bras : « Ne range pas la robe tout au fond de la malle », dit-il, plaisantant à moitié. « Et quand tu iras à Lochiel, emmène-la avec toi. Il ne faudrait pas qu'elle tombe entre des mains ennemies. »

Jenna ne répondit pas, mais elle regarda Will fixement. Lochiel. . . cette fois-ci, il allait l'obliger à y aller. Il insisterait parce que c'était vraiment trop dangereux de rester près du rivage. Jenna se mordit la lèvre et se coucha contre son épaule. Elle se sentait tellement en sécurité quand elle était dans ses bras, et elle se rendit brusquement compte que pour la première fois depuis qu'elle avait vu James Mac-Lean, elle n'était pas anxieuse. Jenna se demanda encore une fois si elle devait le lui dire. Mais elle ne le fit pas.

La cabane était carrée, quatre mètres sur quatre, et la cheminée en pierres prenait tout un mur. « C'est une belle cabane », dit Ian en ouvrant la porte. « Nous passerons un hiver beaucoup plus confortable que les colons. »

Bonnie avait mal aux jambes, car ils avaient voyagé à cheval très longtemps. Cela faisait des années qu'elle n'était pas montée, et elle n'avait jamais beaucoup fait d'équitation. « C'est très isolé », dit-elle d'une voix plaintive, « et très loin du village. » C'était difficile pour elle de donner le nom de « village » à un endroit tel que Pembina. Evidemment, il y avait déjà plusieurs bâtiments à Pembina et l'on en construisait d'autres pour accommoder les colons, mais ce n'était vraiment qu'une collection de huttes occupées par le peuple nomade des Métis, et de quelques *tipis* où logeaient les Indiens quand ils venaient troquer leurs marchandises.

— C'est tout près de chez Mme Lagimonière. Ian aurait facilement pu lui répondre qu'elle serait restée très seule de toute façon, comme personne ne voulait d'elle. Mais il ne le fit pas.

— Ce n'est pas si mal, au fond, dit Bonnie, mais cela a grand besoin d'être nettoyé !

— Comme il nous reste très peu de temps et beaucoup de choses à faire avant le grand froid, il faudra attendre. Ian regarda Bonnie examiner la cabane vide. Elle souffrait d'une crise d'amour-propre, sans doute parce que c'était lui qui avait dû acheter toutes les provisions, qui étaient à ce moment-là empilées dans des « charrettes de la Rivière-Rouge » : ces charrettes à deux roues, dont se servaient les Métis, convenaient parfaitement au terrain rude et sillonné d'ornières de la prairie.

Pendant que Ian achetait les provisions au comptoir, Bonnie avait été maussade, distante. Il avait acheté une table, des bancs, des fourrures, des ustensiles de cuisine ainsi que des comestibles. C'est parce que c'est moi qui ai payé, se dit Ian. Elle a l'impression d'être une femme entretenue. Il pensa aussi que la petite hutte dans laquelle elle avait vécu en Ecosse n'avait peut-être pas été aussi belle que cette cabane. Mais, évidemment, Bonnie Campbell n'était pas prête à avouer ces choses.

— J'aurais pu fabriquer la table et les bancs moi-même, dit Ian en portant les meubles dans la cabane. « Mais il y a tellement à faire, cela ne valait pas le temps que j'y aurais mis. »

— De toute façon, tu es bourré d'argent, dit Bonnie avec froideur. Elle était debout devant la cheminée. Elle se tourna vers lui, ses yeux bleus grands ouverts, la mâchoire tendue, avec cet air obstiné qu'il commençait à bien connaître. « Je te rembourserai pour tout, dit-elle, dès que j'aurai gagné un peu d'argent. Mais je ne veux pas que tu penses que c'est parce que. . . parce que. . . Tu dormiras là-bas », dit-elle en indiquant un coin, « et moi je dormirai ici », ajouta-t-elle en montrant le coin opposé.

— Je ne voudrais pas que ce soit autrement, répondit-il en imitant son ton froid. « Tu me rembourseras quand tu pourras. Evidemment », ajouta-t-il en se frottant le menton, « il faudra travailler. »

242

— Travailler ? demanda Bonnie.

— Ma chère demoiselle, si nous allons vivre ensemble dans une cabane de quatre mètres sur quatre, et si je travaille dans le village, il faudra que tu prépares les repas et que tu laves et raccommodes mes vêtements. Je demande aussi le minimum —j'ai dit le minimum, tu as compris ? — de conversation polie. Est-ce trop demander d'une Campbell ?

Bonnie fit une grimace : « Si tu ne me demandes rien de plus, je veux bien. »

— Bon, répondit Ian. Maintenant nous avons une charrette pleine de provisions qui nous attend dehors. Est-ce que Sa Majesté la Reine d'Ecosse me ferait l'honneur de m'aider à la décharger ?

Bonnie ne répondit pas, mais suivit Ian dehors dans la pâle lumière du crépuscule. Ils ramenèrent les fourrures, les comestibles, les ustensiles et le seau.

— Quand nous irons voir les Lagimonière, il faudra mettre ta robe, dit Ian. Mme Lagimonière est une femme très bien.

— Et que fait donc une femme bien dans ce pays abandonné ? Bonnie arrangeait ses propres affaires, enroulant ses couvertures dans un coin de la cabane.

— Elle est venue de Trois-Rivières avec son mari, et a fait plus de trois mille kilomètres en canot et à pied. Son premier enfant est né dans un wigwam il y a quatre ans. Marie-Anne Lagimonière est une femme très remarquable — les Métis parlent d'elle avec révérence. Elle monte à cheval comme un homme, sait survivre seule dans les bois, et quand elle chasse les buffles, elle se sert de son mousquet aussi bien qu'un tireur d'élite. Elle porte son enfant sur le dos, comme les Indiennes. La plupart des Indiens d'ici aux montagnes Rocheuses la considèrent comme un porte-bonheur. Mais tu verras, c'est aussi une vraie dame — une dame qui pourra beaucoup t'apprendre sur ce territoire, sur les Indiens, sur les Métis : elle te dira tout ce qu'il faut savoir pour survivre.

— Et comment se fait-il que tu la connaisse si bien, cette Marie-Anne Lagimonière ?

Ian sourit : « Avant son mariage elle s'appelait Marie-

Anne Gaboury. C'est la sœur de la femme de Claude Deschamps, qui travaille pour la Compagnie du Nord-Ouest. Et Claude est mon cousin — enfin presque mon cousin. Cette cabane appartient à son oncle René. »

Bonnie eut l'air perplexe : « Je pensais que tu étais Ecossais. »

Ian hocha la tête : « Mes grands-parents ont adopté les enfants Deschamps quand ils ont perdu leurs propres parents — ma grand-mère était leur gouvernante. Et quand ils sont devenus adultes, Pierre, l'aîné, est retourné à Trois-Rivières et René est parti à l'Ouest où, plus tard, il a épousé une Indienne. Nous sommes restés en contact, malgré la distance qui nous sépare. » Ian secoua une grande fourrure : « Tiens, prends cela. Tu en auras besoin pour ton rouleau de couchage. »

Bonnie prit la fourrure et la mit sur les autres couvertures. Puis elle commença à ranger les ustensiles.

— Mets les ustensiles au-dessus de la cheminée, suggéra Ian. Plus tard je ferai peut-être une étagère.

Bonnie continua à ranger et empila les comestibles dans un coin. Ian apporta un grand sac de grain, qu'il avait soigneusement mis sur son épaule pour ne pas le casser.

— J'imagine qu'il n'y a pas de livres à Pembina ? Bonnie s'était arrêtée et regardait Ian. « A York Factory, je lisais beaucoup. M. Hillier avait des tas de livres. »

Ian fronça les sourcils. Les Métis étaient un peuple nomade, qui ne restait jamais au même endroit. Peu d'entre eux savaient lire; c'étaient les meilleurs clients des comptoirs des Compagnies de la Baie d'Hudson et du Nord-Ouest, où l'on ne trouvait que des provisions essentielles pour survivre. Un livre serait presque impossible à trouver. « Je vais voir ce que je peux faire », dit Ian. A son étonnement, Bonnie lui fit un sourire.

Josh MacLean avait traversé la rivière avec un petit groupe de prisonniers qui devaient être libérés le matin du 15 octobre. D'après ses papiers d'identité, il s'appelait Joshua Henry, professeur sans emploi. D'après ses ordres, il devait voyager sur terre jusqu'à Washington D.C. Une fois arrivé, il rencontrerait son contact, un jeune homme du nom de Jason Talbot, qui était le secrétaire de la femme du Président, Mme Dolley Madison. M. Talbot lui passerait certains renseignements très importants que Josh devait mettre en code et porter à un autre contact; celui-ci les transmettrait à son tour à la Marine royale dont les vaisseaux se trouvaient tout près de la côte des Etats-Unis, et étaient faciles à atteindre par petit bateau.

Josh avait appris tous les détails par cœur; puis, comme on lui avait dit de le faire, il avait détruit les papiers. En vérité, Josh avait été fou de joie en lisant ses ordres : de tous les endroits des Etats-Unis où l'on aurait pu l'envoyer en mission, Washington était le seul où il désirait aller.

D'après ses ordres, il devait voyager jusqu'à Washington par un chemin détourné, pour éviter de porter l'attention sur un prisonnier récemment libéré qui, le jour même de son arrivée dans l'État de New York, chercherait à gagner la capitale des Etats-Unis.

En traversant la rivière agitée du Niagara, Josh décida de faire un petit détour. Il passa donc par Lewiston et alla voir le père de Colleen.

Josh arriva dans la ferme, épuisé, le soir du 15 octobre.

— Que diable faites-vous ici ! demanda Richard Adams en le voyant arriver. « Vous êtes dans l'armée britannique. Je suis un milicien conscrit — je pourrais me faire condamner pour trahison. Vous êtes un espion et si vous ne l'êtes pas, vous êtes fou de venir ici ! »

Josh regarda fixement Richard Adams. « Nous aimons tous les deux Colleen, dit-il très calmement. Si je viens vous voir ici, c'est dans un esprit de paix. Votre fille m'aime, n'est-ce pas ? »

Richard Adams hocha la tête : « Je suppose que oui. »

— Je ne suis pas son cousin, annonça Josh. Mais dites-moi ceci : d'après le journal qu'a laissé votre mère, Megan O'Flynn, quelle est votre date de naissance ?

— Décembre, 1760, à Boston, répondit-il.

Josh sourit : « Votre mère a quitté le Niagara en octobre 1759. Vous ne pouvez donc pas être le fils de Mathew Macleod. »

Richard Adams s'assit et regarda le feu dans la cheminée. « Je ne sais pas quoi penser de cette nouvelle », dit-il après un long silence. « Mais pour vous et Colleen, je suis heureux, je suppose. C'était pourtant agréable de savoir qui étaient mes deux parents. . . »

Josh s'assit tout au bord de son siège et regarda Adams fixement dans les yeux. « J'ai trouvé dans le grenier de Lochiel le récit qu'a écrit mon grand-père, Mathew Macleod, sur le passage de Megan au fort Niagara. Mais je voudrais savoir. . . me permettriez-vous de jeter un coup d'œil sur le journal de votre mère ? Peut-être comprendrions-nous alors toute l'histoire. »

Richard Adams resta un instant silencieux, puis il se leva et sortit de la pièce. Quelques minutes plus tard, il revint, portant quelques gros cahiers. « Les voici », dit-il d'une voix fatiguée, en les tendant à Josh. Puis il se rassit et regarda dans le vague.

Pendant ce temps, Josh s'était mis à lire. Il ne bougea pas de son siège pendant plusieurs heures. Enfin il referma le dernier cahier et se leva; son visage était ému. Il s'approcha d'Adams et lui toucha l'épaule. « Nos deux familles sont liées depuis plus de soixante ans, dit-il. C'est une histoire extraordinaire — une histoire que même votre mère et mes grands-parents n'ont pas tout à fait comprise. Ce n'est qu'en connaissant par leurs carnets intimes les vies de Megan O'Flynn, de Mathew et de Janet Macleod — dont j'ai trouvé le journal dans le grenier aussi — que l'histoire devient claire. »

Adams regarda Josh : « Racontez-moi l'histoire. »

Josh commença son récit. Il raconta à Adams la fuite de Janet Cameron de son pays natal, l'Ecosse, avec le petit Robert MacLean et avec Richard O'Flynn qui, d'après les carnets de Megan, avait été un espion de grande classe. Ils étaient allés en France et Janet, croyant Mathew mort, avait vécu un amour passionné avec Richard O'Flynn. Ensuite Janet était partie vivre au Québec. Plus tard, pendant la guerre de Sept Ans, Megan, devenue elle aussi une espionne pour l'Angleterre, avait rejoint son père. Elle avait voyagé jusqu'au fort Niagara, sous le nom de Megan Coulon, et avait été responsable de la prise du fort par les Anglais. Elle s'était occupée des enfants Macleod quand Janet était allée à Québec. Megan était tombée amoureuse de Mathew et avait essayé de le séduire, mais sans succès. Elle avait alors quitté le fort, un peu avant le retour de Janet au mois d'octobre 1759.

— Ah, je viens donc d'une famille d'espions ! dit Adams. Evidemment, je savais déjà cela par le journal de ma mère. Mais dites-moi donc ceci : est-ce que Janet Macleod et Mathew Macleod ont jamais su que Megan était la fille de Richard O'Flynn ?

— Jamais, répondit Josh. C'est pourquoi la lecture de leurs journaux laisse une impression si étrange. Dire que plus de soixante ans plus tard, nous apprenons quelque chose qu'ils n'ont jamais su eux-mêmes !

Adams secoua la tête. « C'est bien étrange, en effet », marmonna-t-il.

— Donnez-moi maintenant l'adresse de Colleen à Washington.

— Pourquoi pas ? répondit Adams. Il s'étira et se leva. « Vous pouvez rester pour la nuit si vous voulez. » Il regarda par la fenêtre et vit qu'il s'était mis à neiger très fort : « Vous n'irez nulle part ce soir, de toute façon. »

James MacLean était resté près de l'embarcadère du fort Niagara pour regarder les bateaux décharger les prisonniers américains. Il avait immédiatement reconnu Josh MacLean qu'il avait vu portant l'uniforme britannique en haut de la falaise : il était sûr qu'il était le fils de son frère Will. James avait fait signe à deux soldats et ils avaient tous les trois suivi Josh jusqu'à la ferme de Richard Adams près de Lewiston. Depuis quelques heures, ils surveillaient la maison. Quand il se mit à neiger très fort, ils décidèrent d'entrer.

— Je les veux vivants, dit James MacLean aux deux soldats. « J'ai de bonnes raisons de croire que cet homme est un espion. »

Ils frappèrent à la porte. Richard Adams sursauta. « J'ai

247

plus de visiteurs ce soir que j'en ai eus depuis deux ans, grommela-t-il. Vous pensez qu'on vous a suivi ? »

— Cela m'étonnerait beaucoup. Ouvrez la porte et tâchez d'être naturel.

Adams obéit — et ce fut le début d'un long cauchemar.

Les trois soldats entrèrent dans la pièce, les pistolets à la main.

— Ah, c'est le jeune MacLean, j'imagine ? dit le plus âgé des trois officiers, qui parlait avec l'accent du Sud.

Josh, interdit, regarda l'homme, qui était grand et brun avec un visage méchant. Comment cet étranger qui venait de si loin pouvait-il le connaître ?

— Ce n'est pas la peine de le nier, je sais parfaitement bien qui vous êtes, dit l'officier.

— Vous avez donc un avantage sur moi, répondit Josh en essayant de paraître très calme. Avait-il mis en danger sa propre vie et celle du père de Colleen ? Avait-il compromis sa mission en venant ici ? Josh jura silencieusement contre lui-même.

— Je sais que vous êtes le fils de Will MacLean. Et j'imagine que vous êtes un espion.

— Je ne suis pas un espion, répondit Josh. J'avais une affaire personnelle à discuter avec M. Adams. Je suis le fiancé de sa fille.

— Et où est cette fille ?

— Elle est allée voir des amis dans l'Est, se hâta de répondre Adams.

— Attachez-les ! dit James MacLean en brandissant son pistolet.

— Allons-nous retourner au fort, mon lieutenant ? demanda l'un des soldats.

— Pas tout de suite, répondit James MacLean. D'ailleurs nous serons beaucoup plus confortables ici. Attachez-les et séparez-les.

— Et qu'est-ce que vous allez faire de nous ? demanda Josh. Il avait une crainte, c'est que l'on trouvât sur lui ses faux papiers d'identité, car les espions étaient condamnés à mort et pendus. Cet étranger qu'il ne connaissait pas savait

248

que Josh n'était pas Joshua Henry : il savait qu'il était un MacLean et qu'il était Canadien.

— Je vais faire venir votre maman, dit James MacLean. Ça vous ferait plaisir ?

— Ma mère ? Josh, indigné, se leva vivement de sa chaise, mais il vit le pistolet d'un des soldats braqué sur lui et sentit une main lui retenir l'épaule. « Qu'est-ce que ma mère a à voir avec tout ceci ? »

— Je voudrais tout simplement la revoir, dit James MacLean en ôtant ses gants noirs. « Juste pour lui dire bonjour. »

Josh remuait sur le lit, mais plus il s'agitait, plus les nœuds le serraient. Cela faisait deux semaines que James MacLean le tenait captif. Pendant ces deux semaines, il n'avait pas vu Richard Adams. Il était resté attaché la plupart du temps, sauf pendant les courtes promenades qu'il faisait deux fois par jour et pendant les repas, quand on lui déliait les mains. Josh avait réussi à apprendre le nom de l'homme qui le tenait captif : comme il avait le même nom que lui, Josh pensait que James MacLean devait être un parent de son père qui lui en voulait pour une raison ou pour une autre, et qui connaissait aussi sa mère.

— Elle ne viendra sûrement pas, avait dit Josh un soir, pendant le dîner : « Deux semaines déjà ont passé. »

— Si elle n'est pas déjà venue, c'est à cause du mauvais temps, répondit James MacLean. Vous vous trompez, elle viendra. J'ai reçu un message ce matin : Mme Jenna MacLean va venir.

249

# CHAPITRE XII

## novembre 1812

Marie-Anne Lagimonière était une femme fine et menue; sa fragilité apparente semblait démentir la force et l'énergie légendaires qu'on lui prêtait. Bonnie Campbell ne pouvait pas s'imaginer cette petite femme très brune chevauchant à travers les plaines sur le dos nu d'un cheval, le mousquet à la main, à la poursuite de buffles.

Ce soir-là, Marie-Anne portait une jupe en lainage noire avec une ceinture rouge vif et une blouse verte à manches longues sous une tunique sombre. Ses cheveux noirs et bouclés étaient attachés derrière sa tête et elle avait de grands yeux noirs d'une grande intensité. Autour de son cou long et délicat, Marie-Anne portait une lourde croix en or. Bonnie ne pouvait s'empêcher de penser que cette croix était le seul lien entre les deux existences si différentes que Marie-Anne avait menées.

— Je suis très heureuse de faire votre connaissance, dit Marie-Anne avec un sourire. « Il paraît qu'il y a maintenant d'autres femmes blanches à Pembina. J'ai l'intention d'y aller bientôt pour les rencontrer. C'est pourquoi nous sommes revenus, vous savez. . . parce qu'il y avait une nouvelle colonie de Blancs. »

Bonnie regarda autour de la cabane, qui était beaucoup plus grande que celle qu'elle partageait avec Ian : il y avait au moins trois pièces et beaucoup plus de meubles.

— Vous emmenez tout ceci avec vous quand vous

250

voyagez ? demanda Bonnie en très mauvais français, avec son fort accent écossais.

— Non, nous laissons tout avec les Indiens. Quand nous voyageons, nous n'emmenons que ce qu'il nous faut.

— Et vous aimez vraiment cette existence ? demanda Bonnie d'une voix incrédule. Le voyage de York Factory à Pembina avait été si long et si fatigant : le sol était dur, les nuits étaient froides. Quand elle y pensait, elle ne se rappelait que les longues heures douloureuses qu'elle avait dû passer dans le canot. Elle ne regrettait que le passage entre les grandes falaises blanches. . . et les cascades. Bonnie aimait les cascades.

— Disons que je n'en désire aucune autre, répondit Marie-Anne.

— Mais c'est tellement isolé ici, observa Bonnie. Il y a si peu de femmes !

Marie-Anne sourit : « Il y a les Indiennes. »

— Mais elles sont si différentes. . .

— Pas si différentes que cela. Elles aiment, elles mettent des enfants au monde, elles savent ce que c'est que souffrir. Rappelez-vous que je parle et comprends leur langue : je les connais. Marie-Anne prit lentement sa respiration : « Mais elles sont différentes aussi. Je vais vous dire comment. Les Indiennes sont des femmes fortes et leurs hommes dépendent d'elles. Dans leur tribu, elles peuvent atteindre la position qu'elles désirent. Rien ne leur est interdit pourvu qu'elles atteignent un certain niveau de compétence : elles peuvent chasser avec les hommes, par exemple. Les héritages sont transmis par leurs mères et non par leurs pères. Les Indiennes ne se sentent jamais inutiles, contrairement aux blanches qui en ont si souvent l'impression. Leurs hommes ne les considèrent pas comme des poupées en porcelaine. Elles sont utiles et nécessaires. Elles sont en chair et en os. »

Bonnie écouta Marie-Anne et réfléchit à ce qu'elle venait de lui dire. Elle était fascinée par son point de vue.

— L'isolement est une attitude : cela vient de soi-même, conclut Marie-Anne.

Bonnie baissa le tête et regarda le plancher de la cabane.

251

Les planches étaient si bien posées qu'on ne voyait aucun espace entre elles. C'est comme cela que ce devrait être avec les êtres humains, se dit-elle. Ils devraient être étroitement unis et ne jamais se disputer ni se laisser séparer par les petites choses. « Les colons vous diront des choses sur moi qui ne sont pas vraies, dit brusquement Bonnie. Ils sont très pieux, très rigides et moraux. Mon père m'a reniée. Mes parents disent que je suis morte. »

Marie-Anne éclata de rire : « Ils apprendront bien assez tôt à ne pas parler des autres. Dans la prairie, nous dépendons tous les uns des autres pour survivre. Ils seront obligés de vivre parmi les Métis et les Indiens et seront étonnés par leurs mœurs. Mais vous êtes jeune et vous devriez être plus aventureuse. Il faut apprendre à être indépendante. »

— Tout cela est si nouveau pour moi, dit doucement Bonnie. Elle pouvait remercier Ian d'avoir emmené le mari de Marie-Anne dehors pour regarder des chevaux. C'était si bon de parler enfin avec une autre femme, une femme si pleine d'énergie et de force et qui semblait si parfaitement en paix avec son existence et avec elle-même, une femme qui avait un sentiment de sa propre valeur et de son rôle dans la vie. Marie-Anne Lagimonière pouvait aimer les enfants et faire comme les autres femmes, mais elle savait aussi faire beaucoup de choses comme les hommes. Elle n'avait pas peur d'échapper au prototype féminin.

— Même la nature me semble étrange ici, avoua Bonnie. J'ai l'habitude des collines verdoyantes, des montagnes, des landes. . .

— Je n'ai jamais vu les landes, dit Marie-Anne avec un sourire. « Mais je suis allée à des endroits où les montagnes étaient si hautes que leurs sommets restaient cachés par des nuages. J'ai vu des troupeaux de buffles si formidables que de loin ce n'était qu'une masse sombre, grondant comme le tonnerre. On avait l'impression que la terre remuait sous nos pieds.

« Et les oiseaux ! J'ai vu des oiseaux bleus et d'immenses corbeaux noirs. Cette terre est d'une beauté et d'une majesté inouïes et je remercie Dieu de m'avoir permis de la connaître, comme aucune autre femme blanche ne l'a encore fait. »

— Et vous ne vous sentez pas trop seule ? insista Bonnie.

Marie-Anne secoua la tête : « J'ai une fille saine et belle, un fils robuste. Et j'ai un mari qui ressemble à cette terre : il est fort, il est bon, il est changeant. J'ai appris des Indiens l'art de guérir et quand j'ai mis au monde mes enfants, les Indiennes étaient là, à mes côtés, m'aidant, me montrant comment faire. »

Bonnie hocha silencieusement la tête : jamais elle n'avait rencontré une femme pareille. Marie-Anne avait quitté une maison confortable à Trois-Rivières parce que l'homme qu'elle aimait rêvait d'aller à l'Ouest. Elle ne lui avait pas demandé de renoncer à ce rêve; au contraire, elle l'avait aidé à le réaliser.

— Vous n'avez pas de quoi vous plaindre, dit Marie-Anne en prenant la main de Bonnie. Vous avez un jeune homme courageux, fort et dévoué. Vous vous aimez.

Bonnie cligna des yeux : « Oh, mais non ! Vous vous trompez ! Ian et moi. . . c'est un MacLean et moi je suis une Campbell. Il ne m'aime pas du tout. Et il est. . . il est très arrogant. »

Marie-Anne la regarda d'un œil amusé : « Une Campbell et un MacLean. C'est une querelle de famille ? »

Bonnie hocha la tête.

Marie-Anne éclata de rire : « Pourtant il s'occupe de vous ! Vous appelez ça une querelle ? »

— J'imagine qu'il le fait par devoir.

— Eh bien moi, j'ai vu les Français embrasser les Mohawks, les Crees accepter les Sioux. Même les Français et les Anglais se rapprochent de temps en temps. Je doute que cette querelle de famille dure très longtemps. D'ailleurs, je peux vous dire que mes dons d'observation sont excellents. Et ce que je vois dans vos yeux. . .

Bonnie allait riposter quand la porte de la cabane s'ouvrit brusquement.

— Alors vous êtes prêtes à prendre un verre ? Le dîner est prêt ? C'était la voix forte et gaie de Jean Lagimonière. Marie-Anne accueillit son mari avec un sourire chaleureux et plein d'amour. Elle se leva et défroissa sa longue jupe en lainage.

— Tout est prêt.

— Comme ça sent bon ! commenta Ian en humant l'air qui avait une bonne odeur de viande; sur le four se trouvait une énorme marmite en fer.

— Vous avez déjà mangé de la viande de buffle ? demanda Marie-Anne à Bonnie.

— Non, jamais, mais ça sent bien bon.

— J'ai fait une espèce de ragoût : j'espère que ça vous plaira. Le goût est assez étrange la première fois : il faut s'y habituer.

— Vous finirez par aimer cette bête ! s'écria Jean Lagimonière de sa voix tonnante. Elle vous nourrira, vous vêtira. Avec son gras vous pourrez fabriquer des chandelles et du savon. C'est le buffle qui permet aux Indiens et aux Métis de subsister.

Quand ils se mirent à table, Marie-Anne plaça de grands bols devant eux. Une fois le ragoût de buffle servi, Marie-Anne s'assit et récita une courte prière. Puis elle leva la tête et dit : « Bon appétit. »

Bonnie hésita, puis mit sa cuiller dans le bol. Elle prit une bouchée de ragoût et mâcha la viande; puis elle prit une autre cuillerée. La viande était plus filandreuse que le bœuf et avait un goût plus fort, mais c'était bon.

— Cela a beaucoup de goût, dit Bonnie. Dites-moi comment on prépare la viande de buffle.

— Oh oui ! Je vous en supplie, dites-lui ! Sinon je risque de mourir de faim cet hiver ! s'écria Ian.

Marie-Anne éclata de rire : « Vous verrez, je vais en faire une vraie pionnière ! »

Bonnie rougit et baissa les yeux, mais elle se sentait très à l'aise et détendue dans cette atmosphère chaleureuse. Cela faisait longtemps qu'elle ne s'était pas sentie si bien.

Jenna MacLean avait pris la pochette en cuir des mains du messager, et l'avait ouverte avec un sentiment d'anxiété. Quand elle lut le message, ce fut comme si un cauchemar se réalisait.

Ma chère Jenna,

Ton fils Josh MacLean est sous mon autorité : il est accusé d'espionnage. Comme tu dois le savoir, c'est un crime très grave et très sévèrement puni. Je désire, bien sûr, te donner la possibilité de le revoir avant que je ne le ramène au fort Niagara, où il sera pendu. Tu trouveras ci-inclus un billet de passe. N'amène personne.

Je me fais une joie de te revoir.

Affectueusement, comme toujours,
James MacLean

Jenna fut pénétrée d'un frisson et se mit à trembler violemment. Elle tourna autour de la pièce, comme dans une transe. James tenait Josh captif ! « Il faut que j'y aille », dit-elle à haute voix. « Ah, mon Dieu ! Il faut que je fasse quelque chose ! »

Les semaines qui suivirent furent un cauchemar. Une tempête de neige s'abattit sur toute la péninsule du Niagara : le voyage à Lewiston était impossible.

Par bonheur, se disait Jenna, la personne qui la connaissait le mieux, son mari, était au fort George avec les milices. « Il faut que je me débrouille toute seule », se répétait-elle sans arrêt. « Will ne doit pas savoir. »

Elle envoya un message à James MacLean, annonçant son intention de venir. Elle priait pour qu'il ait bien reçu le message, mais elle n'avait pas beaucoup d'espoir. Pourtant, raisonnait-elle, il devrait savoir que c'est le mauvais temps qui m'a empêchée de venir plus tôt. Mon Dieu, faites qu'il comprenne que c'est le mauvais temps ! pria-t-elle silencieusement.

Enfin le temps s'arrangea et Jenna trouva quelqu'un pour l'emmener de l'autre côté de la rivière en bateau. Une fois arrivée, elle loua un traîneau et se dirigea vers la ferme de Richard Adams. Pourquoi Josh était-il allé là-bas ? Comment James l'avait-il découvert ? Son esprit bouillonnait de questions, mais elle ne trouvait pas de réponses.

— Maintenant que le temps s'est arrangé, nous devrions les emmener au fort, observa l'un des soldats.

— J'ai déjà envoyé un message au fort, répondit James d'une voix arrogante. « C'est moi qui suis en charge. Vous n'avez pas à faire d'observations sur mes actions. Je suis en train de poursuivre une enquête très importante. » James MacLean regarda Josh, qui était bâillonné et attaché à une chaise devant lui. « Où est l'autre ? » demanda-t-il.

— Dans la grange, répondit le soldat. Il est bien au chaud avec les cochons.

— Otez-lui son bâillon et laissez-nous seuls, ordonna James en montrant Josh du doigt. Jenna serait bientôt là, pensait-il. Le moment était venu d'interroger Josh sérieusement.

Josh passa sa langue sur ses lèvres : « Est-ce que je peux avoir de l'eau ? »

James remplit une tasse d'eau et la lui apporta. Il mit la tasse sous les lèvres de Josh et le laissa boire. C'était agréable de voir ce jeune homme, l'image de Will, solidement attaché comme Will l'avait lui-même fait attacher trente et un ans auparavant, au moment où il était parti avec Jenna.

Josh secoua la tête : il avait assez bu.

— Où alliez-vous ? demanda James d'un air détaché.

— Je ne suis pas un espion, répondit Josh tranquillement. Par miracle, on ne l'avait pas encore fouillé. Cet emprisonnement était tout à fait anormal. Et pourquoi cet homme voulait-il tant voir sa mère ?

James fit basculer sa chaise en arrière en se retenant à la table. Il siffla entre ses dents. « Nous sommes parents, dit-il. Vous vous en êtes peut-être rendu compte en entendant mon nom. »

— Qui êtes-vous ? demanda Josh. Comment avez-vous appris mon nom ?

— Vous êtes l'image de Will MacLean, répondit James. Il sourit. « Je suis votre oncle, mon garçon — le frère jumeau de votre père. »

Josh le regarda bouche bée : « Le frère de mon père ! » Il

répéta ces mots puis secoua la tête : « Je ne comprends pas. Personne ne m'a jamais dit que mon père avait un frère ! »

— J'ai envoyé un message à votre mère parce que nous sommes de vieux amis. . . de très vieux amis. Vous savez, votre père me l'a prise, et m'a laissé attaché exactement de la même manière dont vous-même êtes attaché en ce moment. Puis il s'est sauvé avec elle, le salaud ! C'était la poupée la plus chaude que je m'étais jamais envoyée !

— Vous êtes un grossier personnage, un dégueulasse et un fils de putain ! Ce n'est pas vrai ! s'écria Josh, furieux. Vous n'avez pas le droit de parler de ma mère comme ça !

James éclata de rire et prit son verre de whisky. « Je connais chaque centimètre de son corps — c'est moi qui l'ai eue d'abord ! »

Le visage de Josh était devenue pourpre : « C'est faux ! »

— Je l'ai rencontrée dans un bordel de la Nouvelle-Orléans, continua James en riant de plus en plus fort.

— Vous mentez ! Josh avait craché ces paroles avec fureur. Il savait pourtant que sa mère était allée à la Nouvelle-Orléans et que son père était né dans le Territoire de la Louisiane.

James se versa un nouveau verre de whisky. « Je l'aimais, bredouilla-t-il, mais à ma manière. Je suis un homme égoïste; ce n'est pas facile pour moi d'aimer. »

— Vous êtes un sale menteur ! Josh tremblait de rage : il aurait voulu l'étrangler.

— Oh, mais je ne mens pas, vous savez. Quand elle viendra, je vous cacherai dans la chambre d'à côté et vous entendrez bien. Je voudrais être avec elle encore une fois, en souvenir d'autrefois, vous comprenez.

— Je vous tuerai ! hurla Josh.

James MacLean recommença à rire : « On verra bien ! Vous savez, si elle m'avait épousé, j'en aurais fait la maîtresse de Skye, la plus belle plantation sur le Mississippi. Elle aurait eu des esclaves pour l'habiller, la coiffer, la rendre belle. Elle serait devenue riche et gâtée, elle aurait porté les plus belles toilettes. J'aurais même pu l'emmener à la Maison du Président. Jenna Macleod serait devenue quelqu'un de très spécial. . . » Josh vit une lueur étrange

257

briller dans les yeux de James et il eut un frisson d'horreur. Cet homme ne croit pas du tout que je suis un espion, se dit-il. Tout ceci a à voir avec ma mère.

C'était le 2 novembre et le soleil brillait dans un ciel sans nuages. Les collines qui entouraient Lewiston étaient couvertes de neige profonde et blanche; l'air était vif et froid.

Le jeune soldat fit entrer Jenna dans le salon de la ferme de Richard Adams. James MacLean était assis les pieds sur la table, l'air détendu et reposé.

— Où est Josh? demanda Jenna sans avancer. Elle regarda autour d'elle et vit des restes de nourriture; tout était en désordre. James MacLean et les soldats étaient là depuis longtemps, se dit-elle. Combien étaient-ils ? Elle en avait vu un près de la grange; un autre l'avait accompagnée jusqu'à la maison. Avec James, cela faisait trois. Evidemment il y en avait peut-être dans la grange. Il faudrait savoir combien ils sont, et où ils sont.

— Où est Josh ? répéta Jenna.

James ne répondit pas immédiatement. Ses yeux noirs et cruels se promenèrent lentement sur son corps. Il savourait son moment de triomphe.

— Tu es belle, lui dit-il, mais tu le serais encore plus si tu n'étais pas si mal habillée. Je vois quand même que tu as fait un effort pour te faire belle pour moi.

— Ce n'est absolument pas vrai, répondit Jenna d'une voix glaciale.

James se redressa et ses bottes tombèrent bruyamment sur le plancher. « Allez ! Laissez-nous ! » cria-t-il au jeune soldat qui rôdait autour de la porte. « J'ai l'intention d'interroger la mère de l'espion. Je la connais. »

— Ce n'est pas un espion ! protesta Jenna. En vérité, elle n'en était pas sûre du tout. Josh avait été si mystérieux au moment de partir !

Mais James ne fit aucune attention à sa réponse. Le soldat était parti, fermant la porte derrière lui. Que Josh fût un espion ou non, cela ne semblait pas beaucoup l'intéresser.

— Où est-il ? demanda Jenna pour la troisième fois. « Je veux voir mon fils. Est-ce que tu lui as fait du mal ? »

— Il est dans la grange, répondit James. Je n'ai pas touché un seul cheveu de sa tête. Evidemment, la corde lui cassera le cou. Il ressemble beaucoup à Will, eh ?

— Oui, répondit Jenna très doucement, il ressemble beaucoup à Will. . .

Elle fit un effort pour ne pas penser à la terrible remarque qu'il avait faite sur la pendaison de Josh. Il essaie de me faire peur, se dit-elle. Il ne faut pas que je me laisse intimider.

— Tu as fait un long voyage, ma chère. Enlève ta pèlerine et assieds-toi.

— Ce n'est pas une visite amicale, répondit Jenna.

— Evidemment non. Tu es venue pour me supplier d'épargner ton fils. C'est touchant, vraiment très touchant.

— Will ne t'a jamais fait de mal, James MacLean. Il n'a pas essayé de reprendre sa part de la terre et de la fortune de votre père, il ne t'a jamais poursuivi en justice. Il est parti en te laissant tout. Ce n'était donc pas assez ? Pourquoi essayer maintenant de lui faire du mal ? Pour me punir ? Et Josh — Josh n'a rien à voir avec ce qui s'est passé il y a trente ans.

— Will t'a emmenée, dit James en se penchant en avant.

Jenna le regarda. Il avait beaucoup bu, cela se sentait à son haleine. Il risquait de devenir dangereux. « J'aime Will, répondit Jenna. Je n'aurais jamais pu t'aimer comme je l'aime. Certainement pas après m'être rendue compte combien tu étais cruel et de mauvaise foi. . . »

James rit sarcastiquement : « Je me souviens de toi dans mes bras, me priant, me suppliant de te toucher. Ah, Jenna, mon amour ! Qu'est-ce que tu pouvais avoir les fesses chaudes ! »

Jenna rougit. L'image de Will et de la robe noire de Paris lui traversa vaguement l'esprit. « Je n'ai plus dix-sept ans », répondit-elle d'un ton aussi froid et distant que possible. « J'étais attirée par toi, mais rien d'autre. J'étais jeune, James, très jeune. C'est Will qui m'a appris ce que c'est que l'amour. On change, James. J'ai changé. »

James la regarda avec convoitise : « Tu es un fruit mûr,

maintenant. » Son regard impudique la fit de nouveau rougir : elle avait l'impression qu'il voyait à travers sa robe.

— Ne me parle pas de cette façon. Je suis la femme de ton frère.

Jenna fit un pas vers lui. Elle jeta sa pèlerine sur un banc et s'assit sur un tabouret. Elle voyait la cuisine à travers la porte ouverte : la vaisselle sale du petit-déjeuner était encore sur la table. Il y avait trois places. . . .ils devaient nourrir Josh et Richard Adams dans la grange. Ils n'étaient que trois.

— C'est *ma* femme que tu aurais dû être ! s'écria James avec fureur en tendant les bras vers elle.

Jenna fit un mouvement en arrière et se déroba. « James, je me rappelle le jour ou ton père s'est noyé. Je me rappelle comment tu as essayé de le sauver et combien tu as souffert. James, tu n'es pas vraiment un homme mauvais ! »

— Pas comme Maria, en tout cas, répondit-il. Mais je ne suis pas un homme bon, et certainement pas à côté de Will ! Will est un véritable saint !

Jenna se couvrit le visage : « Oh, James ! » Sa voix était devenue très triste.

— Tu aurais été tellement plus heureuse avec moi, ta vie aurait été merveilleuse ! Tu aurais eu des esclaves ! Nous serions partis en Europe ! Regarde donc tes mains, Jenna ! C'est une honte qu'une femme aussi belle que toi ait jamais été obligée de travailler !

— Je ne suis pas une poupée en porcelaine, répondit Jenna. Je n'en ai jamais eu la moindre envie. Essaie donc de comprendre cela !

— Je comprends une chose. J'ai ton fils entre mes mains et je peux le faire pendre ou fusiller à mon gré. Evidemment si je veux, je peux le laisser partir.

Jenna s'assit au bord de son siège. Cela faisait quelque minutes qu'elle attendait qu'il lui fît une proposition. Elle était sûre qu'il essaierait d'obtenir quelque chose en échange. . . quelque chose de terrible.

— Tu le laisserais partir ?

— Oui, si je pouvais t'avoir en échange, répondit-il. Il eut un petit sourire de travers et ses doigts impatients se crispèrent sur la table. « Je voudrais toucher ta peau, sentir l'odeur de ta chair, embrasser les bouts de tes seins, te sentir palpiter sous mon corps. . . je voudrais. . . je veux. . . »

— Assez ! s'écria Jenna. Elle fixa ses yeux verts sur le plancher. « Est-ce que tu proposes sérieusement qu'en échange de la vie de mon fils je me donne à toi ? »

— Oh, seulement pour quelque temps, répondit-il avec un sourire. « Une fois maintenant, une ou deux fois après qu'il sera parti. Alors tu pourras retrouver ton Will chéri et j'aurai eu ma revanche. »

— Et tu tuerais mon fils rien que pour cela ? demanda Jenna incrédule, les yeux tout grands.

— C'est *son* fils aussi, ajouta James. J'aurais même du plaisir à le voir pendre.

« La vérité te rendra libre », pensa Jenna. Elle se leva tout à coup, renversant le tabouret sur lequel elle était assise. « Ce n'est pas le fils de Will ! » s'écria Jenna, les larmes aux yeux. « C'est une ironie de la nature qu'il lui ressemble à ce point. . . parfois les enfants ressemblent plus à leurs oncles ou à leurs tantes qu'à leurs propres parents. . . Josh est *ton* fils, James. Ton fils et le mien ! »

James fit un bond et la saisit par les épaules : « Comment ? Qu'est-ce que tu dis ? »

Jenna, le visage baigné de larmes, se mit à trembler : « C'est vrai ! Oui c'est vrai ! Tu veux faire pendre ton propre fils ! C'est notre fils, James ! *Notre* fils ! »

James lâcha ses épaules et Jenna laissa tomber ses bras. Elle ne pouvait pas. . . non, elle ne pouvait pas regarder son visage. Il y eut un long silence. Jenna recula avec lassitude vers le tabouret renversé, le redressa et s'assit. Quand James commença à parler, elle leva la tête.

— Pendant toutes ces années. . . toutes ces longues années, tu m'avais donc caché mon propre fils ! Bon Dieu ! Si tu savais. . . non, tu ne peux pas savoir ! » Il se leva de nouveau et s'approcha d'elle, puis la saisit violemment et la força à se lever. Il leva le bras; Jenna essaya de bouger, mais resta clouée sur place. La gifle violente la fit tomber à genoux devant lui. « Toutes ces années ! » hurla-t-il. Il tomba sur elle et la força vers le sol.

261

— Tu m'as caché mon fils ! Il l'attaqua avec violence, exacerbé de passion et de fureur, et se mit à déchirer sa robe : « Tu m'as empêché de connaître mon fils ! Tu as entendu ça, Josh MacLean ? Tu es mon fils ! Tu es à moi ! Et maintenant, je vais posséder ta mère ! Tu l'entendras crier ! Tu sauras comment tu as été conçu ! Ecoute bien ! »

— Il écoute ? hurla Jenna. Que dis-tu ? Elle se débattit sous son corps, plus terrifiée par les paroles qu'il venait de prononcer que par ce qu'il faisait.

— Et toi ! cria James. Dieu que j'ai eu envie de toi pendant toutes ces années ! Il saisit ses seins qu'il avait déjà dénudés; son genou était pressé contre son ventre. Jenna le regarda, les yeux grands ouverts. Il était devenu comme une bête sauvage. Il lui frottait violemment les seins et poussait des gémissements inhumains. On n'entendait plus que ses grognements bestiaux.

— Que dis-tu ? hurla Jenna. Explique-moi ce que tu viens de dire ! Jenna tourna le visage de côté et regarda la porte qui menait à la chambre à coucher. Josh. . . est-ce qu'il était là, à côté ?

Les mains de James étaient sous sa jupe et il lui arrachait ses sous-vêtements.

— Josh ! s'écria-t-elle. Sa voix pleine de désespoir et de détresse physique retentit à travers la pièce. « Oh, Josh, pardonne-moi ! »

— Il est à côté ! dit James en haletant. Il a tout entendu, Jenna. C'est toi-même qui lui as dit la vérité. Il est de moi ! C'est *mon* fils !

Jenna poussa un long cri d'effroi et de douleur. Elle sentait à peine ce que James lui faisait, tant elle était bouleversée à l'idée que Josh savait son terrible secret. Elle avait tant supplié Will de le lui dire et, ô ironie ! c'était d'elle que son fils avait appris la vérité !

James arracha ses sous-vêtements et écarta ses jambes de force. Jenna n'essaya même pas de se débattre. Elle ne pensait qu'à Josh, qui était à côté, qui avait tout entendu, qui entendait encore. . .

Jenna poussa un cri.

— Vas-y, Jenna, crie ! Que ton fils t'entende crier ! dit James d'une voix cruelle.

Jenna se mordit la langue. Je ne crierai plus, se dit-elle : il n'aura pas cette satisfaction. Quand il s'enfonça en elle, elle ferma les yeux. Il pantelait comme un animal; Jenna était devenue complètement molle.

Elle ouvrit brusquement les yeux et regarda son visage : James était sur le point d'atteindre sa jouissance obscène. Il lui faisait très mal, mais Jenna se sentait distante, très distante. Elle tourna la tête pour éviter l'odeur déplaisante du whisky sur son haleine, et aperçut son sac par terre. Le couteau ! Elle le portait sur elle depuis le jour où l'une de ses voisines avait été blessée dans sa carriole, son cheval ayant détalé. « Si elle avait eu un couteau, elle aurait pu couper le harnais », lui avait dit Will. Depuis ce moment-là, Jenna portait toujours le vieux couteau de chasse de sa mère sur elle.

Jenna étendit le bras et ouvrit son sac. Elle sortit le couteau et le tira de sa gaine.

Le moment suprême approchait et les grognements de James devenaient de plus en plus bestiaux. Soudain son corps se mit à frissonner. Jenna saisit le manche du couteau, leva le bras et lui enfonça le couteau dans le dos.

James MacLean, encore tout palpitant, se redressa brusquement comme un chien enragé : la salive coulait des coins de sa bouche, ses yeux sortaient de leurs orbites. Jenna poussa la lame de toutes ses forces et se glissa de dessous lui. Les bras de James s'agitèrent dans l'air; elle se déroba et sauta de côté.

— Tu m'as fait mal ! hurla-t-il, comme un chien blessé.

Jenna se précipita vers la table et saisit le pistolet qui reposait auprès de la jaquette d'uniforme de James. « Tais-toi ou je te tue ! » dit-elle.

— Tu m'as fait mal ! répéta James avec incrédulité. Il essayait d'attraper le manche du couteau qui était enfoncé dans son dos. Son pantalon était autour de ses chevilles; son membre flasque se dandinait, ridicule.

Jenna, braquant le pistolet sur lui, fit un pas rapide vers la fenêtre et regarda dehors. Elle ne vit personne, mais il y avait de la lumière dans la grange. Elle quitta la fenêtre et, de sa main libre, elle tira ce qui restait de sa robe sur ses épaules pour se couvrir. Elle recula vers la chambre à coucher. Sur le lit, bâillonné et attaché par des cordes, Josh se débattait désespérément. Son visage était pâle comme la mort; les veines se dressaient sur son front.

James s'avança vers Jenna en chancelant. « N'approche pas ! cria-t-elle. Pas un pas de plus ! Je sais viser, James. Je te tuerai. »

James s'arrêta net et se retint à la porte pour ne pas tomber. Son visage était écarlate, ses yeux roulaient dans leurs orbites, tant il souffrait; il respirait péniblement, par petites saccades. Jenna, tenant le pistolet dans une main, luttait contre les nœuds qui retenaient son fils.

James attendit et, la voyant occupée à détacher un nœud, il s'élança vers elle. Jenna fit un pas en arrière, se retourna et tira. James, atteint à la cuisse gauche, tomba sur le dos avec un hurlement de douleur.

Jenna, toute haletante, attendit, comme une chatte prête à bondir. Le voyant immobile et sans connaissance, elle posa le pistolet, se tourna vers Josh et lui ôta son bâillon. « Ah, mon Dieu ! Quelqu'un a dû entendre le coup de feu ! » s'écria-t-elle.

Josh toussa et se redressa, les mains enfin libres. Il se pencha en avant et défit les cordes qui retenaient ses pieds.

Josh, tombant presque du lit, se précipita vers James. Il le toucha du bout de sa botte. « Il est encore vivant », dit-il en se tournant vers sa mère.

James poussa un grognement et les yeux clignotants, il regarda Josh. La souffrance aiguë se lisait dans ses grands yeux noirs. « Je ne peux pas sortir le couteau », dit doucement Josh. « Ça risque de trop saigner. »

— Chut ! Quelqu'un arrive ! Jenna s'était approchée de la porte. Elle ferma le verrou de l'intérieur. Josh saisit le pistolet.

— Lieutenant MacLean ! Est-ce que tout va bien ? J'ai cru entendre un coup de feu.

Jenna se mordit la lèvre. Puis, de sa voix la plus

doucereuse, elle répondit : « Nous voulons rester seuls. Hé, chéri, dis-lui qu'il nous laisse tranquilles ! »

— Foutez-moi le camp ! cria Josh d'une voix remarquablement semblable à celle de James.

Jenna s'appuya contre la porte et entendit s'éloigner les pas du soldat. Elle poussa un soupir de soulagement.

Pendant ce temps, Josh avait posé le pistolet, tirant et traînant le corps de James vers le lit. Il réussit enfin à le hisser sur le matelas et le tourna sur le ventre.

— Il a besoin d'un médecin, chuchota-t-il à Jenna qui était restée immobile près de la porte. « Il a du mal à respirer. »

Jenna était devenue très pâle. Elle fit quelques pas en avant et s'appuya contre la commode. « Je l'ai tué, murmura-t-elle. Il va mourir. »

— Ne t'évanouis pas ! ordonna Josh en se tournant vers elle. « Ne t'évanouis surtout pas ! »

Jenna ferma les yeux pour un instant. Elle n'avait plus de forces. Si seulement elle pouvait se laisser aller, fermer les yeux et se réveiller enfin de ce cauchemar atroce !

— Maman !

Jenna ouvrit les yeux.

— Va chercher des bouts d'étoffe. Il va falloir panser sa jambe.

— Et le couteau ? demanda Jenna, toute tremblante.

— Il est long ? Josh regarda le manche, mais il n'avait aucune idée de la longueur de la lame.

Jenna rapprocha ses paumes pour lui montrer; la lame faisait environ dix centimètres.

— Je vais peut-être pouvoir sortir le couteau, dit Josh. Va faire bouillir un peu d'eau et cherche des bandages. Amène aussi de l'eau froide pour sa tête.

Jenna, à moitié assommée douleur et d'angoisse, courut çà et là dans la maison, comme dans une transe. Elle mit une autre bûche sur le feu et remplit la marmite, puis chercha de quoi faire des bandages : elle trouva enfin les bouts d'étoffe stériles dont s'était sans doute servie Colleen pour ses besoins hygiéniques.

Jenna apporta l'eau froide et Josh, tournant la tête de

James de côté, lui mit une compresse sur le front. James poussa un grognement et ouvrit ses yeux noirs.

— Ne faites pas un son, ordonna Josh. Il regarda James froidement. « Je vais mettre ça dans votre bouche et sortir le couteau. »

James hocha la tête et ouvrit la bouche. Josh y enfonça les bouts d'étoffe.

— Je ne veux pas que vous vous mordiez la langue ni que vous hurliez, expliqua Josh. Il saisit le manche et tira le couteau du dos de James. Pendant quelques instants, le sang gicla comme une fontaine.

Josh mit un bandage sur le trou profond et le pressa aussi fort que possible. James poussa un grognement.

Jenna, appuyée contre la commode, regardait son fils panser son père naturel. A quoi songeait-il ? Cela lui faisait peur d'y penser. Josh parlait d'une voix si froide, il semblait en colère — était-ce vraiment de la colère ? Il se passait tant de choses en même temps que Jenna avait de la peine à comprendre ses propres émotions. Comment pouvait-elle prétendre deviner celles de Josh ?

Josh ôta les bouts d'étoffe de la bouche de James : « Ne bougez pas. » Il leva rapidement le coin du bandage : la blessure ne saignait plus. Il cessa de presser et serra le bandage.

Cela fait, Josh regarda la cuisse de James. « Il faudrait un médecin pour sortir ça, observa-t-il. Je ne peux rien faire de plus que de mettre un bandage. »

James hocha la tête silencieusement.

— Je devrais vous tuer pour ce que vous avez fait à ma mère, dit Josh très calmement. Quand elle a tiré, j'espérais qu'elle vous avait tué. Mais elle a fait exprès de tirer à côté. Je ne peux pas vous tuer maintenant, ce serait un meurtre; si vous aviez assez de force pour tenir un pistolet et faire les dix pas, nous aurions un duel, et je pourrais alors vous tuer.

Pendant cet échange entre père et fils, Jenna, sans dire un mot, crispait les doigts sur sa jupe, essayant de deviner les sentiments de Josh pour elle. Lui pardonnerait-il jamais ? Les larmes coulaient silencieusement sur son visage.

James s'accrocha à la jaquette de Josh, la bouche ouverte. « Je suis ton père, dit-il en haletant. Tu es mon fils ! »

Josh ferma les yeux pour ne pas voir le visage de James : « Je suis le fils de Will MacLean. C'est le seul père que j'aie jamais connu, le seul que je connaîtrai jamais. Je suis son fils, quoi qu'il arrive. *Son* fils. »

En entendant sa déclaration, Jenna respira enfin. « Je voulais te dire », murmura-t-elle avec une toute petite voix. « J'ai si souvent voulu te dire. . . »

Josh se tourna vers sa mère et la regarda. Elle tremblait maintenant, mais il ne pouvait pas l'accuser de lâcheté : elle était venue avec l'intention de se donner à cet homme pour lui.

— Tu te serais donnée à lui pour me sauver la vie ? demanda-t-il en cherchant son regard.

Jenna, incapable de répondre, détourna le visage et hocha la tête.

Josh ferma un instant les yeux, sans faire attention à James MacLean qui était là, sur le lit, glissant son regard de Jenna à lui. Sa mère venait de passer par une terrible épreuve. Cet animal l'avait violée, elle était épuisée et, sous le coup de ses violentes émotions, elle était sans doute au bord de l'hystérie. Malgré le secret qu'on lui avait caché, malgré le passé de sa mère, il l'aimait plus que jamais. Il ouvrit les yeux et la regarda : « Je t'aime, maman. Quoi que tu aies fait, je t'aime. »

Jenna, retenant ses larmes, se jeta à genoux devant lui. « Oh, Josh ! sanglota-t-elle. Je voulais tant te dire ! »

Il lui caressa les cheveux : « Ne t'en fais pas, maman. Viens, il faut sortir d'ici et te ramener de l'autre côté de la frontière. »

Jenna leva la tête. Elle dut faire un grand effort pour se lever.

— Combien étaient-ils quand tu es venue ? Combien de soldats ?

— Deux, répondit Jenna. Mais il y avait trois places de mises sur la table de cuisine. Où est M. Adams ?

— Dans la grange. Viens, je pense qu'il doit y avoir un mousquet dans l'armoire de la cuisine. Nous avons aussi le pistolet. Il faut aussi chercher Richard Adams, nous ne pouvons pas partir sans lui.

Josh attacha James MacLean mais sans trop serrer les courroies, à cause de ses blessures. « Nous enverrons quelqu'un s'occuper de vous », dit-il en quittant la chambre.

— Il fait nuit noire, dit Josh à sa mère. James MacLean et moi avons la même carrure. Je vais mettre son uniforme et t'accompagner jusqu'à ton traîneau. Conduis-le un peu plus loin sur la route, là où ils ne peuvent pas te voir. Puis cache le traîneau et détache les chevaux. Attends-moi et ne fais surtout pas de bruit jusqu'à ce que tu m'aies entendu siffler. Tu te souviens de mon signal indien ?

Jenna hocha la tête : « Josh, fais attention. Ils sont deux. »

— Je les prendrai par surprise.

Josh regarda sa mère tourner le traîneau et descendre sur la route. Il revint sur ses pas et se dirigea vers la grange. Deux soldats traversaient le champ pour le rejoindre.

— Hé ! Dites donc, mon lieutenant, votre enquête a-t-elle été satisfaisante ?

Josh ne pouvait pas le voir, mais il était sûr que l'homme souriait lascivement. Imbécile de fils de putain ! pensa-t-il. Ne l'entendant pas répondre à son appel, le soldat agita le bras. Josh s'arrêta et le laissa s'approcher, puis il lui tourna le dos et regarda le ciel, espérant que sa silhouette, de derrière, ressemblait assez à celle de James pour ne pas inquiéter le soldat.

Josh, respirant à peine, écouta les bruits de pas s'approcher dans la neige. Le soldat venait de plus en plus près. Quand Josh sentit qu'il était derrière lui, il se retourna brusquement et lui donna un violent coup au bas-ventre. L'homme grogna et se plia en deux. Josh lui donna alors un coup derrière la tête. Le garde, avec un gémissement sourd, tomba sur le visage, sans connaissance.

Josh attendit un moment et regarda autour de lui : le deuxième soldat semblait n'avoir rien entendu. Il mit l'homme inconscient sur son épaule et le porta jusqu'à la ferme. Il l'attacha, le bâillonna et l'enferma dans l'armoire de la cuisine.

Josh se débarrassa de l'uniforme de James et remit ses

propres habits. Il prit son couteau et le mit dans sa gaine, puis s'arma du pistolet et du mousquet. Il s'approcha de la grange par derrière, se mit à une petite fenêtre et regarda à l'intérieur.

Le deuxième soldat était accroupi devant un petit feu qu'il venait de faire. Dans un coin, Josh vit Richard Adams, attaché et bâillonné.

Josh sortit son pistolet et attendit que le garde se fût tourné dans la bonne direction. Josh visa son arme, tira la gâchette et le blessa à l'épaule.

Josh courut rapidement vers la porte et entra dans la grange. « Ne bougez pas », dit-il. Le garde, la main à épaule, hocha la tête sans rien dire.

Josh regarda sa blessure. Ce n'était rien de grave. Il lui donna un coup dans le dos avec le canon du pistolet : « Allez le détacher », dit-il.

Le soldat, chancelant, courut vers Richard Adams et défit les courroies de sa main valide. Puis il arracha le bâillon.

— Sacré bon Dieu de bon Dieu ! cracha Adams en se levant. Il s'étira et jura de nouveau.

— Attachez-le, dit Josh. Allons, vite ! Le temps passe !

Adams obéit. « Je suis Américain », protesta-t-il.

— Je suis désolé, dit Josh avec sincérité. « Mais personne ne va vous croire, et vous serez pendu. De toute façon vous êtes conscrit et vous n'avez pas envie de vous battre. Venez, vous trouverez tout ce qu'il vous faudra comme terres au Canada. » Josh se tut un instant puis sourit : « D'ailleurs, vous serez plus près de vos petits-enfants. »

— Mais Colleen est à Washington !

— J'ai l'intention d'aller la chercher et de la ramener à la maison.

Adams haussa les épaules : « Etre Canadien ou Américain, qu'est-ce que ça peut faire au fond ? Il n'y a aucune différence. »

— Pour le moment, la différence c'est une corde longue d'un mètre quatre-vingts, répondit Josh. Prenez le pistolet. Il tendit l'arme à Adams.

— Vive le Roi ! marmonna Adams tout bas. Puis il ajouta : « J'ai des affaires dans la maison. Laissez-moi aller les chercher. »

— Dépêchez-vous, il ne nous reste plus beaucoup de temps. Ma mère nous attend et il faudra vous faire passer de l'autre côté de la rivière avant l'aube.

Adams hocha la tête et courut vers la maison. Il voulait emmener avec lui quelques affaires dont il aurait besoin et surtout les bijoux qu'il avait trouvés dans la malle de sa mère.

Il ouvrit la porte et se mit à fouiller dans le tiroir de gauche de sa commode. Là, dans un petit coffret noir, il trouva les bijoux. Il sortit le coffret et le mit sous sa chemise.

— Ne bougez pas !

Richard Adams se tourna rapidement et se trouva face à face avec James MacLean. Il était debout sur une jambe, appuyé contre la porte, la figure grimaçant de douleur : il tenait un pistolet à la main. Adams calcula rapidement : si MacLean avait été attaché dans la chambre à coucher, il avait dû trouver le pistolet dans le tiroir de la table de nuit. Ce pistolet appartenait à Adams et Adams savait qu'il n'était pas chargé. Il fit un mouvement brusque de côté et sortit le pistolet que lui avait donné Josh. Adams tira. Le pistolet de James fit un bruit sec, mais ne déchargea pas.

James MacLean eut l'air tout étonné. Les yeux sortant de la tête, il s'écroula par terre comme une poupée en étoffe.

Deux minutes plus tard, Josh entra précipitamment dans la maison, le mousquet à la main. Il vit son père couché au milieu d'un lac de sang. Richard Adams était penché sur lui.

— Il est mort, dit Adams.

Josh secoua la tête. « C'est mieux comme ça », murmurat-il très doucement, d'une voix à peine perceptible.

Josh et Richard s'élancèrent sur la route et trouvèrent Jenna au coin du bois. Ils montèrent sur les chevaux et se dirigèrent vers la rivière.

— Vous vous sentez capable de traverser la rivière ? demanda Josh à Adams.

— Je l'ai traversée je ne sais pas combien de fois.

— Tu ne viens donc pas ? demanda Jenna en levant le regard vers son fils. « Oh Josh, rentre avec nous ! »

Josh secoua la tête : « J'ai des choses à faire. » Il se tourna vers Adams. « Occupez-vous bien de ma mère, dit-il. Ramenez-la jusqu'à chez elle. »

Adams hocha la tête et fit signe à Jenna d'entrer dans la barque : « Dépêchons-nous. Les Américains peuvent encore nous arrêter, et les Anglais, avec leurs coups de canon, risquent de nous envoyer dans l'autre monde ! »

Josh se pencha vers sa mère et l'embrassa sur le front. « Ne t'en fais pas, murmura-t-il. Tu verras, tout finira bien. »

# CHAPITRE XIII

## décembre 1812

C'était le premier décembre. Ce matin-là, Dolley Madison ne portait pas son turban habituel; ses cheveux étaient découverts et des milliers de petits tire-bouchons lui tombaient autour du visage. Les joues de Dolley étaient rouges de colère, ainsi que ses petites oreilles, le bout de son nez et le haut de sa gorge.

— La guerre de M. Madison ! Voilà ce qu'ils disent ! Mason James MacLean, ils appellent cela la guerre de M. Madison ! Dolley avança sa lèvre inférieure et fit une moue. « Je voudrais tordre le cou de chacun des éditeurs des journaux fédéralistes ! Comme si ce n'était pas déjà assez de raconter continuellement des histoires sur moi et sur M. Jefferson ! Dieu sait si M. Jefferson ne m'a même jamais regardée de sa vie, tant il est préoccupé par sa mulâtresse. . . Je les hais, monsieur MacLean ! Je les hais tous — tous ! Pourquoi ne l'appellent-ils pas la guerre de M. Clay. . . ou la guerre de M. Calhoun ? »

Mason James essayait de se concentrer, mais c'était très difficile, car Jason Talbot était tout près de lui, penché sur le plateau à thé. D'ailleurs, il ne sympathisait pas vraiment avec Mme Madison. Si la guerre n'avait pas été un tel désastre, cela ne l'aurait pas du tout gênée qu'on l'appelât « la guerre de M. Madison ». Mais c'était bien ennuyeux de voir un cirque pareil nommé en l'honneur de son mari.

D'abord il y avait eu la défaite au fort Michilimackinac,

272

ensuite la défaite au fort Détroit, enfin les trois tentatives de traversée de la rivière du Niagara pour gagner le Haut-Canada. La tentative du début d'octobre avait été une défaite retentissante; les deux suivantes, sous le commandement de Smythe, avaient eu lieu à la fin de novembre et ils avaient perdu la partie avant même de gagner la rive canadienne. C'était vraiment pathétique, mais même Mason James était obligé de reconnaître que la récente bataille près de Montréal avait été le comble.

Le soir du 19 novembre, donc, un détachement de réguliers américains avait passé la frontière et s'était engagé dans une petite escarmouche sur la rivière Lacolle dans le Bas-Canada. Ils avaient même réussi à prendre une caserne, mais les troupes canadiennes qui dormaient à l'intérieur s'étaient échappées dans la nuit. La scène qui avait suivi ne serait sûrement pas inscrite dans les annales de la nouvelle nation : les Américains, plus embrouillés encore dans le noir que d'habitude, s'étaient mis à s'entretuer. C'était vraiment un de leurs plus grands succès ! Le matin, il ne restait qu'un survivant américain, et les Canadiens avaient remporté une nouvelle victoire.

— Les milices sont très mal entraînées, observa Mason James en voyant Jason Talbot se glisser hors de la pièce. « Évidemment, comme la guerre. . . euh. . . ne marche pas très bien, la presse dit que c'est de la faute de votre mari. »

Dolley secoua ses boucles · « Non. Il n'y a pas que les milices qui soient mal entraînées. Les réguliers ne sont guère mieux ! » Dans un mouvement d'humeur, elle se lança sur le divan. Ils se trouvaient dans la grande salle de réception de la Maison du Président. La salle était immense, à moitié vide, et leurs voix faisaient un écho.

— A part ce cher M. Madison, personne dans ce pays n'a de qualités de chef, se lamenta Dolley. Le général Dearborn n'a rien fait, et le général Hull, tout intelligent qu'il soit, s'embrouille tellement dans les moments de crise qu'il ne reconnaît même pas le bout de son nez ! Quant au général Smythe ! Eh bien, le général Smythe est le plus nul de tous !

— Nos plans d'invasion du Canada sont donc interrompus, déclara Jason Talbot qui venait de poser le plateau à thé et s'était installé dans un fauteuil.

— Pour le moment, oui, répondit Dolley d'une voix exaspérée. « Ah, mon cher monsieur MacLean, je me sens tellement, tellement frustrée ! Je ne sais vraiment pas quoi faire. » Dolley mit sa main sous son menton et promena le regard sur les murs de la pièce : elle fixa le célèbre portrait du général George Washington par Gilbert Stuart. « Je me demande ce qu'il aurait fait, lui », dit Dolley en poussant un long soupir.

Mason James jeta un coup d'œil sur le portrait de Washington. Il ne répondit pas, parce qu'il ne savait vraiment pas quoi répondre. En vérité, il était aussi déconcerté que Dolley par la tournure des choses.

— Je devrais être en train de préparer la fête de Noël, dit-elle enfin. Il faut que ce soit quelque chose de charitable : à Noël, on devrait toujours faire quelque chose de charitable. Oh, à propos de charité, comment va cette petite jeune fille que vous avez recueillie, monsieur MacLean ?

Mason James rougit. « Très bien », répondit-il vaguement. Que pouvait-on dire d'une femme aussi robuste que Colleen avec ses deux bébés ? « Evidemment, elle n'a pas un rôle très important dans ma vie », ajouta-t-il. C'était un peu vrai, mais, malgré lui, il aimait beaucoup ses bébés.

Dolley poussa un nouveau soupir : « Je suis épuisée aujourd'hui. Cette guerre est vraiment très fatigante. »

Mason James prit sa respiration et jeta un coup d'œil sur Jason. Il était ravi de la savoir épuisée. Il était fatigué d'elle et de ses désirs bizarres.

Mason James prit une gorgée de thé. « Pour revenir à ce que nous disions, dit-il lentement, je pense que des rideaux rouges iraient très bien dans cette pièce. » Il posa sa tasse et se promena autour de la salle de réception. « Le rouge mettrait le drapeau en valeur. Il me semble que nous devrions jouer sur ce thème. »

Dolley fit une grimace : « Je n'aime pas ce drapeau ! Il a les mêmes couleurs que le drapeau anglais. Rouge, blanc, bleu, pouah ! Il m'a toujours semblé que M. Washington avait fait une grande erreur en adoptant les mêmes couleurs que les Anglais. Il faudrait des couleurs beaucoup plus voyantes ! J'adore, par exemple, le turquoise et l'orange. Pourquoi n'a-t-on pas fait faire un drapeau turquoise et orange ? »

Mason James sourit avec indulgence. Le drapeau était vraiment la dernière chose au monde qui l'intéressât. Pour le moment, il ne pensait qu'au petit derrière adorablement rond de Jason.

— M. MacLean est-il ici ? Un laquais était à la porte, tout raide.

— Oui, il est ici, répondit Dolley.

— Il y a un message pour lui, annonça le laquais. Il traversa la salle et tendit à Mason James une pochette qui portait un sceau officiel. « Cela vient du secrétaire de l'Armée », expliqua le domestique.

Mason James regarda la pochette avant de l'ouvrir. Il brisa le sceau et sortit le parchemin. En le lisant, il pâlit.

— Qu'y a-t-il, mon cher monsieur MacLean ? Dolley avait le visage tout anxieux et Jason Talbot s'était penché en avant.

— Mon papa vient d'être tué, murmura Mason James, se rendant brusquement compte qu'il n'avait plus à s'inquiéter des menaces de son père de produire un nouvel héritier, et qu'il n'avait plus besoin de faire semblant d'être marié.

— Quel malheur ! Oh, mon cher monsieur MacLean, asseyez-vous donc !

Jason Talbot lui prit le bras et Mason, souriant avec reconnaissance, se laissa conduire à un fauteuil. « Il est mort en héros, murmura-t-il. Il interrogeait des espions. »

— Des espions ? demanda Jason.

— Ils se sont échappés après l'avoir tué, répondit Mason James.

— Quelle horreur ! s'écria Dolley. « Oh, mon cher monsieur MacLean, comment vous exprimer mes condoléances ? Et je ne peux même pas rester avec vous ! Il faut que j'accompagne M. Madison cet après-midi. Me pardonnerez-vous jamais ?

Mason James hocha la tête : « Ne vous faites surtout pas de souci pour moi. Mais c'est un très grand choc. »

— Bien sûr que c'est un choc, et vous ne devriez pas rester seul, dit Dolley. Elle lui fit un grand sourire. « J'ai une bonne idée ! Jason, prenez donc congé cet après-midi et occupez-vous de M. MacLean. Vous vous entendez si bien tous les deux ! »

La cabane dans laquelle vivaient Bonnie et Ian avait été construite pour les longs et rudes hivers de la prairie. Il y avait deux fentes dans les murs au lieu de fenêtres et la pièce était dominée par une immense cheminée, qui était l'unique source de chaleur.

Bonnie Campbell avait l'œil collé contre une des fentes et regardait Ian partir à Pembina pour une nouvelle journée de travail. Miles Macdonell, Owen Keveney et lui surveillaient la construction d'un nouveau comptoir et de nouvelles murailles pour le fort. « Un jour, lui avait dit Ian, il y aura des maisons, des écoles, des églises et un forgeron. Ce sera un vrai village. Comme Pembina est construit au bord de la Rivière-Rouge, il pourra entretenir des relations commerciales avec les Dakotas ainsi qu'avec le Haut et le Bas-Canada et l'Angleterre. »

Bonnie sourit en voyant sa silhouette tout emmitouflée de fourrures disparaître dans le lointain. Il était assis nonchalamment sur son cheval et portait son mousquet en bandoulière. Quand elle ne le vit plus, Bonnie se sentit brusquement très seule.

Il neigeait très fort et le vent hurlait en faisant le coin de la cabane. Ian avait dit à Bonnie de rester à l'intérieur et de ne pas même aller jusqu'à chez Marie-Anne. « Ça pourrait devenir une vraie tempête. Ici, sur la prairie, cela peut être dangereux. »

— Et toi ? avait demandé Bonnie. Les MacLean sont-ils donc invincibles ?

— Je suis sûr que je serai rentré pour le dîner, avait répondu Ian avec un sourire. Il ne faisait jamais attention à ses remarques désagréables et elle regrettait toujours ses paroles sarcastiques immédiatement après les avoir prononcées. Si seulement Ian MacLean ne la traitait pas comme un enfant ! Si seulement il ne la mettait pas si facilement en colère. . .

Bonnie se retourna et marcha vers la cheminée. Marie-Anne avait-elle vu juste ? Y avait-il quelque chose entre elle et Ian ? Non, se dit Bonnie. Marie-Anne s'est trompée, ce n'est qu'une âme romantique qui a cru deviner quelque chose qui n'existait pas. Ian n'a aucune sympathie pour moi, pensa-t-elle. Il méprise tous les Campbell.

Bonnie s'assit auprès du feu et se mit à coudre. Après quelque temps, elle s'ennuya et s'occupa à faire la cuisine. Je vais lui faire une surprise, se dit-elle, et lui préparer un bon dîner. Elle passa des heures à aplatir la viande de buffle pour la rendre plus tendre et à préparer des légumes pour faire le ragoût dont Marie-Anne lui avait donné la recette. Quand tout fut prêt, elle mit la marmite sur un petit feu, prépara deux miches de pain et les mit au-dessus de la cheminée pour faire lever la pâte.

Alors Bonnie Campbell chauffa de l'eau et se lava les cheveux, puis les laissa sécher devant le feu. Elle mit son unique robe.

Ce soir, se promit Bonnie, elle serait gentille et ferait vraiment un effort pour ne pas être sarcastique. Ce soir, Ian et elle mangeraient un délicieux dîner et ensuite ils parleraient.

— Ian MacLean ! Au son de l'appel amical, Ian se retourna et sourit en reconnaissant le teint cuivré et les pommettes saillantes de Michel Deschamps. Michel avait la mi-trentaine et était le fils du vieux René Deschamps et de sa femme indienne. Il était marié avec Vent-dans-les-saules, une très belle femme de la tribu des Crees. Comme son père, Michel était un *voyageur* et Ian et lui s'étaient rencontrés une fois près de Sault-Sainte-Marie, à l'endroit où se rejoignent le lac Supérieur et le lac Huron. Les deux hommes s'accolèrent et Michel demanda joyeusement : « Qu'est-ce que tu fais ici, mon vieux ? »

Ian expliqua puis, un peu rougissant, il ajouta : « J'habite dans la cabane de ton père. Je vous croyais tous à l'Ouest. »

Michel lui donna une grosse tape dans le dos : « Nous

277

logeons chez les Indiens. Je ne serais pas resté dans la cabane de toute façon. Allons prendre un verre. »

Ian hocha la tête : « La tempête devient de plus en plus violente, observa-t-il. De toute façon, il faudra que j'attende un peu avant de rentrer. »

Les deux hommes se dirigèrent vers les quartiers assez confortables de Miles Macdonell. « Alors, d'où viens-tu ? » demanda Ian.

— Du fort Saint-Joseph et du fort Michilimackinac.

— Le fort Michilimackinac est américain, dit Ian en souriant. Qu'est-ce qui t'a amené là ?

— Il n'est plus américain. Il est canadien maintenant. Nous l'avons libéré.

Ian éclata de rire. Il savait que les Américains avaient déclaré la guerre. « Alors nous contrôlons toutes les routes de commerce. »

— C'est un miracle, répondit Michel. Tu ne croiras jamais comment ça s'est passé. Figure-toi que les Américains n'avaient même pas annoncé à leur armée qu'ils avaient déclaré la guerre. Nous avons appris la nouvelle par les courriers super-rapides d'Astor. Alors toute notre bande de *voyageurs*, avec les soldats et les Indiens, est allée a l'île Mackinac, et nous avons pris le fort Michilimackinac sans un seul coup de feu. Tu t'imagines ? Le plus drôle c'est que tous les soldats du fort Saint-Joseph étaient de vieux croulants et des ivrognes. On a fait la fête pendant des jours.

— Ça ne semble pas très sérieux, cette guerre, observa Ian.

— C'est sérieux, mais pas ici.

Ian hocha la tête et pensa à Lochiel et à sa famille. « As-tu des nouvelles du Niagara ? »

Michel haussa les épaules : « C'est resté canadien. Les Américains ont attaqué trois fois le mois dernier; c'est un commerçant qui me l'a raconté. Mais ils ont été repoussés. »

— Tant mieux ! murmura Ian. Ils arrivèrent aux quartiers de Miles et frappèrent à la porte. Miles les invita à entrer et Ian fit les présentations. « Nous sommes venus t'aider à vider ta provision d'alcool, en attendant que la tempête soit passée », dit-il.

Ils passèrent presque quatre heures à boire et à bavarder. « Tu es aussi saoul qu'une marmotte qui a passé l'hiver dans une flaque de whisky ! » déclara Miles en tapant la jambe de Ian.

Ian regarda les deux bouteilles vides sur la table. La chambre tournait autour de lui.

— Ça fait du bien de se saouler un peu de temps en temps, bredouilla-t-il.

— T'aurais dû voir la foire qu'on a faite à Michilimackinac ! ajouta Michel. Il était penché en avant, son verre à la main, l'air béat. « Tu t'serais senti très à l'aise, sauf que tout l'monde avait au moins vingt ans de plus que nous ! Bigre ! Même les Indiens étaient vieux ! »

Miles éclata de rire. Les heures passaient et ils s'amusaient bien ensemble. Michel Deschamps racontait beaucoup d'histoires et le buffet était plein de whisky.

— Comment va ta maîtresse ? demanda Miles en faisant un rot.

— Ce n'est pas ma maîtresse. Nous avons une re-relation tout à fait ho-honorable. C'est ça, *ho*norable. Ian agita son verre : « 'Y'a encore à boire ? »

— Si c'est une relation si honorable, t'en as bien besoin ! Du whisky 'y'en a toujours ! Comment peut-on passer l'hiver à Pembina sans une bonne provision de whisky ?

— Ce serait bien barbant, répondit Michel.

Miles alla en titubant jusqu'au buffet, trouva une gourde de whisky et réussit à se rasseoir sans tomber. Il mordit le bouchon et prit une gorgée directement de la gourde, puis la passa à Ian.

— Elle dort d'un côté de la cabane, et moi de l'autre, dit-il en regardant par terre.

— C'est pas naturel, marmonna Michel. Tu devrais changer ça.

— Elle est bien jolie, dit Ian en remplissant son verre. Dédaigneuse comme tout, mais jolie.

— Si elle a déjà couché avec un type, pourquoi c'qu'elle ne chauffe pas ton lit ? bredouilla Miles.

— Parce que je n'lui ai pas demandé. D'ailleurs, je suis

sûr que Finlay l'a attaquée. Elle est tout c'qu'il y a de plus chaste et de plus vertueux !

Miles haussa les épaules. Il ne savait plus ce qu'il disait et la pièce tournait autour de lui. « Moi, j'suis catholique, dit-il enfin. Je n'comprends pas les presbytériens. » Il s'arrêta, regarda autour de lui et sourit. « J'crois que j'vais tomber dans les pommes. » Puis, sans un mot, il tituba jusqu'à son rouleau de couchage dans le coin, se coucha, se mit en boule et s'endormit profondément.

Michel Deschamps glissa de sa chaise et tomba par terre. Il s'endormit aussitôt.

Ian se leva. Il était fatigué et abruti. « Qu'est-ce que j'fais ici ? » dit-il tout haut. « Ah oui, il neigeait trop fort pour rentrer à la maison. » Il secoua la tête et regarda par la fenêtre. La neige s'était arrêtée, le vent s'était calmé, la nuit était froide mais claire. Ian s'emmitoufla dans ses grosses fourrures, tira son chapeau sur ses oreilles et noua l'écharpe autour de son cou et de son visage. Il partit vers la grange, ses traces de pas faisant des zigzags dans la neige, et retrouva son cheval.

Il monta sur le cheval et partit dans la nuit. L'air froid ne le dégrisa pas.


Le grincement de la porte fit sursauter Bonnie Campbell. Elle était encore habillée et s'était endormie d'un sommeil troublé. Ses yeux bleus s'agrandirent en voyant Ian entrer en titubant dans la cabane.

— Où étais-tu ? demanda-t-elle. J'étais folle d'anxiété ! Où étais-tu ?

Ian resta complètement immobile et la regarda. Elle était belle, si belle ! C'était la première fois qu'il voyait ses jolis cheveux châtains tomber librement sur ses épaules. . . et ô miracle ! elle ne portait plus ses peaux de cerf mais une vraie robe ! Ses yeux étaient tout brillants. Oh ! qu'elle a de jolis yeux ! se dit-il. Mais malgré l'air froid de la nuit, Ian était encore très ivre : « Il neigeait. . . » Sa phrase resta en suspens et il s'écroula aux pieds de Bonnie.

— Tu es saoul ! cria Bonnie à la forme inconsciente. Je te croyais enterré sous la neige ! Je te croyais mort ! Mais tu n'es pas mort du tout ! Tu es saoul ! Elle serrait les poings tant elle était en colère. Elle se pencha sur le corps inerte de Ian et lui martela les épaules de coups. « Je t'avais préparé un si bon dîner ! Je me suis habillée exprès pour toi ! Je me suis même lavé les cheveux ! J'ai attendu, attendu. . . j'étais folle d'inquiétude ! Et tu es saoul, espèce de salaud ! Tu es saoul ! »

Ian MacLean se réveilla avec un mal de tête épouvantable et l'estomac complètement brouillé. Bonnie Campbell sanglotait auprès du feu. Ian portait encore ses fourrures et il était couché au milieu d'une flaque d'eau, car la neige qui couvrait ses vêtements et ses bottes avait fondu.

Il s'étira et ne fut pas étonné de se sentir complètement raide. Quand il essaya de se redresser, il eut envie de vomir. Il s'accrocha au pied de la table, rampa jusqu'à la porte, l'ouvrit et vomit violemment sur le pas enneigé de la porte.

— Tu laisses entrer les courants d'air, dit Bonnie.

Ian se retourna. Il était pâle et sa tête tournait encore, Il se sentait mieux depuis qu'il avait vomi — mais il avait l'impression que ce n'était pas fini.

Les longs cheveux châtains de Bonnie étaient tout emmêlés, ses beaux yeux bleus tout rougis de larmes. Ian respira lentement et essaya de se tenir droit. Alors, pensant que son indigestion était finie pour le moment, il rentra dans la cabane et ferma la porte.

— C'est bien fait, dit Bonnie. Alors elle répéta ses reproches de la veille et déversa toute sa colère : « . . . Et quand tu es revenu, tu étais ivre mort ! Et je m'étais donné tant de peine ! »

Ian, appuyé contre le mur, la laissa parler. Jamais de sa vie il n'avait eu si mal à la tête, ni l'estomac en plus mauvais état ! Jamais il ne s'était senti tiraillé par des sensations plus opposées. Les yeux bleus de Bonnie Campbell le perçaient jusqu'à la moelle. Dieu qu'elle est belle ! se dit-il.

— Et maintenant, donne-moi une explication ! Ses mains étaient posées sur ses hanches, ses joues étaient roses de colère, ses lèvres très appétissantes. . . du moins elles l'auraient été si Ian ne s'était pas senti si malade.

— Je n'ai pas pu partir à cause de la neige. Je suis allé boire un coup chez Miles avec un cousin que je n'avais pas vu depuis des années. Je suis revenu quand la neige a cessé.

— Cela faisait des heures qu'il ne neigeait plus. J'étais affolée !

— Ah, bon ? demanda Ian.

Bonnie devint toute rouge et détourna le visage. Malgré sa nausée, Ian comprit subitement la vérité : elle l'aimait ! Ils vivaient ensemble depuis des mois et elle l'aimait !

— Ce n'est pas étonnant qu'un homme se mette à boire quand il vit avec une femme qu'il aime, et qu'il ne peut ni la toucher ni s'approcher d'elle ! bredouilla Ian.

Bonnie leva le visage et rencontra son regard. « Qu'est-ce que tu dis ? » demanda-t-elle, stupéfaite.

— Je t'aime et je ferais l'amour avec toi à l'instant même mais, sapristi ! je vais de nouveau me trouver mal ! Ian se précipita vers la porte et alla dehors. Bon Dieu, je vais crever ! se dit-il.

— Tu serais capable d'aimer une Campbell ? l'entendit-il dire. Elle était debout derrière lui et ne semblait pas du tout faire attention au fait qu'il vomissait. Enfin, Ian se tourna vers elle. Il était très pâle : « Oui, bon Dieu ! Je serais capable d'aimer une Campbell ! J'en *suis* capable ! Mais pas tout de suite, sapristi ! »

Ian rentra dans la cabane en chancelant et Bonnie lui prit le coude. « Va te reposer un peu », dit-elle. Ian sourit faiblement et se laissa conduire vers son rouleau de couchage. Elle l'aida à ôter ses fourrures et, quand il fut couché, elle le recouvrit. Ian ferma les yeux et sentit Bonnie lui presser la main.

Quand Ian ouvrit les yeux, la cabane était dans l'obscurité, à part quelques braises qui jetaient une faible lueur dans l'âtre. Il se redressa, se glissa rapidement d'entre les fourrures et alla vers la cheminée. Il ajouta des bûches pour empêcher le feu de s'éteindre. Il faisait froid dans la cabane et il se rendit compte que Bonnie et lui avaient dormi toute la journée tant ils étaient épuisés tous les deux, lui à cause de son indigestion, elle parce qu'elle l'avait attendu toute la nuit.

Ian se lava la figure dans la cuvette et alluma la lanterne. Il se rinça la bouche et but un grand verre d'eau. Il se sentait tout à fait normal : il avait faim et soif.

Bonnie, qui dormait encore, poussa un long soupir et se mit sur le dos. Ian alla vers elle et la regarda. Elle cligna des yeux et sourit. « Tu te sens mieux maintenant ? » demanda-t-elle.

Ian se pencha vers elle et toucha doucement son visage avec le dos de sa main. Puis il l'embrassa tendrement sur la joue. « Beaucoup mieux », répondit-il en se mettant à côté d'elle sur les fourrures : « Tu étais vraiment si inquiète que ça ? »

Bonnie hocha la tête : « Oui, et après, j'étais furieuse. »

Ian lui embrassa le bout du nez, puis son cou, enfin ses jolies lèvres charnues. Elle lui rendit son baiser, mit les bras autour de son cou et le serra très fort. « Cela faisait si longtemps que je voulais t'embrasser », lui chuchota-t-il à l'oreille, « mais tu mettais un mur entre nous. »

— Je croyais que tu détestais les Campbell.

Ian posa ses lèvres sur les siennes et lui donna un long baiser passionné. Elle se pressa contre lui.

— Eh bien, il faudra donc apprendre à aimer une Campbell. Il se remit à lui embrasser le cou, puis la tourna doucement sur son ventre et se mit à défaire les innombrables boutons qui fermaient sa robe.

— Apprendre ? demanda Bonnit sans bouger.

— Il faudrait tout de même que j'aime la femme que je vais épouser ! Et puis, bien sûr, nous aurons des tas d'enfants qui seront tous des demis petits Campbell : il faudra apprendre à les aimer aussi. Ian eut un sourire espiègle. Puis, la robe de Bonnie étant défaite, il l'ouvrit tout à fait et embrassa son dos nu du bas de la colonne vertébrale jusqu'à la nuque.

— Tu penses que je devrais t'épouser ?

— Si tu vas être la mère de mes enfants, ce serait peut-être une bonne idée, répondit-il en lui ôtant sa robe. Il ne lui restait plus que ses sous-vêtements blancs.

— Et combien d'enfants aurons-nous ? demanda-t-elle, jouant le jeu.

— Il y a beaucoup de place à l'Ouest, répondit-il avec un sourire. « Oh, une douzaine au moins ! »

Il la tourna sur le dos et lui embrassa la gorge. Il tira doucement sur les rubans qui nouaient ses sous-vêtements puis, sans cesser de l'embrasser, il les défit et la déshabilla complètement. Il glissa rapidement hors de ses propres vêtements et ils se trouvèrent couchés l'un contre l'autre, complètement nus, s'échauffant par leurs caresses. Ian embrassa ses beaux seins fermes et son nombril, puis frôla son duvet bouclé, qu'il écarta de ses doigts. Sous ses caresses intimes, elle devint bientôt toute brûlante de passion. Quand il la sentit toute chaude et l'entendit respirer par petites saccades, Ian la remit sur le ventre, souleva ses jolies fesses rondes et entra en elle. Elle remua sous lui, avec des gémissements de joie, perdue dans un monde de volupté. Quand elle lâcha enfin un long soupir de plaisir, Ian se laissa aller. Ils restèrent enlacés pendant un long moment, blottis l'un contre l'autre.

— Ah, que c'était bon, soupira Bonnie après quelque temps. « C'est si bon quand on aime. . . »

— Et tu as attendu si longtemps, ajouta Ian en l'embrassant. « Tu sais, je restais parfois éveillé la nuit à écouter ta respiration. Je t'imaginais dans mes bras, soupirant dans mon oreille, je te caressais, je te touchais. . . »

Bonnie promena sa main sur sa poitrine velue, puis plus bas, et Ian s'enflamma à nouveau. « Moi aussi je pensais à toi, avoua-t-elle. Je voulais que tu me tiennes dans tes bras, que tu m'aimes. . . J'avais tellement peur après l'expérience de cet homme. Je ne me suis jamais imaginé que ça pouvait être si bon, et pourtant j'en rêvais. »

Ian toucha le bout de son sein et le sentit durcir. Il baissa la tête, le mit dans sa bouche, et sentit Bonnie redevenir toute brûlante.

Alors il remit sa main sur son duvet soyeux et la caressa jusqu'au moment où elle crut mourir de désir. A la grande joie de Ian, Bonnie lui rendit ses caresses intimes et sut si bien y faire qu'il se sentit tout prêt à faire de nouveau l'amour. Alors il la tira vers lui et Bonnie se mit à califourchon sur son corps; elle ferma les yeux et poussa un grognement en le sentant se pousser en elle. Ses ravissants seins tombaient sur le visage de Ian et il en prit un dans chaque main et en frôla les boutons roses; alors elle cambra le dos en poussant un long gémissement. Ian regarda avec bonheur l'expression de satisfaction sur son visage, puis il éclata. Ils retombèrent sur les fourrures, riant aux éclats.

— Ah, mon amour ! s'écria Bonnie. Comme je t'aime !

— Et moi aussi je t'aime, répondit Ian. Nous nous marierons au printemps quand le prêtre sera là. . . au printemps, Bonnie. D'ailleurs, tu sais, nous *sommes* mariés maintenant, d'après la coutume métisse.


Josh était dans une taverne, assis en face de Jason Talbot. « Vous n'avez rien bu », observa Josh.

— Je n'aime pas vraiment l'alcool, répondit le jeune homme. Par cette chaleur, je préfère un bon jus de fruit bien frais.

Josh hocha la tête et reconnut qu'il faisait en effet très chaud. C'était la fin du mois de mai, mais le soleil était déjà brûlant et l'air très humide.

Le voyage de Lewiston à Washington avait été long et difficile, avec beaucoup d'interruptions. Josh était arrivé seulement une heure auparavant, et malgré son désir brûlant d'aller directement à l'adresse de Colleen, il s'était senti obligé de rencontrer immédiatement son contact, Jason Talbot.

— Vous me donnerez donc tous les renseignements que vous jugerez utiles, dit Josh, finissant son explication.

— Je vous remettrai une pochette avant la fin de la semaine, répondit Jason. Vous me semblez assez anxieux. Qu'avez-vous ?

Josh sourit. Jason semblait un homme sérieux, mais il y avait quelque chose. . . il n'était pas exactement beau, mais joli garçon, un peu efféminé. Mais il avait un sourire sympathique et il semblait s'intéresser aux problèmes de Josh.

— Je suis anxieux, en effet, avoua Josh. Je dois retrouver

ma fiancée, qui est ici à Washington. . . à Georgetown, plus exactement. Je ne sais pas me retrouver dans cette ville.

— Quelle est son adresse ? demanda Jason. Il prit une gorgée de la boisson que lui avait offerte Josh et fit une petite grimace.

Josh fouilla dans ses poches et en sortit un morceau chiffonné qu'il tendit à Jason. En le lisant, Jason écarquilla les yeux : « Mais c'est l'adresse de Mason ! »

Josh fronça les sourcils. « Mason ! Qui c'est, Mason ? Je croyais que c'était l'adresse de Mme Sharp ! »

Jason secoua la tête comme une vieille femme un peu contrariée : « Non, non, non ! C'est Mason James MacLean qui habite là ! Est-ce que par hasard votre fiancée s'appellerait Colleen ? »

— Mason James MacLean ? répéta Josh. Il se garda bien de dire à Jason Talbot qu'il s'appelait lui-même MacLean. D'après ses ordres, il s'était présenté à lui sous son nom de guerre, Joshua Henry : « Et qui est Mason James MacLean ? »

Jason crut deviner dans sa voix une note de jalousie. « Oh, ne vous en faites pas, répondit-il aussitôt. Ils ne vivent pas vraiment ensemble, si vous me comprenez. . . je veux dire qu'ils ne se connaissent pas dans le sens biblique. »

Josh fronçait encore les sourcils : il ne pouvait pas s'imaginer qu'un homme pût vivre avec Colleen sans vouloir faire l'amour avec elle.

Les yeux de Jason s'agrandirent soudain : « Mais vous devez être Josh MacLean ! »

Josh se pencha en arrière : « C'est en effet mon nom », dit-il à voix basse. « Il me semble que vous savez beaucoup de choses sur moi ! »

Jason sourit avec bienveillance : « Euh, Mason James est mon. . . mon. . . mon ami; oui, mon très cher ami. Et Colleen parle tout le temps de vous. Grand Dieu ! Vous devez être le papa des jumeaux ! »

Josh cligna des yeux. Des jumeaux ? Il perdait la tête ! La salle se mit à tourner autour de lui. Jason étendit le bras sur la table et lui tapota la main : « Allons, allons. . . Ils sont tout à fait adorables. Mason James et moi en sommes fous ! »

Mason James et moi. . . Ah ! se dit Josh, retrouvant ses esprits, ça y est, j'ai compris ! Ç'est donc ça ! Il se sentit à la fois soulagé et abasourdi. « Et qui donc est Mason James MacLean ? » demanda-t-il encore une fois.

— Oh, c'est le fils de James MacLean, un très, très riche planteur de la Louisiane. Mason a pris Colleen chez lui pour tromper son père — je veux dire, il ne voulait pas se marier, mais son père voulait absolument un héritier. Ah, mon Dieu, mais c'est une très très longue histoire. En tout cas, son père est mort.

Josh ferma les yeux et vida son verre jusqu'à la dernière goutte. Mason James MacLean était donc son demi-frère ! Il laissa aller sa respiration et fit signe au garçon de lui remplir son verre.

— Ça va ? Vous vous sentez bien ? demanda Jason Talbot.

— Je suis dans un état de choc, répondit Josh sincèrement. Mais comment se fait-il que Mason James MacLean vive dans la maison de Mme Sharp ? Je n'y comprends vraiment rien à votre histoire. Colleen est venue ici pour voir Mme Sharp — c'est du moins ce que m'a dit son père.

— Oh, mais Mme Sharp est morte il y a longtemps. Mason James a acheté sa maison.

Josh hocha la tête. « Vous voulez bien m'y emmener ? demanda-t-il.

— Oh, avec le plus grand plaisir ! roucoula Jason Talbot. Je ne serai que trop heureux de vous y emmener !

C'était une matinée de la fin du mois de mai et d'étranges petits nuages de brume erraient çà et là. La terre était saturée d'eau après les pluies d'avril et l'herbe toute fraîche commençait à pousser partout.

Mais avec le retour du printemps, de la verdure et des oiseaux venant du sud, il y avait aussi la guerre.

Au début, il n'y avait eu des deux côtés que quelques tentatives et quelques échecs : les Anglais et les Canadiens, comme les Américains, n'étaient pas prêts pour la guerre.

Maintenant, malgré les premières défaites, la Marine des Etats-Unis posait un grave danger dans la région des Grands-Lacs. Sous le commandement du brillant commodore Chauncey, la minuscule flotte américaine causait de grands dégâts le long des rivages.

Will MacLean commandait en troisième dans les milices canadiennes qui servaient le Niagara. Il était rarement à la maison et il avait beaucoup insisté pour que Jenna retournât à Lochiel.

— Mais ce sera très dangereux à Lochiel aussi, avait-elle protesté.

— Au moins tu seras avec ta famille. Je n'aurai pas à m'inquiéter de toi. Will avait fixé son regard sur ses beaux yeux d'émeraude : « Allons, fais ce que je te dis. »

— D'accord. Jenna avait cédé. Will ne lui donnait pas souvent des ordres et elle était retournée à Lochiel non pas avec l'idée qu'elle y serait moins en danger, mais par amour pour son mari.

Enfin, ce que les Canadiens craignaient arriva : le matin du 25 mai, la flotte du commodore Chauncey se mit à bombarder le fort George.

Quelques heures plus tard, les cabanes de bois à l'intérieur du fort étaient tout en flammes. Les défenseurs de fort étaient un mélange de plusieurs régiments : il y avait mille miliciens et soldats de tous les grades des 8$^e$ et 49$^e$ régiments d'infanterie, du *Royal Newfoundland* et des chasseurs de Glengarry.

Le brigadier-général John Vincent, qui commandait maintenant le fort George, divisa la garnison en trois groupes. Il espérait faire une contre-attaque à l'endroit où les Américains débarqueraient. Il avait choisi cette tactique pour éviter de se faire prendre dans un fort indéfendable et dont la plupart des bâtiments étaient maintenant détruits.

Mais quels que fussent ses mérites, ce plan échoua. Le matin du 27 mai, les Américains débarquèrent; les troupes britanniques et les Indiens furent obligés de battre en retraite. Le premier à débarquer fut Winfield Scott avec sa force d'attaque.

— Ce fort est indéfendable, dit Vincent à ses hommes. D'après nos renseignements, ils sont cinq mille hommes.

Un murmure s'éleva parmi les hommes assemblés. « Il faudra faire sauter nos munitions et enclouer les canons, leur dit Vincent. Ensuite nous reculerons. Ils auront du mal à nous poursuivre sur notre propre territoire, leurs lignes de ravitaillement seraient trop longues. « Vincent s'arrêta un instant : « J'emmène les réguliers, et je renvoie les miliciens à leurs fermes. »

Will MacLean poussa un soupir de soulagement. Andrew et Tom Macleod étaient tous les deux des hommes âgés. Ailleurs dans le Haut-Canada, les hommes qui servaient dans l'armée étaient beaucoup plus jeunes, mais ici, les miliciens étaient tous assez vieux : Will, à cinquante ans, était un des plus jeunes. Il est bon que je puisse rentrer à Lochiel, se dit-il. A Lochiel, il y avait beaucoup de femmes et d'enfants de tous les âges : ils auraient besoin d'aide au moment de la récolte.

Will dit adieu à ceux qui parmi les réguliers étaient devenus ses amis. Il fut accompagné par un soldat jusqu'à la route qui menait à Lochiel, puis lui rendit son cheval et fit les derniers quatre cents mètres à pied.

En marchant, Will fut brusquement inondé d'un sentiment de bonheur : c'était le printemps et il se sentait le cœur presque léger. Bientôt il retrouverait Jenna, et malgré le bruit des canons qui tonnaient dans le lointain, malgré le souvenir du fort enflammé, il se sentait heureux. Quand il vit Lochiel se dresser devant lui, il pressa le pas, puis se mit à courir.

Jenna ouvrit la porte et s'élança à sa rencontre. Ses cheveux tombaient sur ses épaules et brillaient au soleil du petit matin. Cinq mois avaient passé depuis son rendez-vous si terrible avec James MacLean. Will avait été bouleversé quand elle lui avait raconté l'histoire. Il s'était pourtant senti assez soulagé en apprenant la mort de son frère. Mais la mort de James, le fait que Josh savait enfin la vérité sur ses origines, avaient créé entre Will et Jenna un sentiment de grande paix. Le seul nuage dans leur vie avait disparu. Josh était toujours son fils et Jenna sa femme. Il n'y avait plus de secrets.

— Te voilà enfin ! Jenna se jeta à son cou et ils rentrèrent bras dessus, bras dessous jusqu'à la maison : « J'ai vu la fumée de la fenêtre d'en haut ! J'ai entendu les canons ! Les enfants sont terrifiés ! » Jenna lui pressa la main.

— Les Américains ont débarqué, lui dit Will. Allons dans la maison.

Ils grimpèrent les marches devant la porte d'entrée. « Tout le monde est ici », dit Jenna en faisant un grand geste. » Nous avons caché les provisions, nous avons des mousquets, des pistolets, des cartouches. »

Will secoua la tête : « Non, ce n'est pas la peine, nous ne pouvons pas repousser cinq mille Américains. Les Anglais ont battu en retraite. Ce n'est pas le moment de nous battre : ilt nous laisseront tranquilles. »

Jenna lui pressa la main. « Tu es dans la milice », dit-elle en se mordant la lèvre. « Will, je ne suis pas du tout sûre qu'ils nous laisseront tranquilles. »

# CHAPITRE XIV

## juin 1813

— Bonté divine ! s'écria Mason James en vidant son verre de bourbon. Il était assis dans son énorme fauteuil tapissé de bleu, les pieds étendus devant lui. Josh venait de lui raconter son histoire, mais il allait bientôt être obligé de la raconter de nouveau, car Colleen, par hasard, ne se trouvait pas là. Josh avait donc pu parler à Mason James sans être distrait par la présence de sa bien-aimée.

Mason James, les yeux écarquillés, avait écouté parler ce nouveau demi-frère dont il n'avait jamais entendu parler. S'il était troublé, c'était à l'idée que Josh voudrait partager son immense héritage.

— Ce n'est pas moi qui ai tué votre père, conclut Josh. Il n'ajouta pas que c'était le père de Colleen qui l'avait fait : c'était déjà assez comme cela.

Josh examina le visage de Mason James et comprit brusquement ce qui le troublait. « Je ne veux pas de votre argent, si c'est cela qui vous inquiète », dit-il avec fermeté.

Le visage de Mason James devint tout rayonnant et il eut un brusque élan de générosité. « C'est vraiment formidable de votre part, s'écria-t-il. Mais vous et Colleen et les enfants allez être obligés de trouver un logement. Je serais ravi de vous recevoir chez moi. »

Josh leva le sourcil : « Cela pourrait causer des problèmes. Je viens de vous avouer que je m'appelle Josh

291

MacLean et que mes papiers d'identité portent un nom différent. »

— Vous êtes un espion ? demanda Mason James. Son visage était devenu tout pâle. « Mais je ne peux pas loger un espion, moi ! Je suis un bon Américain, loyal et patriotique ! »

— Mais bien sûr que tu peux le loger, grosse bête, interrompit Jason. On peut faire beaucoup de choses avec un espion. . . oui, beaucoup de choses. . . Il lui fit un clin d'œil.

— Comment ? Les yeux de Mason James étaient devenus tout grands. « Je ne comprends pas. »

— Je vais essayer de t'expliquer, dit Jason avec un sourire. « Par exemple nos lettres d'amour. Tu ne voudrais tout de même pas qu'elles tombent entre les mains de quelqu'un qui pourrait détruire ta carrière politique ! »

— Grand Dieu ! s'écria Mason James. Quelle horreur ! Je suis entouré d'espions !

— Mais non, gros bêta, tu adores ça ! répondit Jason avec son sourire le plus séduisant. Josh remua dans sa chaise, très mal à l'aise.

— Ah ! J'entends la voiture de Colleen. Mason James se leva et tira le rideau d'une des fenêtres qui donnait sur la rue. « J'imagine que vous avez envie d'être seuls. »

— Si possible, répondit Josh.

— Nous aussi nous avons besoin d'être seuls, dit Jason en prenant le bras de Mason. « Viens, nous avons des tas de choses à discuter, toi et moi. »

Les deux hommes disparurent dans la cour du fond. Josh se trouva donc seul dans le salon au moment où Colleen ouvrit la porte et entra dans la maison. Elle posa ses paquets sur la table du vestibule et se tourna vers le salon. Quand elle aperçut Josh, elle resta bouche bée.

— C'est moi, dit-il. Surtout ne t'évanouis pas ! Josh traversa la pièce en deux enjambées et serra Colleen dans ses bras. « Je ne suis pas ton cousin, dit-il en souriant, et j'ai beaucoup de choses à te dire. »

Josh ne perdit pas un instant. Il l'emmena vers le divan et l'embrassa. Puis il lui raconta toute l'histoire. « Tu vois, dit-il en conclusion, ton père est né quatorze mois après le départ de Megan du fort Niagara. Mathew Macleod ne pouvait donc pas être son père. »

Colleen s'appuya contre son épaule : « Mason James t'a parlé des jumeaux ? »

— Cela vient de mon côté paternel, répondit Josh. Mon père avait un jumeau; Mason James est mon demi-frère. »

— C-comment ? Colleen le regarda avec stupéfaction. « Mais il m'a dit qu'il n'avait aucune famille au Canada ! »

Josh secoua la tête. « Il ne le savait pas », dit-il enfin.

Colleen s'assit toute droite et le regarda d'un air un peu méfiant : « Mason James MacLean est un homme très sympathique malgré lui. J'ai beaucoup d'affection pour lui, mais il est. . . euh. . . un peu original. »

Josh se donna une grosse tape sur le genou et se pencha en arrière en riant aux éclats. Sa fatigue et son anxiété avaient disparu : « Et tu as peur que son demi-frère soit comme lui ? » Il se tourna vers elle, lui donna son regard le plus brûlant, et l'embrassa passionnément.

— Non, dit-elle après une minute. « Tu n'es pas du tout comme lui. » Elle détourna le regard et fixa le plancher : « Me pardonneras-tu jamais d'être partie comme ça ? »

— Je t'aime et je veux être avec toi, répondit Josh.

Colleen lui donna un ravissant sourire et posa la main sur son bras : « Tu sais, Mason James a vraiment été très gentil avec moi. »

— Son côté de la famille nous devait un bon coup, répondit Josh en plaisantant.

Ils grimpèrent ensemble l'escalier qui menait vers la chambre d'enfants que Vertueux avait arrangée pour les jumeaux.

— Ils sont encore endormis, dit Colleen en regardant ses fils : « Voici Colin. . . et voici Trace. »

— Trace ? demanda Josh en lui serrant la taille. « Ça sonne bien en anglais mais qu'est-ce que ça peut bien vouloir dire ? »

Colleen se mit à rire : « Je voulais l'appeler Mason James, mais il n'a pas voulu. Alors nous lui avons donné le nom de l'endroit ou il est né, le *Natchez Trace* — le chemin des Natchez. »

— Trace MacLean, dit Josh. Ça me plaît. Il se tourna et l'embrassa. « J'aime nos enfants », dit-il fièrement. Puis, avec un clin d'œil, il ajouta : « Allons vite en faire d'autres ! »

Deux jours avaient passé. Le fort George n'appartenait plus aux Anglais. Les Américains firent leur camp et se mirent à la recherche de tous les miliciens que le brigadier-général John Vincent avait renvoyés chez eux. Le bruit de ces visites circula plus vite que les soldats américains eux-mêmes. On disait que les Américains demandaient de l'argent aux miliciens en échange de leur liberté et même de leurs vies. Ils appelaient cela une « garantie », et prenaient cet argent au lieu d'arrêter les Canadiens et de les envoyer prisonniers au fort.

Le matin du 13 juin, Jenna avait emmené quelques-uns des enfants dans les champs pour préparer la terre pour les semailles. Elle portait une longue robe de coton à petits carreaux et un grand bonnet pour protéger sa peau très blanche contre le soleil. Comme les autres, elle bêchait et hachait la terre en petits morceaux après les dégâts des pluies printanières.

— Je vois des soldats ! s'écria l'un des enfants. Regarde ! Ils portent le drapeau américain !

Jenna se redressa et regarda s'approcher les soldats : ils étaient dix. Elle serra très fort sa bêche.

Les soldats arrêtèrent leurs chevaux devant elle. « Winfield Scott à votre service, madame », dit leur chef en se présentant. Il s'inclina légèrement.

Jenna le regarda. « Je n'ai besoin de rien, dit-elle avec froideur. Pourquoi êtes-vous venus ici ? »

— Il paraît qu'il y a un milicien dans les environs. Si vous ne payez pas la garantie, nous viendrons le chercher demain pour l'emmener au fort. »

— Je vais vous accompagner jusqu'à la maison, dit Jenna.

Winfield Scott hocha la tête et lui tendit le bras pour

l'aider à monter derrière lui. « Je ne vais tout de même pas laisser une dame rentrer à pied », dit-il galamment.

Tous les membres de la famille qui vivaient à Lochiel étaient réunis dans le salon. Après avoir examiné les hommes, Winfield Scott conclut que Will était le seul qui avait pu faire partie des milices.

Tant mieux, se dit Jenna. Il s'imagine qu'Andrew et Tom sont trop vieux; mais ce qu'il ignore ne vas pas lui remplir les poches. « Et c'est combien, cette garantie ? » demanda-t-elle.

Winfield Scott fit claquer ses doigts et un jeune planton lui donna une liasse de papiers. « Il y a des documents à remplir », dit Scott. Il regarda Will : « Votre nom ? »

— Will MacLean.

Winfield Scott tapota le plancher avec son pied. « MacLean. . . » répéta-t-il. L'espion qui s'était échappé, le responsable du meurtre de James MacLean s'appelait lui aussi MacLean. « Vous avez des fils ? » demanda-t-il.

Will le regarda avec curiosité et décida qu'il ne perdrait rien à répondre : « Josh est ailleurs dans l'armée britannique; Ian est parti à l'Ouest. »

« Josh MacLean. » James avait mentionné ce nom dans le message qu'il avait envoyé au fort pour expliquer son absence. C'était le nom de l'espion qu'il avait interrogé.

—Votre fils Josh a assassiné James MacLean. C'est un espion et il s'est échappé. Où est-il ? Le visage de Winfield Scott était devenu rouge de colère. « Où est-il parti ? » demanda-t-il.

— Il s'est échappé, répondit Will avec un sourire. Soudain la famille entière se mit à applaudir.

— Josh empêchera les *Yankees* d'envahir le Canada ! s'exclama Ronald Fraser.

— Vive le Roi ! ajouta le petit Ronald Macleod : cela lui semblait la chose à dire.

— Il n'y aura pas de garantie dans cette maison ! dit Winfield Scott avec un sourire cruel. Son visage était tout rouge et la famille entière le regarda avec amusement. « Comment est-il possible que des gens qui ont l'air aussi américains que vous aient des idées si subversives ? cria-t-il.

Sortez-les d'ici ! » Il frappa sa botte contre le plancher :
« Brûlez la maison ! Ha ! Ce sera un exemple pour tout le
monde ! Détruisez tout ! »

Les Macleod et les MacLean furent conduits dehors et
on les obligea à regarder l'incendie. « Je donnerai une
gifle au premier qui versera une larme ! » dit Helena
sévèrement. Puis elle se tourna vers Winfield Scott :
« Pourquoi ne pas tirer sur une vieille femme, espèce
d'ordure sudiste ? »

Winfield Scott la regarda : « Vous êtes une affreuse vieille
sorcière », répondit-il en ricanant.

Helena, sans sourciller, lui cracha en plein visage et
tourna les talons. « Ne leur donnez surtout pas la satisfaction
de vous voir pleurer ! » grommela-t-elle.

Madeleine s'appuya contre le bras de Tom.

— La fondation restera intacte, dit-il pour la consoler un
peu. « Elle est en pierres. »

— Nous reconstruirons la maison, annonça Helena avec
un geste de défi : « Je l'ai promis à ma mère. »

Jenna se pressa contre Will et fit un grand effort pour ne
pas pleurer. « Au moins ils ne t'ont pas arrêté, murmura-
t-elle. Dieu qu'ils sont destructifs ! »

Le jeune Ronald Macleod tira la jupe de Jenna. « Josh
nous vengera, dit-il avec confiance. Il nous vengera de ces
sales *Yankees !* »

L'hiver avait été si long sur l'immense prairie que le
printemps fut accueilli avec une joie toute spéciale. « C'est
fou ce que c'est beau ! » s'exclama Bonnie Campbell en
pressant la main de Ian. Ils marchaient bras dessus, bras
dessous sur un tapis de fleurs sauvages.

Ian regarda sa bien-aimée et caressa ses longs cheveux.
« Je pourrais t'emmener au pied des grandes montagnes et
même plus loin, dit-il. Bonnie, j'aimerais aller plus à
l'ouest, jusqu'à l'océan Pacifique — où il y a un excellent
commerce avec les Haïdas. Nous serions une vraie famille
de pionniers ! Tu viendrais ? Tu serais d'accord pour aller si
loin ? »

Bonnie le regarda, les yeux étincelants, et lui serra le

bras. « Je viendrai, répondit-elle. Je te suivrais jusqu'à l'autre bout du monde. »

Cela s'était passé en avril. En juin, le prêtre arriva enfin et Bonnie Campbell et Ian MacLean furent mariés selon le rite catholique. Le mariage fut célébré en français sous une espèce de dais, au milieu d'un champ. Les jeunes gens étaient entourés d'un groupe de Métis assis sur leurs chevaux et vêtus de leurs habits les plus gais; ils se mirent à faire du chahut avant même que la courte cérémonie ne fût terminée.

Alors les Métis, hurlant et criant, se mirent à tourner en rond sur leurs chevaux. Ils firent des plaisanteries en français et montrèrent leurs talents de cavaliers en se baissant pour cueillir des fleurs pour la jeune mariée.

— Tu vois, expliqua Marie-Anne à Bonnie, « nous savons vraiment fêter un mariage. Si tu t'étais mariée à Pembina, parmi les colons, tu n'aurais entendu que des commentaires malveillants. Tandis qu'ici, parmi les Indiens et les Métis, tout le monde est heureux, tout le monde fait la fête. »

— Tu me manqueras beaucoup, Marie-Anne. Tu me manqueras terriblement quand Ian et moi serons partis dans les terres inhabitées de l'Ouest.

— Nous nous reverrons, répondit Marie-Anne en souriant. « Ce pays est immense, mais nous sommes peu nombreux. »

— Et tu es célèbre, ajouta Bonnie.

Marie-Anne partit de son charmant éclat de rire : « Le *shaman* indien m'a dit que mes petits-fils transformeront ce pays, que l'un d'eux sera Français et Indien à la fois et qu'il sera célèbre. »

Bonnie hocha la tête. Elle ne savait pas toujours comment réagir aux croyances de Marie-Anne.

— Nous aussi nous allons partir pour un certain temps, lui confia Marie-Anne. « Nous retournons au nord, à l'île de la Crosse, dans le pays des Crees de la Plaine.

— Et vous ne serez pas trop seuls ?

— Non, non, pas du tout. Il y a un grand comptoir de fourrures là-bas. Nous amènerons des fourrures et nous irons voir les Riel. Ce sont des gens comme nous. Mme Riel est Métisse, mais elle est moitié Française, moitié Montagnaise. Les Montagnais sont des Indiens de Québec et elle est aussi loin de chez elle que moi.

— Moi aussi je serai loin de chez moi, murmura Bonnie. Mais maintenant cela n'a plus d'importance. Ian dit que nous verrons l'océan Pacifique et que c'est là que nous aurons notre premier enfant.

— Quand je suis venue ici, lui confia Marie-Anne, j'étais la seule femme. Maintenant, tu vois, nous sommes plusieurs, et il y en aura d'autres encore. Ce sera la même chose pour toi : tu seras étonnée dans quelques années de voir combien de colons se seront établis ici.

Ian glissa derrière sa nouvelle épouse. « Vous parlez de choses beaucoup trop sérieuses, toutes les deux. Dans une fête de mariage, il faut danser ! »

Comme s'il l'avait entendu, un des Métis sortit son violon et se mit à jouer toute une variété d'airs folkloriques. Il y eut des danses québécoises, écossaises et métisses. Pendant que Bonnie et Ian dansaient, les enfants indiens faisaient des guirlandes avec des brins d'herbe pour Bonnie; ils claquaient des mains et chantaient.

— Tu te sens perdue parmi tous ces étrangers ? demanda Ian.

Bonnie secoua la tête : « Je finirai par adorer cela ! »


Josh, Colleen et les jumeaux continuèrent à vivre dans la maison de Mason James à Georgetown, sous les soins attentifs de Vertueux. Mason James allait et venait et passait souvent la nuit à Washington avec Jason Talbot. Josh, lui aussi, partait de temps en temps pour communiquer les renseignements de Jason aux espions de la Marine britannique. Plusieurs fermes du Niagara avaient été brûlées. Josh, après plusieurs mois, apprit que Lochiel était parmi ce groupe.

Par mesure de représailles, la Marine britannique attaqua plusieurs fois la côte des Etats-Unis. Il y eut, comme au début, des victoires et des échecs des deux côtés. York fut brûlé par les Américains; la guerre secouait le Haut-Canada tout entier.

Une année passa, une année de vaine destruction, de massacres et de pillage. Le 18 août 1814, Josh reçut un message urgent.

— Il fallait que ça arrive aujourd'hui ! s'exclama Colleen. Le jour d'anniversaire des petits !

Josh laissa tomber le message de la pochette. Il regarda les deux jumeaux vifs et robustes qui fêtaient leurs deux ans ce jour-là. « Tu ferais mieux de préparer les bagages, dit-il à Colleen. Il va falloir quitter Washington sans délai. Je ne sers plus à rien ici. Nous allons prendre un bateau anglais. »

— Et nous rentrons à la maison ? demanda-t-elle, les yeux humides.

— Il n'en reste pas grand chose, répondit Josh. Puis il sourit : « Oui, pour le moment, nous rentrons. »

Colleen regarda les jumeaux : « Oh, Will, nous ne pouvons pas abandonner Vertueux, les enfants l'aiment tant ! D'ailleurs, au Canada, il serait libre. »

— Vertueux au Canada ? Josh haussa les épaules et céda : « Bon, si tu veux, d'accord. Dis-lui de préparer ses affaires. Mais dépêche-toi, il faut partir en voiture dans l'heure. Si nous ne nous dépêchons pas, nous allons rater le bateau. »

— Et Mason James ?

— Jason a reçu les mêmes renseignements que moi. Il s'occupera de Mason James. De ce côté-là, tu n'as vraiment pas à t'en faire.

— Nous rentrons chez nous ! dit Colleen tout haut. Elle se pencha pour embrasser les enfants : « Quel merveilleux cadeau d'anniversaire ! »

Dolley Madison s'agitait nerveusement dans son énorme lit à baldaquin. M. Madison était parti voir la scène du combat et il n'était pas encore revenue. Elle n'avait pas dormi de la nuit, tant les coups de canon étaient gênants. Elle finit par se lever, s'étira et mit son ravissant peignoir en soie rouge que l'ambassadeur de France lui avait donné.

Pourquoi ? se demandait Dolley Madison. Pourquoi n'avait-on pas assuré la protection de la capitale ? Le brigadier-général William H. Winder avait été mis en charge de la défense, mais il était évident qu'il n'avait strictement rien fait, même pas après l'invasion britannique ! « C'est vraiment trop ennuyeux ! » dit Dolley à haute voix.

— Et tout le monde va dire que c'est de la faute de M. Madison, dit-elle, continuant à se parler à elle-même. « Sa faute et celle de M. Monroe. Mais ce n'est sûrement pas vrai ! » Dolley ne pouvait pas s'imaginer comment toutes ces choses étaient arrivées.

Cinq jours auparavant, le 19 août, le major-général britannique Ross avait débarqué avec ses troupes et avait avancé jusqu'à la rivière Patuzent; il était accompagné par le contre-amiral Cockburn avec sa division navale de petits vaisseaux. Puis, le 27 août, le commodore Barney avait été obligé de détruire ses propres bateaux de guerre pour les empêcher de tomber entre les mains des Anglais. Dieu sait ce qui allait bien pouvoir arriver maintenant ! L'armée avait recruté tous les petits vieillards qui savaient porter le mousquet. Même Jason Talbot et ce cher M. MacLean avaient été engagés ! Dolley, se sentant vraiment seule au monde, fit une petite moue.

Elle descendit l'escalier et alluma une bougie. Elle était sur le point d'entrer dans la salle de réception quand elle entendit soudain frapper à la porte. L'unique garde qui restait dans la maison présidentielle accourut aussitôt.

— Mason James MacLean et Jason Talbot désirent voir Madame ! Laissez-nous entrer, espèce d'idiot, protestait Jason. C'est le Président qui m'a envoyé ici, mon bonhomme. Les Anglais arrivent ! Grand Dieu ! Ils vont tous nous tuer. . . et brûler Washington !

— Laissez-les entrer, laissez-les entrer ! Dolley s'élança dans le vestibule. « Oh, mon cher monsieur MacLean ! Oh Jason ! Où est M. Madison ? Oh, je vous en prie, dites-moi qu'il est sain et sauf ! »

— Il est tout à fait en sécurité, madame, dit Mason James pour la rassurer. « C'est pour vous qu'il se fait du souci.

300

Nous avons été envoyés ici pour vous emmener à l'endroit où le Président et les membres du conseil se sont réfugiés. »

— Il faut partir tout de suite, sans perdre un instant ! dit Jason Talbot.

Dolley Madison resta un instant immobile comme une statue. « Je ne suis même pas habillée ! dit-elle. Que doit-on mettre pour une évacuation ? »

Mason James la regarda fixement : son peignoir en soie rouge chatoyait à la lumière de la bougie.

— Madame, nous sommes en danger ! Mason James n'avait été que trop heureux de quitter la scène du combat, et, bien sûr, il était ravi de retrouver Jason; mais Dolley était vraiment trop exaspérante.

Dolley se retourna et se mit à grimper le grand escalier en spirale : « Ma robe bleue, je crois. . . oui, je l'essaierai en premier. »

— Nous n'avons pas le temps ! cria Mason James.

— Oh, ne vous en faites pas, mon cher monsieur Mac-Lean. Maintenant, pendant que je m'habille, vous allez chercher toutes les charrettes du voisinage. Je ne peux pas abandonner les reliques historiques de notre nation ! Juste Ciel ! Elles appartiennent au peuple !

— Les œuvres d'art ? Mason James, stupéfait, la regarda disparaître en haut de l'escalier. Elle s'arrêta un instant et regarda en bas.

— Cette nuit sera inscrite pour l'éternité dans les annales de notre pays ! Il faut sauver tout ce que nous pouvons pour la postérité !

— Ce n'est pas la peine de discuter, dit Jason à son ami. « Va chercher les charrettes, je vais commencer à rassembler les œuvres d'art. »

— Tu ne vas pas rejoindre les Anglais ?

— Oh, que non ! Je reste avec toi ! Maintenant va vite trouver des charrettes !

Des charrettes ? Ils étaient complètement fous tous les deux, décida Mason James. Tout le monde à Washington décampait, les gens mettaient le feu à leurs propres maisons. La canaille courait les rues, hurlant et pillant. Ils se conduisaient comme — comme la canaille ! Il n'y avait rien de pire au monde que la canaille déchaînée ! Ce que les Anglais ne détruisaient pas serait bientôt ravagé par ces misérables va-nu-pieds insatisfaits et indigents, qui rôdaient aux portes de la capitale américaine.

— Monsieur ? Wilson, le maître d'hôtel de la Maison du Président, était là, prêt à obéir aux ordres de sa maîtresse. « Mme Madison m'a envoyé vous aider avec les charrettes. »

Mason James fit un grand effort sur lui-même pour retrouver son sang-froid. Jason venait avec lui, Dolley avait besoin de lui. « Allons aux écuries ! » proclama-t-il. Wilson et lui s'élancèrent derrière la maison, éveillèrent deux garçons d'écurie endormis et attelèrent trois chevaux à des charrettes. Par bonheur, en arrivant devant les avant-portails de la maison, Mason James aperçut trois charrettes militaires dans la rue. Il s'arrêta et agita la lettre que lui avait donnée le Président. « Il nous les faut pour évacuer la Maison du Président », murmura-t-il. Il se garda bien d'ajouter que les charrettes serviraient à porter des œuvres d'art.

Quand Mason James revint avec sa caravane faussement appropriée, il trouva Mme Madison sur les marches de la maison, toute resplendissante dans sa superbe robe bleue. Sous les ordres du courageux Jason, les serviteurs portaient des tableaux et des vases, l'argenterie et les services en porcelaine, des meubles anciens et des vêtements.

— Ah, mon Dieu ! s'exclama Dolley. Venez vite, Mason James ! J'ai oublié le plus important !

Mason James, ahuri, la suivit dans la maison. « J'ai oublié le portrait de George Washington par M. Stuart ! »

— Nous n'avons pas beaucoup de temps ! A peine eut-il prononcé ces paroles qu'il entendit exploser des obus tout près de lui.

— Oh, mais il n'y a pas de place pour le cadre !

— Madame, je vous en supplie, dépêchez-vous ! Je pense que la maison brûle !

— Oh, laissez-moi donc tranquille ! répondit Dolley avec irritation. Elle ouvrit son petit sac et en sortit un canif : « Venez m'aider, Mason James. Soulevez-moi. »

Mason James, à bout de patience, se mit à compter

mentalement jusqu'à dix. Il la souleva aussi haut que possible et elle coupa les bords de la toile, la détachant adroitement du cadre. « Je ne voudrais tout de même pas que les générations futures d'Américains ne connaissent pas le visage du père de leur nation ! »

Mason remit Dolley par terre et elle enroula le portrait. « Je suis sûr que vous passerez dans l'histoire pour avoir sauvé ce portrait », dit-il d'une voix terne.

Dolley eut un sourire radieux : « Et aussi pour les délicieuses glaces que je servais à mes soirées du mercredi. . . du moins je l'espère ! »

Mason lui prit la main et la ramena dehors. Il la hissa dans une charrette à côté de Jason, qui attendait parmi les trésors de la Maison du Président. « Allez-y ! » cria-t-il au cocher. « Dépêchez-vous ! »

— Je pense que nous avons sauvé la plupart des objets de valeur, dit Dolley avec satisfaction. Les flammes dansaient à l'horizon, la Maison du Président brûlait.

— Oui, tout, répondit Mason James en tapotant la jambe de Jason.

— Ah ! Ces coquins d'Anglais ! s'exclama Dolley.

Mason James se retourna et regarda la ville tout enflammée. Il se dit que de toute façon elle avait besoin d'être reconstruite, que n'importe quoi valait mieux que le Washington qu'il avait connu. Dolley, comme répondant à sa pensée, regarda la ville en secouant la tête.

— Ah, mon Dieu ! Il faudra presque tout reconstruire ! Et la Maison du Président aussi ! De quelle couleur pensez-vous qu'elle devrait être, Mason James ? En briques rouges ? En pierres ?

— Blanche, répondit Mason James sans hésiter un seul instant. « Blanche, comme une grande maison de plantation. Oui, le nouveau Washington devrait être une plantation géante ! »


Les Macleod et les MacLean qui avaient vécu à Lochiel se réfugièrent dans l'auberge de Steven MacAndrew, dont la femme, Susanna, était la fille benjamine de Jenna.

— Au moins nous avons un toit au-dessus de nos têtes !

répétait sans cesse Helena, bien qu'il fût évident qu'elle n'était pas très satisfaite de son nouveau logement. On ne pouvait cependant nier que de l'auberge, il était très facile d'aller jusqu'à Lochiel. Ce n'était qu'à une demi-heure de cheval de la ferme, et la famille n'eut aucun problème à travailler dans les champs tout l'été.

— Avec ou sans Américains, nous aurons une récolte, marmonna Helena. Nous pourrons aussi fêter la récolte et nous aurons assez de provisions pour durer tout l'hiver !

Ainsi, l'été passa. Le premier novembre 1814, tante Madeleine, Jenna, Agnès et Susanna travaillaient dans la cuisine sous la surveillance d'Helena. Elles préparaient des pommes cuites, des tartes, des gâteaux, du pain noir et même du maïs. Tout à l'heure, dans le champ qui se trouvait derrière l'auberge, on organiserait des sports écossais pour les jeunes garçons.

— Cette année, c'est moi qui gagnerai, annonça John Fraser Murray, qui avait maintenant quatorze ans. « Je gagnerai toutes les courses ! »

Ronald Macleod, qui avait huit ans, regarda son cousin et éclata de rire : « Mais tu n'auras aucune concurrence ! Josh n'est plus là et Ian non plus ! C'est toi l'aîné ici, sans compter les vieux. »

— Alors tu penses que je ne gagnerai pas honnêtement ? demanda John Fraser Murray avec indignation.

— Non, je n'ai pas dit ça du tout, répondit Ronald, perdant courage. Il passa nerveusement d'un pied sur l'autre et regarda ses chaussures. « Si tu gagnes cette année, à qui donneras-tu tes bonbons ? »

John Fraser Murray sourit. « A grand-mère Helena, chuchota-t-il, parce qu'elle a craché au visage de Winfield Scott ! » Les deux garçons éclatèrent de rire et se remirent au travail : il fallait porter des bûches près du creux où l'on ferait un grand feu pour rôtir le maïs.

— Je suis ravie de vous voir travailler si dur, dit Helena qui était venue inspecter les préparatifs : « Il faudrait apporter du petit bois. Vous savez bien qu'on ne peut pas faire une belle flambée avec seulement de grosses bûches. »

Ronald Macleod hocha la tête et John Fraser Murray partit immédiatement à la recherche de petit bois.

— Quand allons-nous rebâtir Lochiel ? demanda Ronald en portant deux grosses bûches vers le creux. « Ça me manque tellement ! »

Helena s'essuya les mains sur son tablier et, dans un brusque élan d'affection, elle saisit l'enfant dans ses bras et lui fit un câlin. « Ça me manque beaucoup aussi, avoua-t-elle. Et je te promets que dès que les *Yankees* et les Anglais cesseront d'aller et de venir sur cette terre, *notre* terre, nous reconstruirons. » Helena serra les lèvres et secoua son poing vers le ciel : « Et, par la grâce de Dieu, Lochiel sera plus grand, plus beau, plus somptueux qu'il ne l'a jamais été ! Je te le promets, Ronald Macleod. Je veillerai à ce que chaque membre de la famille travaille comme il n'a jamais travaillé de sa vie à bâtir une maison dont maman — ton arrière-grand-mère — aurait été fière. Nous leur montrerons, à cette canaille. . . Nous leur montrerons que nous ne sommes pas si facilement vaincus ! »

Ronald sourit et embrassa sa grand-tante Helena.

— Helena ! C'était la voix de Madeleine : elle était devant la porte de la cuisine. « Devine ce qui s'est passé ! Tu ne devineras jamais ! »

Helena se tourna et regarda Madeleine.

— On vient d'apporter un message ! Les Anglais ont brûlé Washington ! Ils l'ont brûlé en août ! Tu t'imagines ?

Helena sourit : Ronald Macleod ne l'avait jamais vu sourire comme cela ! « Tu vois ! Je t'avais bien dit que Josh nous vengerait ! » s'écria-t-il tout joyeux.

— C'est notre revanche pour York, et pour notre cher Lochiel, dit Helena. Puis, se retournant vers Madeleine, elle ajouta : « J'espère qu'ils l'ont brûlé jusqu'au ras du sol ! Ces salauds de *Yankees* ! »

Madeleine ferma la porte et retourna dans la cuisine.

Agnès épluchait des pommes avec acharnement. « J'aimerais bien qu'elle cesse de dire des gros mots devant les enfants », marmonna-t-elle.

Jenna éclata de rire et Madeleine réprima un sourire. « L'âge a ses privilèges, dit Jenna. Helena dit ce qu'elle veut, quand elle veut. D'ailleurs, ce *sont* des salauds, ces *Yankees !* » Jenna s'essuya les mains et regarda Agnès, comme pour la provoquer à répondre. Mais Agnès continua à éplucher ses pommes, plus énergiquement que jamais.

— Ce sera bientôt fini, dit Madeleine en touchant le bras de Jenna, « et Josh reviendra. »

— J'espère qu'il est sain et sauf. Jenna regarda Madeleine pendant un long moment, puis se remit à préparer ses tartes.

Tard dans la soirée, après les jeux, après le repas copieux, la famille se mit en cercle autour du feu de joie. Helena regardait la fumée s'élever vers le ciel étoilé.

— On dit qu'ils ont commencé à négocier la paix, commenta Tom. Il avait entendu cette rumeur dans le village.

— C'est donc le moment de porter un toast, dit Helena. Prenons tous un verre de vin et buvons à Lochiel. Helena leva son verre : « Que la victoire s'élève des cendres ! »

— Et que la paix s'élève des feux grégeois. . . des feux sauvages ! ajouta Tom Macleod.

— A mon arrière-grand-mère, à l'an prochain ! s'écria le petit Ronald Macleod.

Au-delà de la forêt, à l'endroit où les arbres se séparaient et où la terre plongeait dans le vide, formant une profonde falaise, une immense étendue d'eau bleue miroitait au soleil. Ian prit la main de Bonnie et la mena à travers les arbres jusqu'au bord de la falaise.

C'était la fin du mois de novembre. Ils laissaient derrière eux d'immenses montagnes aux sommets enneigés, de profondes vallées verdoyantes, des plaines fertiles, des champs tapissés de fleurs sauvages. Ils avaient traversé des ruisseaux rapides et de grandes rivières. Ils avaient franchi des montagnes escarpées et survécu à l'hiver dans des terres inconnues.

— C'est l'océan Pacifique, dit Ian en serrant la main de Bonnie avec émotion. Sous la falaise, ils voyaient les vagues s'abattre contre les rochers pointus : l'écume blanche montait puis redescendait vers l'océan.

— Comme c'est beau ! s'écria Bonnie. Je n'ai jamais rien vu d'aussi beau !

Ian s'assit dans l'herbe, sous le bon soleil : « Je ne vais pas bouger d'ici jusqu'au mois prochain ! »

Bonnie se coucha sur le dos à côté de lui et regarda les nuages blancs flotter dans le bleu sombre du ciel. « Tu ferais mieux de te lever », gronda-t-elle. Bonnie se tourna vers lui et le regarda avec un sourire espiègle.

Ian, le coude sur l'herbe, posa son visage sur sa main. A son tour, il la regarda. « Oh ! demanda-t-il. Et pourquoi veux-tu que je me lève pour travailler ? »

Bonnie sourit et se tapota le ventre : « Parce qu'il nous faudra bientôt une maison ! » Elle eut un sourire radieux : « J'attends un enfant ! Tu as dit que nous aurions notre premier enfant ici ! »

Ian, rouge de bonheur et d'orgueil, se pencha vers elle et l'embrassa profondément. « Je t'aime, dit-il. Rien ne nous séparera jamais. » Alors il mit la main sur son cou et ôta sa chaîne d'argent au bout de laquelle était suspendue une pièce romaine. « Il y avait autrefois une autre pièce identique à celle-ci, lui dit-il. Mathew Macleod l'avait donnée à Janet Cameron, et c'est mon grand-père Robert MacLean qui la portait. C'est grâce à cette médaille que Mathew a retrouvé Robert, et c'est grâce à celle-ci que Robert a retrouvé Jenna : c'est ma mère qui me l'a donnée. Maintenant, Bonnie Campbell MacLean, c'est à toi que je l'offre, et tu la donneras un jour à ton dernier-né. »

Il suspendit la chaîne d'argent autour de son cou et Bonnie sentit la pièce froide contre sa peau. « Je me suis toujours demandé pourquoi tu ne l'enlevais jamais », dit-elle en levant le visage pour embrasser Ian sur le front.

— Elle contient des centaines de merveilleuses histoires.

Bonnie se blottit dans les bras de Ian; elle savait qu'ils allaient faire l'amour là, au bord de l'immense océan. « J'aime les longues histoires », soupira-t-elle.

— Et je te les raconterai toutes, lui promit Ian.

# L'HISTOIRE DU CANADA

## Dennis Adair et Janet Rosenstock

### Traduit par
### Marie-Claire Cournand

Cette épopée en cinq volumes raconte la vie de trois familles immigrées et de leurs descendants sur une période de dix générations, depuis la chute du trône d'Écosse jusqu'au triomphe de l'expansion industrielle au Canada.

**KANATA, livre I** (1746-1754)
Séparés lors de la tragique bataille de Culloden, Janet Cameron et Mathew Macleod seront cruellement éprouvés avant d'être réunis dans la vaste terre sauvage du Nouveau-Monde.   77826-2/$2.95

**TRISTES MURAILLES, livre II** (1754-1763)
Janet et Mathew Macleod luttent pour se créer un foyer dans le Nouveau-Monde au milieu du tumulte des guerres franco-indiennes, et s'engagent tout entiers au rêve éclatant qui s'appelle KANATA.   79053-X/$2.95

**LES PORTES DU TONNERRE, livre III** (1779-1781)
Forcés d'abandonner Lochiel, leur demeure bien-aimée, les Macleod luttent pour garder leur famille unie face aux grands événements de la révolution coloniale qui inéluctablement affectent leurs vies.

80952-4/$3.50

**LES FEUX SAUVAGES, livre IV** (1811-1813)
Le danger menace la vie et les amours du clan des Macleod lorsque leurs terres deviennent le champ de bataille de la sanglante guerre de 1812.

82313-6/$3.50

### À paraître bientôt: VICTORIA, livre V

### Les livres AVON

Disponibles partout où l'on vend des livres brochés ou directement de l'éditeur. Veuillez inclure .50¢ par copie pour les frais de poste et de manutention. Il faut compter un délai de 6 à 8 semaines pour la livraison. LES LIVRES AVON DU CANADA, 2061 McCowan Road, Suite 209, Scarborough, Ontario M1S 3Y6